Aus dem Leben erzählt

URSULA SCHNEIDERWIND

Aus dem Leben erzählt

Drei Kurzgeschichten

Bibliografische Information der Deutschen Nationalbibliothek
Die Deutsche Nationalbibliothek verzeichnet diese Publikation
in der Deutschen Nationalbibliografie; detaillierte bibliografische Daten sind im
Internet über http://dnb.d-nb.de abrufbar.

Umschlagdesign, Satz, Herstellung und Verlag:
BoD - Books on Demand
ISBN 978-3-7528-7609-3

Inhalt

Claudio

Die Sonne strahlte kraftvoll durch die weiten Lücken der Wolkenberge. Hier am kleinen Dorfteich wurde die Hitze etwas gemildert vom Wasser und den Pappeln, die sich wie Zypressen in den Himmel reckten.

Im schmalen Schatten solch einer Pappel saß mit ausgestreckten Beinen ein sechsjähriger, sehr blonder Junge, der laufend neben sich in Gras und Erdreich griff und das, was er dabei erwischte, auf die Wasserfläche warf. Dabei ließen seine graublauen Augen die kleine Entenfamilie am gegenüberliegenden Schilfrand nicht aus dem Blick.

Vier kleine Entchen schwammen flink um die Alte herum und der Junge hätte sie SO gern näher herangelockt. Bei den anderen Kindern kamen sie doch! Warum bei ihm nicht?

Aber die anderen warfen ja auch Brotkrümel. Sowas Schönes konnte er natürlich nicht aufweisen. Seine Zungenspitze fuhr über die trockenen Lippen. Brot hätte er selbst gern gehabt. Und etwas zum Trinken natürlich auch.

Grad hob die alte Ente ihren Schnabel von der Wasseroberfläche und legte den Kopf in den Nacken. Wenn die das Wasser trinken konnte, dann er doch auch!

Er rutschte auf dem Hosenboden weiter hinab, stemmte die Beine weit auseinander in zwei Grasbüschel und schöpfte mit der Hand Wasser, das er schnell zum Mund führte, bevor es gänzlich fortlaufen konnte.

Schön frisch war es. Aber viel zu wenig! Ob der Papa nicht bald kommen würde? Manchmal hatte der noch was in seiner Flasche. Und manchmal sogar noch eine Hasenstulle! Er leckte sich erneut über die Lippen und sah mit gerunzelter Stirn zur Kirchturmuhr.

Die Großen nannten dann immer irgendeine Zeit. Warum verstand ER nicht, was die Zeiger sagten? Einmal hatte ihm der Papa schon zu erklären versucht, wie man das macht. Aber er hatte es nicht sofort kapiert und war ungeduldig weggelaufen.

Nun waren die Zeiger wieder ein Stück weitergehopst. Außerdem brannte ihm die Sonne jetzt auf den Arm und auf die linke Wange. Rasch bückte er sich noch einmal und holte sich etwas Wasser, um es aufzuschlürfen.

»Iiih«, hörte er plötzlich die Nachbarskinder schreien, »der säuft das Puhlwasser!«

Ein Junge und ein Mädchen kamen näher gerannt und der Zehnjährige rief nun schon von weitem: »Du kannst doch das Wasser nicht trinken. Da scheißen doch die Vögel rein!«

»Und wenn es regnet, fließt der ganze Dreck von der Straße herunter … hier und da drüben rein«, fügte sie an.

»Aber die Enten trinken das auch«, wehrte der blonde Junge die Kritik vehement ab.

»Claudio, das sind doch Tiere!«, belehrte ihn das Mädchen. »Die werden davon wahrscheinlich nicht krank. Und wenn, so merken wir das gar nicht, weil vielleicht der Fuchs dann das Kranke frisst.«

»Oder der Habicht holt es«, ergänzte der große Junge. »Übrigens ist auch an eurem Haus ein Trinkwasserhahn draußen dran. Du brauchst also gar nicht bis in eure Wohnung, wenn du Durst hast. Stimmt's, Ina?«

»Klar, Paul. Wir haben auch so einen Hahn am Haus. Aber da ist jetzt meistens der Gartenschlauch angeschlossen. Bei euch macht ja keiner was im Garten. Da ist der Hahn immer frei. Kannst also zu jeder Zeit trinken gehen.«

Zeit! Da war das Wort für die Uhr. Er überlegte nicht lange, ob sie ihn auslachen würden, sondern fragte einfach drauflos. »Wie spät ist es jetzt?«

Ina und Paul drehten sofort die Köpfe zur Kirche. »Gleich halb fünf«, antwortete Ina.

»Kennst du die Uhr noch nicht?«, fragte Paul.

Claudio schüttelte traurig den Kopf.

»Na ja, du gehst ja auch noch nicht in die Schule«, meinte Ina versöhnlich. »Aber manche Kinder kennen die Uhr schon im Kindergarten.«

»Aber ganz wenige«, sagte Paul. »Da musst du nämlich zuerst die Zahlen kennen. Kennst du schon Zahlen?« Er ließ den Arm Richtung Kirchturmuhr pendeln.

»Der Strich da is'ne Eins«, sagte Claudio wichtig und stellte den Daumen hoch.

»Prima«, lobte Ina sofort. »Kannst du schon zählen?« Sie hockte sich neben Claudio in den Schatten. Paul setzte sich dazu.

»Klar!«, sagte Claudio und legte gleich los. »Eins, zwei, drei, vier, fünf, sechs, sieben, acht, neun, zehn.« Dabei hob er jedes Mal einen Finger mehr an.

»Weiter geht es nicht?«, fragte Paul. Claudios Mund öffnete sich erstaunt und er drehte hilflos seine Hände hin und her. »Mehr Finger hab ich doch nicht!«

»Und was ist da unten mit den Zehen?« Paul deutete auf die nackten Füße in den Sandalen. »Wenn du hier bei der Zehn bist, kannst du doch da unten weiterzählen.«

»Das hab ich aber noch nie gemacht«, gab Claudio zu und blickte die zwei mit großen Augen an.

»Dann machen wir das jetzt«, sagte Paul resolut. »Fang noch mal bei den Fingern an.« Während Claudio zählte, angelte Paul sich ein Schilfstück, denn mit den Fingern wollte er die schmutzigen Zehen nicht antippen.

»So und jetzt weiter!« Er hielt das Schilfrohr auf den großen Zeh gerichtet.

»Das ist die Elf und daneben ist die Zwölf.« Ina zupfte an Pauls Ärmel. »Das reicht ja erstmal«, meinte sie. »Die Elf und die Zwölf sind wichtig für die Uhr. Alle anderen können wir immer noch lernen.«

»Klar, wir sehen uns ja öfter. Und bald sind auch noch Ferien.«

»Aber da fahren wir auch zu Oma und Opa«, sagte Ina und wandte sich mit ausgestrecktem Arm der Kirche zu. »So, der Strich da oben rechts ist die Eins. Dann kommt da drunter mit dem gebogenen Kopf und Hals – wie bei einem Schwan – die Zwei. Und was meinst du, wie die nächste Zahl heißt?« Sie malte in der Luft die Drei.

Prompt sagte Claudio auch: »Drei.«

»Na siehst du, das ist doch ganz einfach. Du musst bloß immer bei der Eins anfangen zu zählen. Mach mal!«

Und Claudio zählte langsam und besah sich die Zahlen dabei ganz genau.

»Die Fünf hat einen dicken Bauch«, kommentierte Ina abwechselnd mit Paul. »Die Sechs ist ein Eishockeyschläger.« »Und die Sieben ein Hackebeil.« Bei der Acht kamen die zwei ins Stottern. Paul wollte es als Fernglas bezeichnen, aber Ina protestierte. »Ein Fernglas kennt er nicht, aber eine Brille. Eine hochgestellte Brille, siehst du sie?«

Claudio nickte begeistert. So hatte ihm noch niemand die Zahlen erklärt. »Neun«, sagte er und wartete gespannt, was das nun sein würde.

»Ein hochgestellter Eishockeyschläger«, verkündete Paul überzeugt.

Claudio nickte eifrig. »Und dann kommt 'ne Eins mit 'nem Loch«, setzte er selbst die Erklärung fort.

»Prima«, schrien Paul und Ina wie aus einem Munde.

»Das ist die Zehn«, führte Ina aus. »Und die beiden folgenden Striche bauen zusammen die Elf.«

»Und ganz oben steht die Zwölf und woraus besteht die? Kannst du das erraten?« Paul guckte ihn erwartungsvoll an.

»Eins und …« Claudio zögerte, blickte auf seine Finger und seine Lippen bewegten sich lautlos. »Zwei«, kam es dann wie aus der Pistole geschossen.

»Mensch, gut!«, schrie Paul und klopfte ihm anerkennend auf die Schulter. Auch Ina drückte ihm den Arm.

»Da hast du heute eine Menge gelernt. Das wollen wir gleich nochmal wiederholen«, sagte sie und verwendete genau die gleichen Worte wie ihr Klassenlehrer. Sie übten noch zweimal mit Claudio die Zahlen.

»Und nun sag mir mal, wie viele Zeiger hat die Uhr?«, fragte Ina anschließend gleich weiter.

Claudio blickte mit zusammengekniffenen Augen zum Kirchturm. »Zwei! Einen kleinen und einen großen!«

»Richtig«, lobte Ina wieder. »Und für heute wollen wir uns nur mal den kleinen Zeiger ansehen. Auf den anderen achten wir gar nicht.«

»Auf welche Zahl zeigt der kleine Zeiger jetzt?«, fragte Paul nun. »Fang bei der Eins an und erinnre dich an die nachfolgenden Zahlen.«

»Eins, zwei, drei, vier, fünf«, zählte Claudio ganz langsam und hielt zur Sicherheit die jeweiligen Finger hoch.

»Halt!«, rief Ina, als er die Fünf nannte. »Wie heißt die Zahl mit dem dicken Bauch?«

»Fünf«, wiederholte Claudio willig. »Dann ist es jetzt fünf?«, fragte er und blickte unsicher von Ina zu Paul.

»Ja, das hast du prima kapiert«, lobte Ina.

»Siehst du, nun kennst du schon fast die ganze Uhr! Und wenn nun der kleine Zeiger weiterwandert, kommt er zur Sechs«, erklärte Paul. »Und um sechse essen wir Abendbrot. Deshalb müssen wir immer um sechs Uhr nach Hause.«

»Wenn es genau sechs ist, steht der kleine Zeiger ganz unten und der große ganz oben«, wollte Ina mit ihrer Erklärung fortfahren, aber Paul legte ihr die Hand auf den Arm.

»Ist gut für heute«, meinte er. »Das war eine ganze Menge für Claudio. Wenn du noch mehr erklärst, wird es zu viel auf einmal. Dann kommt alles durcheinander. Wie in der Schule. Manche Lehrer machen das auch und wundern sich, dass die Schüler es nicht behalten«, setzte er altklug hinzu. »Komm, wir spielen im Sand bei uns. Da ist jetzt schöner Schatten.«

Die Sonne war inzwischen weitergewandert und die drei wurden kräftig angestrahlt. Sie erhoben sich und klopften sich die Hinterteile sauber.

»Ich habe aber SOO großen Durst«, klagte Claudio.

»Dann komm mit«, schlug Ina vor, »wir gehen an euren Wasserhahn und trinken alle etwas.«

Sie setzten sich in Trab und liefen durch das sperrangelweit geöffnete Tor auf den Hof und um die Hausecke herum. Die Südwand mit dem Wasserhahn lag noch in der prallen Sonne.

Claudios Hand schnellte vor und legte sich auf das Öffnungsrad des Hahns, aber er schaffte es nicht, es aufzudrehen.

»Lass mich mal«, bot Paul an. »Ist wohl schon ewig nicht benutzt worden.« Er musste sich enorm anstrengen, bis es sich endlich bewegen ließ. Dann floss eine braune Brühe heraus, die alle drei entsetzt aufschreien ließ.

»Da müssen wir erst etwas ablaufen lassen«, meinte Paul mit Kennermiene. »Gleich kannst du davon nicht trinken.« Er hielt die Hand unter. »Jetzt wird es kühler.« Er formte die Hände zur Schüssel und fing Wasser darin auf. »Es sieht schon ganz gut aus«, meinte er begutachtend und goss es weg. Dann füllte er die Hände erneut. »So, nun können wir trinken«, sagte er und schlürfte das Wasser aus seinen Händen. Die anderen taten es ihm nach und er drehte den Hahn wieder zu. Einträchtig liefen sie zum Sand, der im Schatten einer großen Kastanie lag, und spielten dort mit den Autos.

Nur einmal wollte Claudio unbedingt eine Straße umändern und begann zu streiten. Sie versuchten, es ihm auszureden, zählten all die Gründe auf, die dagegen sprachen, aber er blieb stur.

»Also, Claudio«, sagte Paul schließlich unwirsch, »wenn du das nicht einsiehst, musst du eben nach Hause gehen und ALLEINE spielen. Wir haben dir schon da drüben deine Straße gelassen, aber hier geht das nicht, weil dann alle durcheinander fahren würden. Man muss doch bestimmte Verkehrsregeln einhalten.«

Claudio biss sich auf die Lippen. Am liebsten hätte er das Auto in den Sand geschmissen, so wütend war er. Aber als Paul sagte, er könne ja alleine spielen, drüben bei sich, da verflog seine Wut. Alleine war er ja immer!

»Aber bald kommt mein großer Bruder. Dann bin ich nicht mehr alleine«, sagte er aus seinen Gedanken heraus.

Das war das Stichwort für Paul. »Wo ist der denn? Im Heim?« Es wurde eine Menge geredet, seitdem vor ein paar Monaten Claudios Familie hier einzog. Und noch mehr, als die Nachbarn mitbekamen, dass die Frau im Rausch kreischte und gewalttätig wurde. »Der arme Junge!«, hörten Paul und Ina häufig, nicht nur in der eigenen Familie.

»Nö«, stieß Claudio hervor, »bei einer anderen Familie. Die mehr Geld hat als wir.«

»Bekommt denn deine Mutter kein Geld?«, wunderte sich Ina. »Sie müsste doch Arbeitslosengeld kriegen.«

»Weiß ich nicht«, nuschelte Claudio. »Manchmal haben wir viel und manchmal gar nichts.«

Paul und Ina sahen sich an und dachten dasselbe: »Wenn's versoffen wird …«

»Ach, lassen wir das Thema!«, meinte Ina. »Wie alt ist denn dein großer Bruder?« Sie hatte ihn ja schon in den vergangenen Ferien gesehen: Genauso blond wie Claudio und lang und dünn!

»Zwölf ist er jetzt geworden«, verkündete Claudio stolz. »Zwölf! Wie die Zahl da oben.« Sein Arm schwenkte lang ausgestreckt herum. Er wollte wohl zur Kirchturmuhr zeigen, nur stand das Wohnhaus davor, in dem Paul und Ina lebten.

Ina sah Claudios erschrockenes Gesicht, als er die Uhr nicht sehen konnte, und tröstete: »Ja, das stimmt. Aber deshalb müssen wir nicht auf die Straße laufen. Komm, fahr mal den Kipper zurück, damit wir neuen Sand aufladen können.« Schon waren sie erneut im Spiel versunken.

Dann schlug es vom Kirchturm sechsmal und Ina blickte erstaunt auf. »Oh, schon Zeit zum Abendbrot. Komm, Claudio, leg alle Autos in den Korb. Wir müssen rasch aufräumen, bevor wir reingehen.«

»Schade«, sagte Claudio bedauernd. »Wir spielen doch grade so schön.«

»Ja, aber nun ist Schluss«, erklärte Paul kategorisch. »Wir müssen morgen doch wieder in die Schule. Da können wir nicht bis Ultimo aufbleiben.«

»Schade«, wiederholte Claudio traurig. »Morgen wieder?«, fragte er hoffnungsvoll.

»Du, das können wir noch nicht versprechen.« Ina war stets mit Versprechungen vorsichtig. »Manchmal kommt von der Schule was oder von den Eltern oder das Wetter spielt nicht mit. Wenn du morgen am Teich bist, werden wir dich schon finden, wenn wir Zeit haben«, versprach sie.

»Und dann üben wir auch wieder die Zahlen und die Uhrzeit«, versicherte Paul und gab ihm zum Abschied sogar die Hand.

Ina folgte ihm. »Du, jetzt müsste doch dein Vater schon zu Hause sein, meinst du nicht?«, regte sie pfiffig an.

Claudio reagierte wie erwartet, schrie: »Tschüs!«, und rannte davon. »Bis morgen«, hörten sie ihn noch hinter dem Bretterzaun rufen. Dann schlug drüben die Haustür zu.

Claudio lief im Haus so schnell die Treppe hoch, dass er mit der Sandale unter die Stufe hakte und stürzte. Gerade noch rechtzeitig fing er sich mit den Armen ab und verhinderte damit ein Aufschlagen mit dem Gesicht.

»Verdammter Mist!«, schrie er auf und rieb sich das Schienbein. An einer Stelle war die Haut aufgeschrammt. Nun humpelte er langsam hoch zur Wohnungstür, immer noch mit Ausdrücken um sich werfend, die nicht stubenrein waren, aber oft genug von seiner Mutter verwendet wurden.

»Papa?«, schrie er laut, kaum dass er die Tür hinter sich ins Schloss geworfen hatte.

»Ja, ich bin hier«, kam die Antwort aus der Küche.

Claudio preschte hinein, sprang seinen athletischen Vater an wie eine große Katze und begann zu schmusen.

»Junge«, mahnte Maik Werner seinen Jüngsten. »Du wirst nochmal ins offene Messer rennen.« Er hatte die Stullen fürs Abendessen geschmiert und legte nun rasch das Messer beiseite, um den kleinen Irrwisch durchzuknuddeln. »War dein Tag heute schön?«, erkundigte er sich dabei.

Nun legte Claudio aber los. Er erzählte so schnell, dass sich seine Worte ein paarmal überschlugen und er ins Stottern kam.

»Du wirst noch einen Knoten in deine Zunge machen. Sprich doch langsam. Es jagt dich doch niemand.« Er streichelte Claudio und blickte ihn liebevoll aus seinen braunen Augen an.

Claudio wollte nun beweisen, was er heute gelernt hatte, drehte den väterlichen Arm herum und blickte entsetzt auf die Armbanduhr. »Ey, die hat ja gar keine Zahlen«, sagte er perplex. »Woran erkennst du denn da, wie spät es ist?«

Sein Vater lächelte und fuhr sich mit der freien Hand durchs dunkle Haar. »Die Striche sind genau an den gleichen Stellen wie deine Zahlen und wenn du das erst richtig kannst, dann weißt du beim ersten Blick, wie spät es ist. Aber du kannst ja dort zur Küchenuhr schauen. Da sind die Zahlen fast genauso wie am Kirchturm.«

Claudios Kopf fuhr herum. Mit offenem Mund starrte er zur Uhr über dem Küchentisch. »Aber die hat ja bloß einen Zeiger«, stotterte er verblüfft.

»Aber nein. Schau nur mal ganz genau hin. Einer hat sich nur ein bisschen versteckt«, schmunzelte sein Papa und wartete, denn die Zeiger blieben ja nicht lange übereinander.

»Ja, jetzt ist er weitergehopst und nun sehe ich auch den anderen«, schrie Claudio aufgeregt. Dann hielt er inne und überlegte ein Weilchen. »Dann ist es jetzt zwischen sechs und sieben!«, behauptete er überzeugt und sah den Papa strahlend an.

»Toll, Claudio! Da bin ich ja platt! Wie hast du das bloß so schnell kapiert? Bei mir bist du doch ganz verzweifelt weggerannt!« Er überlegte, wie er den Jungen dafür belohnen könnte. Geld hatte er nicht, nicht eine Puseratze. Und es fehlten noch zwei Tage, bis wieder etwas aufs Konto kam. Schulden wollte er nicht wieder machen, denn dafür kassierte die Bank ungeheuer hohe Zinsen: Statt einhundert Euro musste er dann einhundertsiebzehn zurückzahlen! Na, wer kann sich denn sowas leisten!

Deshalb lobte er nun Claudio noch einmal und drückte ihn zärtlich an sein Herz. »Wenn du so weitermachst, wirst du mal schlauer als wir und verdienst viel mehr Geld. Dann kannst du dir auch neue hübsche Sachen kaufen.«

»Und Schnaps für Mutti«, sagte Claudio gönnerhaft.

»Bloß nicht, mein Junge! Schnaps ist ganz ungesund und macht den Menschen kaputt. Trink das Zeug bloß nicht! Du siehst doch, wie verrückt Mutti dann manchmal ist.«

»Aber du hast doch auch schon mitgetrunken!«, protestierte Claudio.

»Ja, leider«, seufzte der Papa. »Aber jetzt schon eine ganze Weile nicht mehr. Weil sie dich sonst auch in eine andere Familie bringen und ich möchte dich doch so gern behalten.«

»Aber Mutti säuft trotzdem«, sagte Claudio ganz traurig. »Will sie mich nicht behalten?«

»Doch, aber der Schnaps ist stärker«, versuchte er dem Jungen zu erklären. »Erst denkst du, ein Gläschen Schnaps macht nichts. Er schmeckt dir und du wirst lustig oder schläfst danach gut. Wenn du aber ein oder zwei Jahre oder noch länger das Zeug trinkst, immer wieder, dann kannst du nicht mehr aufhören und willst immer mehr davon. Zuletzt ist dir alles egal, Hauptsache, du hast Schnaps.«

»Ach, deshalb isst Mutti fast nichts mehr.« Claudio glaubte nun zu wissen, warum die Mutti so selten Brot oder etwas anderes aß. Und kochen wie andere Frauen tat sie auch nicht. Manchmal zitterten ihre Hände so toll, dass sie nichts festhalten konnte! Dann musste ihr Claudio die Tasse halten, damit sie Wasser trinken konnte. Aber dann fluchte sie furchtbar schlimme Wörter!

Der Papa hatte gesagt, solche Worte solle er, Claudio, nicht in den Mund nehmen. »Wenn die einer bei dir hört, bist du gleich unten durch und hast niemanden mehr, mit dem du spielen kannst.« Und er hatte dem Papa versprochen, sie nicht zu sagen. Aber das war verdammt schwer!

Wenn man wütend war, dann drängten sich solche Wörter ganz von selbst auf die Zunge und hüpften einfach aus dem Munde.

Auf einmal knarrte die Wohnstubentür und Mutter Annika schob sich in die Küche. Sie sah verschlafen aus, ihre Sachen waren zerknautscht und die blonden Haare hingen ihr unordentlich ins verlebte Gesicht.

»Na, wollt ihr schon wieder essen?«, sagte sie träge und gähnte ausgiebig, ohne die Hand vor den Mund zu halten.

Maik biss die Zähne zusammen. Sollte er sie rügen? Vor Claudio? Aber dann würde es bestimmt noch schlimmer. Sie rastete in letzter Zeit immer gleich aus.

Was war nur aus dem hübschen blonden Mädchen geworden, das er vor fünfzehn Jahren geheiratet hatte!?

Bis vor drei Jahren hatte er noch mitgetrunken, aber dann flogen sie aus der schönen Wohnung und mussten sein Auto verkaufen, um die Schulden zu bezahlen. Nach zwei weiteren Kündigungen blieb ihnen nichts weiter übrig, als in dieses heruntergekommene Haus auf dem Dorf zu ziehen. Außerdem hatten die Behörden gedroht, Claudio auch noch ins Heim zu stecken.

Reichte es nicht, dass Silvio, Tim und Nadine woanders lebten? Nadine! Seine kleine Tochter! So gefreut hatte er sich, als er erfuhr, dass es ein Mädchen war! Und dann stellte sich nach und nach heraus, dass sie geistig behindert nie ohne fremde Hilfe würde leben können.

Das hatte ihn umgehauen! Beinahe hätte er sich um den Verstand gesoffen. So verschwand auch das Mädchen. Für immer, als sich eine Familie fand, die es ganz für sich allein haben wollte. Die Aussprachen in dieser Zeit ließen ihn innehalten und zur Besinnung kommen. Er machte Schluss mit dem Alkohol und dem Rauchen. Und erreichte schließlich nach langem Kampf, dass Silvio zu Besuch kommen durfte.

Ein paar Jahre sah es so aus, als käme auch Annika vom Suff los. Sie hatte auch Arbeit in dieser Zeit. Und ließ das Rauchen sein!

Dann wurde Claudio geboren und sie waren eine richtige normale Familie. Vielleicht zwei Jahre lang! Dann ging es wieder los und Maik merkte es nicht mal gleich. Aber nach zwei weiteren Jahren wurde sie auffällig und begann außerdem, Claudio zu vernachlässigen.

Claudio lebte jedes Mal richtig auf, wenn er in einen Kindergarten kam. Doch meist behielt Annika die Arbeit nicht lange! Dann musste der Junge wieder zu Hause hocken und nuckelte oft genug die Reste aus den Flaschen.

Während nun Maik gedankenvoll Stullen geschmiert hatte, kaute Claudio gierig. Er stopfte dermaßen, dass Maik ihn stirnrunzelnd anblickte. Sofort setzte Claudio sich ordentlich hin und aß langsamer. Sein Blick flog auch zur Mutti, die den Ellbogen auf den Tisch gestützt und das Kinn in die Hand gelegt hatte. Sie blickte nicht zu ihm hin, sondern irgendwo ins Weite. Sollte er ihr von der Uhr erzählen? Aber bestimmt interessierte es sie nicht, so wie sie dahing.

Nun stellte ihm Papa auch Tee hin. »Vorsicht! Heiß!«, warnte er dabei, damit Claudio nicht genauso loslegte wie bei der Stulle.

»Hmm«, signalisierte Claudio und prüfte den Tee mit dem Finger.

»Hattest du dir eigentlich die Hände gewaschen?«, fragte daraufhin sein Papa und grinste. »Der Tee ist, glaube ich, jetzt dunkler geworden.«

Erschrocken schaute Claudio seinen Finger an. Wirklich! Die Kuppe sah nun heller aus als das andere. Rasch sprang er auf und lief zum Wasserhahn.

Stolz präsentierte er danach seine hellen Hände. »Bevor du ins Bett gehst, müssen wir uns aber ordentlich waschen«, sagte Papa und zeigte ihm die schwarzen Ränder am Arm oberhalb der Hände. Ein scheuer Blick streifte hinüber zu Annika, die sich aber nicht rührte.

Auch Claudios Augen huschten zur Mutti. Die hatte inzwischen noch den anderen Ellbogen auf den Tisch gesetzt und starrte blicklos vor sich hin.

»Is nichts Vernünftiges zu trinken hier?«, nuschelte sie, ohne sich zu rühren.

»Wenn du Tee möchtest, hole ich dir eine Tasse«, bot Claudio ihr an und hätte sie gern gestreichelt, traute sich jedoch nicht. Er war nicht sicher, ob sie dann wieder explodieren würde. Dabei hätte er so gern geschmust. So legte er seine Hand nur auf Papas Oberschenkel, um seine Wärme zu spüren.

Papa lächelte ihm zu und drückte sein Händchen kurz.

»Den Tee kannst du dir sonst wohin kippen«, nuschelte die Mama böse. »Ich will was Ordentliches!«

»Wir haben kein Geld für ›was Ordentliches‹!«, sagte Maik leise und zog die Luft hörbar ein. »Wenn ich noch etwas besäße, würde ich etwas Ordentliches zu essen kaufen, damit Claudio etwas mehr auf die Rippen bekäme.« Er musste sich beherrschen, um ihr keine Vorwürfe zu machen.

Endlich kam ihr Blick zurück aus der Ferne und strich gleichgültig über ihren Jungen, der sich gerade wieder den Mund vollstopfte. »Is doch in Ordnung, der Bengel! Was willst'n noch?« Ihre Stimme grollte und Maik hörte es. Er zuckte nur mit den Schultern, um sie nicht zu reizen, und schwieg.

Claudio kaute intensiv und schaute neugierig zu seiner Mutter. Würde sie wieder ausrasten? Ihr Blick begann schon zu flattern. Die Hände fuhren sinnlos über den Tisch. Claudio beschloss, sofort beim ersten Anzeichen unter den Tisch zu rutschen und schob sich mitsamt Stuhl ein wenig nach hinten. In der Linken hielt er die angebissene Doppelstulle, mit der Rechten fasste er die Tasse. Nun war er bereit.

Jetzt griff Mutti zur Teekanne und beinahe hätte sie sie umgeworfen. Im letzten Moment erwischte sie den Henkel und goss Tee auf den Tisch.

»Da ist doch keine Tasse«, fuhr Papa hoch und wollte ihr die Kanne abnehmen. »Nimm meine Tasse und trink. Ich hole eine andere«, sagte er dabei. Sie gab aber die Kanne nicht frei und so spritzte der Tee bei dem Gerangel nach allen Seiten.

Claudio beobachtete es gebannt. Er bekam einen Spritzer ab, aber der Tee war nicht mehr besonders heiß. Also blieb er sitzen und kaute selbstvergessen weiter.

Mutti begann zu quietschen wie 'ne alte Tür. »Ich will aber JETZT was trinken!«, schrie sie auf. »Ich werd' doch noch trinken dürfen, wann ICH will. Gib mir endlich das Ding. Du hast kein Recht, mich verdursten zu lassen, du …!« Wieder hörte Claudio Ausdrücke der schlimmsten Art. Und immer schimpfte sie Papa »Mistköter!«. Papa war doch kein Köter!

Nun hatte Papa mit der Linken Muttis Handgelenk umfasst und sie ließ plötzlich aufjaulend die Kanne los. Wieder prasselten Ausdrücke in Claudios Ohren und er sah sie blitzschnell nach dem Messer greifen.

Jetzt war es so weit! Er rutschte vom Stuhl unter den sicheren Tisch und musste nun nur noch auf die Beine achten, damit sie ihn nicht trafen.

Papas tiefe Stimme klang beruhigend. Aber Mutti kreischte alles Mögliche. Daraus konnte er sich keinen Reim machen. Komisch fand er nur, dass sie jetzt klar und deutlich die Worte herausbrachte, während sie vorhin nur genuschelt hatte, sodass er sie kaum verstehen konnte.

Aber nun schrie sein Papa auf! Hatte sie ihm wehgetan? Mit dem Messer womöglich erstochen? Er vergaß die Gefahr und fuhr hoch. »Papa?«, schrie er entsetzt auf.

»Junge, hol Hilfe«, würgte der Papa raus und Blut flog in der Luft herum. Die Tasse entfiel Claudios Hand und er stürzte zur Tür hinaus. »Hilfe! Hilfe!«, brüllte er voller Entsetzen mit aller Kraft ins Treppenhaus und hoffte, dass nebenan das junge Ehepaar zu Hause sei. Er lief zu deren Wohnungstür und bummerte mit den Fäusten dagegen. Dabei erblickte er den Rest der Stulle. Sein Griff schloss sich nur noch fester darum. Um nichts in der Welt würde er sie loslassen. Wer weiß, wann er wieder etwas zu essen bekäme, wenn Mutti den Papa abstach wie ein Schwein. So schrie sie ja immer.

Nach scheinbar endlosem Gebummer flog die Tür auf und der junge Mann erschien. »Nicht mal in Ruhe essen kann man hier«, knurrte er wütend. »Was ist denn schon wieder los?!« Aber er wartete die Antwort nicht ab, sondern schoss an Claudio vorbei in die offene Nachbarwohnung.

Mit einem Blick erfasste er die Lage, tippte den Notruf in das mitgebrachte Handy und sprach einige Worte. Dann schob er es in die Hosentasche und griff von hinten der tobenden Frau in die Arme.

Er musste wohl ziemlich fest zugegriffen haben, denn die Mutti quäkte schmerzvoll und wand sich wie eine Schlange, kam aber nicht frei. Das fand Claudio gut, denn sonst hätte sie vielleicht auch diesen Mann noch mit dem Messer verletzt.

»Junge, geh unten auf die Straße«, stieß der Mann jetzt trotz der Anstrengung heraus. »Und wenn Rettungsfahrzeuge kommen, dann winke ordentlich und zeige auf dieses Haus. Dein Papa ist verletzt. Mach hin!« Er hielt die Mutti wie in einem Schraubstock und mit einem letzten Blick sah Claudio seinen Papa zusammensinken.

Er brüllte verzweifelt auf und rannte wie gehetzt die Treppe hinab. Sein Papa durfte nicht sterben. Er wusste doch sonst niemanden, der ihn lieb hatte. Warum musste die Mutti auch immer Schnaps saufen!

Wann kamen die Retter denn endlich?! Aufgeregt lief er hin und her. Wenn sie nur nicht vorbeisausten!

Jetzt hörte er sie von fern und begann schon zu winken. Mit beiden Armen fuhrwerkte er über seinem Kopf in der Luft herum. Da! Sie bremsten scharf. Sie hatten ihn gesehen. Er sprang von der Straße, zeigte auf sein Haus und lief los. Da das Tor wie immer offenstand, fuhren sie hinter ihm her auf den Hof.

Einer sprang raus. »Treppe hoch!«, schrie Claudio und wollte schon vornweg laufen, als er noch eine Sirene hörte.

»Wink mal den auch hierher«, rief ihm der Mann zu und hetzte nun erst zum Haus.

Sofort flitzte Claudio wieder zur Straße und winkte wie verrückt. Diesmal war es ein Polizeiauto. Seine Kinnlade fiel nach unten und seine Arme schienen einzuschlafen, wo sie gerade standen.

Aber der Fahrer hatte ihn entdeckt und kurvte heran. Da erwachte Claudio und wies zum Hof. Wer weiß, vielleicht wollten sie Mutti einsperren, weil sie mit dem Messer gefuchtelt hatte und Papa … War er vielleicht schon tot und sie die Mörderin? Aus irgendwelchen Filmen stürmten blutrünstige Bilder auf ihn ein.

Der Schreck ließ ihn aufschreien: »Mein Papa!« Wild stürzte er los zur Haustür. Ein Polizist fing ihn auf.

»Was war mit Papa?«, fragte er dabei.

»Die Mutti wollte ihn abstechen wie ein Schwein«, brüllte Claudio verzweifelt. »Dann hab ich keinen mehr, der mich lieb hat!«, wimmerte er. »Papa blutet ganz doll.«

»Ich komme mit, mein Junge«, sagte der Polizist und fasste Claudios Hand mit warmem Druck. »Wir schaffen das schon«, versuchte er den schluchzenden Jungen zu trösten. »Führ mich mal in eure Wohnung.«

Claudio lief schneller und zog den Mann hinter sich her. Noch immer hielt er den Stullenrest in der anderen Hand, kam aber nicht dazu, ihn aufzuessen.

Als er oben die letzten Treppenstufen erklomm, sah er die Füße seines Vaters und heulte voller Schmerz sirenenartig auf. Sein Papa war tot! Nur deshalb lag er da auf irgendetwas und rührte sich nicht! »Papa, Papa!«, jammerte er los.

»Dein Papa ist nicht tot, nur verletzt«, versicherte der Retter. »Er muss aber ins Krankenhaus.« An den Polizisten gewandt: »Der Frau haben wir eine Spritze gegeben. Jetzt ist sie ruhig.« Sein Blick wies auf den Jungen, der neben seinem Papa kniete und halb auf dessen Brust lag. »Wo könnte ER hin? Sie müsste zum Entzug. Ist doch schon Delirium. Kümmert ihr euch um den Jungen, wir müssen los!«

»Claudio, mein Lieber, mach mir keinen Kummer!«, sagte der Papa leise. »Ich komme ja wieder. Muss nur ein bisschen genäht werden. Sei lieb und höre auf das, was die Männer dir sagen, ja? Ich hab dich lieb und bin bald wieder bei dir!«

»Ich habe so Angst, Papa«, klagte Claudio weinerlich. »Mutti ist doch so verrückt. Wenn ich nun auch ein Mistköter bin …?«

»Erzähl es den Männern. Die helfen dir. Du musst keine Angst haben. Bist doch mein großer Junge!«

Nun hoben die Männer die Trage an und Claudio schrie entsetzt auf, als sie seinen Papa davonschleppten. Der Polizist fing ihn auf und nahm ihn in die Arme. Er sprach beruhigend auf ihn ein und langsam wirkte die sonore Stimme.

Claudio schniefte tief und wischte mit dem Arm unter der Nase lang. Jetzt erblickte er den Stullenrest und biss kräftig hinein. Ein feuchter Lappen fuhr über sein Gesicht. Er zuckte nicht mal zurück. Im Gegenteil. Es war wohltuend. Manchmal hatte Papa ihn so gesäubert, wenn er verdreckt von draußen gekommen war.

Er schniefte erneut und der Lappen hielt unter seiner Nase an. »Schnaub mal!«, sagte die tiefe Stimme gutmütig und Claudio leerte die Nase mit Genuss.

»So, nun erzähl mal, was hier los war«, forderte der Polizist mit der beruhigenden Stimme auf und wies auf den Tisch.

Wüst sah es dort aus. »Die schönen Stullen«, war das Erste, was Claudio herausbrachte. Sie lagen zum Teil im Tee, der aber eine rötliche Färbung aufwies. An anderer Stelle war er blasser. Aber dort, das Rote, war bestimmt Papas Blut.

»Ja, die Stullen werden wir mal retten«, sagte der Mann und nahm sie hoch. »Hast du eine Stullenbüchse? Aber du gehst ja wohl noch nicht zur Schule.«

»Papa hat eine in seiner Arbeitstasche. Soll ich sie holen?«

»Ja, hol mal!«

Claudio war ganz schnell wieder zurück und reichte sie dem Mann. Gebannt sah er zu, wie der die Stullen einsortierte. »Wie Papa«, sagte er andächtig. Erst jetzt entdeckte er die zersprungene Kanne und die Scherben seiner Tasse.

»Ach, meine schöne Tasse«, sagte er bedauernd, schob eine Scherbe herum, dass er den halbierten Schmetterling vor sich hatte, und Wut auf Mutti sprang ihn an. »Die macht alles kaputt mit ihrer Sauferei«, fuhr es ihm böse über die Lippen und Tränen rollten langsam über seine Wangen. Er schluckte hart und schniefte. Der Polizist strich sachte über den ungepflegten Blondschopf.

»Die Mutti trank jeden Tag?«, fragte er und Claudio nickte eifrig. »Dabei hat Papa gesagt, sie soll lieber was zu essen kaufen, damit ich dicker werde«, erzählte er eifrig.

»Und deshalb haben sie sich eben gezankt«, meinte der zweite Polizist, den Claudio nun erst gewahr wurde.

»Nee, eigentlich wollte sie was ORDENTLICHES zu trinken und dann hat sie plötzlich mit der Teekanne umhergefuhrwerkt und weil Papa sie festhielt, hat sie ganz schnell zum Messer gegriffen und drauflosgestochen. Da bin ich aber unter den Tisch gerutscht, weil ich Angst hatte. Erst als Papa aufbrüllte, bin ich hoch. Aber da spritzte das Blut schon und Papa schrie nach Hilfe. Ganz schnell hab ich den Nachbarn geholt. Wo is'n der?« Claudio blickte sich suchend um.

»Der ist jetzt wieder in seiner Wohnung«, gab ihm der Mann Auskunft. »Wir fahren nun mit dem Polizeiauto. Bist du schon mal damit gefahren?«

Ängstlich blickte Claudio die beiden an. »Wo is'n Mutti?«

»Die ist schon in ein anderes Krankenhaus. Hast du irgendein Kuscheltier, das du immer mit ins Bett nimmst?«, fragte der andere Polizist, der schon einen Plastebeutel in der Hand hielt und aussah, als wolle er damit fortgehen.

»Ja, mein Wuschi«, sagte Claudio und flitzte los, um ihn aus dem Bett zu holen.

»Was ist denn das für ein Tier?«, erkundigte sich der mit der tiefen Stimme.

»Mein Wuschi-Hund ist ganz lieb. Er passt immer auf mich auf«, erzählte Claudio wichtig und drückte das graue Kuschelding an sich. »Und wir fahren jetzt mit 'nem Polizeiauto?«

»Ja, du kannst doch nicht hier ganz alleine in der Wohnung bleiben. Bis dein Papa wieder fit ist, fahren wir dich zu anderen Kindern.«

»In ein Heim!«, konstatierte der Junge und nickte wissend. »Mein großer Bruder war auch erst im Heim und ist jetzt in einer Familie. Aber ich möchte bei meinem Papa bleiben.«

»Das kannst du bestimmt. Aber der Papa muss doch erst gesund werden. Ein paar Tage wird das sicher dauern.« Inzwischen waren sie beim Auto und der nette Polizist setzte sich mit zu Claudio nach hinten, schnallte ihn an und nahm dann die kleine Hand in seine große, warme. Das tröstete Claudio etwas.

»Aber nun kann ich morgen gar nicht mehr weiter lernen«, sagte er traurig und wies zur Kirchturmuhr, die er beim Vorbeifahren kurz erblickte. »Paul und Ina haben mir die Zahlen erklärt. Und die Zeit. Isses schon achte?«

»Ja. Eigentlich müsstest du schon im Bett liegen. Bist du sehr müde?«
Claudio schüttelte heftig den Kopf. Seine Augen flitzten im Auto hin und her.
Er reckte sich, um nach vorn zu schauen. »So viele Uhren!«, staunte er. »Aber
alle sehen anders aus.«

»Dein Papa hat kein Auto?«

»Nee, damit mussten wir doch die Schulden bezahlen«, sagte der Junge im
Brustton der Überzeugung. »Und nach hier umziehen.« Sein Gesicht verfinsterte
sich. »Und nun werden mich Paul und Ina morgen suchen. Und ich kann die
Uhr nicht weiterlernen.«

Der Polizist neben ihm drückte die kleine Hand, die nervös zuckte. »Das
kommt alles in Ordnung«, tröstete er. »Wirst sehen. Wenn dein Papa gesund
ist, bist du wieder bei … Ina?« War das der Name, den der Junge genannt hatte?

Claudio nickte bestätigend. »Und Paul«, ergänzte er dann und wurde abgelenkt, denn der Fahrer sprach. Aber nicht mit dem neben ihm Sitzenden! Claudio
drehte seinen Kopf und blickte ihn verwundert an.

Der griente, machte »Pst« und lauschte gespannt. Dann nickte er. »Wir fahren
dich gleich nach Potsdam. Dann kannst du bald im weichen Bettchen schlafen.
Deine Augen werden nun doch schon ganz klein.«

Gleich riss Claudio sie weit auf. »Bin noch gar nicht müde!«, beteuerte er und
sah mal rasch nach draußen, wo Häuser und Bäume vorbeihuschten.

»Jetzt fahren wir über die Havel«, sagte der Polizist neben ihm. »Das ist ein
Fluss. Sieh mal, dort schwimmt ein Schiff.«

Schon war es vorbei. Claudio gähnte laut und lehnte sich entspannt zurück.
Jetzt fühlte er sich sicher. Seine Mutti konnte ihn hier nicht mehr abstechen. Er
drückte seinen Wuschi fest an sich und die müden Augen schlossen sich. Papas
blasses Gesicht tauchte vor ihm auf und er hörte ihn sagen: »Ich hab dich lieb.«

Als seine Augen sich öffneten, erblickte er ein helles Fenster mit bunten Gardinen dran. Nur ganz kurz wunderte er sich, weil es ihm so unbekannt war. Dann
fiel ihm alles wieder ein. »Papa«, rief er weinerlich.

»Na ja, dein Papa ist nicht hier«, sagte eine helle Jungenstimme. »Ich bin Peter
und zeige dir hier alles.«

Claudio setzte sich auf und presste seinen Wuschi an sich. Stimmt, er war ja
nun im Heim! Der Peter saß genauso wie er und zeigte zu dem dritten Bett. »Das
ist Mirko. Der schläft immer so lange.« Neugierig sah er Claudio an. »Und wie
heißt du?«, fragte er schließlich, weil der Neue nichts sagte.

»Ich?«, wunderte sich Claudio. Wusste Peter das nicht? »Ich bin doch Claudio.«

»Du bist so spät gekommen, dass wir dich gar nicht begrüßen konnten. Und warst auch ganz müde, Claudio«, erklärte Peter und ließ sich den neuen Namen auf der Zunge zergehen. Diesen Namen hatte er noch nie gehört. Komische Namen gab es! »Und wie heißt das Wuschelding da?«

»Das hier?«, fragte Claudio sicherheitshalber und hielt es hoch. »Das ist mein Wuschi-Hund. Der passt auf mich auf!«

»Wuschi. Aha!« Peter hob etwas Gelbes hoch. »Ich habe einen Bär. Der heißt Brummi. Der passt auch auf mich auf. Und woher kommt ihr zwei so plötzlich?«

Claudio überlegte, was er dem Peter erzählen sollte. Er hatte da schon schlechte Erfahrungen gemacht. »Mein Papa musste ganz schnell ins Krankenhaus, weil er genäht werden muss. Wenn er gesund ist, holt er mich hier wieder ab.«

»Dann hast du keine Mutter!?«, mischte sich auf einmal Mirko ein.

Einen Moment zögerte Claudio erneut. Aber lügen wollte er auch nicht. »Doch. Aber die ist in einem anderen Krankenhaus.«

»Dann ist wohl euer Haus zusammengekracht«, meinte Mirko. »Und nur du bist nicht verletzt?«

Nun verschloss sich Claudios Gesicht. »Wir haben kein Haus. Nur eine Wohnung. Aber die ist alt, ganz alt.« Damit hoffte er, die Neugierde befriedigt zu haben. »Und warum bist du hier?«, versuchte er von sich abzulenken.

Mirko zuckte mit der Schulter. »Is unwichtig«, murmelte er leise.

»Seine Alten haben ihn beinahe verhungern lassen«, sagte Peter. »Und meine haben gesoffen. Da bin ich ins Heim gekommen, weil die Nachbarn das nicht mehr mit ansehen konnten.«

Claudio seufzte erleichtert. Das waren ja Leidensgefährten! »Meine Mutti säuft auch und hat meinen Papa verletzt.« So, nun war es heraus und er fühlte sich wohler. »Gibt es hier bald was zu futtern?«, erkundigte er sich und blickte sich suchend um. Vielleicht lag Papas Stullenbüchse irgendwo. Er konnte sie aber nicht entdecken.

Peter und Mirko starrten auf die Uhr über der Tür. »Wir können uns jetzt waschen«, sagte Mirko. »Komm, wir zeigen dir alles!« Er sprang aus dem Bett und lief zu einer zweiten Tür. »Ich muss erstmal!«, rief er und schloss ganz schnell die Tür hinter sich.

Peter grinste. »Er will immer der Erste sein. Dabei bin ich vor ihm wach und kann ganz in Ruhe …« Er kicherte. »Hops mal raus aus deiner Falle! So – und nun ziehst du die Bettdecke wieder hoch, damit sie nicht schmutzig wird. Nachher, wenn wir zum Essen sind, kommt Frau Krause und bringt hier alles in Ordnung.«

»So, der Nächste bitte!«, rief Mirko und hüpfte zu seinem Bett. Er versuchte, es ganz glatt zu bekommen. Zum Schluss legte er einen Clown mit dicker, roter Knubbelnase aufs Kopfkissen.

Claudio lief ins Bad und staunte erstmal, wie es dort drin aussah. Aber es drückte ihn und so setzte er sich aufs Örtchen. Währenddessen konnte er sich in aller Ruhe hier umsehen. Drei bunte Becher standen vor einem Spiegel. Jeder mit einer andersfarbigen Zahnbürste drin. Mal sehen, welche seine war. Im Kindergarten hatte er auch Zähne geputzt.

Er erhob sich und suchte den Drücker zum Spülen. »Ey, is hier kein Drücker?«, rief er verwundert und stürzte aus der Tür. »Mirko hat doch aber ...«

Mirko und Peter kamen dienstbeflissen. Mirko drückte stolz. »Na ja, is überall anders«, tröstete er gewichtig. »Ich musste auch erst suchen.«

»Hier, Claudio, das ist DEIN Zahnputzbecher«, sagte Peter und wies auf den grünen mit gelber Bürste. »Kannst du Zähne putzen?«

Als er Claudios unentschlossene Miene sah, nahm er den Becher herunter, drehte die Bürste herum und ließ Wasser einlaufen. Dann legte er die Bürste auf den Becher und drückte aus der Tube ein Würmchen Paste auf die Borsten. Dabei verfolgte er genau, ob Claudio auch aufmerksam zuschaute.

»So, damit putzt du nun deine Zähne. Warte einen Moment, dann zeig ich dir, wie man das macht.« Er wiederholte nun mit Becher und Bürste alles und begann danach, seine Zähne gründlich mit der Bürste zu bearbeiten. Mirko stand schon neben ihm und putzte ebenfalls sorgfältig.

Die guten Vorbilder verführten Claudio zum Nachahmen und alle drei putzten eine Weile intensiv, bis Mirko als Erster spuckte und mit Wasser zu spülen begann. Danach gurgelte er in allen Tönen.

Das traute sich Claudio nicht. Aber das Spülen kannte er noch vom Kindergarten und zeigte es ihnen stolz. »Verschluckst du dich nicht beim Gurgeln?«, fragte er verwundert. »Ich kann das nicht.«

»Dann lass es lieber«, meinte Peter. »Ich habe mich schrecklich verschluckt dabei. Wasch lieber noch dein Gesicht, damit du nicht vom Essen wieder zurückgeschickt wirst.«

Mit einem Mal stand da eine Frau in der Tür. »Das ist aber prima von euch, dass ihr Claudio alles gezeigt habt.«

»Klaro, Frau Weber!«, sagte Mirko und warf sich stolz in die Brust.

»Sind wir schon zu spät?«, erkundigte sich Peter.

Klang das ängstlich? Claudio blickte ihn forschend an. Aber schon wurde er abgelenkt.

»Ihr liegt noch gut im Rennen!«, lächelte Frau Weber und Claudio fand sie sympathisch. Sie war dicker als Mutti und dunkelhaarig. Irgendwie gemütlich. Er musste einfach hingehen und sich an ihre Beine drücken.

»Ich mag dich«, sagte er dabei und fühlte ihre Hand zärtlich über seine Haare gleiten.

»Ich dich auch«, sagte sie. »Aber wir wollen doch nicht zu spät zum Essen kommen. Deshalb zieht euch mal fix an und kämmt euch danach die Haare, damit ihr nicht ausseht wie ein strubbliger Stubentiger.«

»Was is'n das?«, wollte Claudio wissen. Wiederholen konnte er das nicht. So ein komisches Wort hatte er noch nie gehört. Aber er flitzte zu seinen Sachen, die neben seinem Bett auf einem Hocker lagen, und wunderte sich, dass er seinen Schlafanzug trug, obwohl er gar nicht wusste, wann er den angezogen hatte.

»Meinst du den strubbligen Stubentiger?«, fragte Peter und Claudio brummte bestätigend.

»Das ist eine ungepflegte Katze«, warf Mirko ein. »Und so wollen wir auf keinen Fall aussehen. Oder?«

»Nee«, sagte Claudio und zog hastig das T-Shirt über den Kopf.

Einträchtig liefen sie danach die Treppe hinab in einen großen Raum, in dem schon viele Kinder saßen. Mirko nahm Claudios Hand und zog ihn weiter zu einem Tisch, an dem noch vier Stühle frei waren.

»Wir nehmen dich in die Mitte«, sagte Peter und zeigte auf einen Platz. »Das ist nun immer deiner.«

»Prima!«, sagte Claudio und freute sich, dass rechts neben ihm eine Tischecke war. Ohne den Kopf drehen zu müssen, konnte er dadurch immer sehen, was Peter gerade tat. »Und was nun?«, fragte er und schaute sich im Raum um. Kein einziges Kind aß, obwohl überall in kleinen Körben Brotscheiben lockten. Claudio glaubte sogar, seinen Magen knurren zu hören.

»Warum isst denn keiner?«, wunderte er sich laut.

»Weil Frau Weber noch nicht hier ist«, antwortete Mirko viel leiser.

»Und wann kommt sie?« Aber es antwortete keiner. Eine gespannte Stille verbreitete sich und alle Köpfe drehten sich in eine Richtung. Auch Claudios ruckte herum.

Ach, da stand ja Frau Weber. Jetzt hob sie die Hände und auch das letzte Schurren verklang. Mit offenem Mund starrte Claudio zu ihr hin.

»Ich wünsche euch allen einen Guten Morgen.«

»Wir wünschen Ihnen einen Guten Morgen«, ertönte es vielstimmig.

»Ich möchte euch heute einen Gast vorstellen. Er wird so lange bei uns bleiben, bis sein Vater wieder gesund ist.« Während dieser Worte war Frau Weber hinter Claudios Stuhl getreten.

»Steh mal auf!«, flüsterte Peter.

Das fand Claudio völlig überflüssig, aber er kam der Aufforderung, ohne zu murren, nach. Frau Weber legte ihre Hände auf seine Oberarme.

»Das ist Claudio. Seid lieb zu ihm und helft ihm! Nun setz dich wieder, Claudio!« Sie ging wieder zurück auf ihren Platz und Claudio setzte sich ganz verwirrt, ohne zu hören, was Frau Weber noch sagte. Plötzlich sagten alle »Amen« und gleich danach »Guten Appetit«.

»Jetzt kannste essen!«, forderte Peter ihn auf und Mirko stupste ihn in die Seite.

»Du kannst auf deine Stulle auch Marmelade schmieren. Gucke, so!« Er nahm mit dem Löffelchen, der in der goldgelben Marmelade steckte, einen Klacks heraus, ließ es auf seine Stulle plumpsen, steckte den Löffel zurück und schmierte mit seinem Messer den Klecks breit. Genüsslich biss er ab und kaute.

Peter wiederholte das Ganze mit einer roten Marmelade.

»Erdbeer. Hmm!«, machte er dabei genießerisch.

Wofür sollte sich Claudio nun entscheiden? Gelb oder rot?

Mirko sah sein Zögern. »Machste hier vorn ein bisschen Gelbe drauf und isst das erst. Danach kannste ja dann Rote probieren. Schmecken beide klasse. Aber ich bin mehr für die Gelbe.«

»Und ich kann für Erdbeere alles andre stehen lassen«, mümmelte Peter und griff, noch kauend, nach der nächsten Stulle.

Claudio entschied sich, zuerst Erdbeere zu probieren. »Hmm, schmeckt astrein!« Wie Mirko vorgeschlagen hatte, schmierte er dann auf den anderen Teil die gelbe Marmelade. »Mmm, die ist ja wirklich noch besser!«, staunte er und Mirko strahlte.

»Ich glaube, das sind Arikosen«, sagte er gewichtig.

»Aprikosen«, verbesserte ihn das neben ihm sitzende Mädchen.

»Is egal! Jedenfalls schmeckense gut.« Er nahm schon die dritte Stulle und Claudio staunte.

»Darf man denn hier so viel essen, wie man will?«

»Klar! Biste satt bist!«, antwortete Peter. »Aber zu langsam darfste nicht sein. Denn zu lange bleiben wir hier nicht sitzen.«

Der Hinweis ließ Claudio schneller schlucken. Auch er nahm sich eine dritte Stulle. Zwischendurch trank er immer mal einen Schluck vom Tee. »Der schmeckt aber auch gut!«, sagte er und leerte die Tasse.

Das Mädchen neben Mirko erhob sich und griff nach der Kanne. Jetzt sah Claudio, dass es größer war.

»Möchtest du noch Tee?«, fragte es Claudio. Der nickte und hielt seine Tasse beflissen hin. »Stell sie lieber hin«, meinte sie freundlich und goss ein. »Wenn die Tasse in der Luft schwebt, werde ich unsicher«, sagte sie entschuldigend. »Wollt ihr auch noch?«, wandte sie sich an die anderen.

Mirko trank schnell aus, während Peter seine Tasse hinrückte und eingeschenkt bekam. Dann wurde auch Mirkos noch gefüllt. Das Mädchen setzte sich wieder und schaute in der Gegend herum, während Claudio sie verstohlen beobachtete. Neben ihr saß noch ein Mädchen. Scheinbar auch so groß wie sie. Und dann saßen noch ein paar kleine Jungs mit am Tisch. Die schienen jünger zu sein und die Mädchen bemutterten sie. Das fand Claudio prima.

Plötzlich wurde es wieder ganz still und dann erklang Frau Webers Stimme: »Wir danken dir, Herr Jesu Christ, dass du unser Gast gewesen bist.« Und alle Kinder antworteten mit »Amen«. Diesmal sprach auch Claudio mit.

Nun begann ein Schurren und Geplapper. »Jetzt bringen wir unser Geschirr zum Abwaschen dort hinten hin. Sieh mal, so macht man das.« Peter stellte die Tasse auf den Teller und nahm das Messer fest in seine Hand. »Wenn du das Messer auf den Teller legst, fällt es garantiert runter«, erläuterte er dabei. »Und die Tasse hältst du am besten so … fest, damit sie nicht abhaut.« Er zeigte Claudio ganz genau, wie er es anstellen sollte, und nickte zufrieden, als es genau befolgt wurde.

Gemeinsam schoben sie sich durch die Gänge Richtung Küche. Claudios Augen huschten hin und her. Kurz vor der Ablage stand plötzlich so ein großer Junge neben ihm. Mindestens so groß wie sein Bruder.

Gerade hatte Claudio sein Geschirr abgestellt und das Messer zu den anderen gelegt, als der Große ihn anstupste.

»Clau-di-o«, sagte er ganz langsam und betonte jede Silbe. »So ein komischer Name! KLAU – DIE – OOCH!«, sagte er mit furchtbarer Stimme und Claudios Haare stellten sich auf. Aber was ihm einen Schock versetzte: Die Hand des Großen fuhr zu dem Messerberg und Claudio sah plötzlich Mutters Hand mit dem Messer durch die Luft sausen.

Er schrie auf und rannte blindlings los. Bloß weg von dem Messer! Verblüfft sprangen einige Kinder zur Seite, um nicht umgerannt zu werden. Ein Kleiner schaffte es nicht mehr und Claudio rammelte gegen ihn, sodass er umfiel und sein Geschirr auf den Boden knallte. Natürlich zersprang es und das Messer flog unter einen Tisch.

Ungeheures Geschrei erhob sich wie ein Sturm hinter dem davonjagenden Claudio, der wie ein Hase Haken schlug und versuchte, den Ausgang zu erreichen.

Auf einmal umfingen ihn zwei Arme und er wurde angehoben und um eine Achse gewirbelt.

»So, Schluss mit der Jagerei!«, sagte eine strenge Stimme.

Claudio schnappte nach Luft und versuchte noch freizukommen. Er war puterrot. Die Arme schüttelten ihn und stellten ihn dann auf den Boden, ließen ihn aber nicht los.

Sein kurzer, erregter Blick fiel in Frau Webers empörtes Gesicht.

»Der – wollte mich – abstechen!«, hechelte er und gab den Widerstand auf. Frau Weber würde ihn bestimmt beschützen. Sie nahm seine Hand fest in ihre und richtete sich zu voller Größe auf. Der Lärm verebbte. Trotzdem hob sie noch wie segnend die Hand. Es wurde mucksmäuschenstill.

Ihr Blick suchte einen Moment. »Peter, Mirko, könnt ihr mir sagen, was passiert ist?« Da sie beide gefragt hatte, begannen auch beide sofort zu sprechen.

»Moment!« Wieder hob sie die Hand und die beiden aufgeregten Stimmen schwiegen. »Wer von euch war näher dran?«

Peter hob die Hand. Sie nickte ihm zu und er begann zu sprechen. »Heiko hat sich zwischen uns gedrängelt und hat Claudio geschubst.«

»Gar nicht wahr!«, kam es aus einer völlig anderen Richtung. »Nur ein bisschen angetupst!«

Peter machte eine wegwerfende Handbewegung und sprach weiter. »Dann hat er Claudios Namen so komisch ausgesprochen und mit einem Mal ist Claudio ganz verrückt losgesaust. Ich weiß nicht, warum.«

»Die Messer – das Messer!«, stotterte Claudio atemlos.

»Heiko!«, sagte Frau Weber nun mit energischer Stimme, »jetzt möchte ich von dir etwas hören!«

»Ich – ich habe mich nur über seinen komischen Namen gewundert und mit einem Mal ist der losgebürstet, wie vom wilden Affen gebissen!« Heiko tat ganz unschuldig, hob die Schultern und zeigte seine Handflächen.

Ein Mädchen meldete sich.

»Corinna, was möchtest du uns sagen?«, fragte Frau Weber schon in leiserem Ton.

»Heiko hat ›klau die ooch‹ gesagt und auf die Messer gezeigt und DA ist Claudio erst losgerannt wie ein Irrer.«

»Stimmt das, Claudio?« Sie neigte sich vor und blickte Claudio ins Gesicht.

Der nickte heftig. »Der wollte mich abstechen!«, stieß er noch immer aufgeregt hervor.

Einen Moment schwiegen alle und man konnte das Wirtschaften in der Küche hören.

»Ihr seht, wie ein scheinbar dummer Scherz einen Menschen in große Panik stürzen kann. Ihr kennt Claudio nicht, wisst nicht, was für schlimme Erfahrungen er hinter sich hat. Deshalb, Heiko, entschuldigst du dich bei Claudio und wirst das zerschlagene Geschirr forträumen. Überlege dir deine SCHERZE nächstens besser und vor allem beachte, bei WEM du sie anbringst.«

Sie beugte sich zu Claudio. »Heiko hat es nicht böse gemeint. Weil er dich aber nicht kannte, wusste er nicht, in welche Angst er dich trieb. Bist du mit einer Entschuldigung einverstanden?«

Claudio nickte und seine Angst rutschte zu einem ganz kleinen Häuflein zusammen, flackerte noch einmal auf, als der Große sich vor ihm aufbaute. Aber Frau Webers Hand versprach ihm Sicherheit. So blickte er dem Jungen aufmerksam ins Gesicht.

Der räusperte sich verlegen und streckte dann ganz langsam seine Rechte vor. »Ich wollte dich nicht erschrecken. Bitte entschuldige!«, sagte er stockend und bekam einen roten Kopf.

Claudio gab ihm vorsichtig seine Hand, immer darauf bedacht, ganz nah bei Frau Weber zu bleiben. »Ich dachte, du wolltest mich abstechen«, sagte er leise.

»Nee, wirklich nicht!«, beteuerte Heiko. »Ich habe nur ein bisschen deinen Namen verulkt. Ich mache das auch nicht wieder. Ist nun alles gut?«

Claudio nickte erleichtert. Im Raum nahm das Stimmengewirr zu. Frau Weber drückte noch einmal seine Hand und ließ sie dann los.

»Heiko, räum nun das Geschirr fort! Du weißt Bescheid.«

»Ja, Frau Weber!«, versicherte Heiko und machte sich auf den Weg. Claudio sah ihm nach und sein Blick blieb an dem Kleinen hängen, der sich Tränen aus dem Gesicht wischte.

»Den habe ich umgeschubst!«, sagte er laut. »Ob er mir böse ist?«

Frau Weber hörte es. »Geh zu ihm und entschuldige dich. Du weißt ja nun, wie man das macht, nicht wahr, Claudio?«

Claudio nickte und wurde ein bisschen aufgeregt. Sowas hatte er noch nie gemacht. Aber da standen plötzlich Mirko und Peter neben ihm.

»Wir kommen mit«, sagte Peter, »und helfen dir!«

»Der Heiko macht öfter Blödsinn«, meinte Mirko trösten zu müssen und umfasste freundschaftlich Claudios dünnen Unterarm.

Alle drei bauten sich vor dem Kleinen auf. »Timmi, der Claudio will dir was sagen!«, platzte Mirko heraus.

Claudio nickte beflissen. »Ich wollte dir nicht wehtun. Entschuldige!« Er streckte wie Heiko seine Hand vor und wartete geduldig. Der Timmi schniefte noch einmal, fuhr sich mit dem Arm unter der Nase lang und reichte ihm dann die Hand. »Aber das Geschirr ist kaputt!«, sagte er traurig.

»Ja«, antwortete Peter, »das ist aber Heikos Schuld.« Er strich dem Kleineren über den Kopf. »Claudio ist ja beinahe gestorben vor Schreck wegen Heiko.«

»Echt?« Der Kleine guckte mit großen Augen Claudio an und ließ verschreckt seine Hand los. »Der hat mich auch schon geärgert!«

»Macht er wohl, weil er so groß ist«, meinte Mirko. »Aber Frau Weber lässt es ihm nicht durchgehen. Kannste glauben!«, versicherte er übereifrig.

Alle blickten zu Heiko, der gerade mit der Kehrschaufel zum Ausgang lief. Wie auf Kommando setzten sie sich ebenfalls in Bewegung und folgten ihm ins Treppenhaus.

»Machs gut, Timmi, wir gehen jetzt zum Fußballplatz«, sagte Peter. »Du kommst doch mit oder?«, fragte er Claudio.

»Ich gehe zum Sand!«, rief Timmi und verschwand nach draußen.

Claudio nickte. Was hätte er auch sonst tun sollen?! Er kannte sich ja hier nicht aus. So spielte er mit ihnen und noch weiteren Jungen eine ganze Weile, bis der Tee drückte.

»Ich muss mal!«, rief er Mirko zu und rannte an den Spielfeldrand. Dort begann er sogleich, an seiner Hose herumzufummeln.

»Doch nicht hier!«, kam Peter angestürmt. »Komm mit, ich muss auch!« Er lief vor ihm her um die Hausecke. Dort war so etwas wie ein Stall aus roten Ziegeln und mit kleinen Fenstern hoch oben. Peter riss eine Holztür auf und lief hinein. Claudio folgte ihm ohne Scheu.

Peter stellte sich an eine schwarze Rinne mit Löchern und ließ seinen Strahl hineinschießen. »Musst aufpassen, dass es in das Loch geht!«, belehrte er Claudio noch schnell. »Sonst spritzt du dich voll.«

Auf einmal verengten sich Claudios Augen und abschätzig betrachtete er die Rinne mit ihren fünf Löchern.

»Aber mit dem Hintern treffe ich bestimmt nicht in das kleine Loch!«, sagte er aus seinen Gedanken heraus voller Überzeugung.

Peters überraschtes Gesicht war ein einziges Fragezeichen. Dann dämmerte ihm, was Claudio meinte. Er brach in schallendes Gelächter aus. »Du bist 'ne Marke!«, schrie er zwischendurch. »Hier kannst du doch nicht reinscheißen!

Der arme Hausmeister, der das wegräumen muss! Nee, du! Da, die Tür!«, stieß er immer noch glucksend hervor. »Da kannste groß machen!« Er schloss nun endlich seine Hose ordentlich und zeigte Claudio das Örtchen. »Damit wir nicht jedes Mal mit Dreckbotten ins Haus laufen müssen, haben sie das Klo hier stehen lassen. Das olle Ding ist ganz alt. Tausend Jahre oder noch älter!«, sagte er wichtig und ging zum Ausgang. Nun schaute er zu Claudio, damit der nicht wegen eines offenen Hosenschlitzes draußen gehänselt würde.

»So alt?«, staunte der und blickte verwundert das Klogebäude an. Tausend Jahre!? ER war sechs Jahre. »Wie viel ist tausend Jahre?«, wollte er wissen, als sie nun den Bau verließen und Peter die Tür schloss. Die Frage hatte Peter nicht erwartet.

»Ooch«, sagte er gedehnt, um Zeit zu gewinnen, und blickte sich hilfesuchend um. Aber es war niemand in der Nähe, der ihm helfen konnte. »Soo viiiel ...« Sein Blick streifte die Bäume. »So viel wie alle Bäume überall.« Sein Arm beschrieb einen ausladenden weiten Kreis und Claudio staunte.

»Die ganzen Bäume überall?«

Peter nickte eifrig und auch sein andrer Arm fuhr bestätigend durch die Luft. »Klaro! Vielleicht auch noch die Blätter an den Bäumen. So ganz genau weiß das keiner. Nun komm, wir gehen wieder spielen!«

Aber Claudio beschäftigte noch eine andere Frage. »Wie sollen denn die Mädchen in diese Rinne da ...«

Peter prustete erneut los, quietschte gar vor Vergnügen, weil er sich die Mädchen an der Rinne vorstellte. »Neenee, du bist gut!«, stöhnte er. »Die gehen doch auf der anderen Seite rein und da ist keine Rinne.« Er zeigte auf das Männchen an der Tür und führte Claudio um das Häuschen herum zu einer anderen Holztür. »Siehste, da ist ein Mädchen drauf.« Mit dem Fuß wummste er gegen die Tür. »He, Corinna, bist du da drin?«

Claudio war ihm wortlos gefolgt und stand nun atemlos vor Bewunderung neben ihm. Der Peter war ein toller Freund! Beide lauschten, ob sich etwas rührte. »Nichts. Siehste, da ist keine drin, sonst hätte die gleich losgeschimpft!« Er öffnete die Tür, ging aber nicht hinein. »Da, siehste die Türen? Dahinter können sie sitzen wie wir, wenn wir groß müssen. Klaro?«

Claudio nickte zufrieden.

»Dann komm, wir wollen weiterspielen!«

Damit standen sie wieder am Spielfeldrand und Mirko kam angelaufen. »Ich muss mal schnell. Wartet auf mich!«

Die anderen Jungen liefen auch in alle Richtungen auseinander und Claudio wunderte sich, wohin die alle wollten.

»Na, dann gehen wir eben zum Spielplatz. Da sitzt vielleicht auch Timmi im Sand«, meinte Peter. »Oi, da kommt ja Frau Sander! Die bringt bestimmt Tee oder noch was Besseres aus der Küche.« Peter sah sich ungeduldig nach Mirko um. Kaum erschien er an der Hausecke, bellte Peter los. »Mach hin, Frau Sander ist rausgekommen!« Schon rannte er los und Claudio stürmte hinterher. Hinter ihm hechelte Mirko.

Bei Frau Sander standen schon ein paar noch Schnellere. Sie goss eine gelbe Flüssigkeit in Plastetassen und jeder nahm sich eine und ging damit beiseite, damit der Nächste herantreten konnte.

Peter nahm sich eine rote Tasse und roch daran, während Claudio eine gelbe fasste und gleich kostete. »Hmm«, machten beide gleichzeitig, warteten aber, bis Mirko ebenfalls mit einer vollen Ladung neben ihnen stand.

»Brause!«, sagte nun Peter und trank gierig aus, um sich gleich noch einmal anzustellen. Claudio und Mirko schlossen sich an. Als Claudio sich noch einmal hinwendete, hielt ihn Mirko fest. »Mehr gibt es heute nicht. Wenn es noch heißer wird, dürfen wir dreimal holen.«

»Schade!«, seufzte Claudio und legte den Kopf in den Nacken, damit ja auch der letzte Tropfen aus der Tasse in seinen Mund rinnen konnte. Sie gaben die Tassen ab und schlenderten zu den Spielgeräten.

Claudio zeigte auf das Karussell. »Da kriegt ihr mich aber nicht drauf! Im Kindergarten hab ich damals gekotzt wie verrückt. Nie wieder!« Seine Augen leuchteten auf, als er das große Kletternetz entdeckte. »Kommt ihr mit in das Netz?«

Ohne zu antworten, liefen sie los und schwangen sich in die Maschen. Sie waren fast allein drin. Nur ganz oben saßen zwei größere Mädchen und erzählten miteinander. Argwöhnisch äugten sie zu den dreien herunter. Scheinbar wollten sie alleine sein, denn als die Jungen näher herankletterten, verzogen sich ihre Gesichter geringschätzig und mit einverständlichen Blicken begannen sie, abwärtszuklettern. Darüber freuten sich die drei und lachten hinter ihnen her, als sie untergehakt davonschlenderten.

Nun hatten sie das ganze Netz für sich allein und spielten Seeräuber. Alle drei hatten reichliche Fernseherfahrungen und übertrafen sich gegenseitig mit blutrünstigen Bemerkungen.

Plötzlich hielten Peter und Mirko inne und lauschten, während Claudio weiterkrakeelte. »Sei mal still!«, rief Peter. »Hörst du nichts?«

»Was denn? Die Glocke? Klar höre ich die! Na und?« Schon wollte er weiterspielen, doch Mirko winkte ab.

»Jetzt müssen wir rein! Gleich gibt es Mittagessen.«

Peter ergänzte, weil er Claudios verständnisloses Gesicht sah: »Wir müssen uns vorher waschen. Sonst bekommen wir nichts. Und ich habe Hunger!« Er begann sogleich den Abstieg und Mirko folgte ihm.

»Immer, wenn es schön ist, müssen wir aufhören«, maulte Claudio, spürte aber im gleichen Moment seinen Magen und leckte sich die Lippen. Bestimmt gab es hier etwas Gutes zu essen. Bisher war es doch wunderbar. Na ja, bis auf den Heiko. Und zum ersten Mal musste er heute an Papa denken. Ob der jetzt auch etwas zu essen bekäme?

Aber schon drängten Peter und Mirko. »Nun komm schon! Wir wollen doch nicht die Letzten sein.«

Bevor sie ins Haus gingen, putzten sie sich auf einer braunen, borstigen Matte die Schuhe gründlich ab. Neben, vor und hinter ihnen taten es andere Kinder ebenfalls. Deshalb wagte Claudio erst gar keinen Widerspruch und schubberte genauso eifrig.

Oben wuschen sie sich und Claudio wurde von beiden begutachtet.

»Ich muss noch rasch!«, sagte Mirko und verschwand.

»Mach hin! Ich auch!«, rief Peter und fügte erklärend hinzu: »Keiner läuft gern vom Tisch weg. Könnte sein, dass man dann das Beste verpasst.«

So ging auch Claudio lieber noch mal austreten und erst nach dem abschließenden Händewaschen liefen die drei wie der Wind hinunter in den Speiseraum. Beinahe wären sie wirklich die Letzten gewesen. Nur Heiko kam noch nach ihnen angesaust und erntete missbilligende Blicke von allen Seiten.

Claudio entdeckte auf den Tischen große Schüsseln mit Nudeln und ... »Was is'n das Rote?«, sagte er ziemlich laut.

»Das ist Tomatensoße mit Wurststückchen«, flüsterte Peter. »Schmeckt lecker. Hmm!«

»Da steht aber auch Zucker«, raunte Mirko von der anderen Seite. »Kannst nehmen, was du lieber isst! Ich nehme Zucker.«

Ratlos sah sich Claudio die Schüsseln an. Nudeln wollte er auf jeden Fall! Aber dann? Er kam zu keinem Entschluss. Inzwischen sprach Frau Weber wieder und alle sagten »Amen«. Nur er nicht. Das große Mädchen verteilte schon die Nudeln. Was sollte er bloß machen?!

Peter schien sein Zögern richtig zu deuten. »Nimm erstmal Nudeln. Die kennst du doch oder?«

Claudio nickte hastig.

»Und dann nimmst du nur ein bisschen Soße auf eine Stelle und isst das auf.

Danach probierst du es mit Zucker. Klaro?« Peter schaufelte sich Soße auf seinen Nudelberg. »Schieb mal deinen Teller näher!«, verlangte er und kleckerte danach ein wenig auf den Rand von Claudios Nudeln. »Nu kannste kosten!« Er widmete sich eilends seinem Teller und kümmerte sich nicht mehr um Claudio.

Der kostete das rote Zeug. Hm, schmeckte gut. Doch wie würde es mit Zucker sein? Vielleicht noch besser! Er blickte zu Mirko. Na, der futterte aber! Der Zucker glitzerte wie Schnee überall auf seinen Nudeln!

Er langte zum Zuckerlöffel und wollte damit ganz schnell zu seinem Teller. Oje, warum rieselte denn der Kram runter auf den Tisch? Bei Mirko hatte es scheinbar besser geklappt. Auf dem Tisch vor ihm lag kein bisschen Zucker. Rasch steckte er den Löffel wieder zurück. Aber ein wenig glänzte doch auf seinem Teller. Deshalb nahm er seinen Löffel und kostete.

Oijoijoi, war das süß! Er leckte sich die Lippen. Nun wollte er noch mehr Zucker, traute sich jedoch nicht, alleine welchen zu nehmen.

Hatte das Mädchen es bemerkt? »Möchtest du noch Zucker, Claudio?«, fragte es und fasste nach dem Löffel. »Schieb deinen Teller näher, damit nicht alles danebenfällt!«

Er tat es und dankte sogar, was ihm früher nie eingefallen wäre. Nun konnte er endlich richtig loslegen. Mirko und Peter hatten ihren Teller schon leer und nahmen sich nach.

Hach, aber diesmal kleckerte Peter! Claudio sah es genau und freute sich, dass er nicht alleine war. Seinen verschütteten Zucker sah man fast überhaupt nicht. Aber diese rote Soße!! Ha, das gab bestimmt Ärger. War doch 'ne weiße Tischdecke!

In der großen Nudelschüssel war nicht mehr viel drin, als Claudio seinen Teller geleert hatte. Diesmal schob er seinen Teller an die Schüssel und wollte schon zum Riesenlöffel greifen, als das Mädchen reagierte.

»Du möchtest noch Nudeln?«, fragte sie freundlich.

»Tust du mir welche drauf?«

»Gerne, Claudio!« Sie schaufelte zwei große Löffel voll auf den Teller. »Ich heiße übrigens Tanja und wenn du hier Hilfe brauchst, dann sage es nur. Ich helfe dir gerne. Reicht es oder soll ich alles drauftun?«

Claudio blickte unschlüssig. Papa sagte immer: »Sei nicht gierig.« War das gierig, wenn er alles wollte?

»Na, iss erstmal! Ich kann dir nachher auch von anderen Tischen noch etwas holen, wenn du noch nicht satt bist«, half Tanja und er nickte dankbar.

»Möchtest du Zucker oder Soße?«, erkundigte sie sich noch lächelnd.

»Zucker!«, stieß er selig hervor und nachdem sie ihn bedient hatte, brachte er sogar ein »Danke« zustande. Er staunte über sich selbst.

Als er seinen Teller erneut geleert hatte, kam plötzlich Frau Sander mit einem komischen Wagen ... oder war es ein Tisch? ... durch die Reihen gefahren. Sie nahm ein großes Tablett herunter und schob es auf den Tisch.

»Aah«, rutschte es Mirko heraus, »Früchte mit Vanillesoße! Da könnte ich mich reinlegen!«

Tanja verteilte die Kompottschüsselchen und stellte gleichzeitig die leeren Teller übereinander. Auch von anderen Tischen erklangen Ahs und Ohs und ein stilles Schmausen begann.

»Mann, bin ich jetzt voll!«, stöhnte Mirko neben Claudio. Der setzte sich auch ganz gerade hin, um noch den letzten Rest hineinzustopfen. Danach leckte er das Löffelchen sauber. Am liebsten hätte er auch das Schüsselchen ausgeschleckt, traute sich aber nicht, weil er keinen sah, der es machte. Selbst die Jüngeren an seinem Tisch nicht!

Mirko stellte sein Näpfchen in Claudios und Peter folgte ihm. Dann schob er die drei Schälchen zu den anderen hin und die stapelten weiter. Sie landeten neben dem Tellerberg am Tischrand. Tanja sammelte die Löffel ein und legte sie in den obersten Teller.

Kaum war sie damit fertig, erklang Frau Webers Stimme und alle antworteten mit »Amen«.

»Und nun?«, fragte Claudio neugierig. Jetzt konnten sie bestimmt wieder draußen spielen. Bei DEM schönen Wetter!

»Jetzt ist Mittagsruhe!«, sagte Peter. »Wir gehen in unsre Zimmer und legen uns ins Bett.« Er gähnte sogar. Das verstand Claudio nicht, aber irgendwo in seinem Gedächtnis wusste er, dass er das schon erlebt hatte. Und weil er dabei zu unruhig gewesen war, bekam er die Zudecke über den Kopf gestülpt. Das war äußerst unangenehm gewesen!

»Nee, ich will aber nicht!«, sagte er störrisch.

Mirko zischte kurz und scharf. Peter flüsterte nahe an Claudios Ohr. »Mach keinen Mist! Wenn wir ganz ruhig in unserem Zimmer liegen, ist alles in Ordnung. Sonst musst du in den Gemeinschaftsraum und da passt immer Frau Weber auf!«

»Aber bei dem schönen Wetter ...«, versuchte Claudio noch einmal zu protestieren. Mirko zischte erneut und presste ihm die Hand auf den Mund. »Sei bloß still!«, klang es gefährlich leise an Claudios Ohr. Er nahm die Hand wieder fort. »Wir wollen nicht deinetwegen in den blöden ...« Er verstummte, denn sie waren gar nicht weit entfernt von Frau Weber. Schnell zogen sie Claudio durch die Tür in den Flur.

»Komm nur, wir erklären es dir oben, wenn wir alleine sind!« Sie hasteten die Treppe hoch und in ihr Zimmer. Peter schloss die Tür und lehnte sich dagegen.

»Du, wir sind von den Kindergartenkindern die Einzigen, die hier auf ihrem Zimmer Mittagsruhe halten können. Das musst du uns nicht kaputt machen! Da können wir uns nämlich leise unterhalten oder auch im Bett ein bisschen spielen. Unten darfst du das nicht, wo die ganzen Kleinen ruhen. Da musst du liegen wie 'ne Eins!«

»Hast du kapiert?«, fragte Mirko mit leicht drohendem Unterton.

Claudio nickte und musste an damals denken. »Zieht Frau Weber einem da auch die Decke über den Kopf, dass man bald erstickt?« Er schaute ängstlich von einem zum andern.

Mirko zuckte mit den Schultern.

»Das wissen wir nicht. Uns ist das noch nicht passiert, aber wer weiß, vielleicht, wenn einer zu quirlig ist …« Für Peter war das damit geklärt. »So, wir ziehen uns jetzt aus und den Schlafanzug an und legen uns ins Bett! Dann können wir leise weitererzählen.« Er und Mirko begannen sich zu entkleiden und Claudio tat es ihnen nach. In den Raum zu den Kleinen wollte er auch nicht.

Als sie im Bett lagen, herrschte erst einmal Stille. Keiner wusste so recht, worüber er sprechen könnte. Peter gähnte und Claudio musste an seinen Papa denken. Er seufzte.

»Wenn mein Papa bloß bald gesund wird!«, sagte er leise.

»Na, du hast es doch gut!«, flüsterte Mirko. »Du weißt, dass er dich hier wieder rausholt. Ich muss froh sein, dass ich hier bleiben kann. Und so viel zu essen habe«, fügte er noch an.

»Hast du Geschwister?«, wollte Peter wissen.

»Ja«, antwortete Claudio. »Silvio ist schon zwölf Jahre! Aber der ist in einer anderen Familie.«

»Wieso?« Peter war so verdutzt, dass er zu flüstern vergaß. »Ich denke, dein Papa …«

»Der hat früher auch gesoffen!«, sagte Claudio nun auch laut. »Deshalb ist Silvio ins Heim gekommen und dann in eine Familie. Manchmal kommt er in den Ferien zu uns. Silvio ist so groß wie Heiko«, sagte er voller Stolz.

»Hm«, machte Mirko und schwieg. Das musste er erst verdauen. »Dann kann ich ja vielleicht auch noch in eine richtige Familie kommen.«

»Oder ich«, sagte Peter ganz leise.

Claudio ließ verwundert den Mund offen stehen. »Aber ich denke, es gefällt euch hier ganz doll!«

»Na ja«, klang es gedehnt von Mirkos Bett, »schlecht ist es hier ja auch nicht. Aber … Haut dich dein Papa oder hat er dich lieb?«, fragte er plötzlich.

Claudio fuhr auf und schaute empört zu Mirko. »Mein Papa haut mich doch nicht! Der hat mich ganz toll lieb. Siehste, so!« Er nahm seinen Wuschi in die Arme und presste ihn fest an sich. Ein richtiger Hund wäre dabei gestorben.

»Du hast es gut!«, seufzte Peter und drehte sich zur Wand, dass Claudio nur noch seinen Rücken sah. Ob er weinte?

Ein jäher Impuls ließ ihn die Beine aus dem Bett schwingen, zu Peter laufen und ihn streicheln. »Wird bestimmt alles gut!«, sagte er tröstend.

Mirko zischte. »Komm schnell wieder ins Bett!« Seine Augen huschten ängstlich zur Tür. »Manchmal kommt Kontrolle.«

Claudio lief zurück und warf sich ins Bett. Als er zur Tür blickte, glaubte er, die Klinke bewege sich, und hielt vor Schreck den Atem an. Er kniff die Augen zu und rührte sich nicht. Als nach einer Ewigkeit nichts geschah, blinzelte er zur Tür. Da stand keine Frau Weber! Auch niemand anders. Alles war wie vorher. Aber Mirko und Peter rührten sich nicht. Deshalb blieb er auch ganz still liegen, seinen Wuschi ans Herz gedrückt. Ganz tief im Innern freute er sich, dass Mirko und Peter ihn beneideten, weil sein Papa ihn lieb hatte. Mit diesem Gedanken schlief er ein.

»Ey, du Schlafmütze! Erst willst du gar nicht und jetzt bist du nicht wach zu kriegen!«, sagte Peter und rüttelte ihn an der Schulter.

»Mensch, mach bloß hin!«, rief Mirko. »Es gibt wieder was zu futtern!«

»Schon wieder?«, wunderte sich Claudio. Zu Hause gab es meistens nur früh und abends was. Schnell sprang er aus dem Bett und zog sich an. Währenddessen richteten die anderen schon sein Bett wieder her.

»Geh noch zur Toilette!«, riet ihm Peter und legte den Wuschi aufs Kopfkissen.

»Die Hose kannst du unterwegs zumachen!«, drängelte Mirko danach und war schon auf dem Flur. Peter schloss sorgfältig die Tür hinter Claudio und lief dann neben ihm die Treppe hinab. Die letzte Stufe übersprang er und lachte.

»Aber auf dem Geländer dürfen wir NICHT rutschen! Obwohl es einen Heidenspaß macht!«

»Hast du das schon mal probiert?«, fragte Mirko mit großen Augen.

»Nö, hier nicht!« Er blickte prüfend über seine Schulter zurück zum Geländer. »Ich glaube, das hier ist höher. Da muss ich noch ein bisschen größer werden. Bei uns war eins draußen am Haus. Da sind wir alle runtergerutscht.«

»Hast du so viele Geschwister?«, wunderte sich Claudio.

»Ich meine doch auch die anderen Kinder. Ich habe keine Geschwister.« Das Letzte klang bedauernd und Mirko reagierte gleich.

»Mach dir nichts draus: Ich auch nicht!«

»Mensch, guck mal: Kuchen und Kakao!«, rief Peter überrascht.

»Is denn heute Weihnachten?« Mirko konnte es ebenfalls nicht fassen. »Sonst gibt es meistens eine Stulle oder ein Brötchen.«

»Oder auch nur Obst«, fügte Peter erklärend für Claudio hinzu. »Mit was zu trinken natürlich! Trinken kriegst du immer!«, behauptete er wichtig.

Sie setzten sich an den Tisch und Claudio schaute sich neugierig um. Langsam fühlte er sich nicht mehr so fremd. Gerade wollte er noch etwas sagen, als sein Blick eine fremde Frau erfasste, die an Frau Webers Platz stand.

»Das ist Frau Lenz!«, flüsterte Peter. »Ist im Büro von Frau Weber.«

Aber die Frau Lenz sprach nun genau die gleichen Worte wie sonst Frau Weber und alle antworteten wieder mit »Amen«. Claudio hatte es vor Staunen wieder verpasst. Er nahm sich vor, beim nächsten Mal auch »Amen« zu sagen.

»Jeder nur ein Stück!«, sagte Tanja und achtete drauf, dass keiner mehr nahm. Die Stücke waren aber auch so groß, dass Claudio lieber mit beiden Händen zugriff.

Genüsslich kaute er. Und der Kakao schmeckte einfach klasse. Er konnte sich nicht erinnern, schon mal so etwas Gutes getrunken zu haben! Also, wenn jetzt sein Papa auch noch neben ihm säße, dann müsste das hier so etwas wie der Himmel sein, den die Erwachsenen immer bei besonders guten Dingen erwähnten. Sagte Peter nicht auch eben »himmlisch«? Claudio blickte ihn forschend an.

Der deutete den Blick anders. »Jetzt dürfen wir wieder raus!«, meinte er und legte schnell den Finger auf den Mund, denn Frau Lenz sprach schon. Diesmal sagte Claudio laut und deutlich »Amen«!

»Du, wir zeigen dir mal den Bach!«, sagte Mirko draußen. »DA ist es schön. Und wir können Schiffe schwimmen lassen.« Sie fassten Claudio links und rechts an und rannten los. Der Weg führte geradeaus durch dicke, alte Bäume, in deren Schatten es schön kühl war. Hin und wieder stand eine Bank am Weg.

»Da ist schon die Brücke!«, rief Mirko und ließ Claudios Hand los. »Ich suche mir schon ein Schiffchen! Oder auch zwei!« Mit vorgestrecktem Kopf, den Blick auf den Boden geheftet, schnürte er seitlich davon.

Peter zog Claudio mit sich. »Komm, wir suchen an der anderen Seite des Weges!« Er fand ein handtellergroßes Rindenstück. »Siehste, sowas nehmen wir als Schiff!«

Nun wusste Claudio, wonach er Ausschau halten konnte, und fand bald ein ebensolches Stück. Von der anderen Seite jubelte Mirko. »Ich habe schon zwei!«

»Komm, wir probieren erstmal!«, sagte Peter und rannte … nein, nicht zur Brücke, wie Claudio angenommen hatte, sondern ein Stückchen nach links zwischen zwei Büschen hindurch. Dort hockte er sich in eine Vertiefung.

Langsam lief Claudio ihm nach. Hach, die Vertiefung war der Bach. »Aber da kann man ja mit einem großen Schritt rüber!«, sagte er verwundert. »Das ist ja gar nicht tief!«

»Na, glaubst du, dann dürften wir hier so einfach spielen?«, fragte Mirko spöttisch.

»Ich wohne an einem Puhl!«, gab Claudio nun an. »Der ist aber tief. Da kannste drin ersaufen! Und niemand hat auf mich aufgepasst. Ich konnte den ganzen Tag dran spielen.« Er richtete sich stolz zur vollen Größe auf und genoss die bewundernden Blicke, die Peter und Mirko von unten heraufsandten.

»Mann!«, staunte Peter mit offenem Munde.

»Hast du das gut!«, stöhnte Mirko. »Da wäre ich auch den ganzen Tag geblieben.«

»Da waren auch Enten drauf: Große und solche kleinen! Davon hätte ich zu gerne mal eins in die Hand genommen. So klein und wuschlig! Noch feiner als mein Wuschi. Könnt ihr glauben!« Einen Moment stand er wie benommen. Wie lange war DAS schon her!

»Tja, hier sind keine Enten!«, riss ihn Mirko aus der Versunkenheit. »Hier sind höchstens Frösche oder andre Krabbler. Nun lass mal dein Schiff schwimmen! Mal sehen, ob es weiter kommt als unsre.«

»Meins hängt an 'nem Stock fest!«, ärgerte sich Peter, während Claudio sein Rindenstück aufs Wasser setzte, das sachte hin zur Brücke strömte. Peter sprang auf und eilte seinem Schiff zu Hilfe. Nachdem er es befreit hatte, drehte es sich einige Male und stieß mit Claudios zusammen.

»Meins ist schon am weitesten!«, schrie Mirko strahlend. »Jetzt fährt es gleich unter der Brücke durch!« Er sprang auf und rannte auf die Brücke, um sich mit dem Oberkörper über das Holzgeländer zu hängen. »Jetzt … ist es weg!«, rief er und schnellte zur anderen Seite.

Inzwischen kamen auch die anderen angeschwommen und Claudio und Peter begleiteten sie mit großem Geschrei. Genau wie Mirko hängten sie sich über das Geländer, um ihre Schiffe mit Blicken zu verfolgen und dann zur anderen Seite zu springen, um sie mit Triumphgeheul dort wieder zu begrüßen. Gleich hinter der Brücke blieb Mirkos im flachen Wasser hängen und stoppte dann auch die anderen.

Mit Entsetzensschreien eilten sie zu dritt ihren Schiffen zu Hilfe. Dabei kam es natürlich zur Kollision. Peter konnte den Stoß nicht abfangen und landete mit dem linken Arm im Ufermatsch.

»Iih!«, brüllte er geschockt auf. »Müsst ihr Idioten so rammeln?« Langsam kam er hoch und versuchte, durch Schlenkern des Armes den Schlamm wegzuschleudern. Batsch! Ein Fladen landete auf Claudios Wange. Nun schrie auch er: »Iih! Bist du blöd?«, setzte er noch dazu. Schlimmere Wörter verkniff er sich.

»Steh still!«, verlangte Mirko. »Du machst alles nur schlimmer. Wir können es doch abwaschen.« Er besah sich den Schaden. »Bist aber auch in den größten Modder gesaust. Woanders ist nicht so viel. Komm mal hierher! Hier können wir das abspülen.« Er stellte sich breitbeinig über das Bächlein. »So, nun halte mal deinen Arm übers Wasser. Ganz dicht natürlich!«

Während er Peters Arm säuberte, war Claudio ihm gefolgt, stand auch breitbeinig und schöpfte sich Wasser ins Gesicht, um den Matsch fortzuspülen.

»Ich glaube, ich bin wieder sauber«, meinte er nach fünfmaligem Schöpfen. Peter und Mirko hielten inne und sahen ihn begutachtend an.

»Na, zum Ohr hin ist aber noch was«, sagte Mirko. »Das sieht man doch gleich!«

Claudio wusch sofort weiter. Peter hielt seinen Arm hoch.

»Der ist schon ganz kalt«, beschwerte er sich. »Ist denn immer noch was dran?«

»Na ja, es geht«, meinte Mirko. »Wir können ja in die Sonne gehen, damit du wieder trocken wirst.« Die Schiffe waren vergessen. Einträchtig liefen sie zum Spielplatz und kletterten ins große Netz.

Gerade als sie beschlossen, noch Piraten zu spielen, erklang die Glocke und sie rannten ins Haus. Claudio wusste nun schon Bescheid und sie saßen diesmal eher am Tisch.

Leckere Stullen türmten sich auf einem großen Teller und bei jedem Platz stand eine bunte hohe Tasse mit goldenem Tee.

Peter schnupperte dran. »Mm, Pfefferminztee! Den trinke ich am liebsten.« Ungeduldig hielt er Ausschau nach Frau Weber. Doch Frau Lenz erschien wieder und nach dem »Amen« durften sie endlich loslegen.

»Wenn es hier immer so viel gibt, werde ich dick und fett!«, stöhnte Claudio, als er seine Tasse geleert auf den Tisch stellte. »Und was kommt nun? Gehen wir nun gleich schlafen?« Er war noch gar nicht müde.

»Wir können ja nachher in den Spielraum gehen. Da kannst du das Sandmännchen gucken oder auch noch einen kleinen Film«, erklärte Mirko. »Da sind aber auch Bücher und Spiele.«

»Ja, aber da dürfen nur noch die Großen spielen! Wer noch nicht in die Schule geht, muss ins Bett«, sagte Peter.

Es wurde still und Frau Lenz sprach etwas länger als sonst. Aber das »Amen« wurde wie immer von allen gesprochen. Danach verließen sie den Speisesaal.

»Na ja, gehen wir mal rein und zeigen Claudio, wie es da drin ist«, meinte Mirko gönnerhaft auf dem Flur. Peter nickte nur und bog nach links ab. Noch ein paar Kleine liefen mit ihnen in die gleiche Richtung.

Sie betraten ein großes Zimmer, in dem Claudio sofort die vielen bunten Farben auffielen. Farbige Bilder hingen in langen Reihen an einer Wand. »Die sehen ja aus, als wenn ich sie gemalt hätte«, sagte er leise zu Peter.

»Sind ja auch von uns!«, klärte ihn Peter auf. »Als es letztens so geregnet hat … Da, das ist von mir!« Stolz wies er auf ein Blatt.

»Und das da ist von mir!« Mirko zeigte auf ein anderes.

Claudio besah sich die beiden Bilder. »Konnte jeder malen, was er wollte?«

»Ja, diesmal ja«, sagte Mirko. »Aber manchmal sollen wir alle das Gleiche malen.«

»Aber wir malen nicht nur.« Peter zeigte auf seltsame bunte Figuren auf einem Schrank. »Die sind geknetet.«

»Und die Großen dürfen auch schon schnitzen. Siehst du, dort stehen die Sachen von denen.« Mirko schob ihn vor einen anderen Schrank.

Aber sie wurden unterbrochen, denn Frau Lenz trat ein und sofort entstand eine gespannte Stille, in der nur ein paar Stühle noch schurrten.

Die drei hatten sich auch rasch hingesetzt und warteten ungeduldig wie alle anderen. Endlich hellte sich der große Bildschirm auf und ein paar Kleinere ließen ihr »Ah« erschallen. Mirko sah spöttisch zu ihnen hin. Doch schon erklang die Sandmannmelodie und er schwieg lieber, denn Frau Lenz saß auf einem Stuhl an der Seite und konnte sie alle beobachten.

Kaum war das Sandmännchen fort, Claudio blickte neugierig zu Frau Lenz, als ein großes Mädchen eintrat.

»Gruppe drei kommt jetzt mit mir mit. Isabell, du auch!«, sagte es und Claudio staunte es an.

Während die Kleinen hinter ihr hertrippelten, schaute Claudio fasziniert zu. »Helfen die Großen hier immer den Kleinen?«, fragte er laut und erschrak, als Frau Lenz ihm antwortete.

»Ja, bei uns helfen die Großen den Kleinen. Das darfst auch DU, wenn ein Kleinerer deine Hilfe benötigt. Nachher wird Tanja bei euch erscheinen. Aber jetzt dürft ihr noch die Füchse beobachten.«

Mirko wollte wohl noch etwas sagen, doch Peter zischte und schaute zum Bildschirm, wo ein Fuchs durchs hohe Gras schnürte, wie erstarrt verharrte, nur die Schwanzspitze zuckte, und schließlich eine Maus fing, die er sogleich verzehrte.

»Da muss es aber viele Mäuse geben«, sagte Mirko leise, als der Fuchs eine dritte erbeutete und dann sogar eine vierte. Doch gleich danach erfuhren sie, dass er sie zum Bau schleppte, vor dem die Jungen schon warteten.

»Eine Mutti«, flüsterte Peter andächtig.

Gebannt verfolgten sie die Fütterung und anschließend das Spiel der drei Kleinen.

»Ich möchte später mal Tiere haben«, sagte Peter, als sie die Treppe zu ihrem Zimmer hinaufgingen. »Wenigstens einen Hund.«

»Silvio ist in einer Familie, die Kaninchen hat«, erzählte Claudio. »So 'ne ganz kleinen. Die in der Wohnung herumhoppeln, hat er mir gesagt. Die kann er streicheln.«

Peter war stehengeblieben und sah ihn mit offenem Munde an. »Wirklich? Mensch, das gibt es?«

»Ja, aber so knuddeln wie Katzen kann man die nicht, hat er gesagt«, berichtete Claudio wichtig.

»Na, ihr drei, wollt ihr hier Wurzeln schlagen?«

»Tanja! Du? Schon?« Mirko staunte.

»Ja, ich wollte sehen, wie sauber ihr euch gewaschen habt. Aber ihr steht hier und erzählt!«

»Wir sind gleich so weit!«, sagte Mirko eilfertig und sauste beflissen davon.

»Kannst ja noch erst woanders hingehen«, schlug Peter vor. »Wir beeilen uns auch!«

»Das ist nett von euch. Wir dürfen nämlich heute ins Kino. Dann komme ich in fünf Minuten und schaue nach, ja?« Tanja lief eilends den Gang entlang zu ihrem Zimmer und die Jungen verschwanden in ihrem. Aber als Claudio nur die Kleidung mit dem Schlafanzug tauschen wollte, protestierte Mirko.

»Nee, das geht nicht! Du musst dich ordentlich waschen. An deinem Ohr klebt auch noch Modder! Und deine Arme sind ganz grau. Da wird ja das Bett gleich dreckig!«

»Da, nimm deinen Waschlappen, mach ihn nass und wasch dich damit!«, half ihm Peter. Er machte ihm vor, wie er es anstellen sollte.

Da trat Tanja ein. »Na, wie weit sind wir denn?«

»Gleich fertig, Tanja!«, gab Mirko an. Deshalb trat sie zu ihm und begutachtete seine Haut zuerst. »Hier unterm Kinn musst du noch mal reiben. Da ist ein schwarzer Strich.«

Gleich rieb Mirko so heftig, dass der Hals ganz rot wurde.

»Lass die Haut drauf!«, warnte Tanja lächelnd und wandte sich Peter zu. »Gib mir mal deinen Lappen! Du hast hier hinten am Arm noch Schmutz. Wart ihr am Bach?«

Perplex starrten sie Tanja an. »Nun guckt nicht wie Autos! So ein schwarzer Dreck ist nur am Bach zu finden!« Sie wusch Peter und besah sich anschließend Claudio noch gründlich. »So, alles in Ordnung! Ach, beinahe hätte ich eure Füße vergessen! Zeigt die mal her! Oje, ihr Schwarzfußindianer!« Sie ließ etwas Wasser in eine Schüssel, denn eine Wanne gab es hier nicht. »So, Peter, setz dich aufs Bett und steck die Füße hier rein!«

Zack, zack ging das bei ihr und schon waren Peters Füße blank. »So, der Nächste bitte!« Claudio saß schon bereit.

»Abtrocknen kannst du alleine!«, sagte sie zu Peter und warf ihm das Handtuch zu. Dann nahm sie sich Claudios Füße vor und danach Mirkos. Während sie die Schüssel leerte, schielte sie zu den dreien. »Rubbelt die Füße schön trocken, damit sie euch nicht kalt werden. Sonst gibt es einen Schnupfen. Und dann rein in die Heia! Macht keinen Zeck, damit wir keinen Ärger bekommen!«, warnte sie noch und zog die Vorhänge an den beiden Fenstern zu. Dann ging sie von einem zum andern, strich jedem über den Haarschopf und wünschte eine gute Nacht.

Peter wünschte ihr im Gegenzug: »Viel Spaß beim Film!«

Komisch, dachte Claudio, als er im Bett lag und sich genüsslich hineinkuschelte, dass ich mich hier im Bett so wohlfühle. Aber gleich darauf seufzte er und Peter drehte sich zu ihm um.

»Is was?«, erkundigte er sich leise.

»Hier ist es ja schön«, sagte Claudio, »aber noch schöner wäre es, wenn mein Papa auch hier sein könnte.«

»Na, dann wärste ja nicht hier!«, sagte Mirko spöttisch.

»Ob mein Papa schon gesund ist?«, fragte Claudio wehleidig. »Nun bin ich schon SO lange hier …«

»Ey, spinnst du?«, regte sich Mirko auf. »Du bist doch erst einen Tag hier!«

»Na, da müssten wir ja vielleicht jammern!«, meldete sich nun auch Peter. »Wir waren schon im Winter hier!«

»Ja, da war der Bach zugefroren«, erzählte Mirko. »Und wir konnten auf dem Eis schlittern!«

»Auf dem kleinen Bach?!« Das schien Claudio unsinnig.

»Nee, auf dem Teich, in den der Bach fließt. Aber da dürfen wir jetzt nicht alleine hin. Das ist verboten! Weil wir da ertrinken könnten!«

»Ist der größer als meiner?«, wollte Claudio wissen.

»Mensch, ich weiß doch nicht, wie groß deiner ist!«, empörte sich Mirko. Peter gähnte laut.

»Macht lieber den Mund zu«, sagte er leise. »Ich bin müde.« Er drehte sich um und im Schummerlicht sahen sie nur noch seinen Rücken. Deshalb schwiegen sie. Claudio dachte wieder an seinen Papa und versprach ihm heimlich, dass er weiter ganz lieb sein wolle. Erst danach fielen ihm die Augen zu.

Aber am nächsten Abend weinte er vor Sehnsucht und erst als ihm Mirko und Peter versprachen, dass sein Papa bestimmt bald komme, schlief er getröstet ein.

Beim Frühstück verließ Peter plötzlich seinen Platz und ging zu Frau Weber, kaum dass alle »Amen« gesagt hatten. Nicht nur Mirko und Claudio standen die Münder offen. So etwas kam ganz selten vor und die Jüngeren konnten sich natürlich nicht daran erinnern. Sie sahen Frau Weber nicken und etwas sagen. Danach ging Peter wieder zu seinem Platz und aß wie immer. Was der da wohl bei Frau Weber wollte?

Claudio vergaß es schnell wieder, denn er wollte doch die neue Marmelade kosten und verdammt aufpassen musste er dabei, damit er nicht kleckerte. Aber alles ging gut und er kaute genüsslich. Nun ließ er seine Augen schweifen und Peters Tat fiel ihm wieder ein. Donnerwetter! Was der sich traute! Hier vor allen so einfach nach vorn gehen und …

»Was wolltest du denn bei Frau Weber?«, erkundigte er sich leise bei ihm, bevor er erneut abbiss.

Peter antwortete nicht, schüttelte nur abweisend den Kopf. Das fand Claudio aber gemein. Er schwieg verärgert und kümmerte sich nur noch um sein Essen. Dabei vergaß er seinen Ärger und lief später mit allen um die Wette zum Fußballplatz. Diesmal stellten sie richtige Mannschaften auf, in denen gleich viele kleine und große Spieler waren. Die beiden dicksten Jungen wurden ins Tor gestellt.

»Sind immer drin«, flüsterte Mirko Claudio zu. »Weil die nicht laufen wollen, die Faultiere!«

Peter war in der gegnerischen Mannschaft gelandet, was Claudio bedauerte. Er fühlte sich einen Moment lang allein gelassen. Aber das Spiel begann und er hatte keine Zeit mehr, darüber nachzudenken. Einmal hätte er beinahe den Ball ins Tor geschossen. Doch so ein Gegner verhinderte es zum Schluss mit seinem langen Bein. Beinahe wären ihm Schimpfwörter rausgeflutscht. Im letzten Augenblick kam ihm die Mahnung seines Papas in den Sinn und er schluckte sie hinunter.

Nach dem Mittagsschlaf holte ihn Frau Lenz ins Büro. Sein Herz schlug bis zum Halse, als er mit ihr zum Büro gehen musste. Neugierig schaute er sich trotzdem um. So sah also das Büro aus! Was sollte er denn hier?

»Ein Telefon kennst du doch oder?«, fragte Frau Lenz freundlich.

Claudio nickte eifrig. »Mein Papa hat ein Handy.«

»Prima!«, lächelte Frau Lenz. »Wenn es jetzt klingelt, dann kannst du mit deinem Papa sprechen.«

Claudios Mund sprang weit auf. Seine Gedanken rasten. Sein Herz ebenso. Frau Lenz setzte ihn in einen Sessel. Er spürte es kaum.

Als es klingelte, zappelte er aufgeregt herum, während sie in den Hörer horchte, kurz sprach und ihm dann das Ding hinhielt. Mit beiden Händen griff er fest zu und umklammerte es. »Papa, Papa!«, stammelte er und wusste nicht, was er noch sagen sollte. Dann hörte er eine Stimme! Aber so weit weg. Das sollte sein Papa sein? Aufgeregt lauschte er, was die Stimme sprach. Doch, ja, das war sein Papa!

»Bist du immer noch im Krankenhaus, Papa?«, schrie er schließlich in den Hörer.

»Ja, mein Junge, leider. Es wird auch noch ein paar Tage dauern. Bist du auch lieb zu allen?«

»Ich bin ganz lieb und sage nicht mal die schlimmen Wörter!«, beteuerte Claudio. »Und Peter und Mirko passen auf mich auf. Die sind auch ganz lieb. Und Tanja ist auch lieb!«

»Siehst du, mein Sohn, wenn man lieb ist, findet man schnell gute Freunde. Ich bin stolz auf dich und ich habe dich ganz toll lieb! Morgen rufe ich wieder an und dann erzählst du mir, was du mit deinen Freunden alles so machst, ja, mein Schatz?«

»Ja, Papa, mache ich! Tut es noch weh?«

»Nicht mehr viel. Aber ich habe einen großen Verband und muss ganz still liegen. Das Telefonieren strengt mich noch sehr an. Machs gut, mein Claudio, und sei weiter so lieb. Tschüs!«

»Tschüs, Papa!«, sagte Claudio rasch und Frau Lenz nahm ihm den Hörer ab. Wie betäubt lief er zum Speiseraum und sah gar nicht die vielen Blicke, die an ihm hingen, bis er an seinem Platz saß.

»Was war denn?«, erkundigte sich Mirko mit vollem Munde, während Peter ihn nur mit strahlenden Augen anschaute.

»Ich habe mit meinem Papa gesprochen!«, erklärte Claudio aufgeregt. Seine roten Wangen leuchteten richtig aus dem blassen Gesicht unter dem Blondschopf und er versuchte, Mirko und Peter gleichzeitig anzusehen.

Peter lächelte wissend. »Nun iss man erst!«, meinte er gutmütig. »Sonst verhungerst du uns noch. Nachher kannst du immer noch alles erzählen.«

Nun spürte Claudio auch seinen Hunger und griff zum Brotkorb. »Mein Papa muss ganz still liegen«, sagte er noch rasch beim Verstreichen der Marmelade und biss dann kräftig zu.

»Und was hat er noch gesagt?«, fragte Mirko zwischen zwei Bissen.

»Dass es nicht mehr wehtut. Aber er hat einen dicken Verband und es dauert noch ein paar Tage und ich soll lieb sein.«

»Na siehste, der hat dich nicht vergessen!«, sagte Peter befriedigt. »Nun brauchste auch nicht mehr zu heulen!«

»Er will mich wieder anrufen, hat er gesagt«, erzählte Claudio mit wichtiger Stimme. »Und ich habe ihm von euch erzählt«, setzte er bedeutsam hinzu.

»O gut!«, staunte Mirko.

»Prima!«, fand auch Peter. »Vielleicht können wir ihn sehen, wenn er dich abholt.« Sie hatten sehr leise gesprochen. Jetzt aber legte Peter den Finger auf die Lippen, denn Frau Weber stand vorn.

Claudio hörte zwar wie alle gespannt zu, konnte aber nicht einordnen, was sie erzählte. Er bekam nur mit, dass die Gruppen irgendwohin gehen würden. Da sich jedoch Peter und Mirko freuten, kam bei ihm keine Angst auf. Die beiden würden ihm schon sagen, was Sache war. Deshalb ließ er sie nach dem Essen nicht aus den Augen.

Draußen rannte diesmal keiner fort, sondern alle stellten sich zu ihren großen Mädchen oder Jungen. Peter und Mirko gesellten sich mit Claudio zu Tanja und die zwei bestürmten sie mit Fragen. Das taten auch die anderen Kinder, mit denen sie beim Essen am Tisch saßen und die Claudio nun schon kannte. Doch Tanja lächelte nur geheimnisvoll und verriet nichts.

»Wir gehen zu dritt. Die drei größten gehen vorn, dahinter Mirko, Claudio und Peter, dann ihr drei und wir sind die letzten drei.« Sie nahm die beiden Kleinsten an die Hand. »Wir gehen nun bis zur Kreuzung vorn. Bitte ganz ordentlich, sonst gibt es Ärger!«

»Der muss dann beim nächsten Mal mit den Babys gehen«, flüsterte Mirko Claudio zu und kicherte hämisch, während sie losmarschierten.

Die Ampel sprang gerade auf Rot, als sie ankamen.

»Mist!«, murmelte Mirko. »Nun müssen wir warten!«

»Wenn wir drüben sind, nach links bitte!«, sagte Tanja laut, um den fließenden Verkehr zu übertönen.

Claudio besah sich die vorbeifahrenden Autos so intensiv, dass er gar nicht hörte, was Peter sagte. Als die Ampel umschaltete, zogen ihn die beiden mit, während er sich noch den Hals verdrehte. »Habt ihr gesehen, wie das Auto am Haken hing?«, fragte er beim Hinüberwechseln.

»Das war der Abschleppdienst!« Mirko grinste schadenfroh. »Da hatte wieder einer geparkt, wo es verboten war!«

»Jetzt nach rechts, bitte!«, rief Tanja und sie schwenkten in eine Nebenstraße.

»Hier war'n wir ja noch nie!«, posaunte Mirko heraus.

»Doch!«, protestierte der vor ihm Gehende. »Hier wohnen Schmidts!«

»Kenn ich nicht!« Mirko blickte sich um. »Lauter schöne Häuser! Bestimmt große Gärten dahinter! Da kann man wahrscheinlich gut spielen!«

»Halt!«, kam Tanjas Anweisung. Sie standen vor einem etwas kleineren Haus, dessen Vorgarten nicht ganz so gepflegt aussah wie die anderen. »Hier wohnen Oma und Opa Schmidt. Nun ist Oma Schmidt aber ins Krankenhaus gekommen und kann die Erdbeeren nicht mehr alle ernten. Deshalb sind wir heute hier. Opa Schmidt wird uns jetzt Körbe geben und uns zeigen, wie das Ernten gemacht wird. Wenn wir gut sind, dürfen wir wiederkommen.«

»Erdbeeren, hmm«, raunte es in der Gruppe. Ein grauhaariger Mann kam um die Hausecke und winkte sie herein. Tanja öffnete die Vorgartentür und ließ alle an sich vorbeimarschieren, wobei sie Mirko und einen anderen Jungen leise warnte. »Macht keinen Quatsch!«

»Bestimmt nicht!«, beteuerte Mirko sofort. Der andere nickte nur. Opa Schmidt begrüßte sie alle mit Handschlag und wies danach auf kleine Spankörbe.

»Jeder nimmt sich einen Korb und kommt dann hinter mir her in den Garten.«

»Da gehen ja nicht viel rein«, meinte Claudio abschätzig.

»Pflücke den erstmal voll!«, entgegnete Peter. »Ich war schon mal …« Er konnte nicht vollenden, weil Opa Schmidt ihn zwischen zwei Erdbeerreihen stellte.

»So steht ihr in den Reihen«, erklärte er. »Jeder pflückt nun die Roten und nur die Roten von links und rechts ab und legt sie in seinen Korb. Dabei müsst ihr aufpassen, dass ihr keine mit dem Korb zerquetscht. Stellt ihn immer vor euch zwischen die beiden Reihen. Macht langsam und ordentlich. Essen könnt ihr natürlich auch welche. Aber nicht zu viel, damit ihr keine Schwierigkeiten bekommt.« Er griente und Claudio konnte sich denken, was er meinte. Schon wollte er loslegen, als Opa Schmidt noch erläuterte, wie die Beeren problemlos abgepflückt werden.

»Also, Kinder, nicht reißen, sondern nach oben biegen.«

Nun bückten sich alle und Claudio bog die erste rote Beere nach oben. Wirklich! Es ging ganz leicht. Natürlich landete sie im Mund.

»Das Grüne musst du doch vorher abmachen«, mokierte sich Peter. »So macht man das!« Er steckte die Beere in den Mund und biss unterhalb des Grünen zu. »Siehste, so!« Er kaute genüsslich, während Claudio die Blätter ausspuckte.

»Ich habe die noch nie mit Blättern gesehen«, meinte er entschuldigend. Eigentlich konnte er sich überhaupt nicht erinnern, jemals Erdbeeren gegessen zu haben. Aber die schmeckten wirklich gut.

»Wie die Marmelade«, meinte er nach der zweiten.

»Na klar, wenn es doch Erdbeermarmelade ist!«, spottete Mirko. Ein paar kleine lagen schon in seinem Korb. Die großen hatte er natürlich gegessen. Nun hockten alle in den Reihen und pflückten emsig, dabei wanderten immer wieder welche in den genaschigen Mund.

»Setzt euch bitte nicht hin!«, warnte Tanja, als die Ersten zu stöhnen begannen. »Dann richtet euch auf und drückt das Kreuz durch.« Sie machte es vor und gleich stand die ganze Gruppe in den Reihen, um es nachzuahmen.

»Mein Korb ist gleich voll!«, sagte einer angeberisch.

»Meiner auch!«, klang es von allen Seiten.

»Wer seinen Korb gefüllt hat, geht vorsichtig in seiner Reihe wieder zurück und wartet auf dem Weg, bis wir alle fertig sind!«, wies Tanja an. Sie hatte bei den Kleinen geholfen, sodass auch die den Korb jetzt voll hatten.

»Wenn ihr wollt, könnt ihr morgen wiederkommen. Ihr habt es sehr gut gemacht und die Reihen sind noch nicht zu Ende, wie ihr seht.« Er strich allen über die Köpfe. »Ich werde Oma sagen, wie fleißig ihr wart. Dann freut sie sich. Sie hatte nämlich Angst, dass die schönen Erdbeeren verfaulen.«

»Das machen wir doch gerne!«, rief Mirko und alle nickten bestätigend.

»Schmecken ja auch prima!«, meinte Claudio. »Habe ich noch nie gegessen!«

Opa Schmidt sah ihn prüfend an. »Bist wohl aus der Stadt?«

Erst nickte Claudio. Dann fiel ihm ein, dass seine Mutti verächtlich das Dorf »Kuhbläke« genannt hatte. »Aber jetzt nicht mehr. Wir wohnen an einem großen Puhl!«, setzte er rasch hinzu.

»Na, jedenfalls kennst du nun Erdbeeren«, meinte Opa Schmidt und strich ihm über den Blondschopf. »Wirst noch viel Neues kennenlernen, bis du so groß bist wie ich.«

Claudio nickte nur und schaute ihm in die liebevollen Augen. Ein komisches Gefühl schlich ihm durch die Seele. So 'n Opa hätte er auch gern gehabt!

Tanja ordnete die Gruppe wieder und sie marschierten zurück. Dabei hing der Korb ganz schön schwer an Claudios Arm. Aber nach dem fünften Wechsel von links nach rechts und zurück, als er schon dachte, er schaffe es nicht mehr, waren sie am Heim und durften die Körbe in der Küche abliefern.

»Nun wascht ihr euch und kommt dann zum Abendessen!«, sagte Tanja zu allen und lief danach mit Claudio, Peter und Mirko die Treppe hoch. »Na, hat's Spaß gemacht?«, fragte sie dabei lächelnd. »Oder war es zu anstrengend?«

»Nö, war prima!«, riefen die drei wie aus einem Munde. »Und Erdbeeren schmecken ganz toll!«, setzte Claudio hinzu. »Gehen wir morgen wieder hin?«

»Wenn das Wetter so bleibt!«, antwortete Tanja, hob grüßend die Hand und lief weiter zu ihrem Zimmer, während die drei in ihres stürmten.

»Mann, hab ich Druck!«, rief Mirko und verschwand hinter der Badtür.

»Na klar, oller Drängler!«, sagte Peter hinter ihm her. »Uns platzt auch bald der Bauch! Also mach hin! Waschen kannst du dich, wenn wir alle drauf waren!«, setzte er laut hinzu und begann, von einem Fuß auf den anderen zu treten. Claudio ging es nicht anders.

»Können wir nicht beide auf einmal?«, begann er zu verhandeln.

Peter stutzte und nickte dann. »Klar! Aber da müssen wir aufpassen, damit es nicht spritzt. Sonst müssen wir putzen!«

Beide stürmten hinein und stellten sich ans Becken. »Eigentlich sollen wir uns immer hinsetzen«, erklärte er während der Aktion. »Aber diesmal ist es wohl eine Ausnahme, weil wir uns sonst in die Hosen machen. Und das wäre noch schlimmer!«

Danach wuschen sie sich gemeinsam am Waschbecken die Hände, wobei Peter darauf achtete, dass sie nicht spritzten. »So, nun kannst du dir auch die Hände waschen!«, rief er Mirko über die Schulter zu.

Claudio fuhr noch rasch mit den Händen unter den Strahl und wollte gerade das aufgefangene Wasser trinken, als Mirko auf seine Hände drückte, dass es alles ausfloss.

»Hey, bist du blöd?«, schrie Claudio wütend auf. »Ich habe Durst!«

»Die paar Minuten kannst du nun auch noch warten«, sagte Mirko. »Wasser auf die vielen Erdbeeren ist bestimmt nicht gesund! Dann hast du nachher Wanstrammeln und jammerst uns die Ohren voll.«

Claudio wollte noch etwas brüllen, aber Peter gab ihm das Handtuch. »Trockne dich ab! Mirko hat Recht. Und nun gehen wir zum Essen. Tee kannst du dort so viel trinken, wie du willst!«

Claudio war noch immer wütend, doch nun hakte Mirko ein. »Und dann kannst du morgen vielleicht nicht mit, weil du Dünnpfiff hast. Dann essen wir die schönen Erdbeeren ganz alleine!« Dieser Gedanke hatte eine große beruhigende Wirkung auf Claudio und widerspruchslos lief er mit nach unten.

Wirklich gingen sie am nächsten Tag wieder zu Opa Schmidt und als der Papa anrief, wusste Claudio gar nicht, was er zuerst erzählen sollte. Er warf alles durcheinander, aber der Papa freute sich trotzdem, dass es ihm so gut ging, und wünschte ihm noch viele schöne Erlebnisse.

Zehn Tage vergingen und Claudio hatte sich gut eingelebt. Dann stand der Papa plötzlich am Fußballfeld und Claudio starrte ihn zuerst an wie einen Geist.

Mirkos Frage »Was will denn der?« brachte ihn in die Wirklichkeit zurück und er stürmte los.

»Papa! Papa! Da bist du ja endlich!«

»Langsam, langsam, mein Junge! Sonst geh ich noch kaputt, wenn du mich umwirfst, und muss wieder ins Krankenhaus!« Diese Warnung stoppte Claudios vehementen Anlauf und er warf sich nicht wie früher mit ganzer Kraft an seinen Papa.

»So ist es gut!«, lobte der, hockte sich nieder und nahm ihn in die Arme, drückte ihn aber nicht so wie früher. »Ich muss noch vorsichtig sein, mein Junge. Wäre es schlimm, wenn du noch ein paar Tage hierbleibst?«

Das war eine kalte Dusche. »Warum, Papa?«, sagte Claudio enttäuscht. »Warum kann ich nicht gleich mit dir mitgehen? Ich kann dir doch helfen!«

Papa seufzte. »Wenn wir zusammenbleiben wollen, muss ich näher an einem Kindergarten wohnen. Du willst doch bei mir bleiben? Oder gefällt es dir hier so gut, dass du ganz hierbleiben willst?«

Claudio schwieg verwirrt. »Können wir uns irgendwo setzen, mein Sohn?« Papa sah sich um. Claudio auch, aber das Wasser in den Augen trübte seinen Blick und er sah gar nichts mehr. Papa nahm seine Hand und führte ihn zu einer Bank.

»So, mein Claudio, wir zwei Männer müssen das mal ganz genau besprechen. Sieh mal, die Mutti wird nicht so schnell wiederkommen. Deshalb muss ich eine kleine Wohnung suchen für uns zwei, die aber nicht weit vom Kindergarten entfernt ist. Ich muss ja täglich zur Arbeit und während dieser Zeit gehst du in den Kindergarten und im nächsten Jahr in die Schule. Da kommen wir nicht drum herum.«

»Aber warum muss ich jetzt noch hierbleiben, Papa?«

»Gefällt es dir denn hier gar nicht? Am Telefon hat es sich so angehört, als würde es dir hier gut gefallen.« Papas Stimme klang traurig. »Ich muss ganz viel umherlaufen, in Büros und da rumsitzen, um das alles in Ordnung zu bringen. Und ruhen soll ich auch noch!«

Papa legte den Arm um Claudio und zog ihn an sich und wischte ihm die Tränen ab. »Sieh mal, vor so einem Büro zu sitzen, macht dir bestimmt keinen Spaß. Und wenn ich dann hinter der Tür verschwunden bin und ewig nicht rauskomme, hast du bloß Angst. Und das möchte ich dir ersparen! Und mir auch, weißt du. Wenn ich dich hier bei den Kindern weiß, mit denen du so schön spielen kannst, kann ich viel besser mit den Leuten im Büro verhandeln.« Er seufzte. »Ach, mein Junge, mach es mir doch nicht so schwer! Aber eins verspreche ich dir: Sowie ich das erledigt habe, hole ich dich ab. Das kann schon in drei Tagen sein. Das Umziehen bewerkstelligen wir zusammen, mein Großer.« Er seufzte erneut und dachte daran, dass nicht viel und nichts Ordentliches zum Umzug da war. Er würde wieder die mitleidigen Blicke seiner Kumpels ertragen müssen. Doch das konnte er nicht umgehen. Mit ihnen wurde es billiger. Er war glücklich, dass sein Chef ihn nicht entließ! Aber er hatte auch verlangt, dass er in einer Woche wieder erschien. Das alles hatte er mit vielen Worten Claudio nun erzählt.

»Siehst du, mein Schatz, ich kann dich nicht hier herausholen und nach drei Tagen wieder abgeben wie ein Paket, bloß weil ich noch keine Wohnung habe. Und wenn ich dich alleine in der jetzigen Wohnung lasse und arbeiten gehe, haben sie einen Grund, dich gänzlich von mir wegzunehmen.«

Jetzt seufzte Claudio. »Ach, Papa, dann bleibe ich noch hier, obwohl es Mist ist!« Er presste sich ganz fest an seinen Papa und griff mit beiden Händen nach seiner großen Hand, um sie krampfhaft zu drücken. »Aber du holst mich ganz bestimmt wieder, Papa?« Dabei musste er an seinen großen Bruder denken. »Ich will nicht in eine andere Familie!«

»Das will ich auch nicht, mein Junge. Und diesmal müssen wir es schaffen!« Der Papa blickte auf seine Armbanduhr. »Ich möchte heute noch zu meinen Kollegen und mit denen über alles sprechen. Vielleicht können die uns helfen.« Er erhob sich.

»Aber ich habe dir noch gar nicht Peter und Mirko gezeigt«, stammelte Claudio verwirrt und sah sich nach ihnen um. Die rannten gerade mit dem Ball am gegenüberliegenden Spielfeldrand entlang.

»Wo sind sie denn?«

»Da drüben – die zwei! Siehste, die wollen grade ein Tor schießen! Mist! Hat nicht geklappt!« Claudio winkte und brüllte die Namen über den Platz. Die beiden sahen sich um, sagten noch etwas zu den anderen und stürmten wie der

Wind heran. Beide hechelten wie zwei Windhunde nach einem Rennen, als sie vor Claudio und seinem Papa standen.

»Das ist Peter und das Mirko!«, sagte Claudio stolz. »Und das ist mein Papa. Aber er kann mich noch nicht mitnehmen. Ich muss noch ein bisschen hier bleiben.«

Der Papa gab den beiden die Hand. »Ich danke euch, dass ihr euch so gut um Claudio kümmert. Lasst euch nachher alles von ihm erzählen. Seht mal, ich glaube, die warten alle auf euch, damit das Spiel weitergehen kann. Helft meinem Claudio weiter. Ich hoffe, ich kann es euch mal vergelten, Jungs. Nun lauft, ihr drei, und haut ein Tor rein!« Peter und Mirko sausten gleich davon, Claudio wollte schon mitrennen, stoppte aber kurz und umarmte seinen Papa. »Hol mich bald!«, sagte er rasch und lief dann den beiden nach. Als er sich auf dem Feld umdrehte, war sein Papa weg. Da schluckte er heftig, wollte aber nicht weinen und schrie deshalb laut: »Wann geht's denn nun weiter?!«

Als Claudio vier Tage später mit Peter und Mirko vom Frühstück kam, stand der Papa im Vorraum.

»Papa!«, schrie Claudio und stürmte auf ihn los. Doch der Papa hob wiederum abwehrend die Hände und stoppte seinen Lauf.

»Bist du denn immer noch nicht wieder gesund?«, nörgelte Claudio, der Papas Gesundheit mit seinem Anspringen und dem anschließenden Hochwerfen verband. Der Papa hockte sich nieder, nahm Claudio in die Arme und drückte ihn an sich. »Bald ist alles wieder wie früher, mein Junge. Guten Morgen, Mirko, guten Morgen, Peter«, begrüßte er mit Handschlag die Jungen. Alle drei kicherten los.

»Ich bin Peter!« »Ich bin Mirko!«, klang es gleichzeitig.

»Oh, entschuldigt, dass ich euch verwechselt habe. Es soll nicht wieder vorkommen. Könnt ihr Claudio heute entbehren? Ich muss ihn mal mitnehmen. Er soll entscheiden, ob wir die Wohnung nehmen oder nicht.«

Den beiden, nein, den dreien fielen die Kinnladen herunter vor Staunen. »Is ja 'n Ding!«, ließ Mirko hören.

»Mensch, DU sollst das entscheiden?«, staunte Peter.

Claudio wuchs gleich ein paar Zentimeter. »Wenn mein Papa das sagt!«, stieß er glücklich hervor. »Dann macht's mal gut!«, sagte er rasch und griff nach Papas Hand. »Bis heute Abend!« Schnell weg, bevor es sich Papa vielleicht anders überlegt. Er zog ihn zur Tür.

Über die Schulter rief der Papa den Jungs lächelnd sein »Tschüs!« zu. »Nun reiß mir mal nicht den Arm aus«, meinte er draußen zu Claudio und lenkte ihn zum Parkplatz.

»Ey, Papa, die Bushaltestelle ist aber da drüben!«

»Ich weiß! Aber heute bin ich mit 'nem Auto hier!«

Wieder sperrte Claudios Mund. »Mach 'n Mund zu, sonst kommen die Fliegen rein!«, sagte Papa lustig.

»Seit wann hast'n du ein Auto?« Claudio konnte es nicht fassen, dass sein Papa nun sogar ein Auto haben sollte!

»Es ist von meinem Kollegen«, erklärte Papa. »Er hat sich gestern ein neues geholt und ich habe den übernommen.« Sie standen an einem dunkelblauen VW, dem man sein Alter ansah. »Ich werde ihm dafür Verschiedenes in seiner Wohnung machen, wenn ich umgezogen bin und alles mit dir in Ordnung ist.« Er schloss den Wagen auf und Claudio wollte auf den Beifahrersitz klettern.

»Sohnemann, das tut mir leid, aber da darfst du noch nicht sitzen. Wir wollen uns doch nicht mit der Polizei anlegen oder?«

»Mist!«, brummte Claudio unwirsch, ging nach hinten und ließ sich anschnallen.

»Aber da niemand vor dir sitzt, kannst du gut sehen«, machte ihm Papa die Sache schmackhafter. Er stellte den Beifahrersitz sogar noch anders ein. »So! Nun ist es fast genauso wie vorn.«

Papa stieg ein und fuhr los. »O Mann, der hört sich aber nicht gut an!«, kritisierte Claudio und glaubte, sich an eine andere Melodie zu erinnern. »War unser Auto damals auch schon so alt?«

»Nein«, sagte Papa traurig. »Dann hätten wir kein Geld mehr dafür bekommen und wären auf der Straße gelandet. Wer weiß, wo du da jetzt wärst.«

»Du, Papa, die Tanja hat gesagt, wenn ich mir ganz toll etwas wünsche, geht es in Erfüllung.«

»Jaja, wenn das so einfach wäre …« Papa warf ihm einen skeptischen Blick zu. »… würden es doch alle machen.«

»Aber, Papa, ich habe mir gewünscht, dass wir eine Wohnung kriegen und nun fahren wir hin! Dann stimmt es doch, was Tanja sagt!«

Claudio sah Papa nicken, doch er sagte nichts dazu. Aber vielleicht deshalb, weil er eben an der großen Kreuzung aufpassen musste. Die kannte Claudio und wusste, wenn man da etwas falsch machte, knallte es. Er hatte schon mal einen Unfall hier gesehen und die schönen Autos bedauert. Jetzt fuhr Papa jedoch in eine Gegend, die er nicht kannte.

»Du fährst ja schon wieder raus aus der Stadt. Hast du nicht gesagt, dass wir bei einem Kindergarten wohnen werden?«

»Das ist hier eine Gartensiedlung. Die gehört zur Stadt. Und dort, das gelbe Haus, ist der Kindergarten ›Sonnenschein‹.« Papa fuhr sehr langsam und Claudio äugte hinaus. So ganz geheuer war ihm das nicht! Kaum hatte er ein paar Freunde gefunden, musste er schon wieder woanders hin!

»Und wo soll nun die Wohnung sein?« Claudio sah überhaupt keine Häuser, weder kleine noch große.

»Warte, gleich halte ich an!«

Wirklich, der Papa hielt. Aber ein Haus konnte Claudio nicht ausmachen. Ungeduldig drückte er an dem Gurtverschluss herum. »Mistding!«, schimpfte er los.

»Keine schlimmen Wörter!«, mahnte Papa, der es beim Öffnen der Tür noch gehört hatte. »Hier musst du drücken!«, zeigte er Claudio und schon surrte der Gurt fort. »Nun komm erstmal raus!«

Claudio sah sich um und entdeckte zwischen den Bäumen ein Stückchen Wand mit einem Fenster. »Isses das?« Er zeigte mit langem Arm auf das Erspähte. »Das ist aber klein!«

»Für uns zwei würde es reichen. Komm, wir schauen es uns genauer an.« Er nahm Claudios Hand in seine und zog den Zögernden mit sich durch eine Gartenpforte, die er hinter sich wieder schloss. Auf dem Mittelweg konnten sie bequem nebeneinander gehen, links und rechts waren nur ganz schmale Wege.

»Bei Opa Schmidt wächst nichts auf den Wegen«, stellte Claudio fest.

»Ja, das Unkraut müssten wir beseitigen. Die Mutti vom Kollegen ist gestorben und er hat keine Lust, sich auch noch hier um das alles zu kümmern. Weißt du, er besitzt ein Haus mit einem großen Garten. Da ist viel zu tun.« Sie waren am Häuschen angekommen, das nun gar nicht mehr so klein aussah. Claudio wollte schon zur Klinke greifen.

»Warte, ich muss erst aufschließen!«, sagte Papa. »Die Verwandten haben sich schon rausgeholt, was ihnen gefiel, sagte der Kollege. So, das ist hier die Stube.«

Claudio trat einen Schritt nach vorn und erstarrte mitten in der Bewegung. »Ey, Papa, hier war ich schon. Das Bild mit dem Hirsch und das olle Sofa da drunter …« Er ließ seinen verwunderten Blick weiterwandern, aber weil Papa nichts dazu sagte, schluckte er seine Verwunderung herunter und räsonierte: »Na, viel ist ja nicht hier!«

Er lief zum Sofa und setzte sich mit Schwung drauf. Dann begann er leicht zu wippen. »Nicht mal ein Fernseher!«

Papa Maik schaute irritiert, als sein Sohn behauptete, schon hier gewesen zu sein, widersprach nicht, sondern reagierte auf die nächste Aussage.

»Den bringen wir doch mit! Und einen Schrank und einen Tisch haben wir auch. Damit wäre das Zimmer auch schon voll.«

»Stimmt!«, sagte Claudio altklug. »Und wo schlafen wir?«

»Na, dann komm!« Papa wies mit dem Kopf auf eine Tür.

»Da geht's ins Schlafzimmer und daneben die Tür führt zum Bad. Na ja, ein richtiges Bad ist es nicht. Aber eine Toilette und eine Dusche sind vorhanden.« Er ließ Claudio hineinsehen.

»Besser als draußen auf der Kuhbläke!«, meinte er überheblich, was Papa zu einem ärgerlichen Zischen veranlasste.

Er wollte seine Bemerkung rasch vergessen machen. »Und nun das Schlafzimmer!«, drängte er und Papa öffnete die Tür.

»Ist ja gar nichts drin!«

»Da stellen wir unsre Betten rein und den Schrank. Dann ist es aber übervoll.«

»Na, Papa, solange Mutti nicht da ist, kann ich ja in dem großen Bett schlafen. Da brauchen wir meins doch nicht aufzustellen.« Würde Papa da mitmachen? Er blickte schräg zu ihm hoch.

»Da hast du Recht, mein Sohn!«, sagte Maik und seufzte. In den letzten beiden Jahren war er zwar für alles verantwortlich gewesen, aber erst jetzt wurde ihm so richtig bewusst, dass er nun allein mit seinem Sohn war. »Alleinerziehender Vater«, murmelte er.

»Was ist?«, wollte Claudio natürlich wissen.

Maik gab sich einen Ruck. Nur nicht im Selbstmitleid ertrinken. Das führte zu nichts. »Genauso machen wir es, mein Großer. Nun zeige ich dir noch die Heizung!«

»Ist doch gar kein Ofen hier!« Claudio drehte sich um seine Achse.

»Das ist der Ofen!« Maik wies auf die Kacheln in der Wand.

»Du spinnst!«, sagte Claudio respektlos.

Maik überhörte es. »Komm mit!«, sagte er und zog Claudio ins Bad. »Hier wird geheizt! Im Schlafzimmer ist nur eine Wand des Kachelofens. Der größte Teil steht im Wohnzimmer und das Stück hier wärmt das Bad.«

Claudio sah im Wohnzimmer nach. »Ist ja super!«, schrie er euphorisch. »Der heizt ja drei Zimmer!«

»Aber wir müssen für die Heizung Kohlen und Holz besorgen, mein Junge.« Er öffnete eine Tür im Bad, die Claudio überhaupt noch nicht gesehen hatte. »Hier ist ein Schuppen angebaut. In dem sind die Gartengeräte und das Heizmaterial. Siehst du den kleinen Haufen Holz? Das reicht natürlich nicht für den Winter. Und Kohlen sind überhaupt keine hier!«

Das hörte Claudio nicht mehr. Er war in den Garten gelaufen und trabte nun vorsichtig auf den schmalen Wegen entlang. »Sind denn hier überhaupt keine Erdbeeren?«, rief er ungeduldig, als er sie auf der linken Seite nicht entdeckte.

»Dann musst du mal auf die andere Seite stiefeln!«, griente Maik. »Vielleicht haben die Vögel auch alle geholt.« Er wollte ihm die Enttäuschung ersparen, falls keine reif waren.

Schnell, aber trotzdem vorsichtig lief Claudio zur gewiesenen Ecke und bückte sich, um mit Luchsaugen in die Blätter zu spähen. »Hier ist eine!« Seine Stimme überschlug sich vor Freude. Die Beere erwies sich nach dem Abpflücken nur auf der oberen Seite rot, aber trotzdem schmeckte sie Claudio köstlich. »Jetzt haben wir selbst Erdbeeren!«, sagte er feierlich.

Maik schmunzelte. »Dann bist du also einverstanden mit der Wohnung?«

»Klar, Papa, die nehmen wir!« Dann huschte ein Gedanke durch seinen Sinn. »Schade, hier ist kein Puhl!«

»Na ja, so einer wie draußen auf dem Dorf natürlich nicht, aber komm mal mit. Oder willst du in den Erdbeeren sitzenbleiben?«

Claudio suchte schnell mit den Augen die drei kleinen Reihen ab. »Bei Opa Schmidt sind viel mehr!«, sagte er und fand noch zwei rote Beeren. »Willst du eine?«, fragte er den Papa großzügig.

»Gibst du mir denn eine ab?«

»Na klar, Papa!«

»Na, dann gib mir die kleinere.«

Gemeinsam schlenderten sie vom Grundstück. »In der Mitte der vielen Gärten haben sich die Leute gemeinsam ein Haus zum Feiern gebaut und dort findest du auch einen Spielplatz und einen Puhl.« Sie gingen auf einem breiten Weg, der in der Mitte Fahrspuren aufwies, während an den Zäunen rechts und links bunte Blumen wuchsen.

Maik kam seinem Sohn zuvor. »Hier darf ICH nur langfahren, wenn ich einen Behinderten oder einen ganz alten Opa zum Spartenheim bringen will. Natürlich dürfen Lieferfahrzeuge hier fahren. Zum Feiern braucht man schließlich eine ganze Menge Getränke und Essen. So, da wären wir!«

Claudio blickte sich um. Das große lange Haus links war bestimmt das Spartenheim. »O Mann, die haben ja hier auch so ein Netz! Darf ich, Papa?« Ohne die Antwort abzuwarten, stürmte er davon. Maik ging ihm langsam nach. Jetzt am Vormittag war natürlich nichts los. Aber als ihm der Kollege abends nach seiner Arbeit alles gezeigt und erklärt hatte, war hier ganz schöner Betrieb. Bestimmt zehn Kinder hatten sich auf dem Spielplatz vergnügt. Er trat an das Netz heran.

»Papa, kann ich das auch mal Peter und Mirko zeigen?« Kaum ausgesprochen, fielen ihm auch noch andere ein. »Und Paul und Ina?«

»Von mir aus ja, aber da müssen wir auch die Heimleiterin und die Eltern fragen und nur wenn die es erlauben … Also ICH kann es dir nicht versprechen.« Das leuchtete Claudio ein. »Klar, Papa. Aber fragen darf ich doch schon?«

»Natürlich. Doch nicht gleich. Wir müssen erst umziehen. Morgen haben die Ämter offen. Da will ich das alles erledigen und am Wochenende geht's dann los. Wir bekommen wahrscheinlich den großen Wagen vom Chef. Das ist so eine Art Lieferwagen, kein richtiger Laster, weißt du. Mit dem kommen wir prima bis vor unser Grundstück.«

Claudio war heruntergeklettert. Alleine machte es keinen besonderen Spaß. Er warf noch einen bedauernden Blick zu den anderen Geräten. Schade, dass Peter und Mirko nicht dabei waren. Er fasste nach Papas Hand. »Und wo ist der Puhl?«

»Hast du ihn nicht von oben gesehen?«

»Nö! Wo denn?«

Papa zog ihn zur anderen Seite und lief mit ihm ein kleines Stück weiter. »Na da!«

»Ach du liebes bisschen! So klein?« Claudio sah enttäuscht auf die etwa fünf mal sechs Meter große Wasserfläche, die außerdem zum Teil noch von Pflanzen verdeckt wurde. »Da können aber keine Enten drauf schwimmen.«

»Schau mal ins Wasser!«, forderte Maik ihn auf und beobachtete seinen Sohn genau.

Der schaute zuerst gelangweilt aufs Wasser. Dann konzentrierte sich sein Blick. »Mensch, so 'ne großen Fische! Da kann ich ja angeln!«

Maik lachte. »Das sind keine zum Angeln, nur zum Beobachten! Ein bisschen füttern darf man auch.«

»Die sehen aber schön aus!«, sagte Claudio andächtig. »Siehste den, Papa? Der leuchtet richtig!«

»Möchtest du sie noch immer angeln?«

»Nee, die sind zu schön!« Claudio hockte sich hin und fasste automatisch in den Sand neben sich.

»Aber nichts hineinwerfen, Claudio!«, warnte Maik vorsichtshalber. »Das Säubern macht viel Arbeit. Na ja, ist eben kein Dorfpuhl.«

Claudio erhob sich. »Ja, schade!«, sagte er aus tiefstem Herzen und wandte sich ab. Maik legte ihm tröstend die Hand auf die Schulter. »Aber wir haben es doch gut, wir zwei. Wir müssen nicht unter 'ner Brücke pennen, sondern leben in einem Häuschen mitten im Grünen.«

»Jaja«, sagte Claudio nur und fühlte trotzdem, dass dabei etwas fehlte. Ein Stückchen liefen sie stumm nebeneinander her, bis Maik eine junge Amsel auf dem Zaun sitzen sah. Er zog Claudio zur Mitte des Fahrwegs und zeigte ihm den Vogel. »Bestimmt kommen gleich die Eltern zum Füttern!« Sie blieben stehen und warteten. Sie hatten nichts bemerkt, aber der Piepmatz wandte seinen Körper plötzlich nach rechts und sperrte den Schnabel weit auf. Der Altvogel äugte zu ihnen. Weil sie sich jedoch nicht rührten, fütterte er und flog eilig wieder fort.

»Bestimmt sitzen woanders noch ein paar Hungrige, dass er es so eilig hat«, sagte Maik. »Na komm! Wir fahren raus und packen ein paar Sachen zusammen.«

»Vielleicht sehe ich Paul und Ina. Dann können sie mir die Uhr weitererklären«, freute sich Claudio.

»Haben das nicht schon Peter und Mirko erledigt?«

»Nö, dazu hatten wir gar keine Zeit!« Dann verbesserte er: »Na ja, ein bisschen schon. So nebenbei. Ich weiß jetzt, wann es halb oder drei viertel ist.«

Aber Ina und Paul waren nicht am Puhl. Claudio überwand sogar seine Scheu und ging im Nachbarhaus fragen.

Enttäuscht berichtete er dem Papa, dass die beiden schon zu Oma und Opa seien. »Dann sehe ich sie überhaupt nie mehr wieder!« Seine Augen füllten sich.

»Das lässt sich doch einrichten, mein Sohn. Wenn wir umgezogen sind, fragen wir per Telefon mal nach und dann fahre ich dich hierher, lade euch alle ein und du kannst ihnen deine neue Heimat zeigen. Einverstanden?«

Claudio nickte und schluckte die Tränen hinunter. Er drehte sich in der Küche um seine Achse. »Ist ja gar kein Blut mehr da!«, stellte er fest.

»Na, was denkst du, wie ich daran gescheuert habe! Neue Möbel können wir nämlich nicht kaufen.«

»Ey, Papa, da draußen haben wir ja gar keine Küche!« Entsetzen spiegelte sich in Claudios Gesicht.

»Nee, mien Jung, da sind Stube und Küche eins.«

»Dann muss der Kühlschrank in die Stube?«

»Ja oder ins Bad!« Papa griente.

»Da passt der doch gar nicht rein!«, protestierte Claudio auch sofort.

»Der kommt in die dunkle Ecke in der Stube und oben drauf der Fernseher. Einverstanden?«

»Na gut!«, meinte Claudio gönnerhaft. »Und was wollen wir jetzt einpacken?«

»Alles, was wir an Sachen ins Auto bekommen können. Ein Nachtschränkchen könnte ich vielleicht auf den Beifahrersitz nehmen. Aber dann kannst du nicht mehr so gut sehen, weil ich den Sitz verstellen muss.«

Großzügig winkte Claudio ab. »Macht nichts, Papa. Die Strecke kenne ich ja jetzt!«

Eifrig schleppte er mit Maik Sachen zum Auto. »Und Muttis Klamotten?«, erkundigte er sich dabei. »Die sind wohl schon alle weg?«

»Einiges musste ich zu ihrer Klinik bringen und das andere habe ich in den großen Karton gepackt, der im Schlafzimmer steht.«

Die Auskunft befriedigte Claudios Neugier und er fragte nicht weiter nach seiner Mutter. Maik war das auch recht, denn die Gedanken an Annika ließen nur die Schmerzen wieder aufleben. Zurzeit betäubte er sich mit viel Beschäftigung und am Abend mit Fernsehen. Aber er fühlte eine Leere, die ihn zunehmend bedrückte.

Auf der Tour zurück zum Gartenhäuschen hielten sie an einem Dönerstand und stillten Hunger und Durst.

»So, mein Großer«, sagte Maik nach dem Ausladen, »jetzt gehen wir noch zum Kindergarten, damit du schon einen kleinen Einblick bekommst.«

Claudio erschrak. »Heute schon?«

»Willst du es auf die lange Bank schieben? Das lässt dich doch nur unruhig schlafen. So kennst du alles schon ein bisschen und kannst es deinen Freunden beschreiben.«

Papa hatte natürlich Recht und so gab er ein wenig vor Peter und Mirko an, als die ziemlich neugierig schon beim Abendessen leise nachfragten.

»Frau Knape ist jünger als Frau Weber und hat gesagt, dass ich ihr bei den Kleinen helfen kann!«

»Ha, so wie die Tanja bei uns?« Peter schien ihn zu bewundern. Er kaute nicht mal mehr. Claudio nickte wichtig und biss genussvoll in seine Stulle.

»Und Erdbeeren haben wir auch im Garten!«, gab er gleich darauf an.

»Wie bei Opa Schmidt?«, entfuhr es Mirko.

Das holte Claudio ein wenig auf den Boden der Tatsachen zurück. »Nö«, mummelte er und schluckte heftig. »Alles ist ein bisschen kleiner. Na ja, ziemlich klein gegen Opa Schmidts Haus und Garten«, gab er zu. Wenn sie wirklich einmal dorthin kamen, sollten sie ihn nicht als Angeber bezeichnen. »Ein KLEINES Häuschen und ein KLEINER Garten eben.«

»Da müsst ihr wohl haufenweise Miete zahlen?!« In Mirkos Leben war andauernd von zu hohen Mieten die Rede gewesen.

»Weiß ich nicht! Da muss ich mal meinen Papa fragen. Heute hatten wir gar keine Zeit!« Claudio schwieg, denn Frau Weber stand schon bereit, um das Abendgebet zu sprechen. Diesmal hörte er richtig zu und sprach das Amen mit Inbrunst. Oft würde er das ja nun nicht mehr mitmachen!

Komisch! Jetzt, wo er wusste, dass er bald woanders sein würde, verflog so ein Tag im Nu. Und schon stand er mit seinem Papa bei Frau Weber im Büro und konnte gar nicht fassen, dass er sie nie wiedersehen sollte.

»Kannst uns ja mal besuchen kommen«, sagte Frau Weber, die wohl mitbekam, dass ihm der Abschied schwer wurde.

»Dürfen Peter und Mirko mich auch mal besuchen?«, fragte er schüchtern.

»Natürlich!«, sagte Frau Weber. »Ruf vorher an!« Sie bemerkte, dass Maik Werners Augen an einem Buch hingen, das auf ihrem Schreibtisch lag. Ihm schien es kein kirchliches Buch zu sein.

»Möchten Sie es lesen?«, erkundigte sie sich lächelnd. »Es könnte Sie zu neuen Ufern bringen.« Sie reichte es ihm und er nahm es verwirrt in die Hand. Claudio schielte neugierig das Buch an.

»Ist das 'ne Welle?«

»Ja«, antwortete ihm Frau Weber kurz, um sich dann an Maik zu wenden: »Wir schimpfen viel zu oft auf das Schicksal, anstatt unser Leben eigenverantwortlich zu gestalten.«

»Aber … ist denn das im Sinne der Kirche?«, wagte Maik zu fragen.

»Mag sein, dass es nicht im Sinn der Mächtigen heutzutage ist. Aber auf keinen Fall ist es gegen meinen Glauben.« Sie reichte ihm zum Abschied die Hand. »Wenn Sie es gelesen haben, bringen Sie es mir wieder. Vielleicht kann ich Ihnen noch weiteren Lesestoff anbieten.« Sie nahm Claudio in die Arme. »Und wenn du erst lesen kannst, darfst du dir auch Bücher holen. Bücher sind dauerhafte Freunde.«

Im Auto musste Claudio einfach nachhaken. »Wieso sind Bücher Freunde, Papa? Die können doch nicht mit mir spielen!«

»Sie können mehr als spielen. Sie sind auch besser als das Fernsehen. Wenn du etwas gesehen hast, ist es vorbei und weg. Aber in ein Buch kannst du immer wieder reinschauen. Das bleibt bei dir und kann dich ein Leben lang begleiten.«

»Aber nicht, wenn du es dir von Frau Weber borgst!«

»Wenn ich es SO gut finde, dann kaufe ich es mir eben.«

»Und warum gibt es keine Bücher für mich?« Claudio hatte noch nie ein Buch besessen. Folglich hatte er sich im Heim auch nie für die dort im Spielzimmer stehenden Bücher interessiert. Das Wetter war auch zu schön gewesen.

»Es gibt haufenweise Bücher für dich!« Maik seufzte. »Wir haben versäumt, dir welche zu schenken«, gab er zu. »Aber das werden wir ändern, das verspreche ich dir! Süßigkeiten sind sowieso ungesund. Du bekommst also von nun an auch immer Bücher zum Geburtstag und zu Weihnachten.«

»Na, das ist ja noch SO lange hin!«, stöhnte Claudio sofort.

»Alles auf einmal kann man nicht haben!«, sagte Papa. »Jetzt müssen wir das Geld für andere Dinge nehmen. Aber borgen können wir uns natürlich auch jetzt schon Bücher.«

Den letzten Satz hörte Claudio aber nicht mehr. Er dachte an Mirkos Äußerung.

»Geld für die Miete, hä? Mirko meinte nämlich, dass wir bestimmt unheimlich viel Miete berappen müssten!«

»Nein, es ist nicht mehr als für die Wohnung auf dem Dorf draußen. Mehr will der Kollege nicht. Aber wir müssen den Garten sauber halten! Das hatte ich dir aber gesagt!«

Sie schwiegen beide und hingen ihren Gedanken nach.

»Die Tanja liest auch viel«, sagte Claudio plötzlich. »Papa, was die alles weiß! Die will mal Lehrerin werden.« Auf einmal setzte er sich ganz gerade hin, soweit es der Gurt zuließ. »Aber, Papa, dass es Engel gibt, glaube ich ihr nicht! Du etwa?«

»Na ja, Sohnemann, gesehen habe ich noch keinen, aber die Ärzte haben gesagt, mein Schutzengel hätte mir das Leben gerettet. Nur ein winziges Stückchen weiter, dann wäre es aus mit mir gewesen.« Claudio wusste sofort, dass Papa das Messer meinte und erschrak nachträglich noch einmal. Aber schon kam ihm der nächste Gedanke.

»Ey, dann hat der auch an mich gedacht! Dann ist das auch meiner?«

»Sicher! Engel sind bestimmt anders als wir. Also stell dir bloß nicht vor, dass sie genauso aussehen wie du und ich.«

»Mehr so wie Tanja?« Papa sagte nichts. Lachte er etwa? Seine Schultern zuckten so komisch. Oder war es ein Schlagloch? »Papa?«

»Hm?«

»Erzählst du mir, was in dem Buch steht?«

»Na, da musst du aber noch warten, denn jetzt haben wir erstmal 'ne Menge anderer Dinge zu tun!«

Claudio fand sich schnell im Kindergarten zurecht. Da Ferien waren, hatte Frau Knape nicht so viele Kinder und konnte sich mehr mit ihm beschäftigen.

»Mein Papa bekommt jetzt keinen Urlaub, weil er so lange krank gewesen war«, erzählte Claudio ihr. Schon nach zwei Tagen kannte sie alle seine Erlebnisse der letzten Zeit. Der Heimaufenthalt hatte sich auch auf seine Sprachentwicklung positiv ausgewirkt. Früher hatte er kaum einen vollständigen Satz zustande gebracht. Jetzt konnte er hintereinander erzählen und außerdem auch noch auf die Kleineren achten.

»Du machst das aber prima!«, lobte ihn Frau Knape dafür, als sie mit einer vollen Teekanne aus der Küche zurückkehrte.

»Wie Tanja?«

»Tja, Tanja kenne ich leider nicht, aber wenn sie auch so wie du den Jüngeren hilft, ist sie bestimmt in Ordnung.«

»Die will Lehrerin werden!«

»Hast du auch schon so einen Wunsch?«

»Lehrer?«

»Es muss ja nicht Lehrer sein. Es kann ja auch etwas anderes sein. Vielleicht Flieger oder sowas wie dein Papa!«

Weil Claudio schwieg, glaubte sie, ihn trösten zu müssen. »Wenn du es noch nicht weißt, macht das nichts. Aber manche Kinder wissen es halt schon und strengen sich dann in der Schule besonders an.«

»Das will ich sowieso. Ich muss nämlich unbedingt lesen lernen. Bücher sind Freunde! Und ich will doch viele Freunde haben!«

»Das ist aber schön! Sieh mal, dort auf dem Regal! Da liegt ein Buch. Ja, das mit dem roten Rücken. Schau es dir mal an. Viel ist da drin nicht zu lesen, aber es zeigt dir wunderschöne Bilder, die du betrachten kannst. Und jedes Bild erzählt dir eine Geschichte.«

Als Maik ihn abholte, stürzte Claudio mit dem Buch zu ihm hin. »Papa, Papa, ich habe einen Freund!«

Maik stutzte, dann sah er das Buch und lächelte. »Lass mal sehen!« Claudio hielt es ihm unter die Nase und er schob es leicht zurück. »So, nun kann ich lesen! Aha, dann kannst du mir ja eine Menge erzählen.«

Sie verabschiedeten sich und Claudio plapperte in einer Tour. Erst auf dem Mittelweg des Gärtchens hielt er inne. »Mal sehen, ob schon wieder Erdbeeren reif sind!«

Kauend kam er zurück und gab eine seinem Papa. Der bedankte sich und schob sie in den Mund. »Bis zum Abendessen werden wir heute noch ein wenig im Garten Ordnung machen. Du kannst es in den Erdbeeren tun. Alles, was keine Erdbeerblätter hat, wird herausgezupft. Dabei musst du natürlich aufpassen, dass du nicht die Erdbeeren zertrittst. Ich werde neben dir in den Kartoffeln arbeiten.«

Claudio war fleißig bei der Sache, bis er plötzlich wie gestochen aufschrie. »Was ist denn los, dass du so brüllst?« Maik sah ihn verständnislos an. Weder Wespen noch Mücken waren zu sehen oder zu hören.

Claudio rieb sich wild die Finger. »Die kleine Pflanze da hat mich gebissen!«

»Hops nicht die Erdbeeren kaputt!«, warnte Maik zuerst, dann trat er näher und besah sich die Finger. »Rot! Und wo ist der Beißer?«

»Na da, das kleine Ding!«

»Ach, eine Brennnessel!«

»Nee, Brennnesseln kenne ich! Die sind viel größer!«

»Es gibt eben auch kleine! Und die brennen viel stärker als die großen. Wenn du keinen Handschuh hast, nimmst du ein Erdbeerblatt, legst es ringsum und rupfst sie dann heraus. So kann sie dich nicht verbrennen.« Er machte es vor.

Claudio staunte seinen Papa an, als hätte er ihn eben erst kennengelernt. »Nun mach den Mund wieder zu!«, lachte Maik mit gutmütigem Spott. »Wenn man irgendetwas nicht hat oder es funktioniert nicht nach der üblichen Art, muss man halt überlegen, wie man es anders bewerkstelligen kann. Wozu hat man schließlich den Kopf!«

Claudio streckte ihm die Finger entgegen. »Und was nun? Das brennt!«

»Mach Spucke drauf! Versuch mal, nicht mehr dran zu denken. Vergiss es einfach, indem du weiterarbeitest! Das ist sowieso die beste Lösung: Einfach wegdenken!«

»Ist aber nicht so einfach, wie du das sagst!«, schimpfte Claudio nach kurzer Zeit.

»Dann geh mal zur Regentonne und steck die Finger rein«, schlug Maik nun vor. »Das haben wir als Kinder immer gemacht.«

»Davon geht es auch nicht weg!«, brüllte Claudio mitleidsvoll.

»Das geht erst weg, wenn dein Körper das Nesselgift verarbeitet hat«, sagte Maik lächelnd. »Die Erfahrung haben wir alle machen müssen. Da bist du keine Ausnahme.«

Noch beim Einschlafen spürte Claudio das unangenehme Beißen in seinen Fingerspitzen und wünschte sich, dass in seinem Garten keine solch scharfen Nesseln mehr wachsen sollten! Überall woanders, nur nicht hier!

Doch das war vielleicht gemein! Gleich am nächsten Tag verbrannte er sich im Kindergarten neben dem Klettergerüst an genau so einer blöden Nessel! »Frau Knape, Frau Knape! Jetzt sind die Biester hierhergesaust, um mich wieder zu beißen!« Es rutschten ihm sogar ein paar deftige Ausdrücke heraus, sodass ihn Frau Knape überrascht anblickte.

»Na ist doch wahr!«, verteidigte er sich. »Und hier gibt es nicht mal Erdbeerblätter, damit ich die rausreißen kann. Dann wird sich so 'n Kleiner auch noch dran verbrennen!«

Frau Knape nahm ein Papiertaschentuch, legte es um die Bennnessel und riss sie heraus. »Bringst du beides in den Korb, Claudio?« Er nickte nur und lief verwundert los. Ja, so konnte man das auch machen! Wieso war die Nessel heute hier? War sein Wunsch falsch gewesen? Genau wusste er jetzt nicht mehr, was er sich gewünscht hatte.

Seine Mutter hatte ihn manchmal zum Mond gewünscht, wenn sie sich von ihm genervt fühlte. Gott sei Dank hatte es nicht funktioniert! Dann würde es wohl mit Brennnesseln auch nicht gehen.

Plötzlich klang der Schrei eines kleinen Jungen an sein Ohr. Er fuhr herum. Hatte der sich nun auch noch verbrannt?

Ach nein, der war nur im Sandkasten über eine Schippe gestolpert. Schnell rannte er hin und nahm den Kleinen in den Arm und tröstete ihn. Dabei vergaß er vollkommen die brennenden Stellen an den Fingern und am Bein.

Immer morgens schaute Claudio zu dem Buch mit der Welle hin, um zu sehen, wie weit sein Papa schon gelesen hatte. »Na«, kritisierte er nach ein paar Tagen, »du liest ja nicht sehr schnell! Ich habe indessen im Kindergarten schon fünf Bücher durch. Das sind nun alles meine Freunde!«

»Junge, das ist doch kein Abenteuerbuch, 'nen Krimi oder so. Da muss ich manchmal eine Seite zweimal lesen. Mit solchen Sachen habe ich mich noch nie beschäftigt.«

»Was steht denn da drin?«

Maik seufzte. »Jetzt bin ich beim Resonanzgesetz. Wie soll ich dir denn das nun erklären?! Hm. Also: Gleiches zieht Gleiches an! Das funktioniert etwa so: Du schlägst einen anderen Menschen. Der ist vielleicht zu klein, um dich auch zu verprügeln. Aber du bekommst dann irgendwo ebenfalls Dresche. Na ja, so kann man auch sagen: Ein Lügner zieht andere Lügner an, ein Dieb andere Diebe. Bist du ein freudiger Mensch, wirst du auch überall Freude finden. Ja, so ungefähr funktioniert das. Aber ich muss noch viel lernen, um dir das alles erklären zu können.«

»Ja, mach das mal. Vielleicht kannst du mir dann sagen, warum die blöde Nessel aus unserm Garten in den Kindergarten gesaust ist, um mich da wieder zu brennen!«

»Du bist vielleicht gut, Claudio! Das war doch nicht dieselbe! Unmöglich!« Papa guckte konsterniert.

»Hm, vielleicht habe ich auch falsch gewünscht. Bloß raus aus unserm Garten reicht wahrscheinlich nicht! Aber zum Mond, wie Mutti immer gesagt hat, ist doch auch nicht gut. Oder, Papa?«

»Vielleicht musst du dir wünschen, dass sie dich nie mehr verbrennt. Sie muss ja schließlich wie du auch auf der Erde leben!«

»Hm.« Claudio versank in Gedanken, aus denen er erst aufschreckte, als Papa mit der Teekanne klapperte. Sofort half er beim Tischdecken. »Mein Magen knurrt schon!«, sagte er und leckte sich die Lippen. Es gab jetzt immer so herrliche Stullen mit Wurst oder mit Erdbeeren, Paprika, Radieschen. Vieles aus dem eigenen Garten.

»Das spart!«, hatte Papa gesagt. »Und ist gesünder als nur Wurst.«

»Ist noch schöner als im Heim!«, fand Claudio. »Du, Papa, wir könnten doch vielleicht jetzt mal Mirko und Peter einladen. Sonst denken die, ich habe sie vergessen.«

Maik sah zur Uhr und dann zum Telefon. »Mal sehen, ob Frau Weber schon im Büro ist«, meinte er und wählte. Claudio kaute weiter, ließ ihn aber nicht aus den Augen. Dann sprach Papa und in Claudio keimte Freude auf, als er etwas vom »Samstagnachmittag« hörte. Er rutschte unruhig auf dem Stuhl herum.

Endlich war Papa fertig. »Kommen sie am Samstag?«

»Ja!«, sagte Papa kurz. »Um halb drei können wir sie abholen.«

»Ey prima, Papa! Du bist der Beste!«

Im Auto wollte keiner der drei auf den Beifahrersitz. Sie kletterten alle nach hinten! Maik schmunzelte nur in sich hinein und kontrollierte die Sicherungsgurte. Das war ein Geschnatter hinter ihm!

Stolz zeigte Claudio Garten und Haus und nannte Mirko auch den Mietpreis. »Was? Mehr nicht?«, staunte er. »Da braucht ihr ja nicht zu hungern!«

»Aber gegen Opa Schmidt habt ihr natürlich nicht viel Erdbeeren«, stellte Peter fest. »Müsst ihr ja auch nicht!«, schätzte er gleich selbst ein. »Sonst müssen bei euch auch Kinder ernten kommen.«

»Die schaffen wir alle alleine!«, krähte Claudio vergnügt. »Und jetzt essen wir erstmal Torte!« Den Tisch in der Stube hatte er mit Papa schon vorher gedeckt. Es fehlten nun bloß noch der Tee und die Torte. »Die Teekanne haben wir ins Bett gestellt!«, erklärte Claudio wichtig. »Papa, hol du die lieber, sonst muss ich heute eventuell auf der Erde schlafen. Da muss man nämlich ganz vorsichtig sein!« Alle drei schlossen sich Maik an und schauten zu, wie er die Kanne auswickelte. Schnell liefen sie nun vor ihm her zum Tisch und hockten sich erwartungsvoll auf die Stühle. Sie beobachteten genau, wie nun auch die Torte aus dem Kühlschrank genommen wurde.

»Mmm, Schokotorte!«, stöhnten Mirko und Peter genüsslich auf. »Hast du dir wohl gemerkt, was wir damals gesagt hatten?«, fragte Peter mit leuchtenden Augen und dankte Maik glücklich, als der ein großes Stück auf seinem Teller platzierte. Mirko strahlte genauso. Aber am meisten wohl Claudio, weil er seinen Freunden eine Überraschung bereitet hatte.

Nach dem Essen liefen sie zum Spielplatz. Da Samstag war, tobten hier auch noch mindestens zehn größere und kleinere Kinder herum. Nachdem die drei alle Spielgeräte ausprobiert hatten, standen sie unschlüssig am Teich. Klar, einen Moment sahen sie den Fischen zu, aber das war nicht so ganz das Richtige.

»Hey, ihr drei!«, rief ein elfjähriger Junge zu ihnen herüber. »Wollt ihr nicht mit uns Ball spielen?«

»Hier ist doch gar kein Fußballplatz!«, sagte Claudio beim Hinschlendern laut.

»Nee, Fußball geht hier nicht! Aber ›Ball über die Schnur‹ dürfen wir spielen. Seht mal, hier!«

An zwei Pfählen war oben ein rotes Band gebunden. Der Junge erklärte kurz das Spiel und schon ging es los. Als Maik erschien, staunte er, wie schön hier die großen mit den kleinen Kindern zusammen spielten. Ein Mädchen schien nach ihren körperlichen Merkmalen sogar schon älter als vierzehn zu sein.

Oje, Mirko hechtete gerade nach dem Ball und legte sich längelang auf den dunklen, spärlich mit Gras bewachsenen Boden! Hoffentlich gab das keinen Ärger! Maik blickte auf seine Uhr. Er hatte versprochen, die zwei spätestens um halb acht wieder im Heim abzuliefern. Jetzt war es schon zehn Minuten nach achtzehn Uhr. Er stieß einen Pfiff aus und als alle zu ihm blickten, zeigte er auf seine Uhr.

Claudio, Mirko und Peter verabschiedeten sich von ihren Mitspielern mit Handschlag und einigen Worten, um dann zu ihm gerannt zu kommen. »Ist das schon so spät?« »Schade!« »Müssen wir schon los?«, riefen alle drei auf einmal.

»Ich habe den Tisch schon gedeckt und danach müsst ihr ja zurück. Wenn wir unpünktlich sind, lässt man euch vielleicht nicht wieder«, meinte Maik bedauernd.

»Papa, können sie zu meinem Geburtstag wiederkommen?« Bettelnd blickten Claudios Augen.

»Na, das ist aber noch lange hin!«, griente Maik. »Wenn Frau Weber nichts dagegen hat, geht es bestimmt vorher auch nochmal. Aber Mirko sieht nicht sehr sauber aus. Wird das Ärger geben?«

Mirko schaute an sich herunter. »Ich glaube nicht. Weil ich nicht das Beste angezogen habe«, begründete er sofort. »Wann haste denn Geburtstag?«

Claudio sah hilfesuchend zu Maik. »Erst Ende September«, antwortete Maik für ihn. »Und mitten in der Woche wird das nichts. Das weiß ich jetzt schon!«

»Das macht ja nichts!«, sagte Claudio schnell. »Dann gehen wir ja schon in die Schule und haben auch keine Zeit MITTEN in der Woche!«

Maik blieb abrupt kurz vor dem Gartentor stehen. »Claudio, DU gehst doch in diesem Jahr noch nicht in die Schule!« Er blickte seinen Sohn an und spürte, wie er sich verkrampfte. »Die haben dich doch im Frühjahr getestet und erklärt, dass du noch nicht so weit bist.«

»Aber, Papa, ich will doch ganz schnell lesen lernen!«, rief Claudio und seine Augen füllten sich mit Tränen.

»Vielleicht geht es trotzdem noch«, versuchte Peter zu vermitteln. »Wenn man etwas ganz toll will, dann schafft man es auch, sagt Tanja immer!«

»Na kommt, wir essen erstmal«, erinnerte sich Maik. »Dabei können wir auch weiter überlegen.«

»Vielleicht kann Frau Weber helfen«, meinte Mirko. »Also, ich glaube nicht, dass Claudio dümmer ist als wir. Und WIR kommen ja auch in die Schule!«

»Übrigens ist Frau Weber heute da«, erklärte Peter. »Sie hat das vorhin gesagt, als wir losfuhren.«

»Dann frage ich sie gleich, wenn ich euch abliefere«, sagte Maik und Claudio aß zufrieden seine Stullen.

Ganz aufgeregt erzählte Claudio seiner Frau Knape am Montag gleich nach der Begrüßung von dem Dilemma. »Aber Frau Weber will sehen, dass sie mich noch in die Schule aufnehmen!«, erklärte er zum Schluss.

»Das ist aber schön für dich. Nur ICH habe dann keine starke Hilfe mehr«, lächelte sie und fuhr ihm mit der Hand durch seine blonden Haare, die jetzt stets wie Gold glänzten.

»Ich kann ja immer zum Helfen kommen«, sagte Claudio hilfsbereit und umarmte sie liebevoll.

Bevor die Schule begann, kamen aber noch Paul und Ina und staunten, wie sehr sich Claudio verändert hatte.

»Mensch«, sagte Paul nach einem Redeschwall Claudios, »du kannst vielleicht quasseln! So kenne ich dich überhaupt nicht!«

»Ist ja, als wärst du schon eine Weile zur Schule gegangen«, meinte auch Ina. »Überhaupt: Ich glaube, du bist auch größer geworden!«

»Und die Uhr kenne ich auch jetzt schon viel besser!«, fügte Claudio voller Stolz gleich an.

Paul blickte sich in der Stube um. »Ach, da ist ja eine! Sag mal, wie spät es jetzt ist!«

»Ein bisschen nach drei viertel drei!«, verkündete Claudio.

»Gut!« »Prima!«, schrien Paul und Ina gleichzeitig.

»Siehst du die kleinen Striche ringsum?«, fuhr Paul gleich fort. »Das sind die Minuten. Und wenn du die jetzt nach DREI VIERTEL zählst, wie viele Minuten sind es dann?«

Claudio zählte. »Oh, erst waren es nur drei, aber jetzt sind es schon vier!«

»Siehst du, dann kannst du sagen, dass es vier Minuten nach drei viertel drei ist.« Ina wies mit dem Finger zur Uhr.

Paul ging sogar ein Stückchen näher heran für seine nächste Frage. »Und wenn der große Zeiger nun weiterrückt bis auf die Elf? Wie sagst du es dann?«

Claudio zählte wieder von der Neun an vorwärts. Gespannt verfolgten Ina und Paul seine Gesten.

»Also: dann ist es zehn nach drei viertel drei«, erklärte er fröhlich.

»Richtig«, lobte Paul. »Aber du kannst auch von der Zwölf zur Elf zählen. Dann sind es fünf Minuten vor drei Uhr. Denn wenn der große Zeiger oben auf der Zwölf steht, ist immer die volle Stunde erreicht.«

»Siehste: JETZT!«, rief Ina aufgekratzt. »Und wenn er nun weiterwandert, ist es eben eine Minute nach drei!«

Sie ließen Claudio ein wenig Zeit, damit er sich das Neue einprägen konnte. »So, wie spät ist es nun?«, hakte Paul ein.

»Drei Minuten nach drei«, kam die richtige Antwort. Dafür lobten ihn die beiden tüchtig, was ihn zu weiteren Übungen anspornte.

Maik deckte inzwischen den Tisch und goss den Tee in die Tassen. Als er die Torte, die sich Claudio wieder gewünscht hatte, in die Mitte stellte, erlosch bei allen dreien sofort die Aufmerksamkeit für die Uhrzeit.

»Mensch, haste Geburtstag?«, entfuhr es dem überraschten Paul. Auch Inas Augen drückten Verwunderung aus.

»Nö, die ist für euch! Ach nee, für uns alle! Weil wir jetzt so schön beisammen sind!«, erklärte Claudio strahlend und erzählte von Peter und Mirko aus dem Heim.

»Ob wir die auch mal treffen?«, mümmelte Ina mit vollem Munde.

»Wenn es euch am letzten Samstag im September passt, dann könnten wir Claudios Geburtstag alle zusammen feiern«, meinte Maik schmunzelnd.

Der Vorschlag löste Begeisterung aus und Maik staunte an jenem Tag, wie diese doch so unterschiedlichen Kinder miteinander auskamen.

Aus diesem Treffen wuchs eine neue Freundschaft, die Maik und auch die anderen Erwachsenen nach Kräften unterstützten. So kamen die Kinder einmal im Monat samstags zusammen: abwechselnd im Heim, bei Claudio oder auf dem Dorf bei Paul und Ina.

Aber vorher musste nun der Schulweg geübt werden. Da noch Ferien waren, improvisierte Maik den Schulbus. Claudio lief vom Häuschen zur Bushaltestelle, stieg dann zu Maik ins Auto, der fuhr ihn bis zur Schulhaltestelle und er musste von dort zur Schule laufen.

»Aber du bist ja nicht der Einzige«, beruhigte ihn Maik. »Ich komme am Montag noch mit zur Haltestelle. Mein Chef ist einverstanden. Dann übergebe ich dich. Die Großen werden auf dich aufpassen, damit du sicher in deine Klasse kommst.«

Die Einschulung brachte noch eine Menge Aufregung für Claudio. Zuerst musste er mit seinem Papa noch einkaufen. Alles neue Sachen! »Mann, bin ich klasse!«, rief er aufgeregt, als er sich im Spiegel betrachtete. Die Verkäuferin lächelte. »Muss ich das immer zur Schule anziehen?«, war seine nächste Frage.

»Nein, nur zur Einschulung«, antwortete Maik gutmütig. »Und wenn etwas ganz Besonderes ist.«

Als Claudio die Schultüte geleert hatte, wollte er sich nicht von ihr trennen.

»Aber wir können in diesem kleinen Häuschen nicht alles aufheben!«, hielt ihm Maik vor Augen.

»Ach, Papa, bitte, nur noch ein Weilchen! Vielleicht im Schlafzimmer? Da sehe ich sie immer morgens und abends.«

Maik grübelte einen Moment. »Na gut, hol mal den Hammer und zwei Nägel aus der Werkzeugkiste.« Mit Daumen und Zeigefinger deutete er die Größe der Nägel an und Claudio kam stolz damit angesaust.

»Hier, Papa! Und nun?«

Maik stach indessen mit einer dicken Nadel ein Loch am oberen Rand der Schultüte ein und zog einen dünnen Faden durch, den er zu einer Schlinge zusammenknotete. Dann stieg er auf einen Stuhl und schlug die beiden Nägel in gewissem Abstand in die Decke. »Nun bring mir mal noch die kleine Zange, die vorn zwei winzige Schultüten besitzt.«

Nur einen Augenblick stutzte Claudio, dann ging ein Leuchten über sein Gesicht und freudig brachte er sie ihm.

»Und was machst du damit?«

»Ich biege die Nägel krumm. Dann kann ich die Schlinge drüberhängen.«

Kritisch musterte Claudio die senkrecht hängende Schultüte. »Aber du hast unten kein Loch reingemacht!«

»Muss ich nicht. Reich mir die Garnrolle und die Schere.«

Neugierig gab ihm Claudio das Gewünschte. Wie das wohl gehen sollte!? Den Kopf in den Nacken gelegt, starrte er hinauf. Papa hob die Tüte am spitzen Ende aus der Senkrechten, bis sie schräg in der Luft schwebte.

»Hock dich mal neben dein Bett! Ja, mehr am Kopfende! So ist es gut! Wie sieht die Tüte jetzt aus?«

»Prima! So kannst du sie festbinden!«, rief Claudio begeistert. »Sieht aus wie eine Rakete!« Er stutzte. »Ach nee, die sausen ja andersherum los und spucken dabei Feuer!«

»Na ja, dann landet die eben«, griente Maik und band eine entsprechend lange Schlaufe, in die er die Spitze der Schultüte schob. »So, nun kann sie dort eine Weile hängen, bis du etwas anderes besser findest.«

Er stieg vom Stuhl und Claudio umhalste ihn dankbar.

Eines Morgens Anfang Dezember, Maik war wie immer schon vorsichtig früher aus dem Bett herausgestiegen und stand nun im Bad vor dem Spiegel, um seine dunklen Stoppeln abzurasieren, erschien plötzlich Claudio mit leuchtenden Augen in der Tür.

»Du, Papa, eben war Mutti bei mir und hat sich entschuldigt, dass sie immer so böse zu mir war.«

Maik hätte sich bestimmt vor Schreck geschnitten, wenn das kein elektrischer Rasierer gewesen wäre. So schaltete er ihn nur aus, legte ihn achtlos auf dem Bord ab und hockte sich nieder. »Wer war da?«, fragte er sicherheitshalber nach, weil er nicht recht glauben konnte, was Claudio gesagt hatte

»Ja, wirklich, Papa! Mutti war so hübsch, so schön angezogen mit richtig klasse langen Haaren. Die haben geleuchtet wie eine Sonne. Nee, nicht ganz. Mehr so wie der Mond. Und gelächelt hat sie. Und soo lieb war sie! Hat mich gestreichelt und dann hat sie sich entschuldigt! Kannste glauben. Ich schwindle nicht!«

Maik hatte Claudio ins Gesicht gestarrt, solange er sprach. Jetzt hockte er sich nieder, nahm ihn in die Arme und begann zu schluchzen. Sein Körper bebte und Claudio wusste nicht, was er machen sollte.

»Aber, Papa, da brauchst du doch nicht zu weinen! Die Mutti war wirklich nicht böse mit mir. Die war so lieb! So lieb war sie früher NIE gewesen. Jetzt wird bestimmt alles wieder gut.« Er begann, über den Rücken und die Kopfhaare seines Vaters zu streicheln. »Oder bist du traurig, weil sie nicht bei dir war?« Er sprach tröstend immer noch weiter, bis sein Papa schließlich aufhörte zu schluchzen.

Er schob seinen Sohn etwas zurück, griff zum Taschentuch und schnäuzte sich ausgiebig, während ihn Claudio genau beobachtete. So hatte er seinen Papa noch nie gesehen. Der war immer groß und stark gewesen und konnte alles. Als Mutti ihn beinahe totgestochen hatte, hatte er auch nicht geweint. Warum nur jetzt? Das war doch was Schönes, was er ihm erzählt hatte! Oder doch nicht?

Maik schob das Tuch in die Tasche zurück und nahm Claudios Hände in seine. »Ich glaube«, sagte er mit rauer Stimme, »die Mutti hat sich bei dir verabschiedet, weil sie in den Himmel gegangen ist.«

»Du hast doch gesagt, die ist im Krankenhaus!«

»Ja, das stimmt. Und keiner durfte zu ihr. Auch ich nicht. Aber von meiner Oma weiß ich, dass das, was du mir soeben erzählt hast, immer dann passiert, wenn einer stirbt.«

»Dann ist Mutti jetzt gestorben?« Claudios Augen weiteten sich staunend. »Aber sie war so schön und lieb! Warum muss sie dann gestorben sein?« So eine Mutti wollte er doch immer haben!

»Claudio, wir müssen uns sputen. Lass uns darüber beim Frühstück sprechen oder auch heute Abend. Jetzt ist es zu spät für lange Diskussionen.«

Oh, wenn Papa das sagte, war es wirklich höchste Zeit. Er wirbelte herum, zog sich den Schlafanzug aus und schlüpfte in die Tagessachen. Während Papa sich fertig rasierte, erledigte er sein Geschäft und wusch sich flüchtig. Dann holte er seine und Papas Stullen aus dem Kühlschrank – die wurden immer beim Abendessen geschmiert – und räumte sie in die beiden Büchsen. Papa wärmte rasch etwas Wasser an und streute ein wenig Pulverkaffee hinein.

»So, heute muss das genügen. Wenn ich richtig koche, können wir ihn nicht trinken, weil er viel zu heiß ist.« Sie schluckten hastig und kauten noch beim Verlassen der Wohnung.

An diesem Tag war Claudio etwas unaufmerksam in der Schule und Frau Günther wunderte sich. »Was ist denn heute mit dir los, Claudio?! Hast du zu lange in den Fernseher geguckt?«

Claudio schüttelte vehement den Kopf. »Ich habe von meiner Mutti geträumt«, sagte er ganz leise. Nur Frau Günther und die nahe Sitzenden verstanden es.

»Gleich läutet es zur Pause. Wenn du willst, unterhalten wir uns dann darüber«, schlug Frau Günther vor. »Jetzt wollen wir uns aber die Hausaufgaben merken!« Sie ging von einem zum andern und kreuzte die Zeilen an, die sie zu Hause üben sollten. Als die Pausenglocke schrillte, war sie gerade beim Letzten angekommen. »So, steckt diese Hefte bitte in die Mappe und nehmt euer Essen! Da schönes Wetter ist, dürft ihr nach draußen gehen. Aber leise und ordentlich!«

Sie wandte sich an Claudio. »Wenn du willst, können wir uns jetzt unterhalten. Dabei werden wir aber essen. Sonst fallen wir womöglich nachher um vor Hunger.«

Claudio griente kurz. Dass Frau Günther umfallen würde, glaubte er nicht. Aber es tat gut, über den seltsamen Traum zu sprechen. Und so erzählte er ohne Stocken auch, dass sein Papa ganz toll geweint hatte.

»Warum?«, fragte er sogleich.

Frau Günther seufzte. »Da gibt es so alte Leute, die sagen, dass derjenige dann gestorben ist und sich verabschieden kommt.«

»Das hat mein Papa auch gesagt. Aber wieso?«

»Du willst sicher wissen, wie das funktioniert?! Wenn ich das wüsste, wäre ich glücklich. Die Alten erklären, dass das die Seele ist, also die Seele deiner Mutter, die ihre Schuld erkannt hat und nun wiedergutmachen möchte. Was meinst du, kannst du deiner Mutti verzeihen, dass sie böse zu dir war?«

»Na klar, kann ich!«, sagte er mit großer Überzeugung.

»Dann sage mal jetzt mit deiner ganzen Liebe, die du für sie empfinden kannst: Mutti, ich verzeihe dir und wünsche dir alles Gute!«

Claudios Augen leuchteten auf und er wiederholte mit warmer Stimme: »Mutti, ich verzeihe dir und wünsche dir alles Gute!« Er blickte Frau Günther treuherzig an. »Und nun kann sie ruhig sein?«

»Ja, sie wird glücklich sein. Und wenn du willst, kannst du sie auch bitten, dir immer zu helfen, wenn du Schwierigkeiten hast. Das macht sie bestimmt gern.«

Die Glocke schrillte und die Ruhe der Pause war dahin.

»Und jetzt machst du aber wieder richtig mit, nicht wahr, Claudio? Jetzt wollen wir nämlich rechnen!«

Nach dem Mittagessen erzählte er auch Frau Knape von seinem Traum und natürlich gleich noch das, was Frau Günther dazu gesagt hatte.

»Genau dasselbe hätte ich dir auch gesagt«, meinte Frau Knape. »Aber jetzt müssen wir uns sputen, damit wir mit deinen Hausaufgaben bis vierzehn Uhr fertig werden. Du weißt, dann stehen die Kleinen auf und beanspruchen unsre Aufmerksamkeit für sich. Ein paar Jungen freuen sich schon aufs Fußballspielen mit dir.«

Heute kam Papa nicht und holte ihn ab. Bestimmt muss er wieder länger arbeiten, dachte Claudio, als er langsam nach Hause schlenderte. Er blieb stehen und beobachtete eine Amsel, die emsig unter einem kahlen Busch Blätter mit dem Schnabel zur Seite warf, um Futter für sich zu suchen. Er war so vertieft, dass er gar nicht bemerkte, wie ein Auto hinter ihm anhielt. Als sich eine Hand auf seine Schulter legte, fuhr er erschrocken zusammen und blickte in die ernsten Augen seines Vaters.

»Ach, mein Junge«, sagte Maik mit gebrochener Stimme, »es ist wirklich passiert: Deine Mutti ist gestorben.«

»Wie denn, Papa, einfach so?« Claudio begriff es nicht. Das Bild seiner Mutti hatte sich in seiner Seele eingeprägt in der ganzen Schönheit seines Traumes und damit all die hässlichen alten Bilder verdrängt. Wenn er an sie dachte, sah er sie nun jung und schön vor sich.

»Ja, zu der Zeit deines Traumes ist sie in den Himmel geflogen und schaut von dort nun auf uns nieder.« Maik wollte ihm nicht sagen, dass sie sich eine Treppe hinuntergestürzt und Genickbruch erlitten hatte. Wozu sollte er seinen Jungen damit belasten? »In der nächsten Woche ist die Beerdigung. Da hole ich dich von der Schule ab.«

Ja, die Beerdigung! Das war vielleicht eine Überraschung für Claudio, als da plötzlich in schwarzen Sachen zwei alte Frauen und ein uralter Mann auftauchten, die seine Großeltern sein wollten. Den Mann und die eine Frau musste er immerzu anschauen. Gesichter mit so vielen Falten hatte er noch nie gesehen. Ob das davon kam, dass sie so klapperdürre waren? Die andere Frau war rund und dick und wollte Papas Mutti sein, wie sie sagte. Und als er Bestätigung in Papas Augen suchte, nickte der! Die beiden dürren waren Muttis Eltern! Wo waren sie denn die ganze Zeit gewesen? Er nahm sich vor, sie nach der Beerdigung zu fragen.

In einer nahen Gaststätte tranken sie hinterher Kaffee. Die beiden Faltigen rauchten und kippten auch Schnäpse, während die dicke Oma neben ihm den Kuchen lobte und ihm gleich noch ein drittes Stückchen kommen ließ.

»Du bist so dünn!«, sagte sie. »Du kannst das gebrauchen! Iss nur, iss!«

Sie strich ihm übers Haar. »Ich werde mich jetzt mehr um euch kümmern!«, versprach sie. »Weißt du, dein Opa wollte nichts mit euch zu tun haben. Aber nun ist er auch im Himmel und ich kann machen, was ich will. Und ich will eben auch einen Enkel haben. So 'n hübschen Kerl wie dich!« Sie streichelte ihn und Claudio fand es nicht unangenehm. Sie hieß Bettina. Er ließ sich den Namen über die Zunge gehen, als sie mal zur Toilette war, und fand ihn prima. Die beiden Faltigen verabschiedeten sich gleich nach dem Kaffee und Claudio sah sie nie wieder. Oma Bettina aber bezahlte sogar die Rechnung. Das fand Claudio toll, denn sein Papa hatte zu Hause schon ziemlich lange gerechnet, weil ja die Beerdigung auch eine Menge Geld kostete, wie er sagte.

Oma Bettina setzte sich auf den Beifahrersitz, fuhr mit und sah sich Häuschen und Garten an. »Ihr habt aber alles schön sauber«, lobte sie und verschluckte eine Abschweifung auf frühere Zeiten.

Hinterher fuhren sie sie nach Hause und Claudio staunte. »Mann, Oma, du hast ja Hühner! Kann ich die streicheln?«

»Ich weiß nicht, ob sie das zulassen. Sie kennen dich doch noch nicht. Aber hier, nimm mal Körner in die Hand und hock dich nieder. Darfst aber keine hastigen Bewegungen machen!«

Die Hühner kamen neugierig und pickten ihm vorsichtig die Körner aus der Hand. Doch anfassen ließen sie sich nicht. Dafür kam eine schwarz-weiße Katze um die Hausecke und maunzte.

»Da ist ja Felix!«, sagte Oma. »Der lässt sich bestimmt streicheln, das ist so ein richtiger Schmusekater!«

»Hast du noch mehr Tiere?«, erkundigte sich Claudio und streichelte ausgiebig das glänzende Fell und freute sich, als Felix laut schnurrte.

»Opa hatte noch Kaninchen. Aber die habe ich abgeschafft. Ich kann keine schlachten und ich will nicht jedes Mal einen Mann dafür holen.«

Nach dem Streicheln besahen sie sich noch den Garten. »Aber der ist viel größer als unserer!«, stellte Claudio fest. »Da musst du ganz schön schuften, was, Oma?« Er schob seine Hand in ihre und sie drückte sie liebevoll.

Im Haus zeigte ihm Papa sein einstiges Zimmer. »Hach, das ist ja größer als unsere Stube«, meinte Claudio bewundernd. »Und die Bilder sind noch von dir?« Eine große nackte Frau prangte an einer Wand und an der anderen ein schicker roter Mercedes.

»Na ja, da war ich älter als du«, meinte Papa verlegen. »Mit einer Schultüte war ich damals nicht mehr zufrieden.«

Claudio lachte hell auf. »Dann darf ich später auch sowas anmachen?«, meinte er danach spitzbübisch.

»Aber erst in ein paar Jahren!«, versprach Maik grinsend.

Sie aßen noch bei Oma zu Abend und fuhren mit dem Versprechen heim, am nächsten Sonntag zum Mittagessen zu erscheinen.

»Zur Vesper und zum Abendessen bleibt ihr doch auch?«, hatte Oma hoffnungsvoll gefragt und Maik hatte genickt. Er dachte dabei an seine magere Kasse. Dass Annikas Eltern so sang- und klanglos wieder abgezogen waren, ohne sich auch nur nach seinen Ausgaben zu erkundigen, ohne zu fragen, ob er Hilfe bräuchte, hatte ihn tief getroffen.

Seine Mutter hatte ihm Hilfe angeboten. »Mit der Witwenrente zusammen kann ich geradeso auskommen. Erkundige dich erst bei den amtlichen Stellen, ob du eine Zuwendung für die Beerdigung bekommst. Wenn nicht, greife ich dir unter die Arme. Ich muss ja auch stets etwas fürs Haus zurücklegen«, fügte sie entschuldigend an. »Aber hängen lasse ich euch nicht! Claudio ist ein intelligentes Bürschlein.«

Diesen letzten Satz hatte er von der Toilette kommend noch aufgeschnappt. »Was bin ich, Oma?«, erkundigte er sich sofort.

»Ein intelligenter Bursche«, wiederholte sie lächelnd. »Du bist nicht auf den Kopf gefallen!« Als er sie nun mit seinen graublauen Augen verständnislos anblickte, lachte sie auf.

»Du bist ein schlaues Kerlchen, will ich damit sagen und auch, dass ich dich lieb habe.«

»Ich dich auch, Oma!«, sagte er, umhalste sie und drückte sie kräftig. Ja, diese Beerdigung seiner Mama hatte ihm eine tiefe Befriedigung gebracht. Endlich besaß er auch eine Oma! So eine rundliche, liebe, wie sie auch bei Paul und Ina immer zu Besuch kam.

Aber am Abend, schon im Schlafanzug, musste er Papa noch ganz dringend etwas fragen, was ihm schon bei der Beerdigung in den Kopf geschossen war. »Papa, warum ist Oma Bettina so rund und lieb und warum sind die beiden andern so anders? Auch so verschrumpelt! Die haben mich gar nicht angesehen!«

Maik nickte ernst. »Verschrumpelt ist das richtige Wort. Das kommt vom vielen Saufen und Rauchen. Bloß gut, dass ich noch rechtzeitig aufgehört habe. Und wie außen, so innen. Sie sind auch innen so verschrumpelt, weil sie nur noch auf ihre Zigaretten und ihren Schnaps sehen und alles andre unwichtig für sie ist. Hättest du ihnen Geld gegeben für ihren Schnaps, dann hätten sie dir wahrscheinlich einen dankbaren Blick gegönnt. Schon das Hinfahren zur Beerdigung hat ihnen ja Geld gekostet, das sie nun nicht für Schnaps ausgeben konnten. So ist das, mein Junge.«

Das war eine lange Erklärung und Claudio hatte aufmerksam zugehört. »Also, ich saufe und rauche mal nicht!«, sagte er voller Überzeugung.

»Ja, das ist gut, dass du dir das vornimmst. Aber das erfordert auch einen starken Willen, denn die Versuchung lauert überall und du wirst vielleicht sogar als Feigling oder Pfeife tituliert von solchen, die eben rauchen und saufen. Die versuchen nämlich immer, welche auf ihre Seite zu ziehen. So ging es mir. Ich wollte eben keine Pfeife sein und habe damals angefangen zu rauchen. Und dann habe ich mit deiner Mutti mitgesoffen, weil sie mich als Langweiler bezeichnet hat. Ich habe sie geliebt und wollte ihr doch gefallen. Also habe ich mitgemacht! Ich war jung und hatte keine Ahnung, wie gefährlich das war.« Er schwieg und blickte vor sich auf den Boden. »Vielleicht wäre sie dann auf und davon zu einem andern«, sagte er leise wie zu sich selbst. »Aber es hat alles nichts genützt. Jetzt habe ich sie trotzdem verloren.«

Er seufzte und blickte zu Claudio. Der war eingeschlafen und hatte das Letzte nicht mehr gehört. »Auch gut«, flüsterte Maik und zog ihm liebevoll die Bettdecke bis zum Kinn hoch, denn es würde heute Nacht hier drin ziemlich kalt werden.

Weihnachten rückte heran und Maik tat immer geheimnisvoller. Claudio konnte sich nicht erinnern, jemals so neugierig auf Heiligabend gewesen zu sein. Er löcherte Maik mit Fragen. Auch die war dabei: »Wieso erzählst du jetzt immer so lange mit Frau Knape?«

»Bist du etwa eifersüchtig?«, fragte sein Papa zurück.

»Pah, doch nicht auf dich!«

»Deine Frage klang so. Außerdem war das erst das zweite Mal, dass ich mit ihr länger gesprochen habe!« Als Claudio noch einmal aufbegehren wollte, sagte Maik kurz angebunden: »Außerdem müssen Kinder vor Weihnachten nicht so neugierig sein!«

Claudio schluckte, sah aber an seiner Miene, dass es nicht böse gemeint war. In Papas Augen war so ein seltsames Funkeln. Er beschloss, jetzt still zu sein, aber die Sache scharf zu beobachten. Irgendetwas war da im Busch, das fühlte er.

»Den Weihnachtsmann werden wir bei Oma empfangen«, sagte Maik einen Tag vor Heiligabend.

»Meinst du, der findet uns hier nicht?«, meinte Claudio leicht verunsichert.

»Oma hat es sich gewünscht. Und solch einen Wunsch können wir ihr doch leicht erfüllen, nicht wahr, mein Sohn?«

»Klar, Papa. Ich habe auch etwas für sie gebastelt. Frau Knape hat mir dabei geholfen! Ob es Oma gefallen wird?«

»Bestimmt! Schließlich hat sie noch nie von einem Enkel etwas zu Weihnachten bekommen!«

»Dann hat sie ja auch noch keiner zu Weihnachten ganz toll gedrückt!?«

»Nein, ein Enkel ganz sicher nicht. Und ihr Sohn hat es auch bestimmt zwanzig Jahre nicht getan«, fügte er an und es hörte sich ziemlich traurig an. Claudio sah ihn aufmerksam an.

»Dann wird es aber höchste Zeit!«, wiederholte er einen Satz der Erwachsenen, der ihm oft genug unter die Nase gerieben wurde. Maik griente daraufhin nur und schwieg.

Kaum hatten sie bei Oma Bettina am Nachmittag Kaffee getrunken, sah Maik auf die Uhr.

»Ich muss noch mal weg!«, sagte er und erhob sich hastig.

»Kann ich mit?«, rief Claudio natürlich sofort hinterher.

»Nee, min Jung, ich fahre zum Weihnachtsmann!« Weg war er! Claudio muffelte etwas gekränkt, doch Oma tröstete ihn. »Wir beide hängen noch die leckeren Sachen an den Baum. Du unten herum und ich etwas weiter oben, weil ich zurzeit noch ein bisschen größer bin als du.«

»Aber nicht mehr lange, Oma!« Claudio begann emsig mit dem Anhängen. »Darf ich mal einen kosten?«

»Kosten ist nicht weit vom Naschen«, griente Oma zuerst, setzte dann aber gleich hinzu: »Natürlich, mein Schatz! Wenn du nicht mehr aufisst als anhängst!« Sie grinste nun erst richtig und schaute glücklich zu, wie er einen Schokoring verputzte.

»Hmm, schmeckt prima. Isst du die auch?«

Oma schüttelte in heftiger Abwehr den Kopf. »Bloß nicht! Dann werde ich noch dicker!«

Claudio sah sie kritisch an. »Na ja, aber besser als so verschrumpelt!« Oma prustete los. »Papa hat gesagt, wer außen so verschrumpelt aussieht, ist es auch innen. Das kann ich mir nicht so ganz vorstellen, aber du bist bestimmt auch innen nicht verschrumpelt!«

Omas Lachen verebbte. Sie wusste gleich, wer damit gemeint war. »Bei solch verschrumpelten Leuten sehen die inneren Organe auch nicht anders aus. Aber Papa meint nicht so sehr die Organe da drin, er meint mehr die Seele. Sie haben keine Liebe für andre Menschen, weil sie nur noch an sich denken und wie sie zu Zigaretten und Schnaps kommen.«

Claudio kaute den zweiten Schokoring.

»Aber das gilt nicht nur für Tabak und Alkohol. Du kannst auch nach anderen Dingen süchtig werden, zum Beispiel …« Sie griente schon wieder! »… nach Schokolade oder Kuchen.«

Er hielt vor Schreck inne, weil er beinahe den dritten Ring in den Mund geschoben hätte. Nun griff er verlegen nach einem Draht und hängte ihn in den Baum.

Oma fuhr fort. »Ich bin erst so dick geworden, als Opa verboten hatte, dass ich mit eurer Familie zusammenkomme. ›Kummerspeck‹ nennen manche Leute sowas, weil man aus Kummer zu viel isst.« Sie seufzte.

»Dann kannst du ja jetzt wieder dünner werden!«, stellte Claudio fest. »Jetzt haste uns doch und brauchst keinen Kummer mehr zu haben!«

Sie hockte sich nieder und nahm ihn in die Arme. Hatte sie Tränen in den Augen? Er streichelte sie. »Wir machen dir bestimmt keinen Kummer, Oma! Wir haben dich doch lieb!«

Aber nun weinte die Oma doch wirklich, obwohl er es verhindern wollte. »Weinst aber nicht aus Kummer, nee, Oma, nich?« Er wischte eine Träne von der runden Wange.

»Ich weine vor Glück«, stammelte Oma und zog ein Taschentuch aus ihrer Schürzentasche. Dabei schaute sie zur Uhr. »Oje, der Weihnachtsmann kommt gleich und wir vertrödeln uns hier!« Schnell wischte sie über ihr Gesicht, trompetete ins Tuch und schob es geschwind zurück in die Tasche. Sie griff die Schachteln, obwohl noch Kringel drin waren, legte die Drähte dazu und platzierte beides in der Anbauwand neben Opas Bild.

»Du, Oma, warum wollte Opa nicht, dass du mit Papa und Mutti …« Claudio verhielt unsicher. Vielleicht weinte dann die Oma wieder?

Sie lächelte. »Weil ich immer gutmütig Geld hingab. Nicht nur einmal, nein, viele Male! Und plötzlich hatten wir keinen Taler mehr auf dem Konto. Das war ein Schock! Da ist Opa explodiert. Man braucht doch immer etwas fürs Haus. Da geht nämlich hin und wieder etwas kaputt oder das Dach muss erneuert werden, tja!« Sie lauschte nach draußen.

»Junge! Ich glaube, der Weihnachtsmann kommt!«

Wirklich? Claudio erschrak. Es polterte ganz verrückt. So als würden Steine die Treppe runterkullern! Er kannte sich ja hier in dem Haus noch nicht so aus, aber das war bestimmt nicht normal! Hilfesuchend fasste er nach Omas Hand. Aber die zerrte sich hastig die Schürze vom Körper, öffnete eine Schranktür und warf sie einfach hinein. Dann legte sie beide Hände auf Claudios Schultern. »Musst keine Angst haben, das ist ein lieber Weihnachtsmann!«, beruhigte sie ihn.

Er hatte ja schon im Fernsehen viele Weihnachtsmänner gesehen, aber zu ihm war noch nie einer gekommen. Woher sollte er also wissen, ob der lieb war?! Auf jeden Fall fühlte er sich ganz dicht an Oma gepresst viel sicherer.

Jetzt wurde die Stubentür geöffnet und der bärtige Mann kam herein mit einem unheimlich schweren Sack, den er mit beiden Händen vorsichtig trug. Dahinter tauchte Papa auf mit ebensolchem Sack.

Claudios Augen wurden immer größer. Sollte das alles für ihn sein? Sein Mund stand offen, das Herz klopfte heftig und er atmete schwer.

»Ah, du bist also der Claudio«, begann der Weihnachtsmann. »Kannst du denn ein Gedicht oder ein Lied, an dem ich mich erfreuen kann. Du siehst, ich habe schwer geschleppt an deinen Geschenken.«

Vor Schreck fiel Claudio nichts ein. Dabei hatte er extra ein Gedicht gelernt. Oma hinter ihm flüsterte:

»Es dunkelt schon bald.« Da fiel es Claudio wieder ein und er begann noch etwas unsicher:

»Es dunkelt schon bald
und draußen im Wald
geht leise die Säge.
Man hört ein paar Schläge,
der Baum wird gefällt,
der's Fest uns erhellt

Es raschelt im Haus
wie Wiesel und Maus.
Es dringt aus dem Zimmer
ganz schmal nur ein Schimmer.
Man darf nicht hinein.
's muss Weihnachten sein!

So nah, so nah
und doch noch nicht da!
O wären die Stunden
so kurz wie Sekunden!
Geduld ist so sehr,
so fürchterlich schwer! Von Ludwig Schuster.«

Claudio holte tief Luft. Geschafft! Und ohne Hänger!

Doch bei der letzten Zeile rutschte der erste Sack in sich zusammen.

»Oje, oje«, stammelte der Weihnachtsmann, »deinem Geschenk wird die Luft knapp!« Er nestelte den Sack auf und Peters Kopf wurde frei. Ganz rot schnappte er nach Luft wie ein Fisch auf dem Trocknen. Papa hatte auch rasch den anderen Sack geöffnet und Mirko erschien.

»Mann, Claudio, warum musstest du denn so ein langes Gedicht aufsagen?! Mensch, Peter, komm zu dir! Wir haben es überstanden!«

Oma reichte jedem schnell ein Glas Wasser und die beiden tranken gierig.

»Haben sie euch schon im Heim in die Säcke gestopft?«, fragte Claudio vorwurfsvoll.

»Nein, nein!«, sagte Papa hastig. »Erst hier!«

»Und jetzt dürft ihr hierbleiben?«, erkundigte sich Claudio. Er stand noch immer am selben Fleck, während sich die zwei aus den Säcken schälten.

»Mann, das sollte ein Spaß sein!«, sagte Mirko, »aber ich mach's nicht wieder!«

»Ich auch nicht!«, stimmte der Weihnachtsmann zu. »Nun haben wir das ganze Programm vergessen!«

»Was denn noch?«, sagten Claudio und Mirko gleichzeitig. »Ach ja, natürlich, die Geschenke!«, ergänzte Claudio.

Das war wohl das Stichwort für den Weihnachtsmann. Er holte noch einen Sack herein, in den er sofort seinen Arm versenkte. Ein handliches Paket kam zum Vorschein.

»Lies mal!«, forderte er Claudio auf. »Ich habe meine Brille vergessen!«

»Für Peter«, buchstabierte er. »Oh, prima! Er hat auch was für dich, Peter! Biste wieder in Ordnung?«

Peter nickte und nahm strahlend das Paket in Empfang.

Der Weihnachtsmann tauchte erneut und diesmal las Claudio seinen eigenen Namen. »Wartet mal mit dem Auspacken, bis ich fertig bin. Ich muss nämlich weiter und hier ist noch ein Paket drin.«

»Na klar, für Mirko!«, trompetete Claudio los. »Wäre ja schlimm, wenn der nichts bekäme!«

»So, nun wünsche ich euch noch viel Spaß und gehe zum nächsten Haus!«, sagte der Weihnachtsmann und verließ den Raum. Maik ging mit, aber die Kinder sahen das gar nicht. Sie waren zu beschäftigt mit dem Auspacken. Oma hatte sich auf den nächsten Stuhl gesetzt und sah glücklich auf die drei am Boden Hockenden. Das meiste Geld für die Geschenke kam von ihr. Kaufen musste es Maik.

Der kam nun wieder herein und blieb gleich neben der Tür stehen, um die Reaktion der drei zu erleben. Eben schob Mirko den letzten Rest des Geschenkpapiers herunter.

»Mensch, ich werd' nicht wieder!« Überrascht starrte er auf das Bild. »Ein Pick-up-Cyber Thunder«, sagte er andächtig. Die anderen hielten inne und starrten auf sein Paket. »Das habe ich mir doch SO gewünscht! Ich hätte nie gedacht, dass ich das bekomme!«

Jetzt erwachten Peter und Claudio wieder. Ungeduldig rissen sie nun das bunte Papier ab und auch sie befiel ungläubiges Staunen.

»Ein Riesenkran!«, sagte Peter leise.

»Ein Computer!«, flüsterte Claudio.

Peter und Mirko ließen die Hände ruhen und sahen zu ihm hin. »Echt? Ein richtiger Computer?«, hakte Mirko nach.

»Einer für Kinder«, warf Oma erklärend ein. »Für einen richtigen hatten wir nicht das passende Kleingeld.«

»Na, Papa sowieso nicht!«, gab Claudio von sich und erinnerte sich an die Geschenke für Oma und Papa. Einen Moment zögerte er, dann stellte er das Paket zur Seite und erhob sich. Er lief in den Flur und kam mit zwei kleinen Päckchen wieder.

»Oma, das ist für dich!« Er drückte die Oma und gab ihr einen Kuss auf die Wange, wie er es vom Papa gesehen hatte. Dann schritt er vorsichtig durch das hingeworfene Verpackungsmaterial und reichte Maik das andere Päckchen. »Das ist für dich! Und ich möchte mich noch für das tolle Geschenk bei euch beiden bedanken. Auch für den Weihnachtsmann, den ihr bestellt habt.« Plötzlich lachte er auf. »Und gleich beim ersten Mal hat der mir meine Freunde gebracht. Das war spitze!«

»Na ja, ich habe es ein bisschen versaut!«, meinte Peter und überreichte Oma und Maik seine Geschenke. Mirko schloss sich an. Er fiel der Oma um den Hals und drückte sie impulsiv. Gleich hatte Oma wieder Tränen in den Augen.

»Heul bloß nicht wieder, Oma!«, warnte Claudio vergeblich. Oma schluchzte schon.

»Ach, meine Lieben, das ist doch vor Glück! Das müsst ihr nicht tragisch sehen!«, stieß sie zwischen den Schluchzern hervor und schnäuzte sich umständlich. Die Kinder und Maik lachten herzlich, umringten und streichelten sie.

»So, nun packt mal noch weiter aus und macht etwas Ordnung hier! Ich gehe in die Küche und kümmere mich ums Abendbrot.«

Natürlich mussten die Fahrzeuge gleich ausprobiert werden. »Ich besaß noch nie ein ferngesteuertes Auto!«, sagte Peter wieder andächtig.

»Na, denkste ich!«, posaunte Mirko los.

»Ich auch nicht!«, sagte Claudio. »Aber ein Computer ist noch besser!«

»Na klar!«, stimmte Mirko gleich zu. »Aber der ist bestimmt auch noch teurer als so ein Auto. Stimmt's, Onkel Maik?«

»Ja, stimmt! Und das haben wir alles Oma zu verdanken!«

»Und ihr dürft heute hier bleiben?«, schnitt Claudio seinem Vater das Wort ab. Der griente nur.

»Nicht nur heute!«, krähte Mirko.

»Über Weihnachten!«, setzte Peter eifrig hinzu. »Und wenn wir ganz artig sind, sogar bis nach Neujahr!«

»Mensch, klasse!«, freute sich Claudio. Dann erschrak er plötzlich. »Aber, Papa, wo sollen die denn schlafen?«

Bevor Maik antworten konnte, rief Oma von der Küchentür in den Raum: »Hier im Haus ist doch Platz für euch alle!«

»Waas? Hier?« Claudio bekam vor Staunen den Mund nicht mehr zu.

»Ihr drei schlaft in meinem ehemaligen Zimmer und ich in dem kleineren daneben«, erklärte Maik. »Oma hat schon alles zurechtgemacht. Ihr müsst also nicht im Hühnerstall übernachten!«

Diese Bemerkung löste einen Lachanfall bei den Kindern aus. »Dürfen wir mal oben nachsehen?«, fragte Claudio sicherheitshalber. Kaum hatte Maik zustimmend genickt, stürmten alle drei nach oben.

Das wurden wunderbare Weihnachtsferien. Am zweiten Feiertag fror es Stein und Bein und die Feuerwehr des Ortes spritzte Wasser auf den Fußballplatz. Schon am nächsten Tag tummelten sich alle großen und kleinen Kinder dort. Manche besaßen richtige Schlittschuhe. Aber unsere drei focht das nicht an. Maik hatte unterm Dach ihrer Laube noch einen Schlitten gefunden und Oma hatte Maiks vom Boden geholt. Zusammen wienerten sie den Rost von den Eisen und hatten ihren Spaß damit.

Maik stellte sich des Öfteren als Zugtier zur Verfügung und als es nach drei Tagen sogar noch etwas schneite, führte er sie zu den Bergen seiner Kinderzeit und sie fuhren »seine« Schlittenbahnen hinunter. So hoch waren ja hier im Havelland die Berge nicht, aber dreißig Meter lange Abfahrten galten schon als sehr gut!

Zum ersten Mal durften die drei zu Silvester die Ballerei um Mitternacht miterleben und waren begeistert. Auch wenn sie selbst nur jeder eine Schachtel Blitzknaller besaßen. Das tat dem Vergnügen keinen Abbruch. Als sie nach ein Uhr endlich in den Betten lagen, musste Maik gar nichts mehr sagen. Nach ein paar begeisterten Ausrufen zog Stille im Schlafzimmer ein.

In den Winterferien verbrachten sie wieder ein paar Tage zusammen bei Oma. Diesmal ohne Maik, der ja arbeiten musste. Sie wussten, wenn sie sich nicht ordentlich benahmen und Oma sich ärgerte, dann war es aus und vorbei. Also zeigten sie sich von ihrer besten Seite, boten immer wieder ihre Hilfe an. So holten sie täglich Holz und Kohlen zum Heizen aus dem Stall und misteten sogar einmal den Hühnerstall aus!

Dafür buk Oma leckeren Kuchen und kochte ihre Lieblingsspeisen. Und immer Kompott! Aber vor dem Essen gab es auch stets irgendwelche rohen Früchte.

»Also: die Möhren schmecken mir ja nicht besonders«, meinte Peter am zweiten Tag. Er bekam grad wieder einen Zahn und hatte Mühe beim Kauen.

»Wenn du das Stück Kohlrabi mit der Möhre zusammen isst, schmeckt es besser«, meinte Claudio.

Oma stellte ihm einen Teller hin mit einer Reibe. »Du darfst dir die Möhre auch reiben. Sieh mal, so macht man das!« Sie gab ihm noch ein paar Tipps und kümmerte sich dann wieder um ihre Töpfe auf dem Herd.

»Aua! Jetzt hab ich mich gerieben!«, schrie Peter plötzlich. Anklagend hielt er den kleinen Finger in die Höhe, an dem sich ein rotes Tröpfchen bildete.

»Leck ab!«, riet Mirko.

»Ist doch nicht schlimm!«, meinte auch Claudio.

Oma besah sich den Schaden. »Nein, schlimm ist es nicht. Aber die hochstehende Haut schneide ich mit der feinen Schere ab. Danach klebe ich dir ein Pflaster drauf. Das letzte Stückchen Möhre kannst du auch so in den Mund schieben. Das mache ich auch immer. Sonst gibt man wirklich zu viel Haut hinzu.« Während Peter ihr beim Verarzten zusah, kaute er selbstvergessen das Stück Möhre.

Beim Essen seiner geriebenen Möhre spreizte er nun den kleinen Finger ab.

»Seht mal, wie vornehm unser Peter nun isst!«, frotzelte Oma, die die Nudeln auftrug. »Wie eine Prinzessin! Auf alten Bildern oder auch in Filmen von früher könnt ihr diese Fingerhaltung beim Trinken beobachten.« Sie stellte die rote Tunke auf den Tisch und alle drei hatten keine Zeit mehr für Peters Finger.

»Papa, ob der Puhl bei Ina und Paul jetzt zugefroren ist?« Claudio zappelte aufgeregt herum. Endlich war wieder ein Samstag, an dem sie sich alle auf dem Dorf treffen wollten. »Noch nie habe ich den Puhl mit Eis gesehen!«

Maik wollte schon protestieren, doch dann dachte er daran, dass Claudio damals viel jünger war und es deshalb sicher vergessen hatte.

»Ich weiß nicht, ob es schon trägt!«, meinte er darum vorsorglich, um seinem

Sohn eine Enttäuschung zu ersparen. »Bei DER Wärme in der vorigen Woche ist bestimmt alles aufgetaut. Und jetzt sollen zwei kalte Tage gleich eine dicke Eisschicht schaffen? Ich weiß nicht. Da habe ich so meine Zweifel!« Er lenkte sein Auto vors Heim und lud die beiden Wartenden ein.

Das Gespräch der drei hinter ihm drehte sich auch sogleich ums Eis. Kaum hatte er auf dem Hof von Ina und Paul angehalten, kamen die zwei auch schon angesaust und alle fünf rannten zum Puhl.

»Seid vorsichtig!«, brüllte Maik noch hinterher, wollte auch gleich nachfolgen, doch nun kamen Ina und Pauls Eltern und die Begrüßung und das Reden hielten ihn davon ab.

»Ich würde ja gerne mal probieren!«, meinte Claudio unsicher. »Aber …«

»Hier an dieser Seite ist es nicht sehr tief«, sagte Paul. »Ich habe heute Vormittag mal ein bisschen gestampft!«

Die Jüngeren blickten ihn voller Hochachtung an. Mirko stapfte los. Bis an den Eisrand. Die anderen kamen nach. Er griff nach Peters Hand. »Dann kannste mich rausziehen, wenn ich einbreche!«, begründete er grinsend und wagte den ersten Schritt. Es hielt, knackte aber unheilvoll und ein Riss lief sirrend über den Teich.

»Na du, komm lieber runter!«, warnte Paul noch. Doch Mirko hatte den nächsten Schritt getan und nun ging alles ganz schnell: Ein Fuß brach ein und Peter zerrte mit aller Kraft an Mirkos Arm. Da Mirko sich vor Schreck herumwarf, fielen beide auf den harten Uferstreifen.

»Aua!«, schrie Peter auf, denn Mirko lag teilweise auf ihm drauf. Sofort halfen die anderen den beiden beim Aufstehen.

»Na seht ihr!«, sagte Paul vorwurfsvoll. »Es reicht noch nicht!«

Ina besah sich Mirkos Fuß. »Komm rein! Den Schuh müssen wir trocknen. Wahrscheinlich ist er bis oben hin voll Wasser!«

Mirko nickte schuldbewusst. »Aber ich habe keine anderen Schuhe mit!«

Ein taxierender Blick von Ina streifte seinen Fuß. »Wahrscheinlich passen dir meine. Los, kommt alle mit rein!«

Peter rieb sich seine linke Seite. »Ich kriege bestimmt einen blauen Fleck. Mann, das tut ganz schön weh!« Mit schmerzverzerrtem Gesicht trabte er neben Claudio einher. Dem war das Herz auch in die Hose gerutscht. Er schluckte aufgeregt. Würde sein Papa schimpfen?

Nein, es schimpfte keiner. Sie wurden untersucht und als sich nichts Schlimmes ergab, wurde gelacht und von früher erzählt.

An einem schönen Frühlingstag wurde Claudio schon an der Tür des Kindergartens von Frau Knape empfangen. »Dein Papa hat angerufen. Es wird heute sehr spät und du möchtest, bitte, mit zu mir gehen.«

»Aber ich könnte doch …«, wollte er erst protestieren, aber Frau Knape fiel ihm ins Wort.

»Willst du nicht mal sehen, wo ich wohne? Wir kennen uns nun schon SO lange und du warst noch nie bei mir.«

Das war ein Argument, das er auch gern verwendete. Deshalb überlegte er nur kurz. »Na gut, wenn du einverstanden bist … und Papa auch.«

»Weißt du, es ist auch wegen des Heizens. Heizen darfst du noch nicht alleine und dann wird es bestimmt bei euch ziemlich kalt sein«, führte Frau Knape zur Begründung an. »Und Zissi kennst du ja!« Zissi war Frau Knapes zehnjährige Tochter. Die kam manchmal in den Kindergarten und holte ihre Mutter ab. Ab und zu spielte sie dann mit den größeren Kindern. Er fand Zissi prima. Einmal hatte sie ihre langen mittelblonden Haare zu lauter kleinen Zöpfen geflochten. Das sah vielleicht lustig aus!

»Und dein Mann? Wird der nicht schimpfen, wenn ich mit dir gehe?«

»Ich bin geschieden«, sagte Frau Knape kurz und Claudio wusste, was das bedeutete.

Erleichtert stieß er die Luft aus. »Na, dann komme ich mit!«

»Hattest du vor meinem Mann Angst?«

»Na, den kenne ich doch nicht!«, wich er aus. »Man kann doch nie wissen …«

Frau Knape lachte. »Ist klar, mein Junge. Ich bin auch nie gern zu Fremden gegangen.«

»Siehste!«

So lernte Claudio die Wohnung kennen und wunderte sich über ein leeres Zimmer. »Hat hier dein Mann geschlafen?«, erkundigte er sich neugierig.

»Das war sein Arbeitszimmer«, sagte Frau Knape und Zissi ergänzte. »Papa war Versicherungsvertreter.«

Sie erklärte ihm dann auch, was das bedeutete und als sie mit ihm alleine war, flüsterte sie ihm zu: »Er war mehr bei anderen als hier zu Hause. Vor allem in den letzten Jahren. Da habe ich ihn kaum noch gesehen. Und deshalb haben wir uns scheiden lassen!«

»Hat er dich auch gehauen?«, fragte Claudio und schaute sie mitleidig an.

»Na, das wäre ja noch schöner gewesen! Ich glaube, dann wäre Mutti explodiert!« Zissis Augen funkelten kampflustig. »Nein, an Haue kann ich mich nicht erinnern. Nur dass er nie da war, wenn ich ihn brauchte. Aber nun komm mit. Wir spielen 'ne Runde Schach.«

»Aber Schach kenne ich nicht!«, meinte er unsicher.

»Dann lernen wir's. Das ist nämlich ein Spiel für kluge Leute. Die andern sitzen nur an solch blöden Schießspielen! Kein Wunder, dass sie immer dümmer werden!« Sie baute das Schachspiel auf und begann mit der Erklärung. »Das sind die Bauern und nur DIE nehmen wir jetzt!«

Aufmerksam hörte Claudio zu. Schließlich wollte er zu den klugen Leuten gehören. In seiner Klasse war er der beste Junge. Nur zwei Mädchen waren noch besser als er.

Als ihn Papa abholte, hatte er rote Wangen vor Eifer. »Papa, ich kann jetzt schon mit den Bauern, den Türmen und den Läufern spielen«, überfiel er ihn gleich bei der Begrüßung.

Maik schaute ihn verdutzt an, bis ihm die Erkenntnis kam. »Du meinst Schach?!«

»Klar! Haben wir kein Schachspiel zu Hause?«

»Leider nicht. Aber wenn du willst, kannst du ja öfter mit Zissi spielen. Das heißt, wenn Zissi will!«

Zissi nickte strahlend. »Wir könnten aber auch mal alle zusammen irgendwohin fahren. Muss ja nichts kosten! Außer Sprit natürlich!«, fügte sie sogleich an.

Alle lachten und Claudio fing einen Blick zwischen seinem Papa und Frau Knape auf, der ihm urplötzlich eine Erkenntnis bescherte, die wohl schon lange in ihm gewachsen war.

»Dann sind wir eine richtige Familie!«, sagte er andächtig.

»Hättest du das gern?«, fragte leise Frau Knape.

Claudio nickte begeistert. »Ja! Und Zissi wäre dann meine große Schwester, stimmt's?«

»Ja, kleiner Bruder!«, sagte Zissi und zog ihn an sich.

Er schlang seine Arme um sie. »Ich mag dich und deine Frau Knape.«

Dass alle laut auflachten, ließ ihn zuerst verunsichert von einem zum andern schauen. Dann aber dämmerte ihm, weshalb sie sich so amüsierten. »Na ja, deine Mutti natürlich!«, sagte er und lachte nun am lautesten.

»Wollen wir das Wochenende mal gemeinsam verbringen?«, erkundigte sich Frau Knape.

»Wird dir das nicht zu viel, Nancy?« Maik schaute sie besorgt an.

»Wenn ihr mir Samstagfrüh zum Ausschlafen lasst …«, lächelte Frau Knape.

»Du heißt Nancy? Und mein Papa weiß das?«, staunte Claudio, während Zissi verstohlen kicherte. Sie war schon länger eingeweiht und heute sollte auch Claudio endlich reinen Wein eingeschenkt bekommen.

Claudio blickte stirnrunzelnd zu Zissi. Ein Verdacht schlich sich ein. Doch bevor er den äußern konnte, stippte Zissi ihm den Zeigefinger auf die Nase.

»Wenn man jemanden gern hat, dann versucht man doch sofort seinen Vornamen rauszubekommen!«, belehrte sie ihn. »Das wirst du auch noch erleben.«

»Hört, hört! Unsre große Tochter!« Frau Knape lachte und stupste Zissi in die Seite. »Hast wohl schon Erfahrung darin?« Zissi wehrte die Hand ihrer Mutter ärgerlich ab.

»Und was unternehmen wir dann?«, lenkte sie rasch von dem heiklen Thema ab.

»Habt ja noch zwei Tage Zeit«, sagte Maik. »Lasst euch mal ein Ausflugsziel einfallen, das nichts weiter als ein bisschen Sprit kostet!« Er sah bei seinen Worten abwechselnd von Zissi zu Claudio und grinste aufmunternd. »So, aber nun gehen wir erstmal nach Hause, Sohnemann.«

Beim Verabschieden spürte Claudio zum ersten Mal einen Unterschied zu sonst. Sein Papa strich Zissi liebevoll über die braunen Haare und gab Frau Knape ein flüchtiges Küsschen. Einen winzigen Moment fühlte er Eifersucht aufwallen. Doch gleich überdeckte eine Welle der Liebe zu diesen beiden Menschen das dunkle Gefühl und er musste einfach Frau Knape noch einmal drücken, bevor die Tür geschlossen wurde.

Nach dem gemeinsamen Wochenende wollte Claudio schon am Sonntagabend von Maik wissen: »Heiraten wir Frau Knape und Zissi?«

Maik musste über die Frage lächeln. »Weißt du, Sohnemann, vom Heiraten haben wir noch nicht gesprochen, wohl aber vom Zusammenziehn.«

»Na, unser Haus ist aber zu klein!«

»Und Knapes Wohnung? Du hättest dort dein eigenes Zimmer!«

Claudio zögerte. »Na schön, wir könnten es ja mal probieren«, meinte er dann großmütig. Doch nur zwei Atemzüge später kam das erste Aber!

»Aber dann haben wir keinen Garten!«

»Das dürfte kein Problem sein«, grinste Maik. »Oma Bettina wird nämlich nicht jünger und ist froh, wenn ihr jemand im Garten unter die Arme greift.«

»Aber da können wir nicht jeden Tag hin, weil es zu weit ist«, fand Claudio nun.

Maiks Grinsen erlosch. »Wegen der Erdbeeren? Die reifen auch nur ein paar Wochen im Jahr!«

»Aber …«

Maik verlor die Geduld. »Willst du nun in einer richtigen Familie leben? Oder bist du auch schon so verschrumpelt, dass du kein neues Leben anfangen willst?!«

»Verschrumpelt«, verwendete Claudio in letzter Zeit sehr oft und immer mit der Bedeutung: fest im Alten hängen, sich nicht ändern wollen! Jetzt erschrak er und blickte Maik mit großen Augen an.

»Wir sind doch noch jung und können jederzeit ein neues Leben beginnen«, fuhr Maik fort. »Und wenn mein Kollege das Häuschen hier für seine Kinder braucht, müssten wir sowieso verschwinden!«

»Hat der denn Kinder?«

»Natürlich! Einen Jungen, der schon zweiundzwanzig ist, und ein neunzehnjähriges Mädchen. Na?« Er blickte seinen Sohn mit hochgezogenen Brauen an und wartete auf weitere Einwände.

Doch Claudio nickte nur nachdenklich. »Klar, Papa!«, sagte er nach einem Weilchen. »Und wann soll's losgehen?«

»Für den nächsten Monat zahlen wir hier noch die Miete. Wir können also gleich am kommenden Wochenende anfangen.«

»Aber ...«

»Noch ein Aber?«

»Na ja und wie wird das mit Peter und Mirko und Paul und Ina?« Er blickte seinen Papa hilfesuchend an. »Die Wohnung von Frau Knape ist ja nicht sehr groß ...«

»Ach, mein Schatz!« Maik nahm ihn einfach wie ein kleines Kind vom Boden hoch und presste ihn an sich. »Wir haben doch Oma! Die freut sich, wenn das Haus mal voll ist. Da kommt nun halt Zissi noch dazu! Versteh doch: Wo ein Wille ist, ist auch ein Weg!«

Claudio legte seine Arme um den Nacken seines Vaters und drückte ihn ganz toll. »Du weißt immer alles, Papa!«, erklärte er seufzend. »Aber wie soll ich denn nun zu Frau Knape sagen? Wie Zissi, einfach Mutti? Oder Tante Nancy?« Er seufzte tief und Maik streichelte sachte seinen Rücken.

»Das ist sicher schwierig für dich, Mutti zu sagen, stimmt's? Aber dabei kann ich dir nicht helfen. Nancy würde sich ganz bestimmt darüber freuen. Und Zissi hat sicher nichts dagegen. Kannst aber beide fragen, was ihnen lieber wäre. Offen fragen ist immer besser, als hinterrücks tuscheln oder um den heißen Brei reden.«

»Gut, Papa. Mache ich!« Er gab Maik einen Kuss und der setzte ihn wieder ab.

»Nun aber marsch ins Bett!«, sagte er scheinbar streng. »Sieh mal zur Uhr! Und morgen ist Schule!«

Ferien mit Opa

Endlich hielt der Wagen und Sebastian durfte sich von seinem Gurt befreien. Froh kletterte der Siebenjährige heraus.

»Opa, mein Opa!«, schrie er und rannte in die ausgebreiteten Arme, wurde emporgeworfen, aufgefangen und ans Herz gedrückt.

»Jo mei, der Preiß ist wieder do! Nu muss ich hochdeutsch red'n!«, sagte Opa, stellte Sebastian auf die Füße und begrüßte nun auch Tochter und Schwiegersohn.

Sebastian drückte auch die Oma. »Hast du für mich noch die schönen Kekse?«, wollte er wissen.

»Aber natürlich, mein Schatz und ich mach dir auch alle deine Lieblingsspeisen. Ich weiß sie noch alle, aber ob du sie noch ebenso gern isst wie letztens, das weiß ich nicht.«

»Und mein Spielzeug? Ist das auch noch da?«, erkundigte sich Sebastian.

»Aber ja, geh nur in die Stube und sieh nach«, beruhigte ihn Oma.

Während die Erwachsenen auspackten – Sachen und Neuigkeiten –, begrüßte Sebastian seine Kuscheltiere, Fahrzeuge und Bausteine.

Leise kam Opa herein und schaute ihm ein Weilchen zu. Wenn er dachte, Sebastian hätte ihn nicht bemerkt, so wurde er enttäuscht.

»Opa, was machen denn die Pferde?«, wollte er mitten aus seiner Versunkenheit heraus wissen.

»Ich wollte dich grad fragen, Bub, ob wir bis zur Essenszeit noch in den Stall gehen?«

»Oh jaa, komm! Opa, was macht die Stella?«

»Nu, die hat ein Fohlen bekommen. Nu langsam, langsam! Zieh nicht so. Meine alten Knochen können nicht mehr so schnell wie deine!«

Als sich die Stalltür leise knarrend bewegte, drehten die beiden Pferde und das Fohlen aufmerksam ihre Köpfe und Stella wieherte.

»Hörst, sie begrüßt dich. Hier, gib ihr eine Möhre.« Sebastian hielt dem Pferd Stella auf flacher Hand die Möhre hin. Vorsichtig nahm das Tier sie mit den Lippen auf und kaute dann genüsslich. Währenddessen gab Opa dem Pferd Moni und dem Fohlen auch je eine.

»Das Fohlen ist klasse, Opa. Dieser helle Fleck auf der Stirn sieht lustig aus, Opa. Wie heißt es denn?« Neugierig blickte Sebastian seinen Opa an.

»Jo mei, ich dachte, wir zwei suchen den Namen zusammen aus. Das Fohlen ist ein Mädchen, weißt.« Listig schaute er zum Enkel herunter und fuhr sich mit der Hand in seine graumelierte Haarpracht.

Sebastian zog angestrengt nachdenkend die Stirn kraus. Opa wartete.

»Duu, Opaa, kann es Nicki heißen?« Unsicher sah er mit schief gelegtem Kopf zum Opa.

Opa zog die Brauen hoch. »Deine Freundin heißt doch Nicki. Wird sie nicht beleidigt sein, wenn du es ihr erzählst?«, gab er zu bedenken.

Aber dafür wusste Sebastian sogleich einen Ausweg. »Darf ich sie anrufen? Ich weiß ihre Nummer auswendig!«, verkündete er stolz.

»Nu, dann komm, Bub!«

Am nächsten Tag wurde das Fohlen getauft. Sebastian hatte mit Opa einen bunten Wiesenblumenstrauß gepflückt. Für die Pferde waren Möhren und ausnahmsweise für jedes drei Stück Zucker bereitgelegt. Die Erwachsenen hielten gefüllte Sektgläser in den Händen, in Sebastians perlte Limo.

Die Pferde kamen neugierig ans Wiesengatter und sogen die Luft ein.

Aufgeregt sprach Sebastian den mit Opa eingeübten Satz: »Ich taufe dich auf den Namen Nicki!«

Opa goss ein wenig Limo in den Strauß und gab ihn Sebastian. Der schüttelte ihn, sodass die Tropfen dem Fohlen ins Fell fielen. Danach durften die Pferde den Strauß und die Leckerbissen genießen, während die Menschen mit ihren Gläsern anstießen. Als die Gläser geleert waren, setzte Opa Sebastian auf Stella. Er ritt vor aller Augen eine kleine Runde und war mächtig stolz, als ihn alle lobten.

Der Wetterbericht versprach einen schönen nächsten Tag. Deshalb stand Opa am anderen Morgen in Sebastians Zimmer, als der die Augen aufschlug.

»Guten Morgen, Bub. Lass dir von Oma den Rucksack packen. Wir gehen auf die Alm.«

Sebastian jubelte und war flink wie ein Wiesel aus dem Bett. Anziehen und zur Oma rennen, war alles eins. Schnell wurde der Rucksack gepackt und mit flüchtigem Gruß sauste das Bürschlein davon.

Opa stand schon vor der Tür.

»Mann, Opa, ist dein Rucksack dick!«

»Jo mei, Bub, wenn's Wetter mitspielt, bleiben wir über Nacht auf der Alm.«

Begeistert stieß Sebastian einen Jauchzer aus.

Fröhlich plaudernd gingen sie davon.

Ein ungleiches Paar: Der stämmige Alte in seiner schönen, alten Tracht, mit seinem Wanderstecken und der kleine, schmale Sebastian mit derben Schuhen, karierten Kniestrümpfen, dunklen Kniehosen und weißem T-Shirt. Oben auf dem kurzen, braunen Haar thronte ein olivgrünes Filzhütchen mit einer Sperberfeder, die ihm Opa gestern geschenkt hatte.

Immer wieder blieben sie stehen, um etwas zu betrachten. Geduldig beantwortete Opa all die vielen Fragen Sebastians. So dauerte der Weg natürlich länger, aber mittags waren sie dann doch bei Sepp in der Hütte und hatten einen Bärenhunger.

Nach dem Essen saßen sie zu dritt auf der Bank vor der Hütte, Sebastian in der Mitte. Sie sprachen über die Kühe, das Futter, den Käse und zeigten Sebastian Sehenswertes im Dorf unten und fern zwischen den Bergen den Steinadler, benannten die Bergspitzen und Pässe.

»Nu Bub, haben wir uns ausgeruht. Schau, wollen wir dort auf die Höh'?«

»Jaa, prima! Aber warte, Opa. Ich nehme den Rucksack mit!«

Als Sebastian wiederkam, sah Opa, dass höchstens ein Beutel Kekse im Rucksack steckte.

Nun machten sie sich auf den Weg. Nein, ein richtiger Weg war das nicht! Nur ein Trampelpfad. Aber Sebastian kannte das Ziel und zischte ab, sodass Opa nicht mitkam.

Doch zwischendurch blieb er immer wieder stehen, mal um auf Opa zu warten, ein andres Mal, weil etwas seine Neugier erregt hatte, so wie grad jetzt.

»Opa, was ist das für ein Stein? Das sieht aus, als wäre ein Tier darin.«

»Hast richtig gesehen, Bub. Das ist Kalkstein, der im Meer entstanden ist. Wenn die Muscheln und Schnecken abstarben, sanken sie auf den Grund. Eine dicke Schicht bildete sich daraus.«

Sebastian konnte das nicht hinnehmen. »Aber, Opa!«, empörte er sich. »Wir sind hier oben auf einem Berg!«

Schwindelte Opa? Sebastian blickte fassungslos seinen Opa an. Der lächelte verschmitzt. Dann zog er eins seiner riesigen karierten Taschentücher aus der Hosentasche und hockte sich nieder.

»Schau, Bub. Mein Taschentuch soll jetzt die Schicht am Meeresgrund sein. Meine linke Hand liegt da, wo ihr wohnt, meine rechte ist jetzt Afrika, wo die Elefanten und Nashörner leben. Und Afrika drückt und schiebt gegen dein Land und was passiert?«

»Dein Taschentuch macht Falten, Opa.«

»Richtig, Bub. Und wo bleibt das Meer?«

»Na hier unten zwischen den Falten.«

»Und wenn ich nun noch mehr drücke? So.«

»Dann ist das ganze Meer weg!« Verdutzt schaute Sebastian auf das Tuch.

»Nun, Bub, schau dich um. Du stehst oben auf den Falten.«

»Aber deine waren rund. Die hier sind spitz, Opa!«

»Ja! Wind und Wetter, Eis und Schnee machen sie spitz. Du weißt doch, was der Bach so wegspült. Nu komm weiter, Bub.« Sofort rannte Sebastian los.

»Halt! Warte! Nimm mir meinen Stecken ab«, rief Opa und hoffte, dass der schwere Stecken das Bürschlein bei der nun steilsten Strecke bremsen werde. Trotzdem war Sebastian eher oben und sah dem Opa zu, wie der das letzte Stück auf allen vieren bezwang.

Opa blickte keuchend nach oben zum Enkel und sah trotz der Anstrengung die Schönheit dieses Augenblicks:

Der lachende Bub mit seinen großen Zähnen und dem riesigen Stecken vor der Kulisse der Bergspitzen mit ihren Schneefeldern, die Füße und den Stecken fest in das sommerliche Grün mit seiner Blütenpracht gesetzt.

Nachdem er dieses Bild eingesogen hatte, bewältigte er den letzten Meter und ließ sich schnaufend ins Gras sinken.

»Komm, Bub, setz dich! Dein Opa braucht eine Pause.«

»Pustest ganz schön, Opa!«

Opa legte den Arm um seinen Enkel. So saßen sie eine Weile und blickten still in die Bergwelt.

»Weißt«, brach Opa das Schweigen, »hier oben war ich oft, als ich mit deiner Oma anbandelte.«

»Was ist ›anbandelte‹?«

»Schau, da unten rechts ist unsre Alm mit der Hütte … und Sepp, siehst ihn?«

»Ja! Und Oma?«

»Oma war damals ein hübsches, junges Mädchen … und siehst da links die Hütte auf der Alm?«

»Ja! Ach – und dort hat sie wohl gewohnt?«

»Genau. Sie war Magd beim Schweigerbauern. Dort hatt' ich sie schon ein paar Mal gesehen. Als nun der Auftrieb war – da werden die Küh' im Frühjahr auf die Alm getrieben, weißt – und ich sah, dass sie auf die Schweigeralm musste, bat ich meinen Vater, dass ich das Handwerk auf der Alm erlernen möcht'. Er wunderte sich sehr, aber gegen's Lernen hatte er nichts.« Opa schmunzelte.

»War da auch schon der Sepp auf der Alm?«

»Aber na. Der Sepp ging derzeit noch zur Schule. Liesl war unsre Magd. Sie war für mich damals uralt, war aber erst vierzig, eine runde, gemütliche Person. Hatte schon am zweiten Tag raus, weshalb ich da war. Hat mich tüchtig rangenommen, musste feste arbeiten, aber dann konnt' ich zwischendurch zur Oma. Und von hier oben konnten wir beide Almen gut überblicken. Weißt, auf die Kühe aufpassen, nu!«

»Und dann hast du die Oma geheiratet, ja?«

»Genau, Bub, im Winter, kurz vor Weihnachten.«

»Und dann ist meine Mutti geboren?«

»Ja, Bub, im Mai. Aber schau mal zur Hütten. Siehst den kleinen Bach rechts? Da baun wir nachher ein kleines Mühlradl nei, willst?«

Sebastian sprang wie elektrisiert auf.

»Ja! Opa, komm schnell!«

»Nein, Bub, höre! Lauf nie **schnell** einen Berg nunter, sonst bist schneller im Krankenhaus, als du denkst!« Sehr bestimmt hatte Opa gesprochen und Sebastian wusste, wenn er nicht gehorchte, fiel das Mühlradbauen wahrscheinlich aus.

Beide stiegen langsam hinab. Nach dem steilsten Hang schob Sebastian seine kleine Hand in Opas große Pranke, der sie sanft und sicher umschloss. So vereint gingen sie ein Stück, bis die Hütte vor ihnen lag. Dann löste sich Sebastian und stürmte davon, um den Rucksack mit Schwung auf die Bank zu werfen.

Mit einem lauten »Wir baun eine Mühle« stürzte er weiter zum Bach. Doch hier wusste er nicht weiter und lief zurück. Grad als er um die Ecke bog, krachte sich Opa auf die Bank.

Vorwurfsvoll blickte er den Opa an. »Ich denke, du willst mit mir eine Mühle bauen!«

»Nu ja doch! Bist ungeduldig? Frag Sepp nach dem Radl. Er wollt's schnitzen.«

»Sepp schnitzt doch Figuren. Kann er denn auch Mühlräder?«, staunte Sebastian.

Opa lächelte. »Frag ihn.«

Als Sebastian wieder erschien, hielt er ein stabiles Mühlrad im Arm. Die Blätter waren etwa zwanzig Zentimeter breit und die dicke Achse hatte an beiden Seiten gut zehn Zentimeter zur Auflage.

»Und was nun, Opa?«

»Nu, Bub, jetzt brauchen wir noch zwei Stützen, die aussehen wie das Ypsilon. Den Buchstaben kennst doch oder nicht?«, fragte Opa, als ihn Sebastian zweifelnd anschaute.

»Doch, kenne ich«, beeilte sich Sebastian zu sagen.

»Dann geh mal hinter die Hütte und schau, ob du was findest.« Schon wollte Sebastian lossausen, aber dass er die Hände nicht frei hatte, ließ ihn zögern. Kurz entschlossen drückte er Opa das Mühlrad in die ausruhenden Hände. Dann war er verschwunden.

Sepp kam grinsend aus der Hütte. »Ob das mit dem Holz klappt? Wirst wohl Steine nehmen müssen«, meinte er.

»Werd's sehen«, brummte Opa.

Schon kam Sebastian wieder und hielt zwei entsprechende Hölzer in den Händen. »Nun komm, Opa«, forderte er.

Opa stemmte sich ächzend hoch und folgte dem quirligen Enkel zum Bach. Der Bursche stand an der flachsten Stelle des ansonsten eingeschnittenen Laufs, dort, wo auch die Tiere immer mühelos tranken, bevor sie weiterliefen.

Ratlos blickte Sebastian dem Herankommenden entgegen.

»Wo denn? Wie denn?«

»Wo fließt der Bach am schnellsten? Hier?«, fragte er schmunzelnd zurück.

Verwirrt sah der Bub erst den Opa an, dann den Bach hinauf und hinunter. Opa wartete geduldig.

»Da, Opa!« Sebastians Zeigefinger schnellte vor und wies auf die engste Stelle. Opa hielt ihm das Mühlrad hin und blickte ihn mit hochgezogenen Augenbrauen an. Sebastian wurde unsicher. Opa kam ihm zu Hilfe.

»Wir müssen das Rad aufstellen können. Sieh mal dorthin. Mal probieren, ob wir dort in den Boden eine Stütze 'nei gesteckt kriegen.«

Er stapfte zur gewiesenen Stelle, an der das Bächlein einen kleinen Bogen durchplätscherte. Auf dieser Seite lag ein kleiner Steilhang und auf der gegenüberliegenden ein drei Fuß breiter flacher Platz. Diesmal wartete Sebastian, was wohl der Opa unternehmen werde, denn wie hier ein Mühlrad eingebaut werden sollte, war ihm schleierhaft. So streckte er ihm wortlos die beiden Stützen hin.

»Probier mal, ob du sie 'nei stecken kannst«, riet Opa.

»Ist doch viel zu hoch hier«, kritisierte er den Opa.

»Hast recht, Bub. Spring mal nüber aufs flache und versuch's dort.«

»Nee, sind lauter Steine unter dem bisschen Gras.« Sebastian zeigte mit Daumen und Zeigefinger, wie dick die Schicht nur war.

»Na, dann müssen wir wohl Steine nehmen. Schau, da liegen welche.« Opa griente. Hatte der Sepp also vorgesorgt!

Sebastian stieg hinauf und begann, die Steine hinunterzuschieben.

»Ganz schön schwer, Opa«, schniefte er bald.

»Ich helf dir, Bub«, sagte Opa und kam mit zwei Schritten heran. Ein verdutztes »Ha« rutschte dem Jungen deshalb heraus.

»So, halt die Stützen, sonst geht's nicht.« Opa packte die Steine ringsherum. An der anderen Seite entdeckte Sebastian ein Loch in der Böschung.

»Opa, hier brauchen wir das Rad bloß reinstecken. Da brauchen wir keine Stütze.« Gesagt, getan. Beide schauten nun zufrieden auf das sich drehende Rad.

»Siehst, Bub, so treibt das Wasser das Mühlrad.«

»Aber, Opa, wenn man hier Körner draufschüttet, fallen sie doch ins Wasser.« Jetzt blickte Opa verdutzt. Er kratzte sich mit der linken Hand hinterm Ohr und versuchte, Sebastian die Funktionsweise einer Mühle zu erklären.

»Weißt was«, erklärte er schließlich, »morgen oder übermorgen schauen wir uns eine richtige Mühle an.«

»Oh ja! Kann ich sie von hier aus sehen, Opa?« Sebastian blickte suchend ins Tal. Diesmal zupfte Opa mit der rechten Hand am linken Ohr.

»Oje, oje, das ist weit weg hinter den Bergen …«

»Aber nicht bei den sieben Zwergen«, ergänzte Sebastian lachend und fiel dem Opa um den Hals.

Der Mühlenbesuch mit Mutti, Papa und Opa war spitze. Wissbegierig stieg Sebastian hinter dem erklärenden Müller die Stufen hinauf und wieder hinunter. Auch die Einkehr im Museum mit dem riesigen Fisch fand noch seine ungeteilte Aufmerksamkeit. Aber beim anschließenden Essen gähnte er schon ein paar Mal. Im Auto schlief er an Opas Arm gelehnt ein und wachte erst zu Haus wieder auf.

Gar nicht müde wurde er an diesem Abend.

»Hm«, meinte Opa schließlich, »du bist wohl immer noch nicht müd'?« Er erntete heftiges Kopfschütteln. Sebastians Augen verfolgten gebannt jede Bewegung seines Opas. Der lächelte verschmitzt, nahm vom Schrank einen Karton herunter und stellte ihn auf den Tisch. Neugierig kam Sebastian dicht heran. Doch bevor er fragen konnte, öffnete Opa den Karton und nahm einige blitzende Teile heraus, baute ein Stativ auf und darauf ein Fernrohr.

»Mensch, Opa, ein Fernrohr! Was willst'n damit? Jetzt ist es doch dunkel!«

»Nu eben! Und du bist immer noch wach! Nu komm!«

»Halt!« Omas Stimme bannte die zwei. »Erst zieht ihr euch Jacken an.« Opa zog die Brauen hoch und nickte Sebastian zu. »Müssen wir wohl«, hieß das.

Dann standen sie draußen und Opa richtete das Fernrohr in den Himmel. Sebastian staunte inzwischen.

»So viele Sterne, Opa. Kennst du die alle?«

»Kein Mensch kennt alle Sterne, Bub. Ich kenne einige. Siehst du auch Bilder am Himmel, Bub?«

»Nein, Opa, aber das große W hier oben.«

»Genau so etwas meine ich ja. Das große W heißt Kassiopeia …«

»Opa, da sind viele Sterne auf einem Haufen!«

»Zähl mal, Bub!«

Sebastian nahm den Finger als Zeigestock und kam mühelos auf sechs. Dann zögerte er. »Sieben, Opa?«

»Gut, Bub! Das ist das Siebengestirn.«

»Und dieser Nebelstreifen über dem ganzen Himmel?«

»Das ist die Milchstraße, Bub. Das sind viele Millionen Sterne, aber weit weg von uns. Nun komm mal hierher. Siehst du den Stern über dem Fernrohr?«

»Den rötlichen, Opa?«

»Nu! Den schau dir jetzt durchs Rohr an!«

»Uff! Der ist aber dichte.« Erschrocken fuhr der Junge zurück und sah zum Opa.

»Das ist kein Stern wie die Sonne, Bub. Das ist ein Planet wie die Erde.« Nun blieb Sebastian länger mit dem Auge am Fernrohr und es zahlte sich aus, dass Opa mit ihm »Ein Auge zu« gespielt hatte. Zwar legte er zur Unterstützung noch einen Finger aufs geschlossene Auge, aber er konnte den Mars, wie Opa ihn nannte, prima erkennen. Dann durfte er noch den Saturn bestaunen.

»Der Dicke mit dem Ring gefällt mir am besten«, meinte er und blickte rasch noch einmal hindurch.

»Nu ist Schluss«, erklärte Opa, obwohl Sebastian das Ende noch mit weiteren Fragen hinauszögern wollte. Opa blieb eisern.

Am nächsten Tag war die Luft drückend schwül. Sebastian machte es nichts aus, aber die Erwachsenen stöhnten. Opa saß im Schatten auf der Bank und war durch nichts von dort wegzulocken. Sebastian fand das stinklangweilig, bis Opa ihn zum Bächlein schickte. Mit einem Stein! So groß, dass er ihn gerade noch schleppen konnte. Schnaufend kam er zurück.

»Nun erklär mir mal, warum ich den dort hinasten sollte, Opa!«

»Siehst die Wolken da hinten? Gleich gibt's ein Gewitter. Jetzt geh in die Stube und sieh nach, ob du den Stein von drinnen sehen kannst.« Sebastian sauste ins Haus. Die ersten Tropfen fielen und Opa verließ seinen Platz, um ebenfalls ins Trockene zu gehen.

»Na, kannst den Stein sehen?«, erkundigte er sich, als ihn Sebastian auf dem Flur fast umrannte.

»Ja, komm, siehste? Und was nun, Opa?«

»Nix weiter. Warten!«

»Och.« Enttäuscht zog Sebastian die Mundwinkel nach unten und warf einen bösen Blick nach draußen.

»Hast eben den Regentropfen gesehen, der in den Bach gesprungen ist?«, fragte Opa im selben Moment.

Hellwach wandte sich der Bub wieder seinem Ausblick zu. »Eeh, Opa, die fallen doch einfach rein! Von wegen gesprungen!«

»Erklär mir den Unterschied!«, forderte Opa. Das war hart! Sebastian suchte nach Worten und bohrte vor Anstrengung in der Nase.

»Nu, Bub, sie springen aus der Wolke da oben … und versuchen, in den Bach zu kommen. Da haben sie keine Umwege, denn der Bach fließt in den Fluss und der ins große Meer. Der Wind bewegt das Meer, die Sonne scheint darauf und darum verdunstet das Wasser, wird zu ganz feinem Dampf, den du nicht siehst. So steigt er nach oben. Je höher er steigt, desto kälter wird es.« Opa krümmte sich und legte die Arme um den Körper. »Beim Aufsteigen wird der Dampf abgekühlt und sichtbar. Weißt du, wie man ihn nun nennt?«

Sebastian runzelte angestrengt die Stirn und erinnerte sich an Omas »Dampf-wolken« beim Kochen.

»Wolken, Opa!«, rief er freudig.

»Genau, Bub! Die Wolken schiebt der Wind hierher …«

»Und hier regnet es dann, stimmt's, Opa?«

»Hast recht, Bub. Nu schau mal zum Stein.«

»Och, Opa, die Tropfen klatschen drauf und zerplatzen.«

»Und mehr siehst nicht?«

»Der Stein stört das Wasser. Es prallt vorn dagegen und muss ausweichen. Hey, Opa, ich hab ihn doch gar nicht in den Bach gelegt!« Überraschung malte sich auf Sebastians Zügen ab. Opa schmunzelte, während der Junge angestrengt nach draußen blickte.

Überall hatten sich kleine Bäche gebildet, die eilig abwärtsflossen. Auf dem Weg konnte er das gut beobachten.

»Warum sehe ich keine Bächlein im Gras, Opa?«

»Das Gras bremst und erst wenn es zu viel wird, siehst du auch dort Wasser strömen. Schau hier vorn, wo die Delle in der Wiese ist.«

»Jaa! Da drückt es das Gras nieder und fließt oben drüber, Opa.«

»Jetzt schau mal zu deinem Stein!«

Sebastians Mund blieb ein Weilchen verwundert offen.

»Das schwappt ja schon über den Stein, Opa. Hat es denn schon so viel geregnet?«

»Wahrscheinlich nicht mehr als bei euch in einem Gewitter. Aber bei euch ist das Land flach. Da dauert's, bis du etwas fließen siehst!«

»Ja, hier ist alles steil und deshalb fließt das Wasser schnell nach unten. Ich glaube, jetzt schubst es meinen Stein weg.« Sebastian wurde ganz zappelig. Am liebsten wäre er hinausgelaufen und hätte nachgesehen. Doch in diesem Moment blitzte es, dass die ganze Stube hell erleuchtet wurde und er verschreckt den Kopf einzog. Opa zählte laut bis drei. Dann rumpelte der Donner, sodass sich Sebastian die Hände auf die Ohren legte.

»Jetzt isses ran!«, sagte Opa und Oma schaute ihn ängstlich an.

»Nu, nu«, beruhigte er, »wir haben einen Blitzableiter!«

»Was macht'n der?«, wollte Sebastian natürlich sofort wissen. Erneut blitzte es und Opa kam nur noch bis zwei.

»Der leitet den Blitz in die Erde, damit unser Haus nicht angezündet wird. Blitze sind sehr heiß.« Jetzt folgte ein Blitz dem anderen und das Dröhnen machte Gespräche unmöglich. Opa blieb am Fenster und so rührte sich auch Sebastian nicht vom Fleck, während Oma in die Küche rannte, die Übergardinen zuzog und sich mit dem Rücken zum Fenster auf einen Stuhl fallen ließ, die Hände ineinander verkrampft.

Sebastian bekam es nicht mit. Er staunte die Blitze an, die ihre Bahnen in den Wolken zogen und zur Erde niederschossen. Einer war so nah, dass er geblendet die Augen schloss.

Endlich ließ das Getöse nach und sie konnten sich wieder verständigen. Doch nun wusste er all die Fragen nicht mehr, die ihm durch den Kopf gegangen waren, und schwieg.

»Schau mal, Bub, dein Stein ist weg!«, brach Opa die Stille.

»Ob den der Blitz zerschmettert hat, Opa? Einer war doch ganz dicht vor uns.« Sebastian wollte sofort hinausstürmen, um nachzusehen. Doch Opa hielt ihn fest.

»Es regnet noch viel zu sehr. Wirst ein wenig warten müssen.«

»Immer warten«, maulte Sebastian, stützte auf der Fensterbank den Kopf in die Hände und starrte böse den Regen an.

Opa ging derweil in die Küche. Er kam mit einem Stück Kuchen zurück und hielt es Sebastian unter die Nase. Sofort änderte der Junge seine Stellung und griff zu.

»Aber nicht die Gardinen bematschen, verlangt Oma«, mahnte Opa und sah seinem Enkel zu, wie er gierig in den Schokoladenkuchen biss. »Na, Bub, es nimmt dir keiner etwas weg. Kannst sogar noch ein Stück holen.«

Als Sebastian das zweite Stück verputzt hatte, tröpfelte es draußen nur noch leicht. Trotz Protest musste sich Sebastian zuvor noch die Hände und den Mund waschen. Erst dann durfte er Jacke und Stiefel anziehen wie Opa. Gemeinsam stapften sie ums Haus und sahen nach, ob alles in Ordnung war.

»Hier, siehst, hat das Wasser eine neue Rinne gegraben«, zeigte Opa. »Das müssen wir wieder flicken. Sonst kannst nachts mörderlich hinfallen.« Nun gingen sie dorthin, wo Sebastian seinen Stein abgelegt hatte. Sie fanden ihn etwa einen Meter weiter unten in einer kleinen Senke.

»Nu, der Blitz hat ihn nicht erwischt, Bub. Wir nehmen ihn gleich mit zum Ausbessern.«

Plötzlich rutschte Opa auf dem nassen Gras aus und stieß einen leisen Schmerzensschrei aus. Er setzte sich in eine Pfütze und Sebastian war versucht zu lachen. Doch Opas Gesicht verzog sich schmerzvoll und er stöhnte: »Mein Fuß, verflixt, mein Fuß! Hol mal den Papa. Ich glaube, ich kann nicht mehr auftreten.«

Bereitwillig sauste Sebastian ins Haus. »Papa, Papa, komm schnell, Opas Fuß tut weh!«, schrie er schon im Flur. Oma kam aus der Küche und gleich darauf erschienen Mutti und Papa auf der Treppe. Noch einmal brüllte Sebastian: »Schnell! Opa kann nicht laufen!«

Alle strebten gleichzeitig zur Haustür. Oma war die Erste, weil sie ihr am nächsten stand. Dahinter drängte sich Sebastian durch und an ihr vorbei, um ihr zu zeigen, wo der Opa saß.

»Nu, nu, ist nicht so schlimm«, versuchte er die Oma zu beruhigen, die mit schreckensbleichem Gesicht auf ihn zurannte. »Irgendwas ist mit meinem Fuß. Ich kann nicht auftreten.« Einen Moment standen alle unentschlossen und blickten auf den Opa hinab.

»Zuerst musst du aus der Pfütze raus«, sagte der Papa und gab der Mutti einen Wink. Sie zogen Opa hoch und nahmen ihn in die Mitte. Opa hüpfte auf einem Bein zwischen ihnen. Oma lief voraus und stellte einen Stuhl in den Flur. Dann wählte sie die Nummer ihres Hausarztes. Doch der war unterwegs. So wählte sie erneut, aber diesmal den Notruf.

»Kommst du nun ins Krankenhaus, Opa?«, wollte Sebastian wissen. Die Mutti antwortete stattdessen.

»Auf jeden Fall muss erst abgeklärt werden, ob da drin etwas gebrochen oder eine Sehne gerissen ist. Das geht manchmal sehr schnell und wir können das nicht erkennen. Ich weiß nicht einmal, ob es gut ist, den Stiefel auszuziehen. Das werden die Pfleger vom Notdienst entscheiden. Auch, ob er noch trockne Sachen anziehen kann. Zu lange darf Opa nicht in den nassen Klamotten sitzen, sonst holt er sich noch was an den Nieren weg.«

Daraufhin begann Oma zu jammern.

»Nu heul nicht, meine Alte«, lachte Opa wehmütig. »Such mir lieber trockne Sachen raus.« Damit hatte Oma etwas zu tun und ging eilends ins Schlafzimmer.

»Wo sind eure Versicherungsausweise?«, fragte Mutti und verschwand ebenfalls, um sie zu holen.

»Ich gehe zur Straße und halte Ausschau nach dem Auto«, sagte Papa. »Soll ich Sebastian mitnehmen?«

»Willst mitlaufen oder hier bei mir bleiben?«, erkundigte sich Opa bei Sebastian.

»Hierbleiben«, entschied der. »Darf ich zu dir kommen?«, fragte er schüchtern.

»Komm nur, Bub. Stell dich neben mich. An diese Seite. Nur ans Bein darfst nicht rühren.« Opa zog ihn an sich. »Siehst, so schnell kann es manchmal gehen, wenn man nicht aufpasst. Wenn es abgetrocknet ist, legst du den Stein in die Rinne und baust noch ein paar dazu. Dein Papa kann dir helfen. Dann macht ihr diese neue Stolperstrecke schön glatt. Das ist hier nach fast jedem Gewitterguss so, dass man etwas ausbessern muss.«

Mutti und Oma kamen wieder und kurz darauf, so schien es Sebastian, kamen auch schon zwei fremde Männer mit dem Papa. Opa drückte ihn und schob ihn etwas fort. »Stehst sonst im Weg, Bub. Setz dich auf die Treppe.« Dort saß er still und beobachtete, was mit seinem Opa geschah.

Sie zogen den Stiefel nicht aus, sondern schnitten ihn einfach auf. Den schönen Gummistiefel! Was machte Opa nun mit nur einem Stiefel, wenn er wieder gesund ist?, hätte Sebastian am liebsten gefragt. Doch inzwischen stellten sie den Opa auf sein gesundes Bein und zogen ihm die nassen Sachen aus und andere ganz vorsichtig an. Dann legten sie ihn auf eine Trage und schleppten ihn ins Auto. Mutti kletterte mit hinein.

Papa winkte Sebastian und Oma. »Kommt, wir fahren mit unserem Auto hinterher. Es kann natürlich eine lange Warterei werden.«

»Na, dann müssen wir erst den Tieren Futter geben«, verlangte Oma. »Die sind auf uns angewiesen und wir dürfen sie nicht im Stich lassen!«

Im Warteraum trafen sie auf Mutti, die von Sebastian wie eine Verschollene stürmisch umhalst wurde. Über eine Stunde mussten sie warten, aber dann bekamen sie den Opa zurück. Mit Gipsbein!

Im Rollstuhl wurde er bis zu Papas Auto gefahren und auf den Beifahrersitz gesetzt. Sebastian saß zwischen Mutti und Oma dahinter. Kaum waren sie ein Stück vom Krankenhaus fort, begann Sebastian zu fragen und Opa erzählte.

»Zuerst haben sie meinen Fuß geröntgt. ›Nur angebrochen‹, stellten sie fest. Dann lobten sie mich, dass ich damit nicht mehr gelaufen bin. Deshalb bekam ich Gehgips und ihr durftet mich mit nach Hause nehmen. Aber in den ersten Tagen soll ich nicht viel laufen, nu, nicht mit dir auf die Berge kraxeln.«

»Aber dann kannst du dich draußen hinsetzen und sagen, was wir machen sollen, Opa. Dann flicken wir den Weg, nicht wahr, Papa?«

»Jawohl, mein Junge, das machen wir!«, erklärte Papa schmunzelnd.

Sie untersuchten dann auch noch die vermaledeite Stelle, die Opa den Trödel eingebracht hatte, und besserten sie ebenfalls aus.

Statt mit Opa wanderte Sebastian nun mit Mutti und Papa. »Aber mit dir ist es schöner, Opa«, erklärte er nach der Tour und drückte den Opa. »Morgen darfste ja dann schon mal bis vor die Tür«, tröstete er ihn. Er besah sich den Umschlag des Buches, das der Opa bei seinem Eintritt aus der Hand gelegt hatte.

»Das sind doch die Pyramiden, Opa. Die habe ich schon im Fernsehn gesehn. Steht in dem Buch auch was darüber?«

»Nu, da steht 'ne Menge drin, wie sie forschen und untersuchen. Aber ich glaube, die packen die Sache am falschen Ende an.« Opa kratzte sich wieder hinter dem Ohr und Sebastian staunte ihn mit offenem Mund an.

»Nu ja, sieh mal, die hier sollen später gebaut worden sein …« Opa schlug eine Doppelseite auf, die auf der einen Seite die Knickpyramide und auf der anderen die von Meidum zeigte.

»Die ist ja schon eingefallen«, erklärte Sebastian prompt. »Die sind beide nicht so schön wie die vorne.« Er blätterte weiter. »Die auch nicht. Vorn die sind am schönsten, Opa.« Er sagte es so kategorisch, als müsse er Opa daran hindern, etwas anderes auch nur zu denken.

»Weißt, das meine ich auch. Ich bilde mir ein, die vorn sind viel, viel älter, als unsere heutigen Wissenschaftler wahrhaben wollen und von einem Volk gebaut, das dann ausgestorben ist. Vielleicht sogar von Menschen, die unsere Erde mit Raumschiffen mal besucht haben. Weißt, ich glaube nicht, dass DIESE Pyramiden nur als Gräber erbaut wurden. Ich glaube, die haben sie zum Beamen genutzt. Das kennst doch sicher aus heutigen Filmen, Bub.«

Sebastian nickte eifrig. »Und aus der Werbung mit den langen Pralinen, Opa!« Verdutzt schaute Opa ihn an, dann erinnerte er sich und lächelte.

»Stimmt! Da funktioniert es auch. Aber weil sich das einige Wissenschaftler nicht vorstellen können, stempeln sie die Pyramiden alle rundweg als Grabmäler ab. Ach, die wollen gar nicht, dass die Wahrheit ans Licht kommt. Ein Deutscher hat einen winzigen Roboter gebaut und ihn in einem kleinen Gang hochfahren lassen bis zu einer steinernen Klappe, an der Metallklammern sichtbar waren. Denkst du, der durfte weiter forschen? Na, der musste nach Hause fahren und hat bis jetzt keine Genehmigung mehr bekommen. Wer weiß, was sich hinter der Klappe befindet! Das wüsste ich zu gern!«

»Opa, wohin haben die sich denn beamen lassen?«

»Vielleicht zu ihrem Heimatplaneten. Vielleicht haben sie auch keine Menschen gebeamt, sondern nur köstliche Früchte von hier. Du kennst doch Erdbeeren!«

»Klar, Opa. Die schmecken lecker!«

»Nu! Aber mit dem Raumschiff müssten die viele Tage und Wochen frisch bleiben. Und außerdem kann man doch nicht so einen Aufwand betreiben, um ein paar Erdbeeren irgendwohin zu schaffen. Du hast doch sicher schon einen Raketenstart im Fernsehn miterlebt. Für ein paar Früchte! Das macht keiner!« Davon war Opa überzeugt. »Nun aber rasch nach draußen. Du musst noch ein bisschen Futter für die Pferde machen. Ich kann schließlich nicht. Hol dir den Papa dazu.«

Am nächsten Tag regnete es still vor sich hin.

»Das wird heute wohl kaum aufklaren«, meinte Opa gelassen beim Frühstück. »Wenn ihr zum Einkaufen fahrt, bringt mir mal das Buch von Kohlenberg ›Enträtselte Vorzeit‹ mit. Ich hab's bestellt. Jetzt hab ich ja viel Zeit zum Lesen.«

»Machen wir, Opa«, sagte Sebastian wichtig.

»Hier hast Geld, Bub. Das kannst du schon. Brauchst nur sagen, dass du das Buch für mich abholen willst. Meinen Namen musst natürlich nennen, nu!«

»Klar, Opa!« Stolz wie ein Spanier nahm er das Geld und vergrub es tief in der Hosentasche.

»Die kleinen Pfennige kannst dem Buchhändler für seine Mühe überlassen. Das andre bringst wieder.«

»Klar, Opa«, ertönte es wiederum. Dann war Sebastian aus der Tür.

»Opa, da sind aber wenig Bilder drin!« Vorwurfsvoll legte Sebastian das Buch Opa in den Schoß. »Und warum steht vorn ›Astronautengötter‹? Die Astronauten sind doch keine Götter! Das sind ganz normale Menschen, die nur doll und doll viel gelernt haben, Opa!«

Opa griente. »Du hast das sehr richtig erkannt, Bub. Astronauten sind immer ganz normale Menschen, egal, ob sie von unserer Erde oder von einem anderen

Planeten stammen. Aber die Urmenschen hier auf der Erde liefen damals noch in Tierfellen herum, vielleicht auch nackt. Und plötzlich erscheinen mit Donnergetöse Raketen und Fluggeräte. Nu stell dir mal vor, du bist so ein Urmensch. Was würdest du dann tun?«

Sebastian überlegte blinzelnd. »Wegrennen!«, schoss es aus ihm heraus. »Oder verstecken und heimlich beobachten!« Er verkniff seine Lippen und verschränkte die Arme vor der Brust.

»Siehst, genau das werden die damals auch gemacht haben. Und dann sahen sie, wie irgendwelche Wesen in glänzenden Raumanzügen – das Wort kannten sie natürlich nicht – herauskletterten und irgendetwas Unverständliches taten.«

»Vielleicht Pflanzen und Tiere einsammeln ... oder Erde ... oder Steine«, sagte Sebastian aufgeregt.

Opa nickte. »Nu!«

»Und wenn sie die Urmenschen entdeckten, haben sie vielleicht sogar welche mitgenommen, Opa!« Der Junge bekam vor Aufregung rote Wangen.

»Und wenn sie die nun wiederhaben wollten?« Opa sah ihn fragend an.

Sebastian überlegte eine Weile. »Sie könnten zum Tauschen nun Pflanzen und Tiere hingebracht haben. Oder leckere Früchte, die sie selbst gern gegessen hätten.«

»Nu sicher! Die für sie am wertvollsten waren! Das war natürlich für die Astronauten sehr bequem. Sie bekamen nun alles von den Eingeborenen, was sie wollten. Bestimmt gaben sie den fast Nackten auch etwas. Weißt, bei den Indianern und Schwarzen gaben die Europäer Schnaps und Glasperlen. – In Japan soll es einen heiligen Spiegel geben, den darf kein Sterblicher sehen. Immer, wenn das verhüllende Tuch zerfällt, wird ein neues drum rumgewickelt. Den Spiegel, Bub, möcht' ich zu gern sehen!«

»Vielleicht ist es gar kein normaler Spiegel, sondern ...« Sebastian unterbrach sich und runzelte die Stirn.

»... ein Radar«, fuhr Opa fort, »oder so 'ne SAT-Schüssel, wie sie jetzt an allen Häusern kleben. Siehst, es gibt so vieles, was ich wissen möchte und deshalb kauf ich mir Bücher. Häufig ohne Bilder. Hauptsache, ich kann neue, interessante Dinge darin lesen.«

»Ich will auch so lesen können wie du, Opa!«

Ein löbliches Ziel! Und Sebastian hielt sich dran. Mit zehn Jahren las er besser als die Mutti. Jedes Mal, wenn er jetzt in den Ferien zum Opa kam, wurden ihre Dispute länger und für Oma unverständlicher.

Nur einmal funkte die Mutti dazwischen. »Hier diskutiert er mit dir wissenschaftliche Fragen und in der Schule vernachlässigt er Fächer, die er für unwichtig hält wie Englisch, Musik, Kunsterziehung und Sport. In denen fängt er eine schlechte Zensur nach der anderen.« Erregt sprang Mutti auf, verließ die Stube und schloss die Tür ziemlich harsch.

Opa blickte Sebastian wortlos und sehr ernst an. Der war bei Muttis Worten immer kleiner geworden.

»Englisch auch?«, sagte Opa leise. »Ich hätte gern Englisch gehabt. Aber damals gab es das in unsrer Schule nicht. Von der fünften Klasse an wechselten die Lehrer ständig. Mal war es ein Kriegsinvalide, dann mal wieder eine Flüchtlingsfrau … Ich weiß die Namen nicht mehr, selbst die Gesichter sind schon verblasst. Vom Pfarrer, weißt, der war schon zu alt für den Krieg, hab ich mir Bücher ausgeliehen. Deshalb kann ich gut lesen. Aber manche Rechenarten hab ich nie gelernt. Und von Physik und Chemie erfuhren wir nur ihre Bedeutung, so in der Art: Wenn's stinkt und kracht, dann isses Chemie. Nimmste 'nen Hebel, isses Physik.«

»Trotzdem bist du doch gut zurechtgekommen … später«, warf Sebastian ein.

»Ob es DIR gefallen hätte? Ich war auf dem Hof hier, solange mein Vater lebte, nicht mehr als ein Knecht. Eigentlich noch weniger, denn ich bekam noch weniger Geld als ein Knecht. Dafür hörte ich öfter, als mir lieb war: ›Ist ja bald dein Hof!‹ Und Veränderungen durfte ich auch nicht vornehmen. Erst als mein Vater gestorben war, richteten wir Ferienwohnungen ein. Brauchst natürlich nicht lernen, kannst ja hier den Hof übernehmen. Aber das musst doch machen können.« Opa erhob sich und ging zum Schrank, den er »Sekretär« nannte, worüber sich Sebastian stets lustig machte und ein »Herr« davorsetzte.

Jetzt lud Opa mit gekrümmtem Zeigefinger Sebastian zum Mitkommen ein. Dann holte er aus den Fächern jede Menge Schriftkram heraus und breitete sie vor ihm aus. Was Sebastian nun hörte, ließ ihn erschauern.

»Und das MUSS man alles machen?«, fragte er entsetzt.

»Ja! Ohne ein amtliches Papier kannst du nicht mal 'nen kleinen Schuppen bauen. Und das hier ist der Kram für Brüssel. Das hast du ja letztens mitgekriegt, als ich mich mit dem Nachbarn unterhalten habe, nu. Überleg es dir gut. Du hast ein helles Köpfchen und würdest dich hier vielleicht wie ein Sträfling fühlen. Freilich gibt es in jedem Beruf Gutes und Schlechtes. Weißt, das ist überall so. Aber das Gute, das, was du gern machst, muss überwiegen. Danach musst gucken, wenn du dir einen Beruf aussuchst.«

»Und was wird aus dem Hof?« Plötzlich stand diese Frage vor Sebastian wie ein erdrückender Felsen. Sein schönes Ferienparadies! Sollte das dann vorbei sein? Er hatte nie darüber nachgedacht. Opa lächelte gutmütig.

»Weißt, wir haben ja noch Verwandte im Dorf. Du kennst sie ja alle. Da findet sich also schon einer, wenn's keiner von euch will. Das ist aber noch nicht wichtig. Wichtig jedoch ist, dass du auch in den Stunden mitmachst, die dir jetzt vielleicht unsinnig vorkommen. Irgendwann brauchst du's mal.« Opa griente. »Und wenn's bei Jauchs Millionenschau ist! Komm, wir gehen füttern.«

Hin und wieder fragte nun Opa beim Telefonieren nach Sebastians Zensuren. Bald schon berichtete der Junge von allein, denn er verbesserte sich stetig. Opas Lob freute ihn besonders.

»In Mathe hab ich zurzeit Schwierigkeiten, Opa. Diese blöden Brüche …« Er stöhnte herzerweichend.

»Jo mei, Bub, frag mal die Mutti. Die hatte damit keine Schwierigkeiten. Lass es dir noch mal erklären.«

»Aber dann weiß sie ja, dass ich's nicht kann!«

»Willst warten, bis du eine schlechte Zensur gefangen hast? Fragen kannst immer und überall. Musst nur ertragen können, dass mal einer Nein sagt. Mutti sagt aber bestimmt nicht Nein, sondern höchstens: ›Da muss ich erst noch mal nachsehen!‹ Man muss nicht alles wissen, aber man muss wissen, wo man nachsehen kann, nu!«

»Ach, Opa, du bist prima. Du, Mutti kommt gerade von der Arbeit. Da werde ich sie gleich fragen.«

»So spät heute wieder? Da überfall sie nicht zu rabiat, denn sie ist sicher geschafft!«

»Yes, Opa. Ich werde sie informieren, damit sie es mir vielleicht morgen erklären kann. Morgen haben wir kein Mathe. Tschüß, Opa!«

»Tschüß, Bub. Grüß sie …« Aber das Letzte hatte Sebastian bestimmt nicht mehr gehört, denn das Knacken kam vorher.

Nachdenklich saß Opa noch ein Weilchen am Telefon. Der Bub begann sich zu verändern. Eigentlich müsste er, so kurz vor der Pubertät, doch mehr Fragen haben, aber es wurden immer weniger. Vielleicht hatte er auch Freunde, die er fragen konnte. Aber dann hätte er sich doch auch bei den Aufgaben helfen lassen können. Oder war das mega-out? Opa lächelte müde. Diese seltsamen Wörter heutzutage! Aber das Wort »geil« hatte sich Opa schon vor Jahren verbeten und Sebastian hielt sich dran. Zumindest bei seinen Besuchen hier.

Beim nächsten Bibliotheksbesuch lieh sich Opa Bücher aus, die vorrangig pubertäre Probleme bei Jungen behandelten.

Sebastian hatte nun die siebente Klasse beendet und sein Kommen angekündigt. Diesmal würden ihn seine Eltern zum Bus in Berlin bringen und Opa sollte ihn in München abholen.

Obwohl Sebastian nach außen obercool tat, war er doch mächtig aufgeregt. Allein war er noch nie gereist. Und dann noch durch die ganze Republik! Na ja, fast! Diskret schaute er sich die anderen Passagiere an, als der Bus abgefahren und Mutti nicht mehr zu sehen war. Sehr viele alte Pärchen, eine Familie mit zwei kleinen Kindern (hoffentlich heulen die nicht!) und unweit von ihm zwei Mädchen, scheinbar Zwillinge, in seinem Alter. Die Eltern saßen dahinter, die braunen Haarschöpfe ihrer Töchter stets im Auge. Das Mädchen am Gang schaute angelegentlich zu ihm herüber, aber sogleich verlegen wieder fort, als sich ihre Blicke trafen.

Die alte Dame neben ihm zog eine Bonbontüte aus der Tasche und Sebastian sah sich zurückversetzt ins vorige Jahr. Sommerferien bei Opa und er ständig mit dem Kauen irgendwelcher Bonbons beschäftigt. Stur ignorierte er Opas unwirsche Blicke und die gutgemeinten Ratschläge, bis am Samstagabend die Bombe platzte! Fürchterliche Zahnschmerzen setzten ein. Nicht urplötzlich, nein, ein leichtes Ziehen hatte er schon des Öfteren verspürt. Aber ein Kerl wie er hält das doch aus! Klar!

Die Nacht wurde furchtbar! Oma machte kalte Umschläge. Na ja, ein wenig linderten sie. Aber Opa weigerte sich standhaft, nachts mit ihm zum Zahnarzt zu fahren.

Das trieb wahrscheinlich die Schmerzen in ungeahnte Höhen. Langsam graute der Morgen herauf. Die Zeiger der Uhr schienen angeleimt zu sein. Endlich saß er in Opas Auto. So zeitig war er beim Arzt der Erste!

Der schaute sich das Gebiss an und runzelte die Stirn.

»Kaust wohl laufend Bonbons? Bevor ich anfange, muss ich das Röntgenbild sehen.« Er schickte Sebastian mit einer Frau in den Röntgenraum. War das unangenehm! Und die Schmerzen schienen immer mehr zu werden!

Am liebsten hätte er den Doktor angebrüllt: »Tu doch endlich was!«

»Tut mir leid, mein Lieber! Ein Milchzahnrest ist vereitert. Ich kann dir keine Spritze geben. Das musst du wie ein Indianer ertragen. Du weißt, Indianer kennen keinen Schmerz.« Sebastian hätte ihm am liebsten vors Schienbein gelatscht. Mit aller Wucht natürlich! Mal sehen, ob der ein Indianer war! Doch dann schien der Arzt Mitleid zu haben.

»Schau mir in die Augen«, sagte er plötzlich und Sebastian tat's sofort. »Du wirst jetzt ganz müde. Alle deine Muskeln sind locker und entspannt. Dein Mund steht weit offen und ich entferne den Rest deines Milchzahns. Es ist genau so, als hole ich ein verklemmtes Bonbonstück heraus. Das ist sehr angenehm und du bist glücklich darüber.« Mehr hörte Sebastian nicht. Er war nur froh, dass endlich die Schmerzen vorbei waren. Opa hatte aber auch noch den Rest der Hypnose gehört und erzählte daheim der Oma, dass der Bub nun keine Bonbons mehr knabbern würde.

Es stimmte! Sowie er Bonbontüten sah, erinnerte er sich sogleich der Schmerzen und fühlte Abscheu.

»Weißt, der liebe Gott hat uns unseren Teufel mit in die Wiege gelegt«, erklärte er Sebastian. »Es ist die Sucht nach Süßem. Du musst nun nicht alles Süße meiden, nein, aber du sollst jedes Mal abwägen, wie viel du davon essen darfst. ›Zu viel und zu wing ist immer e' Ding‹, hat meine Großmutter stets gesagt. Danach richte dich. Das gilt auch für alle anderen Dinge, weißt.«

Nun bot ihm die Dame die Bonbontüte an. Er schüttelte den Kopf, dankte und verwies auf seinen Kaugummi, den er strapazierte. Sie lächelte belustigt und nahm daraufhin ein Buch heraus, in das sie sich vertiefte. Sebastian schaute gelangweilt aus dem Fenster. Aber es gab nicht viel zu sehen. Deshalb griff er nun auch zum Buch, das er sich aus Vaters Regal ausgesucht hatte. Bald fesselte ihn der Wettkampf zwischen Amundsen und Scott in der Antarktis dermaßen, dass er die beiden Mädchen vergaß.

Erst seine Platznachbarin brachte ihn wieder in den Bus zurück, weil sie an ihm vorbei und zur Toilette wollte. Nachdem er sie durchgelassen hatte, fing er wieder einen Blick aus braunen Mädchenaugen auf. Gern hätte er ein Gespräch angefangen, aber wie …? Worüber hätte er mit ihr sprechen können?

Doch sein kurzes Grübeln wurde abrupt beendet.

»Dein Buch scheint spannend zu sein«, sagte das Mädchen plötzlich und er wurde vor Freude rot, drehte schnell das Buch, damit der Titel sichtbar wurde und lenkte so ihre Blicke unbewusst von sich ab auf das Buch.

»Über den Wettlauf zum Südpol«, sagte er und ärgerte sich, weil er erneut errötete.

»Ah, Amundsen und Scott?«, erkundigte sie sich.

»Du kennst es?«, fragte er überrascht.

»Ja, weil ich mehr über die Antarktis wissen wollte. Ich habe darum noch weitere Bücher gelesen.«

»Gibt es denn viele, die so spannend sind wie dieses?«

»Alle sind nicht so spannend. Das kommt auf den Schriftsteller an.« Ihre Schwester schien mit dem Gespräch nicht einverstanden zu sein, denn sie stieß ihr wiederholt den Ellenbogen in die Rippen.

»Übrigens heiße ich Evelin und meine Schwester Liane!« Sie blickte ihn auffordernd an.

Beinahe hätte er vor Schreck gestottert. Er räusperte sich schnell, erinnerte sich dabei, wie Papa das Vorstellen erledigte und tat es ihm nach.

»Sebastian Naumann, auf der Fahrt zu den Großeltern.«

»Deine Eltern haben noch keinen Urlaub? Wir können diesmal ganz lange mit ihnen Ferien machen, weil sie den ganzen Winter weg waren«, erzählte Evelin bereitwillig.

»Den ganzen Winter? So lange hintereinander arbeitet doch kein Mensch!« Sebastian sah sie ungläubig an.

»O doch!«, lachte Evelin wichtig, wofür sie wieder den Ellbogen von Liane zu spüren bekam. »Sie waren nämlich in der Antarktis und sind erst vor kurzem mit dem Schiff wieder zurückgekommen.«

Viele Fragen stürmten auf Sebastian ein. »Und wo wart ihr während dieser Zeit?«, begann er mit der erstbesten.

»Na bei den Großeltern natürlich!«

»So natürlich ist das nun auch nicht«, mischte sich Liane ärgerlich ein. »Du müsstest vielleicht die Schule wechseln, wenn du plötzlich in Bayern bei den Großeltern leben solltest.« Triumphierend blickte sie Evelin an.

»Stimmt«, erklärte Sebastian. »Meine Großeltern leben alle weiter weg. Aber was arbeiten deine Eltern oder ist das geheim, weil Liane dich jedes Mal ...« Er ahmte die Ellbogenstöße nach und grinste.

»Nee! Aber sie ist der Meinung, ich gäbe damit nur an. Sie sind Biologen, weiter nichts!« Sie zuckte mit der Schulter.

»Oh, Biologen«, sagte er überrascht und erinnerte sich, dass er vor gar nicht langer Zeit auch in dem Fach einen Hänger hatte. »Und was genau untersuchen sie?«

»Ob unterm Eis auch Leben existiert und welches.«

»Ist denn Wasser unterm Eis? Ich dachte, das schrapt über das Land weg.«

»Na ja, weiter zum Südpol hin schon, aber sie waren mehr am Rand und dort gibt es einen See unterm Eis«, erzählte sie wichtig. »Sie haben das Eis durchbohrt und Proben genommen. Und einmal ist Vati auch getaucht.« Liane hatte aufgehört, sie mit dem Ellbogen zu bearbeiten, verfolgte aber konzentriert das Gespräch.

»Unters Eis? In das kalte Wasser?« Sebastian staunte Evelin an, warf auch rasch einen hochachtungsvollen Blick zu den hinter den Mädchen sitzenden Eltern.

»Na ja, er hatte einen besonderen Anzug an. Wurde im Fernsehen schon öfter gezeigt. Hast du so etwas noch nicht gesehen?«

»Bestimmt, aber das ist ganz was anderes, als wenn man selbst …« Er unterbrach sich, weil er einen Widerspruch in seiner Rede spürte. Außerdem kündigte der Busfahrer eine Pause bei einer Raststätte an und gab die genaue Abfahrtszeit durch. Alle stürmten zur Toilette und Sebastian schloss sich den Männern an. Mutti hatte ihm gesagt, dass man möglichst nur im allerdringendsten Fall die Bustoilette benutzen sollte. Sie hatte sie ihm vor der Abfahrt gezeigt und ihm grauste vor der Enge dort.

Als der Bus wieder in seiner Spur rollte, packte Sebastian seine Verpflegung aus. Auch die Mädchen stärkten sich. Sebastian warf hin und wieder einen Blick hinüber. Liane war wohl doch etwas älter als Evelin, obwohl er sie zuerst für Zwillinge gehalten hatte, weil sie sich sehr ähnlich sahen. Beide hatten braunes, mittellanges, gewelltes Haar und braune Augen. Aber nun sah er, dass Liane schmalere Lippen und eine Stupsnase hatte. Sie wirkte gesetzter, während Evelin munter hin und her fuhrwerkte.

Sebastian überlegte, ob er sie einfach nach ihrem Alter fragen sollte. Aber so direkt? Während seiner Überlegungen schluckte er den Rest der Stulle hinunter und spülte mit Muttis Tee aus seiner Trinkflasche nach. Die Mädchen beendeten ebenfalls ihr Mahl und schoben sich Kaugummis ein. Evelin bot sie ihm an und er bediente sich.

Das nutzte er, um seine Frage zu stellen. »Thank you very much«, sagte er lässig. »Hast du auch die Siebente hinter dir?« Neugierig schaute er ihr in die Augen.

»Nein, die hab ich noch vor mir.« Sie verdrehte die Augen und verzog wie gequält den Mund. »Liane hat die schon geschafft.« Wieder bekam sie deren Ellbogen zu spüren. »Welche Sprache hast du denn gewählt«, riss sie wieder die Initiative an sich.

»Französisch«, gab er Auskunft und verdrehte wie sie die Augen. »Ich kann aber nicht so gut singen wie die Lehrerin.«

»Muss man da singen?« Basses Entsetzen spiegelte sich in Evelins Augen. »Ich kann nämlich nicht singen.«

»Eigentlich nicht. Aber die Lehrerin macht es immer zu so einem Singsang, der mir auf die Nerven geht. Sonst ist Französisch gar nicht so schlecht.«

»Liane hat Latein gewählt. Die will ja auch Ärztin werden! Au!« Diesmal kam der Ellbogen ziemlich heftig und Evelin rieb sich die Seite. »Aber ich will doch lieber Französisch wie Mam und Paps.« Sebastian warf erneut einen Blick zu den Eltern. Die hatten irgendein Buch aufgeschlagen und debattierten leise, wobei sie hin und her blätterten.

»Und was willst du werden?«, erkundigte sich Sebastian lächelnd.

»Weiß ich noch nicht. Vielleicht was mit Tieren ... oder Menschen. Aber studieren ... nee, bloß nicht.« Sie war ganz Abwehr.

»Ich weiß es auch noch nicht, aber so langsam muss man sich schon umsehn«, meinte er bedeutungsvoll.

»Wir machen jetzt Ferien auf 'nem Bauernhof. Das hab ICH mir gewünscht. Da sollen Pferde zum Reiten sein und noch andere Tiere. Ich bin ja schon so gespannt.«

»Mein Opa hat auch Pferde, auf denen ich immer reite, wenn ich dort bin. Als ich klein war, durfte ich sogar einen Namen aussuchen und dann haben wir das Fohlen getauft. Das war lustig.« Er lachte leise.

»Ach«, staunte Evelin, »und auf welchen Namen?«

»Nicki. Aber die hat Opa später verkauft. Er kann ja nicht alle behalten. Das verkraftet der Hof nicht«, erklärte er bedeutungsvoll. Evelin blickte voller Bewunderung.

»Seht mal«, mischte sich Liane ein, »wie schön es draußen ist.« Rechter Hand dehnte sich ein weites Tal mit Dörfern inmitten Korn bestandener Äcker, umrahmt von bewaldeten Höhen. Einen Moment ließen die beiden sich von der herrlichen Landschaft ablenken, doch bald waren sie wieder ins Gespräch vertieft. Liane gab auf und nahm ihr Buch zur Hand. Richtig versenken konnte sie sich allerdings nicht, denn sie wollte natürlich hören, was ihr Schwesterlein für einen »Stuss« von sich gab.

Mit Freude störte sie schließlich das Geschnatter, als der Bus die Ebene vor München erreichte.

»Könnt euch langsam auf euren Abschied vorbereiten. Wir sind bald in München!«

»Was schon?«

»Das ging aber schnell!«, wunderte sich auch Sebastian. Inzwischen wusste er, dass Evelin in Potsdam wohnte. »Schade, ich habe keinen Stift, sonst hätte ich mir deine Adresse aufgeschrieben.«

Evelin wusste Abhilfe. »Paps, gibst du mal deinen Kuli? Hast du auch 'nen Zettel?« Und schon schrieb sie und reichte dann Sebastian das Papier.

Er las ihre Anschrift. »Und jetzt schreibst du deine da unten hin«, kam ihre Anweisung. »Dann reißen wir den Zettel durch. So habe ich deine auch.« Ihre Augen leuchteten, als Sebastian ihrer Aufforderung nachkam.

Jeder verstaute nun seine Errungenschaft und verabschiedete sich schon halb vom anderen. Im Bus griff Unruhe um sich und Sebastian überprüfte ebenfalls, ob er alles eingesteckt hatte. Dann schaute er aufgeregt aus dem Fenster, um den Opa gleich auszumachen, wenn der Bus auf den Platz fuhr.

Und wirklich! Als der Bus hielt, entdeckte er ihn. Doch nun musste er geduldig warten, bis er hinauskonnte. Er war zwar nicht sicher, ob Evelin zusah, aber wie einst dem Opa in die Arme stürzen, das kam nicht mehr in Frage. Mit langen Schritten trat er hinzu und streckte ihm die rechte Hand entgegen.

Opa stutzte, dann nahm er sie und zog den Jungen einfach an seinen Köper und drückte ihn, dass dem die Luft wegblieb. Danach schob er ihn von sich und ließ seinen Blick von Kopf bis Fuß schweifen.

»Jo mei, bist du groß geworden, Bub! Nu musst noch dein Gepäck holen.« Sebastian riss die Augen auf und blickte sich um. »In welchem Fach steckt es denn?«, erkundigte sich Opa. »Dort musst dich hinstellen und aufpassen, wenn der Fahrer es herauslangt.«

Aha! Noch war der Fahrer am anderen Fach. Ah, dort nahmen gerade Evelins Eltern ihre Sachen entgegen und verschwanden in der Menge. Evelin warf ihm noch rasch einen Blick zu. Jetzt öffnete der Fahrer die nächste Klappe. Sebastian passte auf wie ein Schießhund. Als er seine Tasche sah, drückte er sich durch und grapschte sie. Nicht gerade rücksichtsvoll drängte er zurück zum Opa.

»Na, soll ich sie nehmen?«, fragte der gutmütig. Aber das fand Sebastian fast beleidigend.

»Bin doch kein kleines Kind«, brummte er und Opa schmunzelte.

»Nu, dann komm. Dort hinten hab ich einen Parkplatz erwischt!« Er fragte Sebastian nicht noch einmal und der war froh, als er die Tasche endlich in den Gepäckraum werfen konnte.

»'n Rucksack lässt sich besser tragen«, meinte Opa dazu. Mehr nicht. »Hoffentlich kommen wir gut durch«, meinte er beim Anschnallen. Dann schwieg er und konzentrierte sich ganz auf den Verkehr. Sebastian hielt ebenfalls den Mund, um ihn nicht abzulenken.

Erst als sie aus München heraus waren und Opa sich etwas entspannte, begann er zu fragen. Natürlich zuerst nach den Pferden. Danach kamen die anderen Tiere und ziemlich zuletzt die Oma.

»Wenn sie vorher genau wüsste, dass kein Stau ist, wär' sie mitgekommen«, sagte Opa. »Aber einer muss ja schließlich da sein, wenn die neuen Gäste ankommen.«

»Kann das nicht auch Marianne machen?«

»Nu, sonst schon. Aber heute musste sie mit ihrem Dirndl zum Arzt. Ohne die Mariann' käm Oma ja nicht klar. Das könnt sie nicht schaffen, weißt!«

»Klar, Opa. Allein schon das Gekoche!« Dafür hatte er Oma schon immer bewundert! Wie sie in der engen Küche mit den großen Töpfen wirtschaftete!

Und das schmeckte immer so lecker!! Mit Muttis Kram nicht zu vergleichen. Na ja, verschiedene Gerichte mit Nudeln waren auch ganz o.k., aber das andere … Und Papa konnte nur Bratkartoffeln mit Ei! Deshalb gingen sie an Sonntagen meistens in irgendeine Gaststätte. Leisten konnten sie sich's, weil beide gut verdienten: Mutti im Büro beim Finanzamt und Papa als Politiker. Wie sich das anhörte!

Als Sebastian ihn damals fragte: »Musst du nun auch so schwindeln wie die andern Politiker alle?«, hatte Papa einen roten Kopf bekommen und sehr ernst geantwortet: »Ich werde versuchen, immer bei der Wahrheit zu bleiben!« Aber Sebastian hatte ihn ziemlich skeptisch angesehen. Zu Hause, na klar, blieb er bei der Wahrheit. Jedenfalls hatte Sebastian ihn noch nie bei einer Lüge erwischt. Na ja, so weit oben war er noch nicht, dass er im Fernsehen auftrat. Das kam vielleicht noch. Wer weiß!

Als Opa zum Hof einbog, hupte er zweimal kurz. Amüsiert beobachtete Sebastian das Haus. Jawohl! Schon erschien Oma am Fenster.

Dann verschwand sie und tauchte an der Tür auf. Sie trocknete sich die Hände an der Schürze ab. Also kam sie aus der Küche!

»Haste wieder was Leckeres gekocht?«, fragte er statt einer Begrüßung. Dann aber nahm er sie in die Arme und drückte sie, dass sie »Huch« machte.

»Junge, bist du aber gewachsen! Und Kraft hat der Kerl!«, rief sie dem Opa zu. Sebastian wurde gleich ein Stück größer. Opa hatte inzwischen die Tasche ausgeladen. »Kannst deine Reisetasche ins Zimmer bringen«, meinte Oma zu ihm, »und danach kommst in die Küche zum Essen. Dann können wir uns unterhalten, während ich alles für die Gäste fertig mache.« Zum Opa gewandt sagte sie: »Fahr mal nunter zum Bus. Wenn sie Glück gehabt haben, kommen sie schon mit dem.«

Dann ging sie zurück in ihre Küche. Als Sebastian sie ein paar Minuten später betrat, stand ein Teller mit seinem Lieblingsessen – Schnitzel mit Spiegelei und Brokkoli – bereit. Er strahlte und gab Oma ein Busserl. Dann vertiefte er sich in sein Essen, antwortete aber bereitwillig auf Omas viele Fragen. Zum Abschluss gab sie ihm noch ein Schälchen mit frischen Heidelbeeren.

»Was denn, pflückst du nebenbei auch noch Heidelbeeren«, fragte er verdutzt.

»Na, die hat dir der Sepp gepflückt mit 'nem schönen Gruß, soll ich dir sagen.«

»Diesmal darf ich bestimmt schon allein zu ihm hoch, nicht wahr, Oma?« Bettelnd schaute er sie an. Im vorigen Jahr hatten es weder die Eltern noch die Großeltern erlaubt. »Wir werden sehen«, wich Oma aus.

»Ah, der Opa kommt. Aber scheinbar sind sie noch nicht mitgekommen.« Ihre Augen hingen am Auto, das jetzt zu den Ferienhäuschen weiterfuhr.

Er hielt am ersten und stieg aus. Oma verdrehte sich bald den Hals. »Ah, er hat ihnen das Gepäck abgenommen. Die Herrschaften laufen nach der langen Fahrerei. Das ist löblich! Nu, dann werden sie in einer Viertelstunde auch hier sein.« Oma wandte sich wieder ihrer Arbeit zu. »Kannst ihm ja helfen«, sagte sie leichthin über die Schulter.

Sein »Danke, Oma«, erklang schon fast an der Tür. Sie griente.

Sebastian flitzte hinüber. Trotzdem hatte Opa schon alles in den Flur geschafft.

»Ich wollte grad helfen«, sagte Sebastian etwas enttäuscht.

»Kannst ja. Wir fahren das Auto in die Garage und füttern. Mal sehn, ob dich die Tiere noch kennen!«

Kaum im Stall blieb Sebastian überrascht stehen. »Mensch, Opa, du hast ja die Jana noch!« Jana war im vorigen Frühjahr geboren und Sebastian hatte sich liebevoll im letzten Sommer um das Fohlen bemüht. Er tätschelte glücklich alle vier Pferde und steckte ihnen Möhren zu.

»Nu ja, die Stella ist schon ziemlich alt und da muss ich doch langsam an Ersatz denken, auch wenn's mir schwerfällt. Im nächsten Jahr kann dann die Jana ihr schon ein bisschen abnehmen, damit sie nicht mehr so viel arbeiten muss, weißt.«

»Aber dann muss die Jana doch ans Arbeiten gewöhnt werden, Opa.«

»Hast doch im Grunde schon im letzten Jahr damit begonnen, Bub.«

»Ich?? Ich hab sie doch nur ein wenig umhergeführt.«

»Richtig! Das haben wir weitergemacht und ausgebaut. Wirst sehen, morgen, was sie alles macht, ohne zu protestieren wie sonst junge Pferde immer! So, nun gib ihnen ihre Rationen. Ich hol noch Stroh herunter.«

»Opa, lass uns tauschen: Ich geh nach oben zum Stroh.«

»Ist mir sehr recht, Bub!« Opa gab ihm einen anerkennenden Schlag mit der flachen Hand auf die Schulter und Sebastian fühlte sich geschmeichelt. Denn das tat Opa nicht mit jedem!

Nach dem Füttern traten sie gemeinsam aus dem Stall und Sebastian fiel der Kiefer nach unten. Da kamen doch auf der Straße den Berg herauf Evelin und Liane mit ihren Eltern anmarschiert!

»Da sind die Neuen«, murmelte Opa.

»Die hab ich im Bus kennengelernt«, sagte Sebastian und rannte los. Plötzlich stoppte er und ging betont langsam der Familie entgegen.

Als Evelin aufblickte, ging es ihr wie Sebastian vorhin. Der winkte lässig mit der Hand.

»So sieht man sich wieder!« Eine Redensart von Papa! »Ich begrüße Sie auf unserem Hof in den Bergen!« Das war dem Opa abgeschaut. »Und wünsche Ihnen einen angenehmen Aufenthalt mit sehr gutem Wetter.«

Die Mädchen sahen von ihm fort und verunsichert zu dem Hund, der schwanzwedelnd neben Opa lief und nun herantrat.

»Dös wünsch ich auch«, sagte Opa und begrüßte alle reihum mit Handschlag. Sebastian schloss sich an, was Evelin zum Kichern brachte. »Molly ist ein lieber Hund, wenn ihr ihn nicht ärgert«, meinte er beiläufig. »Katzen haben wir auch!«

»Das hätte ich mir nicht träumen lassen, dass wir uns so schnell wiedersehen!« Begeistert schüttelte Evelin Sebastians Hand. »Da können wir ja gemeinsam was unternehmen. Du kennst dich doch bestimmt hier aus.« Ihr Arm beschrieb einen weiten Kreis.

»Klar!«

»Aber heute nicht mehr«, sagten Opa und Evelins Mutter gleichzeitig. Der Vater griente und zeigte die Faust mit dem nach oben gerichteten Daumen.

»Wir essen und richten uns ein«, erklärte er. »Nur im Nahbereich könnt ihr euch danach noch umsehen!«

»Zu Befehl, Käpt'n!« Evelin stand stramm wie ein Soldat. »Oh ja, uns mit den Tieren bekanntmachen!« Danach kicherte sie erneut. Sebastian lächelte nur. Bei seinen Klassenkameradinnen hätte er ganz anders reagiert! Sogar für sich selbst hatte er eine Ausrede parat: Sind schließlich Opas Gäste!

»Also bis nachher«, rief Evelin und lief Liane nach ins Häuschen.

»In zehn Minuten können Sie essen kommen«, ergänzte Opa, hob grüßend die Hand und wandte sich zum Gehen. Sebastian folgte ihm. War das nun gut für seine Ferien, dass Evelin hier auftauchte? Er beschloss, es als etwas Gutes zu sehen. Schlimm wär's, wenn es eine aus seiner Klasse gewesen wäre!

»Wirst nun gar keine Zeit haben«, unterbrach Opa seine Überlegungen, »mal mit mir umherzumachen.«

»Nee, Opa! Das lässt sich doch einrichten. Immer wollen die mich sicher auch nicht dabeihaben! Die Eltern sind Biologen. Waren in der Antarktis! Hast du das gewusst?«

»So genau nicht. Aber hierher zu uns kommen nur Besucher, denen die Natur am Herzen liegt. Das haben wir in unserer Werbung so drin. Weißt ja, dass wir im Winter zum Beispiel keinen Kunstschnee erzeugen. Wenn kein richtiger Schnee gefallen ist, gibt es eben keinen. Wem das nicht passt, muss halt in anderen Orten Ferien machen. Wär doch schad' um unsere Weiden!«

»Als ich klein war, Opa, waren wir mal in einer Mühle. Gibt es die noch?«

Opa kratzte sich hinterm Ohr. »Muss ich nachsehn. Es geht so viel kaputt jetzt … Aber ich glaub', das ist ein Touristenmagnet. Willst auch mal in ein Bergwerk?«

»Kennst du eins? Das wäre prima! Wir waren vor kurzem bei Lauchhammer im alten Tagebau. Da sind wir in der riesigen Förderbrücke herumgeklettert. Mannomann, das issen Ding!« Sebastian beschrieb Opa begeistert seine Eindrücke.

Am nächsten Tag wanderte Sebastian mit der Familie Fiedler bei schönstem Wetter zur Hütte zum Sepp. Er spielte den Führer und Evelins Augen hingen bewundernd an ihm. Bei der Brotzeit kam ihm das Mühlrad in den Sinn.

»Als ich klein war, haben wir hier oben im Bach ein Mühlrad eingebaut«, erzählte er kauend. »Ist es denn noch da, Sepp?«

»Musst mal hinten neischaun!«, schmunzelte der. Doch als Sebastian gleich losrennen wollte, hielt ihn Sepps Blick fest. »Erst aufessen« hieß das und er blieb sitzen.

Dann aber gab's kein Halten mehr. Evelin sprang gleichzeitig mit ihm auf und rannte hinterher.

»Wahrhaftig! Da ist es! Sogar die Stützen sind noch hier. Komm, ich zeig dir, wie es der Opa mit mir aufgestellt hat!« Er stürmte zum Bach und schaute hinauf und hinunter. Evelin war sein Spiegelbild. Doch dann sah sie Ratlosigkeit in seinem Blick.

»Der Bach ist jetzt ganz anders als damals«, sagte er gedehnt. Inzwischen waren die anderen herangetreten. Sie betrachteten das Rad.

»Darf ich einen Vorschlag machen?«, fragte Vater Fiedler. Sebastian nickte entnervt.

»Wir gestalten das Bachbett ein wenig um. Da hat Sepp bestimmt nichts dagegen. Hinterher räumen wir wieder auf. Seht ihr dort diese kleine Stufe? Da bauen wir links und rechts noch Steine hin, die Stützen mitten hinein. Wir dürfen sie nur nicht zu hoch bauen. Evelin, du hältst die Stütze auf dieser Seite und du, Liane auf der anderen. Nun, Sebastian, leg mal probehalber das Rad ein. Na bitte, es funktioniert. Nun haltet ihr so lange, bis wir Männer die Steine ringsum gelegt haben.«

»Ich will aber auch Steine holen«, meldete sich Mutter Fiedler mit beleidigter Stimme wie ein kleines Kind. Alle lachten und das Rad kam in bedenkliche Schwankungen.

»Vorsicht!«, warnte sogleich Sebastian und wuchtete den ersten Stein heran. Es genügten auf jeder Seite vier große und mehrere kleine als Bindemittel. Nun

114

durften die Mädchen loslassen. Gespannte Blicke! Dann gelöste Jubelschreie und Evelin hopste dabei von einem Bein aufs andere.

Sie setzten sich ins Gras und Mutter Fiedler stimmte das Lied an: »Es klappert die Mühle am rauschenden Bach …« Die Mädchen und Vater Fiedler fielen ein. Sebastian kannte es nicht, was ihm in dieser Runde etwas peinlich war. Er legte das Kinn auf die über den Knien verschränkten Arme und hörte still zu. Sie sangen nicht laut und der Vater intonierte sogar die zweite Stimme. Es hörte sich sehr gut an, fand Sebastian erstaunt. So etwas kannte er nicht. Zwar hatte Opa auch manchmal ein Lied angestimmt, mehr schon gebrummt, aber er konnte wesentlich besser lesen als singen.

Danach war es ein Weilchen still und alle schauten dem Mühlrad zu. Schließlich besann sich Sebastian auf seine Stärken und wies ihnen die markanten Berge, benannte die Täler und Dörfer und erklärte noch allerlei, was er vom Opa wusste.

Zuletzt erkundigte sich Vater Fiedler: »Weißt du einen anderen Weg zurück zum Hof? Wir möchten doch nicht den gleichen hinunterlaufen.«

Sebastian überlegte kurz, dann schwenkte sein Arm herum. »Dort drüben verläuft ein schöner Wanderweg. Aber er ist ungefähr zwei Stunden länger als der, den wir heraufgingen!«

Ein Blick auf die Uhr. »Dann wollen wir mal, damit wir das Abendbrot noch schaffen. Halt! Nicht gleich losrennen! Erst noch den Bach beräumen.«

Das war schnell erledigt. Aber Vater Fiedlers Bemerkung vom Rennen ließ bei Sebastian eine Erinnerung wach werden. Ernster als sonst und mit tiefer, fester Stimme mahnte er wie damals sein Opa: »Passt gut auf: Rennt niemals einen Berg hinunter! Ihr seid sonst schneller im Krankenhaus, als euch lieb ist!« Mit großen Augen sahen ihn die Mädchen an, aber auch die zwei Erwachsenen. Sie konnten sich denken, woher der Junge die Weisheit hatte.

Zwei Tage später stürmte Sebastian aus der Haustür, um Evelin abzuholen, denn Opa hatte die Abfahrt auf Punkt neun gelegt. Heute sollte es ins Bergwerk gehen.

Doch nach drei Schritten blieb er wie angewurzelt stehen. Da stand in der Auffahrt nicht Opas Auto, sondern dem Nachbarn sein alter Kleinbus, über den sich Sebastian schon lustig gemacht hatte. Opa hatte ihn nur angesehn und gemeint: »Fährt aber sehr zuverlässig.«

Eben kam Opa hinter dem Vehikel hervor und griente.

»Opa, wo ist denn DEIN Auto?! Willst du etwa mit dem Ding fahren?«

»Willst dann nicht mit?«

»Dooch, aaber …«

»Weißt, ich habe schon oft mit dem Nachbarn getauscht, um den Touristen etwas bieten zu können. Wir können doch nicht alle zwei Autos halten. Deshalb tauschen wir ab und an halt.«

Inzwischen kamen zwei Jungen vom Nachbarn herübergerannt. Auch Evelin und Liane liefen herbei.

»Geht's los?« Das kam natürlich von Evelin. »Dürfen wir einsteigen?«

»Moment«, bremste Opa. »Erzählen könnt ihr im Auto, was ihr wollt, aber gezappelt und geschrien wird nicht. Sonst fahr ich zurück.« Dann wandte er sich Sebastian zu.

»Willst vorn sitzen oder neben Evelin?«

»Frau Fiedler kann ja vorn sitzen«, meinte Sebastian und spielte den Kavalier. Die lächelte und wies auf die beiden Jungen. »Möchte einer von euch vorn sitzen?« Die zwei blickten sich unschlüssig an. »Beide können nicht, also dann nicht«, entschied der Vierzehnjährige für seinen jüngeren Bruder.

»Und du, Liane?«

»Gern, Mam.« Ihre Augen leuchteten und sie kletterte ins Auto. Frau Fiedler schickte nun Evelin und Sebastian hinein und danach die beiden recht großen Jungen. Sie selbst setzte sich neben Sebastian, Herr Fiedler nahm den Platz hinter ihr neben den Jungen ein. So hatten sie stillschweigend das Aufsichtsproblem gelöst. Opa kletterte zufrieden hinter sein Lenkrad und konzentrierte sich aufs Fahren. Nur hin und wieder machte er seine Gäste auf besondere Sehenswürdigkeiten aufmerksam.

»Wie weit müssen wir denn noch fahren?«, erkundigte sich Evelin.

»Ein Stückl noch«, antwortete Opa. »Früher haben die Leut' zwar überall gebuddelt, aber in die meisten Schächte kann kein Mensch mehr nei.«

Endlich hielt Opa scheinbar mitten im Wald auf einem Parkplatz, auf dem höchstens zwanzig Autos und zwei Busse Platz hatten. Opa hatte sich neben drei PKWs gestellt. Erstaunt kletterten die Kinder ins Freie und schauten sich verwundert um. Ein kleines Haus lugte hinter den Bäumen hervor. Opa schloss das Auto ab.

»Nu, gehen wir dorthin.« Er wies auf das Haus.

»Ich kann auch hier draußen hinterm Baum«, meinte der Jüngere vom Nachbarn. Opa schüttelte den Kopf und setzte eine geheimnisvolle Miene auf. Ohne ein Wort ging er auf das Häuschen zu und alle folgten ihm brav mit gemischten Gefühlen. Drinnen sahen sie sich erstaunt um.

»Ist ja ganz schön groß! Hätte ich nicht gedacht!« Mit offenem Mund drehte sich Evelin um die eigene Achse. Im linken Giebel gähnte ein dunkles Loch und daneben war eine Kabine, ähnlich denen an den U-Bahn-Stationen. Die Wände ringsum waren mit altertümlichen Bildern bedeckt und über ihnen im Gebälk hingen Grubenlampen. Im rechten Giebel entdeckte sie die Toilettentüren.

»Ah, da gehe ich jetzt hin«, erklärte sie.

»Ich melde uns nur an. Danach besuche ich auch noch das Örtchen. Geht nur schon«, sagte Opa und ging zur Kasse.

Die Frau aus der Kasse erläuterte ihnen noch einige Bilder, zeigte ihnen Geräte und zündete eine Grubenlampe an. Dann bekamen sie einen Helm und mussten einen Wettermantel überstreifen. Inzwischen waren noch vier weitere Besucher hinzugetreten.

Endlich drangen Geräusche aus dem nun erleuchteten Eingang und sie sahen die anderen herauskommen. Die Kassenfrau hatte nun alle Hände voll zu tun. Sie nahm die Helme und Mäntel ab und hängte sie ordnungsgemäß hinter der Kabine auf. Als Letzter erschien der Führer und blickte abschätzend auf die Neuen. Sein Blick schien unzufrieden. Aber in dem Moment traten noch weitere sieben Personen herein und sein Gesicht leuchtete auf.

Nachdem auch diese eingekleidet warteten, begann er mit der Begrüßung und Einweisung. Die Norddeutschen hatten Mühe mit seiner Sprache. Frau Fiedler bat ihn deshalb, langsam zu sprechen. Aber an manchen Stellen übernahm Opa eine Übersetzerfunktion, die der Mann glücklicherweise nicht übel nahm.

Nach einer Stunde gaben sie ihre Schutzbekleidung wieder ab. Aber erst auf dem Parkplatz tauten die Kinder auf und schnatterten wild durcheinander über ihre Eindrücke.

»Verdammt eng da unten«, übertönte Sebastian die anderen. »Möchtet ihr in dem Bau arbeiten?«

»Nöö!«, ertönte es mehrstimmig.

»Die armen Menschen damals«, bedauerte Liane die Arbeiter. »Sogar Kinder wie wir mussten in den Mauselöchern schuften.«

»Bloß gut, dass es das heute nicht mehr gibt!«, sagte Evelin.

»Nicht bei uns hier, aber woanders schon«, meinte der Große vom Nachbarn.

»Erzbergwerke sind immer eng«, sagte Herr Fiedler. »Aber wir könnten von Potsdam aus relativ gut ein ehemaliges Salzbergwerk erreichen. Dort könnt ihr Säle groß wie Kinos sehen und mit dem Auto fahren wie hier oben.«

»Hab mal im Fernsehen eine Sendung über Kranke gesehen, die da unten Heilung suchen«, erzählte Sebastian. »Nee, unter Tage werde ich nie arbeiten! Dann noch eher draußen bei Wind und Wetter!«

»Jetzt machen wir hier Picknick«, bestimmte Frau Fiedler, »und danach wandern wir ein Stückchen, bevor wir wieder nach Haus fahren.«

Unter den Bäumen entdeckten die Kinder nun auch die Sitzbänke aus halbierten Baumstämmen, die an Tischen aus dicken Bohlen standen.

»Noch nicht hinsetzen«, warnte Opa. »Es ist die Zeit des Honigtaus!« Daraufhin mussten natürlich alle mit dem Finger die Bänke prüfen. Stimmt! Es klebte. Er holte ein paar betagte Decken aus dem Auto, die sie nun auf die Sitze legten.

»Was ist Honigtau?«, fragte Evelin und griff nach einer Stulle. Doch Sebastian kam dem Opa zuvor.

»Sagt schon der Name. Kannst auch kosten. Da oben sitzen Blattläuse und die scheiden den Honig aus.«

»Iih, dann werden wir ja auch ganz klebrig!«

»So lange bleiben wir nicht, dass du klebrig wirst. Aber wenn du dein Gesicht lange genug nach oben richtest, kannst du vielleicht ein Tröpfchen spüren.«

Nun drehten alle die Gesichter nach oben.

»Hey, da kann man aber nicht gut schlucken«, stellte Evelin nach kurzer Zeit fest und gab das Vorhaben auf.

Opa schien sich in den Kopf gesetzt zu haben, Sebastians Berufswahl anzuregen. Nur zwei Tage später erzählte er beim Abendessen von dem großen Sägewerk, in dem sein Cousin arbeitete.

»Wir können morgen hinfahren. Aber nur mit meinem Auto.« Er blickte Fiedlers fragend an.

»Au ja, das ist bestimmt interessant«, krähte Evelin.

Alle blickten daraufhin Liane an. Die zeigte sich unentschlossen. »Da liegen doch bloß haufenweise Bretter herum … Wir sind doch letztens an so einem Betrieb vorbeigefahren.«

»Du musst nicht mit, Liane. Wir können auch zu dritt wandern«, sagte Vater Fiedler. Liane schwankte und blickte Evelin an. Die würde dann wieder sonst was erzählen!

»Ich fahre mit«, entschied sie. »Dann habt ihr mal einen Tag für euch ganz alleine«, sagte sie gönnerhaft zu den Eltern. Die grienten, dankten und sahen sich in die Augen.

Pünktlich standen sie am Tor des Betriebes, hinter dem sich Riesenstapel Bretter türmten. In der verbleibenden Fahrzeuggasse schritten sie gehorsam hinter dem Cousin Mittenzwei – ein anregender Name für viele Gespräche in den nächsten Tagen – her und kamen sich ziemlich nichtig vor. »Wie Ameisen im Wald«, meinte Evelin, aber keiner antwortete ihr.

Vor einer großen Halle blieben sie stehen und Herr Mittenzwei belehrte sie. »Drinnen können wir uns kaum verständigen«, erklärte er und reichte ihnen Helme mit Ohrenschutz. Belustigt schaute er zu, wie sie sie anlegten und Probeschreien veranstalteten.

Dann gingen sie hinter ihm in die Halle. Opa schloss als Letzter die Tür. Trotz des Schutzes spürten sie den Lärm und Sebastian lupfte für einen Moment den Ohrschützer. Auch Evelin und Liane konnten der Versuchung nicht widerstehen. Doch alle drei pressten ihn schnell wieder aufs Ohr.

Herr Mittenzwei führte sie an eine Stelle, von der sie zusehen konnten, wie mehr als meterdicke Baumstämme zu Brettern zersägt wurden. Daher kam auch der Lärm. Dann gab es auch noch Maschinen, die Bretter genauer zuschnitten und glätteten. Sie bewunderten nebenbei Herrn Mittenzweis Gebärdensprache, der sie jetzt auf etwas Besonderes hinwies.

Hier wurden Bretter mit herrlicher Maserung zu ganz dünnen Blättern geschnitten. »Für Möbel«, machte er ihnen klar.

Als sie aus der Halle heraus waren, durften sie den Schutz abnehmen und Fragen stellen, die er kurz und prägnant beantwortete.

»Wir gehen jetzt in eine Halle, in der es weniger laut, aber trotzdem gefährlich ist. Geht nicht näher als ich an irgendeine Maschine oder einen Kessel heran. Hier werden aus den Abfällen von dort«, er wies mit dem Daumen über die Schulter zurück, »Möbelspanplatten hergestellt.«

Dass die meisten Möbel nicht mehr aus richtigem Holz bestanden, wussten die Kinder. Und Sebastian erinnerte sich, wie sein Vater auf das Zeug geschimpft hatte, als ein Scharnier am Schlafzimmerschrank ausgebrochen war.

»Auf solche Spanplatten kann man die schönen Furniere aufkleben und wunderbare Möbel herstellen, aber man kann damit auch Häuser bauen.« Er gab ihnen ein Heft, in denen all jene Einsatzmöglichkeiten aufgezeigt wurden. »Könnt ihr zu Haus noch mal nachschlagen.«

Als sie in die Halle traten, war es nicht der Lärm, sondern der Geruch, der ihnen entgegenschlug und Evelin zum Nasezuhalten veranlasste. Die beiden anderen zeigten daraufhin Gleichmut! Opa und Mittenzwei amüsierten sich.

Als sie dann wieder draußen standen, meinte Sebastian:

»Also, Opa, jetzt weiß ich genau, was ich nicht will: In so einem Werk arbeiten!«

»Na, das ist ja schon viel wert, wenn man das weiß«, lachte Mittenzwei und verabschiedete sich. Opa guckte etwas verstört.

Auf der Heimfahrt hielten sie an einer Schmiede, in der gerade Pferde beschlagen wurden. Doch als der Gestank verbrannten Horns in ihre Richtung wehte, bestanden sie auf sofortiger Weiterfahrt.

In der letzten Woche hatte Opa wieder den Kleinbus vom Nachbarn gechartert und sie fuhren zum Schloss Neuschwanstein. Zuerst war Sebastian ein wenig enttäuscht. Er war schließlich schon einmal dort gewesen, später fand er das sogar gut, denn er konnte Evelin und Liane auf vieles aufmerksam machen, was die bestimmt sonst übersehen hätten!

»Opa, du fährst ja ganz anders. Wir hätten doch rechtsherum fahren müssen.« Sebastian drehte den Kopf zu dem entschwindenden Hinweisschild.

Opa schmunzelte. »Ihr seid ja nicht mehr klein, nu. Deshalb habe ich heute eine andere Tour ausgewählt, wo ihr noch ein bisschen wandern könnt.«

»Hier kenn ich mich überhaupt nicht aus«, stellte Sebastian beim Aussteigen fest.

»Nu, das macht nichts«, griente Opa. »Die Wege sind gut ausgeschildert. Nu, seht mal, da müssen wir hin.« Er wies auf ein Schild.

»Zum Höllenschlund«, lasen die Kinder laut.

»Keine Extratouren, Evelin«, mahnte ihre Mutter und Evelin verzog beleidigt den Mund.

Sie marschierten alle vorschriftsmäßig auf dem gekennzeichneten Pfad, natürlich mit teilweise lautem Geschnatter.

»Schaut mal hier den Käfer auf dem Weg«, rief der Vater und sie kamen neugierig zurück.

»Ach, bloß 'nen Mistkäfer!«, sagte Sebastian geringschätzig.

»Aber der ist doch hübsch«, fand Liane. »Außerdem heißt er anders. Im alten Ägypten war er heilig.«

»Weiß ich doch. Ist ein Skarabäus«, sagte Sebastian von oben herab. Liane schwieg pikiert.

Nachdem sie ein Stück weitergegangen waren, zeigte er auf eine kleine gelbe Blüte. »Da, die schenke ich dir, aber ohne abzupflücken, weil sie dann bloß verwelken würde. Nun sei wieder gut, ja?«

Plötzlich tappten ihre Füße auf Holz.

»Eine Brücke!«, schrie Evelin und ging vorsichtig weiter. Die anderen folgten aufmerksam.

»Nu, das ist der Höllenschlund«, erklärte Opa. »Kommt nur, die Brücke hält euch schon!«

Dann standen sie und schauten hinüber zum Schloss Neuschwanstein.

Sie standen eine ganz Weile und ließen das Bild wirken, ehe sie dann den nächsten Wanderern den Platz überließen. Eine ziemliche Strecke legten sie still zurück und die Erwachsenen schauten sich bedeutsam an.

Doch bald hörten sie wieder die kleine Quasselstrippe Evelin.

Im Schloss schaute sie erneut Sebastian bewundernd an, wenn der sie auf etwas Besonderes hinwies.

Als sie zurück zum Parkplatz liefen, kamen sie an einer brüchigen Stelle in der Straße vorbei, an der Sebastian fasziniert stehen blieb.

Nach Evelins Ruf kehrten die Erwachsenen um und warteten auf die interessiert zuschauenden Kinder.

An der Seite waren einige Gesteinsbrocken beim letzten Regen herausgewaschen worden. Unbemerkt hatte sich schließlich die Straße abgesenkt und angefangen sich aufzulösen.

»So etwas könnte mich fesseln«, meinte Sebastian nach einer Weile. »Ich hab schon in Potsdam in den Schlössern und Gärten mehrmals Arbeiter beim Wegebau gesehen. Die Arbeit ist vielseitig und bestimmt weißt du manchmal am Abend nicht, was du am nächsten Morgen machen wirst. Das finde ich gut!«

»Aber dann bist du bei Wind und Wetter draußen«, warf Liane ein. »Das wäre nichts für mich. Besonders im Winter stell ich mir das fürchterlich vor! Da frieren dir doch die Finger ab an den kalten Steinen!«

»Ach, so schlimm wird's schon nicht sein«, bemerkte Sebastian. »Es gibt ja Handschuhe.«

Vierzehn Tage vergingen den Kindern unheimlich schnell und Evelin kamen beim Abschied die Tränen.

»Heul doch nicht«, versuchte Sebastian zu trösten.

»Ich heul ja gar nicht. Die laufen einfach so raus«, schniefte sie, »weil ich nicht weiß, ob wir uns jemals wiedersehen.«

»Klar sehen wir uns wieder. Potsdam ist doch gar nicht weit. Da könnte ich sogar mit dem Rad hinfahren.« Allerdings wusste er in diesem Moment nicht, ob es die Eltern erlauben würden. Aber das war jetzt nicht wichtig. Evelin lächelte und das war wichtiger.

»Nu, Schluss«, drängte Opa. »Wir müssen los!« So schloss Evelin die Tür und schaute ihn mit großen Augen durch die Scheibe an. Den Blick vergaß Sebastian sein Lebtag nicht!

Er konnte es nicht benennen, aber irgendwie war es nun dunkler und leerer geworden. Da half es auch nichts, dass Opa ihn mit Arbeit eindeckte und ihn in die Werkstatt eines Instrumentenbauers schleppte. Er musste stets denken: »Was Evelin wohl dazu gesagt hätte?«, oder: »Darüber hätte Evelin bestimmt gelacht!«

Die Familie, die nun in das Häuschen einzog, kam auch mit zwei Kindern. Sie waren jünger und außerdem verwöhnt, fand Sebastian, der sie beim Reiten betreute.

Endlich stiegen Mutti und Papa aus dem Auto. Gemessenen Schrittes kam ihnen Sebastian entgegen. Schon das erstaunte sie und ließ sie genauer hinblicken.

»Mann, bist du gewachsen!«, rief Mutti verwundert. »Du hast jetzt bestimmt meine Größe!« Sogleich stellte sie sich neben Sebastian und forderte die Männer zum Vergleichen auf.

»Stimmt auf jeden Fall«, erklärte Papa und Opa brummte zustimmend.

»Was drei Wochen doch so ausmachen«, wunderte Mutti dabei.

»Nun bin ich die Kleinste«, sagte Oma herzutretend, lachte und umarmte Tochter und Schwiegersohn.

Nach dem Abendessen saßen alle noch beisammen und Sebastian gab auf ihre Fragen oft ziemlich einsilbige Antworten, sodass Sebastians Eltern fragende Blicke zu Opa und Oma schickten.

Da griff Opa plötzlich in die Schublade des Schrankes.

»Nu, die hätt' ich ja beinah vergessen«, sagte er und legte eine gefüllte Fototüte auf den Tisch. Bedeutungsvoll schaute er seine Tochter an. »Kann Sebastian euch erklären. Er sitzt so schön zwischen euch.«

Sebastian nahm die Tüte an sich und zog die Fotos heraus. Schon nach dem ersten Blick nahm sein Gesicht Farbe an, was seinen Eltern nicht verborgen blieb. Wieder wanderten die Augen fragend zum Opa. Dessen Lächeln blieb versteckt in den Mundwinkeln hängen.

Während Sebastian erklärte, spürten die Eltern auch in seinem Wesen immer stärker die Veränderung. Mutti wurde richtig wehmütig und als Opa Wein einschenkte, nahm sie ganz gegen ihre Gewohnheit einen ordentlichen Schluck.

»Da lässt man den Jungen einmal allein verreisen und was macht er? Er wächst einem gleich über den Kopf!«, sagte sie danach. »Opa, gib ihm auch ein Schlückchen!«

Alle lachten und Opa goss ein wenig Wein in Sebastians Glas. Er zeigte ihm, wie Wein getrunken werden sollte. »Ein Weinkenner merkt gleich, ob du ein Trinker oder ein Genießer bist.«

Dann fiel Mutti eine wichtige Sache ein. »Und, hat Opa dir nun erlaubt, ganz allein auf der Hütte zu schlafen?«, wollte sie wissen.

Sebastian lachte verlegen. »Ich war nicht allein. Wir waren zu dritt.« Er sah seine Mutter an.

»Mit dem Sepp. Also eigentlich zu viert«, erklärte sie trocken. »Und es war schön?«

Sebastian nickte nur und hatte plötzlich einen Kloß in der Kehle.

»Wo, sagtest du, wohnen die zwei in Potsdam? Aber das ist doch gar nicht weit. Da kann man ja notfalls sogar mit dem Rad hinfahren. Natürlich nur, wenn man ein bisschen trainiert ist.« Dabei spielte sie auf Sebastians zeitweise Faulheit an. Er verstand und griente sie an.

Papa war mit seinen Gedanken auf der heimischen Landkarte. »Nun, Potsdam ist groß. Wenn sie zum Beispiel in Bergholz-Rehbrücke wohnen, wäre das ziemlich weit von uns bis dorthin.«

»Nee, Evelin hat gesagt, sie wohnen zwischen Heiligem See und der Glienicker Brücke. Ich hab schon in Opas Autoatlas nachgesehen. Das könnte ich aus dem Hut schaffen.« Sebastian schaute selbstsicher zum Papa. Der zog erstaunt die Brauen hoch und sah ihn achtungsvoll an.

Sie blieben noch weitere zwei Wochen, aber in der letzten zog es Sebastian nach Haus. Er suchte Gründe für ein vorzeitiges Abfahren. Das hatte es bisher noch nie gegeben. Früher fand er Gründe zum länger Bleiben.

»Ich würde ja schon am Donnerstag fahren«, führte er an, »dann haben wir keinen Wochenendverkehr zu befürchten.« Er sah dabei seinen Vater zwingend an.

»Nein«, erklärte der nun sehr bestimmt. »Ich habe gestern schon gesagt, dass wir am Freitag früh fahren, und zwar so, dass wir den Raum Nürnberg nicht während des Berufsverkehrs erreichen. Dann könnten wir vielleicht ohne Stau durchkommen. Und dabei bleibt es!«

Er sah Opas Trauer in den Augen, Sebastian bemerkte sie nicht. Der radelte in Gedanken schon nach Potsdam.

Zehn Jahre später

»Na, Evchen, wie war dein Tag?« Mit diesen Worten begrüßte Sebastian seine junge Frau, die heute am Sprechtag später als er heimkehrte.

»Wie immer, Basti.« Sie wirkte ausgelaugt, als sie ihn zur Begrüßung küsste.

»Langweilig«, setzte sie fort. »Ein paar Daten eingeben, andre ausdrucken, ein paar unangenehme Fragen beantworten und so weiter!« Sie seufzte.

Er half ihr aus dem Mantel und hängte ihn an die Flurgarderobe. »Ist bei mir auch nicht anders. Jetzt, bei diesem Sauwetter, sitzen wir in den Baumkronen der Chausseen. Na ja«, schränkte er sofort ein, »Pflastern und Wegebau sind in dieser Jahreszeit auch nicht angenehm.«

Sebastian hatte Landschaftsgärtner gelernt und war während der Lehre noch glücklich mit seiner Wahl gewesen. Aber mit dem Wegebau kam er danach nur noch selten in Berührung. Dass es in keinem Beruf nur Sonnenseiten gibt, hatten die Eltern und Opa ihm prophezeit und er hatte es akzeptiert. Aber jetzt!

Evelin kam gar nicht erst in einen Beruf, der mit Tieren zu tun hatte. Kauffrau war sie geworden und saß tagaus, tagein in einem Büro!

Seit sie sich kannten, hatten sie die Ferien bei Sebastians Großeltern in den Bergen verbracht. Kaum waren sie wirtschaftlich selbständig, heirateten sie – eine Ausnahme in dieser schnelllebigen Zeit – und bezogen eine kleine Wohnung in Potsdam.

Das war ja alles nicht schlecht. Im Gegensatz zu anderen hatten sie sogar beide Arbeit. Trotzdem sehnten sie sich das ganze Jahr über nach den Bergen, nach Oma und Opa dort und nach den Tieren.

»Weißt«, begann Evelin versonnen beim Abendbrot und verfiel in Opas Jargon, »ich könnt mir ein Leben dort in den Bergen gut vorstellen.« Mit verträumten Augen blickte sie ihn über den kleinen Küchentisch hinweg an.

Sebastian vergaß das Kauen. »Wir beide? Für immer?« Er merkte nicht mehr, was er hinunterschluckte und sah sie mit großen Augen an. »Ist das dein Ernst?«

»Mein großer sogar. Hast du eigentlich bei unserem letzten Aufenthalt nicht bemerkt, dass den beiden ALLES schon ein bisschen schwerfiel? Wir würden sie entlasten.«

Seine Miene wurde skeptisch. »Aber ich als Bergbauer und Touristenführer? Ob ich das kann?« Er blickte sie an und eine ganze Skala voller Gefühle spiegelte sich in seinem Gesicht.

Sie lächelte ihm aufmunternd zu und griff nach seiner Hand. »Weißt du, da können wir hineinwachsen, solange die zwei noch rüstig sind.«

In diesem Augenblick begriff er nur, dass sie sich wohl schon länger mit diesen Gedanken beschäftigt hatte, was ihn sogleich verstimmte. »Du planst das schon lange?« Die Frage war mehr ein Angriff als eine Feststellung und sie stutzte.

»Nein! Das hätte dich sicher gekränkt. Nein!«, widersprach sie heftig. »Ich musste heute das Telefongespräch meiner Kollegin mit ihrer Mutter mithören.

DIE haben sich beharkt! Also nein! Nicht einmal mit meinem Schwesterlein würde ich so umspringen, geschweige denn mit meiner Mutter. Irgendeine ihrer Bemerkungen hat mich an Oma und Opa in den Bergen erinnert und in meinem Kopf spulte sich ein Film ab, an dessen Ende wie eine Erleuchtung plötzlich dieses Leben dort für uns stand. Ich könnte da unbeschwert zwei oder sogar drei Kinder bekommen und du kannst vielleicht Wegebau als Hobby übernehmen.«

Sebastian verschlug es den Atem. »Wie stellst du dir denn DAS vor?«

»Na ja, ich weiß es auch noch nicht so recht. Aber wenn man hier und dort mal fallen lässt, dass man sowas gerne macht ... Und du hast ja schon Opas Auffahrt gepflastert ... und einige zeigten Anerkennung.«

»Stimmt! Einer wollte mich vom Fleck weg engagieren!« Er lachte auf, führte ihre Hand zum Mund und drückte einen Kuss darauf. »Ja, warum nicht. Lass uns mal ein bisschen tiefer träumen. Aber was werden unsre Eltern dazu sagen?«, meinte er hintergründig lächelnd.

Sie lächelte offen zurück. »Vielleicht sind sie froh, wenn sie eine eventuelle spätere Pflege nicht am Halse haben. Und meine sind sowieso ständig in der Weltgeschichte unterwegs!«

Während des gesamten Abendessens spannen sie den Faden weiter. Als sie abräumten, kam Sebastian zu einem Entschluss. »Evi, ich rufe jetzt einfach an und frage, was die zwei davon halten. Wir versteigen uns vielleicht in etwas, was ihnen gar nicht gefällt.«

»Tu das«, bestärkte sie ihn, legte die Arme um seine Taille, während er wählte, und lehnte sich bei ihm an.

Oma nahm ab und er fiel gleich mit der Tür ins Haus, kaum dass er sie begrüßt hatte. Es blieb lange still am anderen Ende. Er wusste, dass Oma auch den Mithörknopf gedrückt hatte, das taten die beiden immer, und wartete sekundenlang.

»Hat es dir die Sprache verschlagen?«, fragte er schließlich belustigt.

»Das kann man wohl sagen«, gestand Oma.

»Ja, wir sind heute erst drauf gekommen«, erklärte Sebastian, »und möchten uns nicht in irgendetwas verrennen, ohne eure Meinung dazu zu hören. Vielleicht habt ihr ganz andere Pläne. Wir dachten, jetzt seid ihr noch rüstig und könnt uns in den nächsten ...« Er stutzte kurz. »... zehn – zwanzig Jahren einarbeiten. Und wenn wir alles im Griff haben, könnt ihr euren Lebensabend genießen. Überhaupt, vielleicht wollt ihr vorher schon mal irgendwohin fahren ... So, nun denkt mal darüber nach. Und wenn ihr einverstanden seid, ruft uns an. Wir wollen euch nichts aufdrängen.« Er schwieg und lächelte Evelin an.

»Wir haben uns längst Gedanken gemacht, Opa und ich«, sagte Oma und seufzte. »Genau das, was euch heute eingefallen ist, haben wir uns schon lange gewünscht. Nun ist für uns Weihnachten, Ostern und Geburtstag auf einmal.« Oma schnaufte. »Komisch, mir laufen die Tränen. Ich geb dir mal Opa.« Pause. Sebastian und Evelin strahlten sich selig an.

»Jo mei, hat Oma aber am Wasser gebaut!« Seine Stimme klang aber auch recht kratzig. »Na, Bub, dann sag mal, wie ihr euch das Leben hier vorgestellt habt.«

Die Freude über die Reaktion der beiden ließ nun auch Sebastian verlegen stottern. »Nun ja, alles bis ins Kleinste haben wir noch gar nicht durchgesprochen. Uns ist heute nur mal so ein Licht aufgegangen, dass es vielleicht für uns vier gar nicht so schlecht wäre, wenn wir uns zusammentun.«

»Jo mei, das wär wirklich gut. Und an Kinder denkt ihr auch?«

»Ja, Opa. Evi sogar gleich an zwei oder drei!«

»Das ist gut, das ist gut! Nu werd'n mir auch die Augen feucht. Bub, das müssen wir erstmal verdauen. Überlegt mal, wo ihr wohnen wollt. Macht mal weitere Pläne. Tschüs!« Es knackte. Verdutzt guckte Sebastian den Hörer an.

Evelin wollte sich scheckig lachen über seine Miene, nahm ihm den Hörer aus der Hand und legte ihn auf. Dann küsste sie ihn mit lauter kleinen Küsschen zwischen ihren Wörtern. »Schöne … Überraschung … haben … wir ihnen … bereitet. Nun können wir … ganz anders … planen.« Nun folgte ein langer, langer Kuss, der immer fordernder wurde und Sebastian in Erregung versetzte. Er dachte nicht mehr an Opa und das neue Leben, stöhnte lustvoll auf und begann, an ihr herumzunesteln. Ohne den Kuss zu lösen, öffnete sie seine Hose und ihre ebenfalls. Langsam rutschten beide Teile nach unten.

Nun trennten sie sich doch für einen Moment voneinander, um die störenden Bekleidungsstücke abzustreifen. Dann küssten sie sich erneut und er fasste unter ihr Hinterteil, um sie zur Couch zu tragen, wo sie sich voller Hingabe liebten.

»Ich setze gleich die Pille ab«, meinte Evelin danach enthusiastisch.

Sebastian schüttelte den Kopf und bremste. »Liebchen, tu's noch nicht. Der ganze Stress, der nun kommt, könnte dem Würmchen schaden. Oder dir!«

Prüfend blickte sie in seine Augen, sah aber nur liebevolle Besorgnis. »Du hast Recht. Wir haben ja Zeit. Sind ja erst Anfang zwanzig und nicht über dreißig. Bis achtundzwanzig sollte eine Frau nämlich ihr erstes Kind geboren haben«, fügte sie wichtig hinzu.

»Oh, bis dahin schaffst du womöglich alle drei!«, rief er voller Überzeugung und küsste ihren Bauch.

»Ey, das killert aber! Da krieg ich gleich wieder Lust.«

»Ich auch!«

Und schon waren sie erneut in ihr Spiel vertieft und alle anderen Gedanken ausgeschaltet.

Schon am nächsten Abend klingelte das Telefon und Opa erkundigte sich, ob sie lieber im Haus oder im Bungalow wohnen wollten.

»Im Haus natürlich«, rief Evelin, denn auch Sebastian hatte auf »Mithören« gedrückt.

Sie hörten, wie Opa zu Oma »Siehst« sagte und dann: »Oma meinte, junge Leute wollen für sich sein. Aber ihr habt doch gesagt, dass ihr alles lernen wollt. Dann müsst ihr hautnah dran sein.«

»Habt ihr etwa gewettet?«, fragte Sebastian belustigt.

»Ganz so weit waren wir nicht«, brubbelte Opa und sie glaubten, eine gewisse Verlegenheit herauszuhören.

Evelin war inzwischen neben Sebastian getreten und hatte ihren Arm um seine Schultern gelegt. »Ist doch so viel Platz im Haus«, sagte sie nun. »Ihr bleibt sowieso unten und unser Wohnzimmer auch. Unsre Schlafräume können ja oben sein. Da brauchen wir gar nicht viel umzubauen.« Sie begann, an Sebastians Ohrläppchen zu knabbern.

»Nu, dann ist ja im Großen und Ganzen alles klar«, meinte Opa und wünschte ihnen noch einen guten Abend.

Damit hatte er das Thema der nächsten Stunden vorgegeben und sie spannen kräftig weiter, bis Evelin plötzlich der Umzug einfiel. »Mensch, das wird aber teuer!«, rief sie entsetzt.

Sebastian guckte sie verstört an. Wieso sollte der Blick aus dem Schlafzimmerfenster dort teuer sein?

Sie merkte es und erklärte: »Ich meine den Umzug von hier bis dort. So 'n Möbelwagen ist doch teuer!«

Sebastian legte den Kopf schief und blickte sie sinnend an. »Eine Küche brauchen wir nicht. Du willst ja in Omas mit rein.« Langsam wuchs ein Grinsen in seinem Gesicht. »Wenn du da drin etwas ummodeln willst, musst du dich mit Oma anlegen.« Er wurde ernst und zog die Brauen hoch. »Dann könnten wir die Küche hier vielleicht den Nachmietern überlassen … für'n kleinen Obolus. Eventuell klappt das auch mit unseren anderen Möbeln. Dann brauchen wir nur noch unsern Kleinkram einladen und ab geht's!«

»Basti, du bist klasse! Das ist echt gut.« Sie gab ihm einen schallenden Kuss. »Und was wir nicht gleich brauchen, können wir bei unseren Eltern lassen. Mann, da sparen wir haufenweise Umzugskosten und besser werden die Möbel auch nicht dabei. Oma Lenchen hat immer gesagt: ›Dreimal umgezogen ist einmal abgebrannt.‹ Und vielleicht passen die Stücke da gar nicht in die Räume.«

Er hob die Brauen und wollte gerade erwidern, als sie auflachte. »Ich meine, die sind wahrscheinlich zu mickrig in den Räumen dort und passen demzufolge eben nicht!« Sie gab ihm einen Kuss. »Und außerdem können wir uns dann neue Sachen kaufen«, erklärte sie mit leuchtenden Augen. »Und sogar ein Schlafzimmer!«

Nun gab Sebastian ihr einen Kuss. »Aber nicht alles auf einmal«, warnte er und dachte an ihre Finanzen. »So viel haben wir nicht auf der hohen Kante.« Ja, da war wirklich nicht viel drauf. Aber Schulden, wie andre junge Leute, hatten sie auch nicht. Dafür hatten alle Eltern und Großeltern gesorgt und die Verwandten schenkten zur Hochzeit praktische Dinge. »Wann wollen wir das eigentlich durchziehen?«

Evelin seufzte. »Wir sollten mit unseren Chefs sprechen, dass sie uns kündigen. Dann bekommen wir Arbeitslosengeld und der Umzug sieht so aus, als suchten wir dort eine neue Stellung. Ich könnte dann schwanger werden und du … wirst eine Ich-AG.«

»Ob das alles so glattgeht?«, zweifelte Sebastian.

»Versuch macht klug«, beendete Evelin dieses Thema und lenkte das Gespräch in angenehmere Bahnen.

Ein paar unangenehme Diskussionen gab es schon, aber, da sie die im Nachhinein nicht verbissen aufbauschten, lief ihr Vorhaben so ziemlich wie geplant.

Eine Annonce brachte ihnen den gewünschten Nachmieter und so fuhren sie mit vollgestopftem Auto und Dachgepäckträger frohgelaunt ihrer neuen Heimat in den Bergen entgegen.

Sie benötigten zweieinhalb Stunden mehr als sonst, weil sie mit der Last langsamer fuhren und einige Pausen einlegten, von denen sie Lebenszeichen zurück an die Eltern und voraus an Oma und Opa sandten.

Sie hatten Glück. Der Sommertag war nicht zu warm und der Regenschauer bei Hof nicht allzu stark. Kein einziger Stau hielt sie auf. Das hatten sie auf dieser langen Strecke schon anders erlebt und deshalb große Getränkeflaschen und einige Esswaren vorsorglich in Reichweite verstaut.

Pünktlich zum Abendessen standen sie vor Omas und Opas Haus. Sie mussten gar nicht hupen. Die zwei erschienen auch so in der Haustür und kamen ihnen entgegen.

»Lasst alles stehen und kommt zum Abendessen«, ordnete Oma gleich nach der Begrüßung an.

»Nu, sie hat was Leckres gekocht«, verriet Opa augenzwinkernd. Fröhlich plaudernd genossen sie das Mahl.

In vielen Telefongesprächen war das Wesentliche schon geklärt worden. Zuerst würden die beiden Ankömmlinge oben ein Gästezimmer beziehen, die anliegenden Behördengänge erledigen und sich um die Renovierung und Einrichtung ihres neuen Wohnzimmers kümmern.

Ja, da wurden Kataloge gewälzt, Preise verglichen und dann doch ins nahe Zentrum gefahren, wo sie fündig wurden.

»Und wir bekommen wirklich richtige Möbel, keine Einzelteile?«, erkundigte sich Evelin vorsorglich und erinnerte sich mit Grauen an den Stapel Bretter, der in Potsdam ihre Küche werden sollte. Wurde es dann ja auch, aber nur mit Hilfe eines geschickten Freundes von Sebastian, der die Ruhe nicht verlor und drei Tage bastelte.

Das wollten beide nicht nochmal erleben.

Als das Wohnzimmer fertig war und alle Möbel an ihren Plätzen standen, weihten sie es mit Oma und Opa ein.

Es war Abend, die Gäste und Tiere versorgt und eigentlich keine Störung mehr zu erwarten. Opa saß in dem dicken Sessel und drehte sein Bier ins Licht. »Nu, der erste Abschnitt ist geschafft. Ich finde es bequem und schön gemütlich.« Er räkelte sich, blickte sich in dem neuen Ambiente um und trank genüsslich ein Schlückchen. »Was kommt als Nächstes?«

Evelin sah verlegen zu Sebastian. Der nickte ihr zu und lächelte danach Opa an.

»Weißt du, wir müssen erst wieder warten, dass sich ein Häuflein auf dem Konto bildet. Jetzt ist erstmal Ebbe.« Er hob sein Glas und prostete Opa und Oma zu. »Aber wir haben ja fürs Erste alles. Und da ihr uns keine Miete abnehmt, sammelt sich schnell etwas an.«

»Ihr habt ja bisher auch kein Geld genommen für eure Arbeit, die ihr beide täglich erledigt. Das müssen wir sowieso alles noch klären.« Opa winkte ab, als Sebastian protestieren wollte. »Ja, ich weiß, ihr bekommt Arbeitslosengeld. Aber trotzdem müssen wir darüber sprechen.«

»Können wir!«, meinte Evelin. »Es muss ja nicht unbedingt heute sein. Ich glaube, Oma hat ein dringlicheres Problem.«

»Nu, davon weiß ich ja gar nichts«, wunderte sich Opa.

»Wir haben ja auch erst heute ein bisschen drüber nachgedacht«, rechtfertigte sich Oma. Opa brummte und guckte ein bisschen verstört.

»Weißt, Alter, wenn zwei in der Küche wirtschaften, ist sie ein bisschen zu klein. Nun schau nicht so bedeppert, das hab ich dir schon vor Monaten prophezeit.«

»Und wie willst du sie vergrößern?« Den Gedanken hatte er nie aufkommen lassen. Irgendwie störte diese Veränderung auch das Bild, das er von seiner Frau seit Jahren in sich trug.

»Na weißt, die Wand zur Speisekammer könnte raus und das dahinterliegende Zimmerchen würde dann Speisekammer«, erklärte Oma.

»Hm. Hm«, brummte Opa. »Das gibt aber Dreck! Und das willst du bei laufender Saison?«

»Na«, schüttelte Oma den Kopf. »In vier Wochen sind weniger Gäste. Bis dahin können wir alles klären. Schließlich müssen wir wissen, ob das Haus nicht einfällt, wenn die Wand hier unten rauskommt.«

»Nu gut, klären wir das erstmal und unterhalten uns danach weiter«, meinte er und trank genüsslich sein Bier.

Ja, so zog eine Veränderung die andere nach sich und zur Wintersaison standen Oma und Evelin in einer neuen Küche, die zwar nicht breiter, wohl aber länger war und zwei Kochherde besaß. Außerdem war noch ein Geschirrspüler dazugekommen.

Dafür hatte Evelin gesorgt. »Einiges muss man immer selbst abwaschen. Das kenne ich von zu Hause. Aber du hast dadurch doch eine Erleichterung.«

»Jawohl«, bestätigte Oma, »weil du ihn bedienen wirst. So, basta!« Sie griente in das verdutzte Gesicht Evelins.

Die lachte auf und gab Oma einen Kuss auf die Wange. »Genau! So ist es richtig. Lass dich nicht von mir unterbuttern!«

In dieser Spätherbstzeit wurde es Evelin eines Morgens plötzlich nach dem Aufstehen schlecht. Sie rannte zum Bad. Aber obwohl sie sich in typischer Haltung über das Becken beugte, kam nichts. Ihr erster Gedanke ging in Richtung Abendessen. »Komisch, ich habe doch gar nichts Schweres gestern gegessen«, wunderte sie sich, nahm einen Becher und trank einen Schluck Wasser. Aber das Unwohlsein im Magen blieb. Deshalb aß sie auch kaum etwas.

Als sie sich später bei Oma darüber wunderte, griente die spitzbübisch.

»Hast nicht gesagt, dass du die Pille weggelassen hast?«

»Jaa, aber … Meinst du, dass ich schwanger bin?« Verblüfft schaute sie der lächelnden Oma ins Gesicht. Die nickte nur glücklich.

Da lachte Evelin laut auf und umhalste Oma. »Das ist ja prima! Da werden die Männer aber staunen, wenn sie von der Hütte zurückkommen!«

»Wann war denn deine Regel fällig?«, wollte Oma wissen.

»Vor drei Tagen«, antwortete Evelin nach kurzem Nachdenken. »Und du meinst wirklich?« Sie schnitt nun das Brot auf und legte Brötchen in die Frühstückskörbe. Oma legte die Wurstscheiben aus und stellte die Marmeladengläser heraus.

»Mir war auch schlecht, ohne dass ich brechen musste«, gab Oma nebenbei Auskunft. »Und weißt, was das Beste war? Ich hatte damals ein paar Kilo zu viel auf den Rippen. Da hab ich fast nur noch rohes Obst und Gemüsefrüchte gegessen, viel Milch getrunken und sogar Kalktabletten gekaut, damit das Kind ja alles bekam zum Wachsen, aber ich nahm bis zum siebten Monat nicht zu. Klar sagten alle, ich sähe schlecht aus. Hab mir aber nichts draus gemacht. Und siehe da, ich hatte nach der Schwangerschaft mein Mädchengewicht wieder! Und keinen einzigen Zahn verloren!«

Evelin schaute verstört. »Wieso? Verliert man da Zähne?« Ihre schönen Zähne, auf die sie so stolz war!

Oma beruhigte sie. »Meine Oma hat immer gesagt: ›Jedes Kind kostet einen Zahn!‹ Aber die wussten damals noch nicht, wie sie das verhindern konnten. Wir müssen keinen Zahn verlieren und die Knochen bleiben auch stark, wenn wir uns entsprechend ernähren. Und bewegen. Na, Bewegung hast du hier ja ausreichend an frischer Luft. Oder willst du dich jetzt verpimpeln?«

»Auf gar keinen Fall, Oma. Aber kann ich dann noch Skilaufen?«

»Natürlich kannst du!«, erklärte Oma im Brustton der Überzeugung und trug die Frühstücksplatten zu den Gästen.

Der sich ankündigende Nachwuchs lieferte Opa den Grund für das nächste Bauprojekt.

»Wenn ihr zu euren Schlafräumen immer über den allgemeinen Flur müsst, wird euch das nicht lange gefallen«, meinte er eines Abends. »Ich habe da so eine Idee. Möchte aber erst einen Fachmann fragen, bevor ich euch einen Floh ins Ohr setze.«

Trotz allseitiger, neugieriger Fragen gab Opa nichts preis.

»Wenn ich mit einem Herrn in nächster Zeit in eurem Bereich rumspaziere, dürft ihr nicht böse werden, nu«, war der einzige Hinweis dazu.

Als jener Herr dann verschwunden war, bestürmten sie ihn erneut.

Opas Hand fuhrwerkte in seinen letzten Haaren herum. »Nu, er hat vorgeschlagen, in eurem Wohnzimmer oder hier im Flur eine Wendeltreppe hinzustellen. Es käme nur eine raumsparende in Frage. Anders geht es nicht.«

»Opa«, mahnte Evelin, »wir haben kein Geld dafür. Weder für den Bau noch für neue Schlafzimmermöbel.«

Da fuhr Oma auf. »Lass das mal unsre Sorge sein. Da bekommt ihr eben nichts anderes zu Weihnachten und zu den Geburtstagen.« Dann griente sie. »Und zur Ankunft des Sprösslings!«

»Das haltet ihr gar nicht durch«, lachte Sebastian nun. Er blickte Oma scharf an. »Wie ich dich kenne, hast du schon Babysachen im Schrank!«

Opa lachte tief glucksend. Schadenfroh blinzelte er Oma an und nickte ihr zu. Evelin kam zum Thema zurück. »Aber das Babygeschrei kann die Gäste stören, wenn wir oben schlafen.« Ihre Stirn schlug Falten.

»Deswegen wollen wir euch ja zu einer abgeschlossenen Wohnung verhelfen. Die Zimmer am Ende des Korridors werden abgetrennt und kräftig schallisoliert. Dann könnt ihr in eurem Bereich Krach machen, wie ihr wollt, und es wird keinen stören.«

Evelin stand auf, legte Opa die Arme um den Hals und gab ihm einen kräftigen Kuss auf die Wange. Dann ging sie zu Oma und drückte sie ebenfalls. »Danke für alles. Ihr macht uns glücklich. Dann muss ich nicht jedes Mal den Bademantel anziehen, wenn ich schnell mal etwas aus der Küche holen will.«

»Das ist super«, bestätigte Sebastian ebenfalls und bedankte sich mit Tränen in den Augen.

»Dafür musst du mir übermorgen die Wanderung zur Hütten abnehmen«, grinste Opa nun unverschämt gehässig. »DIE Bams dieser Familie machen mich ganz blümerant.«

»Das glaube ich dir«, meinte Sebastian mitfühlend.

»Die nerven«, nickte Evelin. »Also unsre dürfen nicht so werden!«

Oma lächelte. »Dann müsst ihr von Anfang an konsequent sein und drauf achten, dass gemacht wird, was ihr gefordert habt. Das ist nämlich die Schwierigkeit in der Erziehung. Sagen kann man viel, aber wenn die Kontrolle fehlt …« Sie zog die Schultern hoch. »Dann sollte man lieber gar nichts sagen.«

»Und die andre Seite ist das Verwöhnen«, gab nun Opa dazu. »Viele Eltern nehmen sich keine Zeit für ihre Sprösslinge. Stattdessen kaufen sie alles, was die Kinder sich wünschen. Kinder müssen nicht alles haben, aber sie müssen wissen, dass sie geliebt werden. Und Zeit muss man für ihre Fragen und ihre Sorgen haben.«

Sebastian seufzte. »Hoffentlich machen wir keine Fehler!«

»Fehler machst du bestimmt«, erklärte Oma kategorisch. »Ohne Fehler geht's gar nicht. Und die kann man auch zugeben. Da bricht dir kein Zacken aus der Krone.«

Opa nickte. »Nu, alles lernt man, aber nichts über Partnerschaft und Kindererziehung. Das muss man sich alles selbst aneignen. Da geht's nicht ohne Blessuren ab, kannst glauben!«

Natürlich begannen die Bauarbeiten erst nach der Wintersaison, als bei Evelin schon das Bäuchlein zu sehen war.

»Es ist zwar nicht schlecht, so 'n Gästezimmer«, sagte Evelin frühmorgens zu Sebastian und räkelte sich im Bett von ihrer Seite auf seine, legte ihm die Arme um den Kopf und begann, in seiner Mähne herumzuwühlen. »Toilette und Dusche sind ja hier, aber wenn ich, wie jetzt häufig, Jibber auf etwas habe, muss ich über den Flur und die Treppe hinunter in die Küche. Ich bin schon ein paarmal Gästen begegnet. Die machen dann immer Augen!«

»Wieso? Bist du nackig?«, nuschelte Sebastian schlaftrunken. »Dann zieh dir gefälligst was an!«

»Natürlich hab ich was an!«, regte sich Evelin auf und hielt ihm die Nase zu. »Aber von unserem Wohnzimmer bis zur Küche sind es nur ein paar Schritte und im Speiseraum hält sich nachts nie ein Gast auf, sodass ich dann wirklich nackt herumsprinten kann.«

»Wehe!«, protestierte Sebastian, nun richtig wach geworden, und zog sie näher zu sich heran, um ihren rundlichen Körper mit seinem zu fühlen. »Macht es sich wieder bemerkbar?«, erkundigte er sich und legte seine Hand auf ihren Bauch.

»Heute hab ich noch nichts gespürt«, antwortete sie lächelnd, schob seine störende Hand fort und presste sich an seine Seite. »Aber ich spüre etwas ganz anderes«, kicherte sie und biss zärtlich in seine Unterlippe.

»Wird es dem Krümelchen auch nicht schaden, wenn ich ihm da so nahe komme?«, fragte Sebastian verunsichert.

»Wirst schon merken, wenn er dir die Spitze abbeißt«, alberte Evelin. Ihr gefiel seine Sorge, ob beim Skifahren oder bei der Hausarbeit, aber sie sollte nicht überhandnehmen. »Vorläufig«, hatte sie ihm dabei gesagt, »bin ich noch genauso wie immer. Und seitdem der Brechreiz weg ist, fühle ich mich wunderbar.«

Jetzt verschloss sie seinen Mund mit einem sinnlichen Kuss und ließ ihre Hände wandern. Da verging ihm das Denken.

Als sie mit Opa und Oma beim Frühstück saßen, sprachen sie natürlich über den Fortgang der Baumaßnahmen.

»Geh bloß nicht zum Ultraschall«, sagte Oma plötzlich mitten in die Diskussion hinein und blickte Evelin besorgt an.

Die musste erstmal umschalten, schluckte ihren Tee hinunter und guckte Oma verstört an. »Wieso denn nicht? Es gehen doch alle.«

»Im Dorf die Dorle geht nicht!« behauptete Oma kategorisch. »Sie hat gesagt, dass Ultraschall auch nicht ›von Ohne‹ ist und sie lieber bis zur Geburt warten, um sich dann von 'nem Jungen oder Mädchen überraschen zu lassen.« Nun blickte Oma forschend in die Runde.

Die sonst immer so schlagfertige Evelin hatte sogar mit dem Kauen aufgehört und schaute Oma an, als sähe sie sie zum ersten Mal. »Aber ...« Weiter kam sie nicht.

»Nu ja«, meinte Opa. »Ich habe da auch schon eine Sendung gesehen. Einige Wissenschaftler begründen den Anstieg bestimmter Kinderkrankheiten damit. Aber Genaues können sie noch nicht sagen, weil die Forschungen dazu erst gemacht werden müssen. Und da liegt der Hase im Pfeffer, denn wer wird das Geld dafür geben?!«

Sebastian ergriff Evelins Hand. »Unsre Eltern haben auch erst bei der Geburt erfahren, was sie bekommen. Da können wir doch auch so lange warten, nicht wahr, mein Lieb?«

»Ja ... na ja ... eigentlich«, stotterte Evelin ratlos. »Ich hab den Termin doch schon.«

»Nicht schlimm«, meinte Sebastian. »Sagen wir telefonisch ab. Unser Kind soll doch gesund sein!«

Evelin schluckte. Sie wollte auch mit so einem verschwommenen Bildchen angeben wie jene Frau in der vorigen Belegung. Als die Evelins Zustand erkannt hatte, holte sie aus ihre Handtasche stolz eine Fotografie hervor und – weil Evelin absolut nichts darauf erkennen konnte – erläuterte ihr alles lang und breit.

Jetzt schauten alle drei gespannt in Evelins Gesicht. »Natürlich soll es gesund sein«, stieß sie trotzig hervor. Wegen so einer unscharfen Fotografie würde sie nichts riskieren. »Ihr habt ja Recht. Es muss ja nicht gut sein, bloß weil es alle machen. Es kam nur so überraschend für mich.«

Oma strich sacht über Evelins Hand. »Das erste Foto gleich nach der Geburt find ich schon in Ordnung. Da sieht man doch wenigstens, was abgebildet ist. Auch ohne lange Deutungsversuche. Wichtig ist, dass du nach der halben Zeit Bewegungen spürst. Das ist ja so schön, wenn die immer kräftiger werden. Aber zuletzt«, schränkte sie ein, »denkt man, es sei eine ganze Fußballmannschaft! Und dann ist es ziemlich belastend.« Trotzdem lächelte sie selig den Opa an.

Oma behielt Recht. Die letzten Wochen waren kein Zuckerschlecken für Evelin. Außerdem ärgerte sie alleweil ein Schluckauf. »Hoffentlich verschwindet der später auch wieder«, stöhnte sie. »Das ist ja – hick – furchtbar!«

Die Entbindung verlief völlig normal und glücklich bestaunten Sebastian und

Evelin die kleinen Fingerchen ihres Töchterleins. »Rosemarie«, flüsterte Evelin hingerissen. »Sieht sie nicht aus wie eine zarte Rose?«

»Ja«, flüsterte auch Sebastian ergriffen, »und so zerbrechlich.«

Doch schon wurde die Kleine ihnen entrissen. »Weiter geht's«, sagte die Hebamme aufmunternd. Weil alle beide so erschrocken guckten und Sebastian bedeppert fragte: »Was? Noch eins?«, erklärte sie: »Nein, nein! Das Röschen wird landfein gemacht und Sie müssen den Rest noch erledigen. Die Nachgeburt muss raus!«

Nun musste sich Evelin noch einmal anstrengen. Doch das war nichts im Vergleich zum Vorher, wie sie lächelnd ihrem Sebastian erklärte.

Etwas später wurde der junge Vater von der Schwester nach Hause geschickt. »Frau und Kind brauchen nun Ruhe und Sie dürfen Ihr Töchterchen pullern lassen. Aber nur so viel, dass Sie morgen fahrtauglich sind. Sonst ist Ihre Frau traurig, wenn Sie nicht erscheinen.«

Im ersten Moment wusste Sebastian nichts mit dem Pullern anzufangen. Erst als sie die Fahrtauglichkeit erwähnte, dämmerte ihm, dass er nun einen Heben sollte!

Da fielen ihm die wartenden Großeltern ein und pfeifend fuhr er nach Hause. Vor der Tür ließ er ein Hupkonzert ertönen und sofort erschienen Oma und Opa draußen.

Schnell sprang er aus dem Auto und schrie: »Rosemarie!«, knallte die Tür zu und eilte zu ihnen. Er umarmte sie gleich beide und vor Rührung zerdrückten sie alle drei ein paar Tränen.

»Nu müssen wir die Kleine aber pullern lassen«, meinte Opa und fuhr sich mit seinem großen Taschentuch übers Gesicht. »Und dabei erzählst du uns alles, nu!«

Drei Jahre danach begrüßten sie Erwin und wiederum nach drei Jahren Marianne. Alle Vornamen bezogen sie aus dem Kreis der Großeltern.

»Ihr habt alle solch schöne Vornamen! Da werden wir doch keine ausländischen nehmen«, hatte Evelin dazu geäußert. Und Sebastian fand das schwer in Ordnung.

Inzwischen kümmerten sich Oma und Opa nicht mehr viel um die Wirtschaft, wohl aber um die Urenkelchen. Aber da gab es kein Verwöhnen mit gekauftem Spielzeug oder Süßigkeiten en gros, wohl aber frisches Obst und Gemüse und jede Menge Erklärungen auf die vielen Fragen, die die lieben Kleinen so stellten.

»Opa, was macht der Hahn da auf der Henne?«, wollte Rosemarie eines Tages wissen.

Opa kratzte in seinem spärlichen Haarschopf herum. »Weißt, der muss die Eier befruchten, damit ein Küken herausschlüpfen kann.« Erleichtert, dass ihm so eine schöne Formulierung eingefallen war, sah er sie an. Die Kleine gab sich damit zufrieden, aber am nächsten Morgen zerpflückte sie ihr Frühstücksei.

»Was soll den diese Manscherei?«, fragte empört Evelin und holte einen Lappen, um ihre Finger wieder zu säubern.

»Ich habe das Küken gesucht, aber Opa hat geschwindelt!«, erklärte sie entrüstet. »Da ist gar keins drin!«

»Ich koche doch auch keine bebrüteten Eier«, sagte Evelin kopfschüttelnd und versuchte, den Sinn hinter Rosemaries Rede zu finden. »Opa hat bestimmt nicht geschwindelt. Vielleicht hat er dich falsch verstanden. Im Frühjahr setzt Oma ein Huhn, das immer ›gluck, gluck‹ macht, auf einen Haufen Eier und nach einundzwanzig Tagen kommen dann Küken heraus. Und solche Eier, auf denen die Glucke schon gesessen hat, kochen und essen wir nicht. Aber alle anderen Eier können wir essen.«

»Und warum muss die Glucke soo lange drauf sitzen?«

»Dein zerkrümeltes Ei isst du am besten jetzt mit dem kleinen Löffel auf«, wies Evelin an und achtete drauf, dass Rosemarie es auch ordentlich tat. »Die Glucke wärmt die Eier so lange mit ihrem Bauch, damit im Ei das kleine Küken wachsen kann. Siehst du, aus diesem Gelbei wird dann ein Küken und es ernährt sich vom Weißei. Wenn das Weißei alle ist, schlüpft das Küken aus der Eierschale, indem es ein Loch hineinhackt und mit viel Kraft die Schale sprengt.«

»Und Marianne ist in deinem Bauch gewachsen. Aber die musste keine Eierschale sprengen oder?«

Jetzt war Evelin ein bisschen ratlos. Wie sollte sie das nun erklären? »Na ja«, meinte sie und zog das Wort in die Länge, während sie überlegte. »Solch harte Schale ist nicht um die Babys in Muttis Bauch. Das ist mehr …« Sie benötigte ein Wort, womit ihr Töchterlein etwas anfangen konnte. »… ähm, wie ein Luftballon.« Erleichtert stieß sie die Luft hörbar aus und wandte sich Erwin zu, der nun aus Langeweile zu matschen begann. Sie säuberte seine Finger und nahm ihn aus dem Stühlchen heraus. Sofort strebte er zu seinen Stecksteinen, die er über alles liebte.

Rosemarie schien auch befriedigt, stellte stumm Tasse und Teller zusammen und trug beides zum Geschirrspüler. Sie hatte ihre Leidenschaft für ihn entdeckt und sortierte mit großem Eifer alles ein.

»Du bist ein Schatz«, lobte auch diesmal Evelin sogleich und stellte die anderen Geschirrteile neben ihr auf.

In diesen Jahren war Evelins und Sebastians Leben prall gefüllt mit Arbeit, aber ebenso mit Glück.

Vieles wurde Routine. Leider auch in der Liebe. Und das erkannten Opa und Oma gleichermaßen. Zuerst sprachen sie miteinander lang und breit darüber.

»Wir sollten immer mal einen kleinen Hinweis einbauen, wie man die Liebe am Köcheln hält«, meinte Opa.

»Das kannst du bei Bastl machen und ich bei Evi«, erklärte Oma.

Die Gelegenheit war für Opa günstig, als er mit Sebastian am nächsten Tag vom Stall kam.

»Nu sieh mal«, sagte Opa und hielt Sebastian am Ärmel fest, »die letzten Rosen!« Er holte sein Taschenmesser aus der Jackentasche und schnitt die beiden schönsten ab. »Eine für deine und eine für meine Frau!«, betonte er. »Weißt, da werden sie sich freuen. Frauen brauchen das.«

Sebastian blickte ihn verdutzt an. »Hab sowas schon ewig nicht gemacht«, brubbelte er und drehte den Stiel verlegen zwischen den Fingern. »Aua!« Er begann die Dornen abzuknipsen.

Opa zog die Brauen hoch und tat es ihm nach. »Ja, richtig. Sie sollen sich ja nicht stechen. Aber musst ihr nicht erzählen, dass ich sie geschnitten habe«, mahnte er noch augenzwinkernd, bevor er ins Haus trat.

Am nächsten Tag, als die Männer einen Moment allein waren, schob sich Sebastian dicht an Opas Seite.

»Ich dank dir schön für die Idee mit der Rose«, flüsterte er mit Verschwörermiene. »Wir waren sehr glücklich miteinander. Und die Rose thront nun vor ihrem Frisierspiegel. Verdoppelt!«

Evelin summte in der Küche bei der Arbeit ein Lied und Oma schmunzelte. Vorläufig musste sie nichts sagen.

Seit auch Erwin in die Schule ging, besuchte Marianne den Kindergarten. Dadurch hatten die beiden Frauen vormittags ihre Ruhe und es konnte durchaus vorkommen, dass Evelin zum Einkaufen die Oma einfach mitnahm.

Die genoss die Fahrt in Evelins VW und erblickte andauernd etwas Neues an ihrer Straßenseite. Diesmal jedoch wunderte sich Evelin.

»Du bist heute so ruhig. Ist etwas nicht in Ordnung?«

»Es ist alles vielleicht zu sehr in Ordnung«, meinte Oma und seufzte. »Seit ihr hier seid, habt ihr noch nie woanders Urlaub gemacht. Außer mit den Kindern mal im Brandenburgischen. Aber das zählt nicht. Ich meine so richtig Urlaub, wie die Leute, die zu uns kommen.«

Evelin lachte. »Wir wohnen ja in einer Urlaubsgegend und alle beneiden uns darum ...«

»Ja, aber ihr rackert, damit die anderen einen schönen Urlaub haben. Und das ist nicht in Ordnung. Opa meint auch, dass ihr zu eurem zwölften Hochzeitstag unbedingt mal rausmüsst.«

»Aber ...«, begann Evelin ihren Protest. Doch Oma unterbrach sofort.

»Noch können wir – da es in die Nachsaison fällt – alles einigermaßen schaffen«, erklärte sie resolut. »Wie es im nächsten Jahr aussieht, weiß man nicht. Außerdem gibt es im Dorf zwei Frauen und einen Mann, die einspringen würden, wenn wir sie drum bitten.«

»Also habt ihr schon wieder alles in Sack und Tüten«, stellte Evelin erstaunt fest.

»Ja, wir schenken euch sozusagen eine Hochzeitsreise zur Nickelhochzeit. Sowas kann man nun aber nicht erst am Vorabend überreichen. Das musst du doch einsehen.«

Evelin kicherte, fuhr das Auto an den Straßenrand und hielt an. Sie schnallte sich ab und beugte sich so weit zu Oma hinüber, dass sie ihr einen Kuss auf die Wange drücken konnte.

»Ihr beide seid einfach himmlisch. Immer wisst ihr schon vorher, was uns guttut.« Sie drückte Omas Hand. »Vielen, vielen Dank. Das ist wie Weihnachten!« Sie schwieg ergriffen. Blicklos starrte sie durch die Frontscheibe. »Weißt du, damit überrascht ihr Sebastian und mich heute Abend. Sozusagen offiziell.« Sie wandte sich Oma wieder zu und schaute sie fragend an.

Die griente spitzbübisch. »Wenn Opa nicht soeben auch mit ihm spricht, gerne.«

Da lachte Evelin schallend los. »Ach, ihr seid wirklich unbezahlbar«, meinte sie danach immer noch grinsend. »Aber nun muss ich weiterfahren, sonst schaffen wir die Tour nicht pünktlich.«

Aber Oma und Opa sorgten doch noch für eine Überraschung am Abend, zu einer Zeit, wo Evelin und Sebastian sie schon nicht mehr erwarteten.

Alles lief wie immer: Vor dem Abendessen Kontrolle der Schularbeiten, dann das Abendessen und das lange Gespräch während und danach mit den Kindern und um zwanzig Uhr die Vorbereitung zum Schlafengehen der drei. Auch heute sausten sie in ihren Schlafanzügen aus der Tür hinüber zu Oma und Opa. Und wie immer nicht gerade leise.

Einen Moment zog Stille ein, in der Sebastian und Evelin rasch den Kopf in die Fernsehzeitung steckten, um gemeinsam etwas sie Interessierendes zu suchen.

Dieses so nah Beieinandersein im Alltag genossen sie beide jetzt aufs Neue. Seit der Rose. Damals war es gerade dabei, im täglichen Einerlei unterzugehen.

Plötzlich kraspelte es an der Tür und Rosemarie schob ihren Kopf hindurch. »Ja, sie sind hier«, rief sie schallend und drückte die Tür weit auf. Da standen sie zu fünft: Vorn in der Mitte Erwin mit einem riesigen Rosenstrauß, rechts davon Rosemarie und links Marianne, jede mit einem großen Blatt Papier, auf dem einen stand HOCHZEITS und auf dem anderen REISE. Hinter den Kindern standen Opa und Oma, ebenfalls mit Blumen in den Händen, und strahlten die beiden Überraschten an.

»Wir versprechen euch, ganz artig zu sein«, intonierten die drei Kinder im Chor. »Und fleißig«, fügte Rosemarie an. »Damit ihr euch erholen könnt«, sagte Erwin. »Und bringt was Schönes mit«, krähte Marianne, die ihren Spruch inzwischen vergessen hatte. Denn dass sie alle etwas versprechen wollten, sozusagen als Geschenk jedes Kindes, war Rosemaries Idee gewesen. Deshalb guckte sie nun auch Marianne missbilligend an. Sagen konnte sie nichts mehr, weil nun Evelin und Sebastian sich niederbeugten und ihnen dankend und Küsschen verteilend Blumen und Papierblätter abnahmen. Auch Oma und Opa kamen an die Reihe. Und während sich die Großen umhalsten, dirigierte Rosemarie ihre Geschwister zum Vasenholen in die Küche. Noch während ihrer Suche nach der passenden Vase erschienen Oma und Evelin zur Unterstützung und brachten auch gleich die Sträuße mit.

Zusammen sorgten sie nun für die Blumen und Rosemarie und Erwin trugen äußerst vorsichtig die gefüllten Vasen ins Wohnzimmer. Dort saßen schon die Männer in ihren Sesseln, jeder mit einem Bier neben sich und auf dem Tisch eine Flasche Sekt mit zwei Gläsern für die Frauen.

»So, nun aber ab ins Bett«, ordnete Sebastian an und heute muckste sich keiner der drei. Sie sagten reihum »Gute Nacht«, kassierten ein Küsschen und verschwanden zur Treppe. Von dort hörten die Zurückbleibenden Erwins zufriedene Feststellung: »Jetzt kippen sie sich ein' hinter die Binde!«

Noch schliefen alle drei in einem Zimmer und Evelin ging nach kurzer Zeit hinterher, um nach dem Rechten zu sehen und ihnen noch einmal über die Köpfe zu streichen. Liebe verteilen konnte man nie genug. Heute zeigte sie ihnen noch ihre Freude über das Geschenk und bedankte sich mit zwei Küsschen bei jedem. Zufrieden kuschelten sich ihre drei ein und winkten nur noch mit den Fingern.

Evelin löschte das große Licht und schloss leise die Tür. Dabei fiel ihr ein, dass Rosemarie nun bald ein eigenes Zimmer brauchte. Zehn Jahre. Sie selbst hatte mit acht eins bezogen. Na klar, Liane, ihre Schwester, wurde damals zehn. Also höchste Zeit für Rosemarie.

Unten im Wohnzimmer erhob sie ihr Glas und dankte Oma und Opa noch einmal für die gelungene Überraschung.

Opa lächelte charmant. »Habt ihr schon irgendein Ziel im Hinterkopf? So eins, wo ihr schon immer mal hinwolltet?«

Sebastian und Evelin schauten sich an. »Na ja«, gab Sebastian zu und sein Blick schwenkte zu Opa, »wenn wir im Fernsehen eine Sendung über Land und Leute sehen, da sagen wir manchmal: ›Ah, da könnten wir hinfahren!‹ Aber eigentlich ist das nicht so richtig ernst gemeint. Oder?« Plötzlich unsicher geworden sah er Evelin an.

Sie lächelte. »Sicher sagen wir das und es steht kein dringender Wunsch dahinter. Ich bin nicht so ...« Sie wollte »verrückt« sagen, verkniff es sich jedoch. »... wie meine Eltern. Und wir haben hier ja ein Paradies. Aber gut, es geht ja nicht nur um eine schöne Landschaft, sondern – so habe ich das Geschenk verstanden – darum, dass wir mal Zeit für uns haben. Und dazu brauchen wir nicht um den halben Globus. Ich würde vorschlagen, dass wir an den Bodensee fahren. Insel Mainau vielleicht und Schaffhausen. Kein Gehetze von einer Sehenswürdigkeit zur anderen.«

»Genau«, stimmte Sebastian zu. »Es ist doch überall schön.« Er deutete mit seinen Lippen ein Küsschen an.

Sie buchten ein Hotel – laut Katalog ein kleines, aber eben etwas größer als ihr eigener Betrieb – und fuhren mit dem Auto Richtung Meersburg. Sie fanden es »Gott sei Dank etwas außerhalb« auf Anhieb und freuten sich über die idyllische Lage.

Da die Autofahrt sie nicht sehr mitgenommen hatte, erkundeten sie am Nachmittag noch die Umgebung des Hotels und wanderten mehrere Kilometer durch Wein- und Obstgärten. Ein paar späte Apfelsorten hingen noch an den Bäumen und leuchteten verführerisch zu ihnen herüber. In einem Hofladen erklärte ihnen die Bäuerin, dass diese Sorte zwar jetzt die Pflück-, aber nicht die Genussreife hätte und bot ihnen eine andere an.

Evelin biss sofort herzhaft in den erworbenen Apfel hinein. Der Saft spritzte bis zu Sebastian, der daraufhin ebenfalls zulangte. Kauend schlenderten sie weiter.

»Sieh mal«, rief Evelin, »da hängen die Trauben noch!«

»Hm. Wahrscheinlich Spätlese«, vermutete Sebastian, »vielleicht sogar Eiswein.« Viel Ahnung hatte er davon nicht, aber warum sollte er nicht ein wenig angeben.

Und wirklich staunte Evelin. »Ich denke immer, dass hier gar kein Frost kommt. Das haben bestimmt die Bilder von der Insel Mainau bewirkt. Da sieht man Palmen drauf.«

»Die kann man im Winter in Gewächshäuser bringen«, erklärte Sebastian und warf das abgeknabberte Apfelgehäuse in hohem Bogen in einen Weingarten. Er schielte auf den Beutel in seiner anderen Hand und überlegte, ob er nicht noch einen verspeisen könnte.

Evelin hatte mit den Augen sein Geschoss verfolgt. »Wenn da jetzt einer gestanden hätte«, grinste sie hämisch und warf ihren nur in den Randstreifen am Weg. »Ob ich noch einen nehme?«, überlegte sie laut. »Die schmecken prima!«

Wortlos holte Sebastian noch zwei hervor und übergab ihr einen davon. »Davon kann man nie genug essen«, sagte er und wiederholte damit Omas Worte.

Evelin seufzte auf. »Ob sie wirklich klarkommen?«

Abrupt blieb Sebastian stehen und bremste sie aus. »Fang bitte nicht heute schon an!«, wies er sie streng zurecht. »Du weißt, was sie uns befohlen haben!« Und nun wiederholte er Opas Worte: »Wehe, ihr denkt zurück. Dann habt ihr keine echte Erholung. Tut einfach so, als wäret ihr in einer anderen Welt, in einer, die euch mit einem Kinnhaken bestraft, wenn ihr an unsre denkt.«

»Ja, typisch Opa!«, rief Evelin lachend. »Als wenn ich einen Schalter im Gehirn hätte!«

»Immer wenn dich so ein Gedanke überfällt, weist du ihn zurück, indem du sagst: ›Jetzt nicht! Jetzt erhole ich mich!‹ Habe ich ausprobiert! Versuch's auch mal.« Er griente schelmisch, warf seinen Apfelrest fort und legte seinen Arm um ihre Schultern.

In diesem Moment, als er ihren Schritt ein wenig bremste, fiel ihr Blick durch eine Lücke im Bewuchs auf die weite Wasserfläche des Bodensees. Sie stoppte abrupt und wies mit ihrem zerknabberten Apfel hin.

»Sieh mal! So groß habe ich mir den See gar nicht vorgestellt!« Sie lehnte ihren Kopf an seine Wange und so standen sie minutenlang und ließen das Bild auf sich wirken. Ein Ausflugsdampfer zerschnitt die glatte Fläche im Vordergrund und brachte sie in die Gegenwart zurück.

»Mit so einem werden wir auch fahren«, sagte sie verträumt.

»Im Hotel sind bestimmt Fahrpläne dafür«, meinte er und drückte ein Küsschen auf ihre Schläfe. Ganz tief im Innern beschloss er, seiner Evi öfter mal kleine Aufmerksamkeiten zukommen zu lassen. Wie Opa es mit Oma tat: Der brachte mal ein kleines Veilchen, einen besonderen Stein oder auch nur ein hübsches Bildchen aus einer Zeitung und sie dankte es ihm mit reichlichen Streicheleinheiten oder einem köstlichen Happen aus der Küche.

Opa nannte es: »Die Liebe am Köcheln halten!«

Jetzt drehte er Evelin zu sich herum, blickte ihr in die Augen und sagte leise: »Ich liebe dich.«

Für euch

Wer waren diese Leute, die dort mittels Zugmaschine und Hänger im zeitigen Frühjahr 1939 über die Sieversdorfer Dorfstraße zuckelten? Noch war kein Hochdruck auf den Feldern und Wiesen, noch hatte man Zeit zum Beobachten. Manche taten es offen vor ihren Türen, andere schmulten heimlich hinter den Gardinen.

Zwei Frauen, eine größere dralle und eine zierliche, pulten sechs Kinder aus dem Gefährt.

»Mein Gott«, sagte eine Nachbarin zu ihrer Tochter, »wollen die alle in den zweieinhalb Zimmern hausen?«

Wollten sie es? Sie hätten gern eine noch größere Wohnung genommen, wenn sie sie sich hätten leisten können. So aber mussten sie in diese ziehen. Siebenunddreißig Mark Miete kostete sie und das war viel Geld!

In der geräumigen Küche befand sich sogar eine Flügelpumpe. Welch ein Fortschritt! Keine Pumpe auf dem Hof! Von der Küche konnte man in ein halbes Zimmer und aus diesem in die Wohnstube gehen. Die Tür zum Schlafzimmer lag gegenüber der Tür, die die Wohnstube mit dem Flur verband. Doch die wurde wenig benutzt, um die Mieter in der anderen Haushälfte nicht zu viel zu stören.

Jetzt begann das Entladen. Noch standen die Kinder, fünf Jungen und ein Mädchen, dicht gedrängt und ängstlich auf dem Hof.

»Lothar, Helmut«, rief die Dralle, »ihr könnt den Kleinkram ins Haus tragen. Otto, du passt auf die Kleinen auf, damit sie uns nicht zwischen die Beine kommen. Es sieht nach Regen aus! Wir müssen so schnell wie möglich alles hineinbringen!« Und dann griff sie doch wahrhaftig bei den wenigen Möbelstücken zu.

»Ich glaube nicht«, mutmaßte die spähende Nachbarin, »dass die kleine Spake all die Kinder bekommen hat. Das trau ich eher der Walküre zu. Schau, wie die zugreift! Welche Männer da wohl zugehören? Die beiden benehmen sich doch wie Fremde. Nein, ich glaube nicht, dass davon einer zu den Frauen gehört.«

»Vielleicht sind deren Männer auch beim Arbeitsdienst«, meinte das Töchterlein altklug.

»Hmm, möglich«, brummte die Mutter. »Na, komm, wir müssen weitermachen, sonst kommt Vater und nichts ist fertig.« Endlich verzogen sie sich. Auch andere Zaungäste hatten längst ihre Arbeit wieder aufgenommen. Der Alltag ging weiter.

Drinnen richteten die Frauen ihren Haushalt ein, besorgten die Kleinkinder und beschäftigten die Größeren mit dem Einräumen der vorhandenen Kleinigkeiten. Allzu viel war das nicht, denn das Geld reichte immer nur für das Allernötigste. An erster Stelle stand das Essen. Hin und wieder gab es mal ein neues Kleidungsstück, wie damals für Lothar.

Der Bursche hatte eine verdammt zarte Haut und vertrug viele Textilien nicht. Da hatte Ida, seine Mutter, – das war die Stramme – einen weißen Bleileanzug besorgt und ihn damit bekleidet, weil es Sonntag war und weil Fritz, der Vater der Kinder, der ständig irgendwo in Deutschland auf Montage war, mit seinen Gören im Dorf angeben wollte.

Doch noch ließ er sich Zeit. Also schärfte sie dem Jungen ein: »Mach dich nicht schmutzig! Pass gut auf, damit dich Papa dann mitnehmen kann.«

Diesmal passte Lothar wirklich auf und spazierte stolz neben dem noch stolzeren Papa durchs Dorf. Groß war der Mann nicht, höchstens eins siebenundsechzig, aber seine Zimmermannstracht mit den vielen glänzenden Knöpfen und dem breitkrempigen Hut ließen ihn mächtig gewichtig erscheinen. Auch sein über und über mit bunten Bildern benagelter Spazierstock verstärkte diesen Eindruck. Und erst sein Auftreten! Lothar staunte mit offenem Munde, wie sein Papa mit den Männern sprach und wie sie ihn anglotzten, wenn er von Pirmasens oder Goslar erzählte. Oh, er konnte erzählen! Mund und Nase sperrten seine Zuhörer auf, wenn er so richtig in Fahrt war. Und keinem blieb er eine Antwort schuldig.

Wie sein Söhnchen ihn deshalb bewunderte! Lothar dagegen hatte Sprachschwierigkeiten. Manche Wörter verhakten sich und wollten einfach nicht aus dem Mund. Und dann lachten die anderen Kinder. Meist nicht lange, denn seine Fäuste sprachen besser als seine Zunge.

Ein leuchtender Ostermorgen brach an und Ida zog ihren großen Jungen Lothar, Otto und Klaus die besten Sachen an – natürlich war auch Helmut dabei, der Sohn der spaken Berta, Idas jüngerer Schwester. Ida prägte den Kindern ein: »Jetzt geht ihr von Haus zu Haus und wünscht den Leuten ein frohes und gesundes Osterfest. Wenn ihr es gut macht und Glück habt, bekommt ihr vielleicht etwas geschenkt. Nun ab mit euch.«

Und die vier stapften davon. Oh ja, bei den meisten kamen sie gut an. »Was für nette Kinder!« oder »Das sind aber gut erzogene Jungs!« bekamen sie zu hören und einige Neugierige wollten natürlich ein paar Auskünfte: »Wo habt ihr denn vorher gewohnt? Warum seid ihr denn weggezogen?« Sie antworteten bereitwillig:

»In Großmutz! Unsere Wohnung war ganz klein, soo klein!« Ein paar Bonbons und ein paar bunte Eier sprangen dabei heraus. Zufrieden mit dem Ergebnis zuckelten sie wieder nach Hause.

Helmut war noch zehn Monate älter als Lothar. Den beiden wurde häufig die Aufsicht über die Jüngeren übertragen. Einmal wurde Lothar, wie so oft, angewiesen: »Pass auf, dass sie sich nicht dreckig machen!« Es hatte geregnet und die Pfützen waren noch nicht eingetrocknet. Natürlich musste die Tiefe gemessen werden! Auch die Wiese lockte!

Als der mütterliche Ruf ertönte, flog Lothars Blick über die Kleinen. Gott sei Dank! Keiner war schmutzig! Heute konnte er stolz sein! Frohgemut lief er mit ihnen ins Haus.

»Schuhe aus!«, schallte es ihnen entgegen

Was war das? »Die haben ja pitschnasse Strümpfe«, empörte sich Ida. »Hab ich nicht gesagt, du sollst aufpassen?«, blaffte sie Lothar an und batsch, batsch schlug sie ihm die nassen Dinger um die Ohren.

Gleich nach Ostern kam die Einschulung. Eine Schultüte hatte weder Lothar noch Helmut, aber wenigstens besaßen sie eine Mappe, wenn auch nur die billige Pappmappe. Aber es gab auch Kinder, die ihre Bücher unterm Arm trugen.

Lehrer Giebel war kräftig und groß! Und Lothar musste den Kopf in den Nacken legen, wenn er zu ihm aufsah. Aber gerecht war er. Wollte sich doch einer an Lothar rächen und schwärzte ihn an: »Herr Giebel, Lothar hat ein' ziehn lassen!« Da brachte es der Herr Lehrer fertig und beugte sich zu Lothar herunter und roch an seinem Hinterteil.

»Stimmt nicht! Denke dir etwas Besseres aus, wenn du ihm eins auswischen willst«, belehrte er den Jungen, der einen roten Kopf bekam und am liebsten im Fußboden versunken wäre.

Am schlimmsten war das Wettrechnen! Lothar wurde es vor Aufregung heiß und kalt. Das Ergebnis wusste er vielleicht früher als all die anderen, nur herausbrüllen konnte er es nicht. Es klebte stets an der Zunge und löste sich erst, wenn alle Messen gesungen waren. Immer war er der Letzte und den spöttischen Blicken ausgesetzt, wenn Lehrer Giebel ihm dann eine Extraaufgabe stellte.

Aufsätze schrieb er gern. Fabulieren konnte er ausgezeichnet, nur nicht richtig schreiben! Meistens stand deshalb darunter: Inhalt sehr gut, aber wegen der vielen Fehler nur gut! Zweimal musste eine leistungsstarke Mitschülerin seine Aufsätze abschreiben, damit sie ausgestellt werden konnten. Ha, endlich eine Anerkennung! Stolz wie ein Spanier berichtete er es zu Hause der Mutti.

»Gut, mein Junge«, sagte sie und streichelte ihm über seine braunen Locken. Das tat gut! Selten genug geschah sowas.

»Wenn wir auch arm sind, mit unseren Leistungen können wir uns mit den anderen messen. Also seid niemals faul«, sagte sie dann bei solchen Gelegenheiten. Und sie lebte es vor. Erst viel später merkte Lothar, welchen Schatz seine Mutter an langen Winterabenden in ihn gelegt hatte. Während sie die Kindersachen flickte, sang sie Lieder, erzählte Geschichten, deklamierte Gedichte und Balladen und überprüfte die Lernaufgaben vom Lehrer und vom Pastor.

Plötzlich war Krieg. Was war Krieg? Verprügelten sich dabei die Menschen? Die Gesichter der Erwachsenen wurden jedes Mal sehr ernst, wenn sie davon sprachen. Auch kam der Vater nun nicht mehr an jedem Wochenende. Aber wenn er kam, schwang er begeisternde Reden und eines Tages war er es, der in Varna im fernen Bulgarien die Hafenbefestigung und schließlich gar den Atlantikwall baute. Was war da schon die kleine Staumauer an der Oker im Harz, die er zuvor errichtet hatte? Pah! Lothar hing an seinen Lippen, sog jedes Wort in sich hinein und gab es stolz in seinem Fähnlein weiter.

»Natürlich gehörst du ins Jungvolk, mein Junge!«, entschied der Vater bei seinem Besuch. »Und sei besonders tapfer! Das verlangt schon dein Name Lothar! Alle berühmten Heerführer hießen so!« Er warf sich in die Brust. »Mein Name Fritz ist eine Kurzform von Friedrich. Und wer hieß Friedrich, mein Sohn?«

»Friedrich der Große, K…önig von Preußen, lebte von 1712 bis 1786«, schmetterte Lothar beinahe ohne Hänger, nur das dämliche K war im Wege.

»Alle großen Fürsten hießen Friedrich«, tönte sein Vater. »Bei Barbarossa ging's los und dann weiter bis heute! Also mach unseren großen Namen Ehre! Sei niemals feige und steh für deine jüngeren Geschwister ein. Natürlich wirst du auch Fähnleinführer! Das erwarte ich einfach von dir!«

Ein enormer Rucksack, der Lothar da auf seine schmalen Schultern gehängt wurde! Er trug ihn stolz und verantwortungsbewusst!

Je länger der Krieg dauerte und je älter Lothar wurde, desto öfter spürte er seinen Druck.

Zum ersten und einzigen Mal erlebte Lothar 1943 seine Großmutter väterlicherseits. Ida fuhr mit Lothar und Otto nach Hartha in Sachsen. Ida hatte sich fein zurechtgemacht. Sie trug einen großen Hut, der damals von Schauspielerinnen kreiert wurde, und einen Muff und schwitzte, dass der Schweiß nur so herablief. Aber ablegen kam nicht in Frage.

Oma war eine liebe Frau, aber sehr schlecht zu verstehen. Sie sprach so seltsam. Da gab es schon Missverständnisse, nachdem Ida mit Otto wieder abgefahren war. Lothar durfte länger bleiben.

»Nu, mei Kleener, möchste 'ne Bemme?«, erkundigte sich Oma.

»Nee, möchte ich nicht«, wehrte Lothar erschreckt ab. Wer weiß, was das war!

»Nu, hast kein' Hunger?«

»Doch!«

»Möchste denn 'ne Schnitte?«

»Nee, 'ne Stulle!«

»Das ist doch das Gleiche. Ich mach dir eine.«

Als die schöne Zeit herum war, setzte ihn Oma in Waldheim in den Zug nach Berlin. Dort sollte ihn der Vater abholen.

Kaum hielt der Zug in Berlin auf dem Bahnhof, tönten die Sirenen: Fliegeralarm! Lothar rannte mit seinem Köfferchen mit den anderen mit, warf sich wie sie in den Dreck, sprang erneut auf, lief weiter wie alle und wusste schließlich nicht, wo er war, als der Alarm durch den Sirenenklang beendet wurde.

Ängstlich stand der Zehnjährige da.

»Na, mein Junge, wo willst du denn hin?«, fragte ein Mann hilfsbereit und las das verschmierte Papier, das Lothar noch immer an der Jacke trug.

»Mein V…ater wollte mich am Eingang des Bahnhofs abholen«, sagte Lothar und verbiss sich die Tränen.

»Komm mit, ich zeige dir, wo der Eingang ist.« Dankbar schlich Lothar neben dem Mann zum Bahnhof zurück.

»Sieh mal, hier kannst du sogar etwas höher stehen. Hier musst du nun warten, bis dein Vater kommt. Kann sein, dass der durch den Fliegerangriff auch irgendwo in einen Keller gedrückt wurde. Ich muss nun los. Mach's gut, Junge!« Lothar blickte dem Davoneilenden traurig nach. Wie lange würde er wohl warten müssen?

Endlich, Ewigkeiten waren vergangen, stand sein Vater vor ihm.

»Junge, da bist du ja!«, rief er, nahm Lothar in seine Arme und erzählte, wo er ihn überall gesucht hatte.

»Dieser blöde Fliegeralarm! Aber denen werden wir's noch zeigen!«, schimpfte Fritz großmäulig. Und zu Hause bei Ida bauschte er seine Suche noch so richtig auf, damit sie sein Talent auch ordentlich anerkannte.

Im Dezember 1943 kam dann Brüderchen Joachim dazu. Nun waren sie sechs Geschwister. Ein Grund in diesem Reich, dass der Frau eine Hilfe gestellt wurde.

Dafür gab es ja Pflichtjahrsmädchen. Diese hieß Erika und war ein Gutsarbeiterkind. Ihre Familie war noch ärmer, wie Lothar bei einem Besuch dort spürte. Da rannten haufenweise Kinder herum und schon Kinder der Kinder!

»Da haben wir es ja noch gut«, dachte er. »Wir schlafen nur zu zweit in einem Bett!«

Nach Mutters Entbindung musste Lothar als Ältester noch mehr erledigen.

»Lothar, nimm das Rad«, wies Ida ihn an, »und fahr nach Neustadt zur Apotheke. Hier ist das Rezept und bring auch Neurasalonika mit. Verlier das Geld nicht. Sieh zu, dass du vorm Dunkelwerden wieder zu Hause bist!«

Oh, mit 'nem geborgten Rad! Das war eine Auszeichnung! Meistens musste er die sechs Kilometer laufen.

Die Verantwortung verlieh ihm Flügel. Er raste dahin. Der Fahrtwind riss an seinen Haaren. Sitzen konnte er auf dem hohen Sattel natürlich noch nicht. Deshalb zitterten ihm die Knie, als er an der Apotheke abstieg.

Zurück ging es ebenso. Aber plötzlich war ein Brummen über ihm. Flugzeuge nach Berlin! Ein großer Schwarm! Meistens gab es dabei auch Tieflieger! Schnell sprang er vom Rad und suchte Deckung hinter den hohen Bäumen. Angst und Neugier mischten sich und ließen ihn nach allen Seiten Ausschau halten. Diesmal kamen keine Tieflieger. Als der Lärm verebbte, kletterte er aufs Rad und hetzte nach Hause. Die mussten ja wieder zurückkommen!

Als das Brummen ertönte, war er schon bei Mutti und fühlte sich sicher. Dass es nur eine scheinbare Sicherheit war, spürte er andermal. Da standen Frauen noch auf der Dorfstraße, denn die Sirene war gerade erst verstummt, und erzählten noch, als plötzlich Tieflieger heranrasten und losknatterten. Lothar schmiss sich hinter den Zaun, an dem er gerade gestanden hatte. Nachdem es still geworden war, hob er den Kopf und schaute vorsichtig nach den Frauen, überrascht, sie nicht zerfetzt zu sehen. Sie lagen ebenfalls flach an den Zäunen und rappelten sich gerade auf, um ganz schnell zu verschwinden. Die Flieger konnten jeden Augenblick zurückkehren. Nein, sicher war man jetzt nicht mehr.

Ab 1944 konnte Lothar seinem Vater stolz verkünden, dass er nun stellvertretender Jungenschaftsführer war. Dazu gehörte auch, dass er eine Dreiergruppe als Sirenentrupp anführte. Bei der Luftlagemeldung »Kampfverband im Anflug auf Berlin im Raum Hannover – Braunschweig« musste sich der Sirenentrupp am Standort der Sirene »Friseurgeschäft Bartels« einfinden und den Alarm auslösen. Es war eine transportable Handsirene, die zur besseren Bedienung für die Jungs auf einen Dreibock montiert war. Während des Alarms saßen die Jungen im Keller und stürmten befreit wieder heraus, wenn es hieß »Entwarnung geben«.

Glücklicherweise war nicht täglich Alarm. Noch konnten die Kinder in den Sandbergen – Dünen aus der Eiszeit – herrlich spielen. Und was spielten die Jungen nun im Krieg? Natürlich Krieg! Meistens schlugen sie sich ja im Spaß. Wie junge Hähne im Hühnerhof veranstalteten sie Rangkämpfe. Lothar und sein zwei Jahre jüngerer Bruder Otto schnitten dabei nicht schlecht ab. Manchmal war der vier Jahre jüngere Klaus dabei. Alle drei hielten durch, wenn andere schon aufgaben.

Lothar und Helmut, sein Cousin, schielten mit ihren zwölf Jahren natürlich auch schon nach den Mädchen. Ältere Frauen und Mädchen wurden mit Blicken abgetastet und begutachtet.

»Hach, die hat aber ein Euter!« Ländliche Ausdrücke wurden ganz natürlich verwendet. Jaa, die Stärke der Brust konnte man durch die Kleider schätzen, aber was befand sich unter den Röcken?? Das interessierte Lothar natürlich sehr.

Eines Tages erspähte er Maria, eine junge Ukrainerin, beim Kartoffelhacken auf Nachbars Feld. Langsam zuckelte er näher und schaute einen Moment zu. Selbstverständlich hatte ihn Maria bemerkt und äugte, was der Bengel wohl im Sinn hatte.

Lothar gab sich einen Ruck. »Maria, pot zeis mi dupa«, verlangte er schließlich. Sie richtete sich auf.

»Was, kleiner Junge, willst du sehen meine Arsch?«, fragte sie perplex.

»Nee, hier …« Seine Hand wedelte im vorderen Bereich.

»Du Swinjá!«, schrie sie empört und kam, die Kartoffelhacke drohend schwenkend, auf ihn zu. Lothar rannte wie ein Hase davon.

Doch Mutter Ida erfuhr es und gerbte ihm das Hinterteil. Außerdem musste er, obwohl es eine Ausländerin war, bei Maria Abbitte leisten.

Oje, die Abbitte! Das waren schwere Wege! Lothar hätte lieber noch ein paar Schläge mehr in Kauf genommen, wenn er damit die blöde Abbitte los gewesen wäre. Schlug er sich mit einem Mitschüler und war dabei der Schuldige, schickte ihn Ida, wenn sie davon hörte, zum Abbitteleisten. Benahm er sich einem Erwachsenen gegenüber frech oder schlug eine Scheibe ein, hieß es: Abbitte tun! Eine schwierige Sache, wenn man sprachlich gehandicapt war wie Lothar!

Um den Krieg zu unterstützen, sammelten die Kinder alles Mögliche. Begehrt waren die dicken Markknochen, deren Fett für die U-Boot-Torpedos gebraucht wurde. Wurde ihnen erklärt! Dafür bekam man Sondermarken für Schwimmseife und die konnte man in einem Laden in Rhinow einlösen.

Aber oje, dahin musste man laufen! Zehn Kilometer hin und zehn Kilometer zurück! Es war jedes Mal ein Abenteuer!

Im Frühjahr 1945 kam Bruder Klaus mit. Natürlich erschienen Flugzeuge auf dem Rückweg zwischen Rhinow und Garz. Lothar schrie plötzlich: »Tiefflieger«, und warf sich mit Klaus zusammen in Deckung. Sein Herz schlug bis zum Halse.

Er hatte für die Sicherheit des Kleinen zu sorgen! Aber nichts geschah. Gott sei Dank! Klaus ist heute noch der Meinung, es war nur ein Spiel!

Eisen, Lumpen, Knochen und Papier brachten aber in der Schule außer einigen Pfennigen, die auf ein Sparbuch gebracht wurden, noch Punkte. Für hundert Punkte hatte man einmal Prügel gut!

Stand Lehrer Giebel, der wegen seiner Lunge nicht in den Krieg brauchte, mit seinem Stock und rief mit drohender Stimme:»Lothar, nach vorn!«, so sprang dieser fröhlich auf, stand stramm und erklärte:»Herr Giebel, ich habe noch einmal Prügel gut!«

»So?« Er sah in seinem Buch nach. »Jawoll! Setzen!« Und er drohte nur mit seinem Stock.

Einmal dachte Lothar, ganz schlau zu sein. Des Lehrers Stock war entzwei und Lothar war wieder einmal dran.

»So, da mein Stock nichts mehr taugt, wirst du dir draußen von der Weide einen neuen schneiden. Hier, mein Messer. Ab!«

Lothar wählte den dicksten Ast, den er in Reichweite fand, und meinte, olle Giebel würde damit bestimmt nicht zuschlagen!

Das erwies sich jedoch als größte Fehleinschätzung seines bisherigen Lebens. Giebel schlug zu und Lothar konnte drei Tage kaum sitzen!

Mutter Ida konnte auch ganz schön zulangen!

Einmal mussten die Kinder eine Sonderzuteilung in Hohenofen abholen. Ein großer, aus Weiden geflochtener Henkelkorb sollte für die sechzig Eier eine sichere Stätte sein! Und der Weg war keine drei Kilometer lang! Zurück trugen immer zwei den Korb.

»Wenn jetzt Ostern wäre, ha, da hätten wir aber viele Ostereier!«, meinte einer von ihnen.

»Bei zehn Personen sind das bloß sechs Eier pro Nase!«, stellte der Nächste fest.

»Rohe Eier sollen ganz schlecht zu werfen sein«, klang ein anderer. »Damit soll man nie ins Ziel treffen!«

»Meinst du?« Zweifel bei allen vieren.

»Wollen wir mal probieren?«

»Da, die Eiche! Der Wuppel in Kopfhöhe soll das Ziel sein!«

Wer hatte das vorgeschlagen? Natürlich war es später keiner!

Jeder hatte einen Wurf. Nicht einmal einer traf! Es stimmte also, dass man mit rohen Eiern schlecht ins Ziel treffen konnte. Dafür traf Mutter Ida umso besser! Alle bekamen ihre Tracht Prügel, der Große genauso wie der Kleine. So etwas schweißt zusammen!

Mit den Flüchtlingen kam auch eine Karussellbesitzerin ins Dorf. Das Ding stand nun am Puhl bei der Feuerwehr. Lothar kannte aus früheren Kindertagen ein Kettenkarussell, das ihm das Sprudeln gelehrt hatte, und hegte nicht die geringste Lust auf eine Fahrt mit diesem hier, obwohl es viel kleiner war.

Aber seine kleinen Geschwister, die seufzten sich die Kehle wund, wenn sie sehnsüchtig davorstanden.

Da rief die kleine Frau eines Tages: »Wenn ein großer Junge bereit ist, das Karussell zu drehen, könnt ihr für zwanzig Pfennige mitfahren!« Einige Kinder sausten wie der Wind davon, wahrscheinlich, um bei den Eltern Geld lockerzumachen. Lothar wusste, Geld hatte Mutter keines. Deshalb trat er an die Frau heran.

»Wenn ich das Karussell schiebe, können dann meine Geschwister mitfahren?« Sie beschaute sich den Jungen von oben bis unten.

»Du siehst kräftig aus. Und wo sind deine Geschwister?«

Lothar wies auf die vier Orgelpfeifen neben sich.

»Hm«, die Frau überlegte kurz, »bei jeder Fahrt, die du schiebst, darf einer deiner Leute umsonst mitfahren. Einverstanden?«

»Einverstanden. Und wo muss ich nun schieben?« Lothar konnte nichts zum Schieben entdecken.

»Komm mit, ich zeige es dir.« Die Frau ging zum Mittelteil des Karussells und öffnete eine schmale Tür.

»Hier, diese Leiter musst du hinaufklettern. Na komm! Oder tut dir dein Angebot schon leid?«

»Nein, nein, aber es ist so dunkel. Ich sehe gar nichts.«

»Deine Augen müssen sich erst an das andere Licht hier drin gewöhnen.« Sie kletterte die Leiter empor, öffnete oben eine Falltür und rief ihn. Nun erstieg Lothar die Leiter, hatte er doch gesehen, wie die Frau es bewerkstelligte. Mit Herzklopfen!

»Pass auf deinen Kopf auf. Wenn du oben bist, musst du natürlich die Falltür wieder schließen. So, siehst du! Und nun stehst du hier in den Streben, im Dach des Karussells, weißt du, und wenn du hier an diesen Streben drückst, setzt es sich in Bewegung. So, ich gehe nach unten und wenn ich abkassiert habe, läute ich eine Glocke, dann beginnst du zu schieben.«

»Einverstanden. Aber immer einer von meinen …«

»Jaja, ich nehme das kleine Mädchen zuerst. Mach hinter mir die Falltür zu, damit du nicht aus Versehen hinunterstürzt«, warnte sie noch, dann war sie verschwunden und Lothar wartete auf das Klingelzeichen.

Fast täglich wollten seine Geschwister nun zum Karussell.

Gegen Ende des Krieges fiel der Unterricht häufig aus. Laufend war Fliegeralarm, dann kam der Kampf um Berlin dazu. Zuletzt fand überhaupt kein Unterricht mehr statt. Die Kinder durften sich auch nicht mehr allzu weit von zu Hause entfernen. Gruselgeschichten wurden erzählt und sorgten dafür, dass die Kinder selbst keine Lust verspürten, weit fortzulaufen.

Doch manchmal musste noch etwas geholt oder fortgebracht werden. So war Lothar eines Tages im Dunkeln unterwegs. Auf der breiten Dorfstraße fühlte er sich ziemlich sicher. Aber da kam hinter ihm ein Auto. Es fuhr langsam und hielt schließlich auf seiner Höhe. Der Fahrer hatte das Fenster heruntergekurbelt und wedelte mit dem herausgestreckten Arm.

»Wo ist denn hier der Hof von Meinerts?«, wollte er wissen.

Lothar war stehen geblieben. »Meinert gibt es hier nicht! Da sind Sie wohl im falschen Dorf.« Während dieser Antwort bemerkte er, wie der Beifahrer ausgestiegen war und um das Auto herumkam. Alle Geschichten auf einmal fielen ihm ein und bevor der Mann heran war, schlug er einen Haken und sauste, so schnell ihn seine Beine trugen, in die Gänge – schmale Wege zwischen umzäunten Gartengrundstücken. Sein Gehirn arbeitete fieberhaft, um den sichersten Weg nach Hause zu finden. Ein falscher würde ihn unzweifelhaft in die Arme der Gangster treiben, deren Auto langsam auf der Dorfstraße weiterfuhr. Und hinter sich hörte er den anderen. Jetzt nach links, dann nach rechts und heidewitzka über Nachbar Kuhlbars Hoftor. Keuchend rannte er die kindlichen Schleichwege zur Hintertür der eigenen Wohnung. Er riss sie auf und schloss sie ebenso schnell und taumelte in die Küche. Erschreckt fuhren Mutter Ida und die älteren Geschwister hoch, die Kleinen schliefen schon.

Reden konnte Lothar nicht, das Atmen tat weh, sein Herz hämmerte hart. Mutter Ida schloss ihn in ihre Arme und beruhigte ihren Großen. Erst stockend, dann immer flüssiger erzählte er von der unheimlichen Begegnung.

»Wie ich über das Hoftor gekommen bin, weiß ich nicht«, erklärte er zuletzt ganz verwundert über sich selbst. Später als Armist erinnerte er sich daran, wenn er vor dieser verflixten Eskaladierwand stand und daran verzweifelte!

Endlich war der Krieg vorbei! Vieles änderte sich. Plötzlich sollte alles schlecht gewesen sein: der Hitlergruß und das Jungvolk und, und, und. Damit musste der Zwölfjährige klarkommen.

»Tja, wir haben den Krieg verloren«, sagte Mutti als Erklärung, »und müssen uns nun dreinschicken.«

Das Dorf war voller Flüchtlinge. Und in Idas Wohnung kampierten zeitweise ihre ledigen und verheirateten Geschwister. Manche nur kurz, aber einige jahrelang wie Tante Anna.

Doch sie wurde auch überall gebraucht, denn Pflichtjahrsmädchen gab es nicht mehr. War Ida in ihren guten Jahren mit ihren großen Jungen in den Wald zum Holzmachen gefahren – eine ziemlich weite Strecke mit dem Handwagen und ihren kaputten Beinen (deshalb setzte sie sich während der Hinfahrt in den leeren Wagen und ließ sich ziehen) –, war das im Winter fünfundvierzig zu sechsundvierzig in ihrem Zustand nicht mehr möglich. Da zog Tante Anna mit. Und die kleine Person konnte schuften! Oha!

Am besten brannten die kienigen Wurzelstöcke der Kiefern. Aber sie waren auch am schwersten zu gewinnen. Sie mussten ausgebuddelt und tief im Loch abgehackt werden!

War schon das Besorgen des Brennholzes eine Plackerei, so wurde in diesen Notzeiten das Heranschaffen der Nahrungsmittel für zeitweise zwölf Personen eine Kunst.

Täglich schickte Ida ihren Ältesten betteln.

»Sag: Mutti lässt fragen, ob du nicht eine Mahlzeit Kartoffeln haben kannst.« Das war ein Rucksack voll! »Mutti bezahlt sie später. Und bedank dich schön, wenn sie dir welche geben.«

Beim ersten Mal hatte Lothar noch gefragt: »Kann ich das Geld nicht gleich mitnehmen?«

»Ach, Junge«, seufzte Ida, »wir haben doch kein Geld. Du kannst es höchstens später abarbeiten.«

So kam es, wie es kommen musste:

Lothar wie auch Helmut arbeiteten bei Bauern im Dorf und ersetzten ausländische Kriegsgefangene. Auf vielen Höfen gab es gar keinen Mann mehr, weil er gefallen oder in Gefangenschaft war. Aber die Felder mussten bearbeitet, die Tiere gepflegt werden. So leisteten häufig Dreizehn- und Vierzehnjährige diese Arbeit und bekamen dafür zu essen.

Lothar schlief schon beim Bauern, damit er morgens gleich die Tiere füttern konnte (zu Hause war sowieso kein Platz). Vom Frühjahr an, wenn die Arbeit drückte, schrieb Ida oft einen Entschuldigungszettel für die Schule. Vom Lehrstoff der siebenten und achten Klasse bekam Lothar nicht mehr viel mit.

Seltsam! Viele Männer waren in Gefangenschaft. Lothars Vater nicht. War er wirklich ein so bedeutender Mann, wie er stets getan hatte? Er hielt sich in Berlin-Spandau auf. In die russische Zone durfte er sich nicht mehr wagen, so sagte es Ida zu Lothar und erzählte ihm folgende Geschichte: »Fritz Zechlin, den kennst du doch?« Lothar nickte eifrig. »Der war Kommunist und mit dem stritt sich Papa auf Deibel komm raus zu gern über die Politik. Da bekamen beide rote Köpfe. Irgendwie waren sie trotzdem Freunde. Der war nach achtunddreißig krank aus dem KZ zurückgekommen, wehruntauglich, Gelegenheitsarbeiter. Weißt du, jeder hatte Angst, ihn richtig fest einzustellen.« Sie zeigte mit ihrer Körpersprache, wie sehr die Menschen sich fürchteten. »Eines Tages kam die Zechlinsche angeheult, dass sie ihn wieder abgeholt hätten. Papa war gerade hier. ›Den hole ich raus und wenn ich bis zum Doktor (Göbbels?) muss!‹, sagte er und radelte nach Neustadt, wo Zechlin noch auf der Polizeiwache war. Papa schaffte es wirklich. Zechlin kam zurück!

Während der ersten Monate nach dem Krieg war Papa ja oft hier. Aber zu Weihnachten fünfundvierzig musste er doch Hals über Kopf weg, erinnerst du dich? Da hat sich Zechlin revanchiert. Papa war in der SA und NSDAP gewesen und solche wurden von den Russen nach Sibirien gebracht. Was Papa wirklich bedeutet hatte, weiß ich nicht, aber hohe Offiziere haben ihn als Zivilisten gegrüßt. Oder nur das Abzeichen, das er trug?« Sie griente ihn spitzbübisch an. »Deshalb ist er jetzt nur manchmal ganz heimlich hier. Und keiner darf davon erfahren.«

Hatte die Familie schon selbst große Schwierigkeiten, genügend Kartoffeln fürs Überleben zu bekommen, so gingen sie oft auch noch zum Vater nach Spandau. Weil Zechlin im Volkskontrollausschuss war, ließ er Fritzens Kinder mit ihren Kartoffeln den Kontrollpunkt passieren. Auch drückte er beide Augen zu, wenn Lothar und Helmut, Otto und Klaus säckeweise Holz nach Hause schleppten, das bei Neustadt für die Familie aus dem Zug geworfen wurde.

Aber die Kinder waren fixe Kerlchen. Als sie mitbekamen, dass sie ungehindert durch die Kontrolle konnten, beluden sie ihren Bollerwagen mit den Rucksäcken anderer Hausierer. So besserten sie ihre schmalen Einkünfte etwas auf.

An den Ortseingängen hingen Losungen:
»Hamstern ist in Sieversdorf verboten!
Stehlen wird nach Kriegsgesetzen bestraft!«
Aber sie halfen ja nur armen Leuten, keinem großen Schieber!

Von nun an hatte Lothar keine Zeit mehr, sich mit anderen Kindern zu prügeln. 1946 wurde er wegen Unterernährung von der Schule aus, sozusagen als Schulspeisung, zu Bauer Neetzel gewiesen. Der zog ein saures Gesicht, muckte aber gegen die Obrigkeit nicht auf.

»Wenn ich dich schon füttere«, meinte er zu Lothar, »kannst du auch ein bisschen dafür tun: Morgens bringst du die Kühe auf die Weide und am Abend holst du sie herein. Das ist keine schwere Sache und der Hund hilft dir dabei.«

Wenn er mit seiner Frühstücksstulle in der Tasche zur Weide rannte, wartete schon mindestens einer seiner Brüder und blickte ihn flehentlich an. Da konnte Lothar nicht anders und gab seine Stulle fort. Es dauerte nicht lange, bis Mutter Neetzel das mitbekam. Mitfühlend gab sie ihm oftmals Nachschub und schaute zu, wie er die Stulle mit Heißhunger verschlang.

Während dieser Zeit gab Lothar vor Otto auf Neetzels Hof an, wie er mit der Peitsche umgehen konnte und klatschte ein paarmal sehr schön damit. Nur dummerweise rannte ein kleines Küken in die Bahn des Riemens. Es überschlug sich ein paarmal und blieb am Wagenrad liegen, wo es keiner sah.

Doch, Otto! Wie staunte Lothar, als er zu Hause auf dem Hof eines Tages ein größeres Küken herumhumpeln sah und Otto ihn bedeutungsvoll grinsend anblickte. Später legte das Tierchen aus Dankbarkeit sogar Eier!

Auch Kaninchen wurden in dieser schlechten Zeit gehalten. Alle Geschwister, die laufen konnten, mussten für Futter sorgen.

Eines Tages kam Achim, der Fünfjährige, heulend nach Hause.

Ida holte aus dem arg Stotternden einfühlsam den Grund heraus und erzählte es empört ihren drei Ältesten.

»Stellt euch vor, der große Bengel beim katholischen Pfarrer hat zu Achim ›Du oller Stotterfritze‹ gesagt und ihn geschubst. Daraufhin hat Achim eine Rute genommen, die gerade in der Nähe herumlag, und hat ihn damit verdroschen. Ob der Bengel bewusst recht laut gebrüllt hat, weiß ich nicht. Jedenfalls kam der Pfarrer an und hat nun Achim verdroschen. Denkt mal, der katholische Pfarrer! Ohne sich nach dem Problem zu erkundigen, verdrischt er den Kleinen, obwohl eigentlich der Große etwas hätte kriegen müssen!«

Die Empörung erfasste Lothar, Otto und Klaus.

»Das regeln wir!«, erklärte Lothar kämpferisch. »Wir gehen jetzt zu diesem Pfarrer.« Unterwegs stärkten sie sich gegenseitig mit machtvollen Worten. Lothar, sich seines Vorbildes als Ältester in der Familie völlig bewusst, klopfte gewaltig an die Tür und riss sie gleich danach auf. Dem Pfarrer fiel beinahe die Kinnlade herunter, als sich die drei großen Brüder des kleinen Achim vor ihm aufbauten und Lothar ihn anherrschte:

»Wie kommen Sie dazu, unseren Achim zu schlagen?«

Der dicke Pfarrer begann zu lamentieren. »Er hat einen katholischen Jungen verdroschen! Das kann ich nicht zulassen. Ich vertrete den Vater dieses Jungen und habe deshalb das Recht dazu!«

»Und wir vertreten unseren Vater und verlangen, dass Sie sich entschuldigen und zur Wiedergutmachung etwas zahlen!« Lothar schielte zum Tisch, auf dem viele feine Sachen zum Essen lagen.

»Und wenn ich das nicht tue?«, versuchte der feiste Kerl dagegenzuhalten.

Lothar, Otto und Klaus strafften sich und traten geschlossen einen Schritt auf ihn zu. »Versuchen Sie's mal!«, forderte Lothar.

Der Dicke bekam Angst, dass ihn die drei hier anfassen könnten und keiner ihm zu Hilfe käme.

»Nein, nein«, machte er einen Rückzieher. »Seht mal, hier sind Bananen, nehmt auch die Äpfel und die drei Apfelsinen. Reicht das? Damit ist doch nun bestimmt alles in Ordnung, nicht wahr?«

»Ja, in Ordnung«, bestätigte Lothar und grapschte den letzten Apfel vom Tisch. »Aber wagen Sie das nicht noch einmal!« Damit räumten die drei siegestrunken das Feld!

Das war ein Fest zu Hause! Ein Apfel genügte der dreijährigen Gisela zum Sattwerden! Und Bananen und Apfelsinen! So etwas kannten die Kleinen überhaupt noch nicht. In der Ostzone gab es solche Kostbarkeiten nicht im Handel.

Nach Lothars Schulzeit fühlte Ida sich nicht gemüßigt, ihm eine Lehrstelle zu besorgen, was damals auch nicht so einfach war. Er blieb einfach bei Neetzel und erhielt für seine Arbeit sechs Sack Kartoffeln, einen Sack Weizen (den Ida gegen Roggen tauschte) und zuerst 12,50 Mark monatlich. Später stieg dieser Betrag dann nach und nach auf 25 Mark. Natürlich nahm Lothar hin und wieder auch noch Kartoffeln mit, denn bei so vielen Mäulern waren die Säcke ziemlich schnell geleert.

Eines Tages bot der Gastwirt der Dorfjugend Tanzstunden an. Wahrscheinlich wollte er damit seinen Etat aufbessern.

Lothar und sein Freund Günter, ein Bauernsohn, berieten sich.

»Ich würde ja gern«, sagte Lothar, »aber es kostet doch FÜNFUNDZWANZIG Mark. Woher soll ich die denn nehmen? Ich gebe doch alles zu Hause ab.«

»Ohne dich macht es mir auch keinen Spaß. Ich weiß etwas. Komm mit!« Schnurstracks ging er auf Neetzel zu und baute sich vor ihm auf.

»Herr Neetzel, ich möchte mit Lothar zur Tanzstunde gehen. Können Sie ihm nicht die fünfundzwanzig Mark vorschießen und geben ihm dann immer fünf Mark weniger jeden Monat?«

Olle Neetzel schaute ein wenig bedeppert drein und kratzte sich überlegend hinterm Ohr.

»Hm, na ja«, meinte er sich durchringend, »das ist möglich.« Er blickte Lothar an. »Einverstanden. Bist ja ein fleißiger Junge und der Tanz wird dich ja nicht zur Arbeit zu müde machen.«

»Nee, bestimmt nicht, Herr Neetzel!« Lothars Antlitz glühte vor Freude. Dafür würde er ihm noch einmal so gern dienen.

Irgendwie schaffte es auch Helmut, das Geld zusammenzukriegen. Aber nun tauchte ein neues Problem auf.

»Mit DEN ollen Klamotten kannst du doch nicht zur Tanzstunde gehen«, stellte Ida fest und gab dieses Problem an Fritz, den Vater, weiter.

Schließlich erhielt Lothar für EINEN SACK WEIZEN ein Paar Gebirgsjägerschuhe und eine englische Überfallhose.

»So kannst du die nicht anziehen«, stellte Ida fest, als Lothar damit vor ihr stand. Der Schneider machte sie passend.

Stolz wie ein Spanier ging Lothar mit Günter und Helmut am Samstagabend zur Tanzschule.

Da saßen auf der einen Saalseite die Mädchen und auf der anderen die Burschen. Alle sehr aufgeregt. Sogar von den Nachbardörfern waren Mädchen gekommen.

Nun lernten sie zuerst das Auffordern, bevor der Gastwirt eine Schallplatte auflegte und die ersten Schritte erläuterte.

Lothar war ein fleißiger Schüler. Er übte in der Woche das Gelernte auf Neetzels Tenne. Eine Weizengarbe ersetzte das Mädchen. Vor ihr verneigte er sich, forderte sie auf und schwenkte sie zu seinen gesungenen Takten herum. Das hatte einen großen Vorteil: Er trat ihr nicht auf die Füße und sie schrie nicht »Aua« oder zwinkerte vor Schmerz mit den Augen!

Diese Seite des Winters kannte Lothar noch nicht und genoss sie doppelt. Die andere dagegen war schwer, ja sogar gefährlich. Da fuhren sie mit dem Pferdewagen Kilometer um Kilometer in die Wälder um Rhinow und Dreetz und luden Langholz. Mit all seiner Kraft legte sich Lothar in den Wuchtbaum, um die Stämme festzuzurren. Das machte ihm Spaß.

Weniger spaßig war es, als er einmal bei grimmiger Kälte seine Handschuhe versiebt hatte und nun die Zügel mit seinen immer kälter werdenden Händen halten musste. Er versuchte, die Arme recht weit in die Ärmel hineinzuziehen, doch davon wurden die Finger auch nicht wärmer. Endlich auf Neetzels Hof! Er konnte kaum die Pferde ausspannen. Frau Neetzel erkannte, dass etwas nicht stimmte, und riet: »Reib die Hände mit Schnee ab, damit wieder Leben hineinkommt! Dann geh in den Stall und steck sie in kaltes Wasser.« Er tat es gehorsam.

Aber nun begannen sie zu kribbeln und ein Schmerz setzte ein, oha! Am liebsten hätte er geheult wie ein Schlosshund!

Das war ja noch schmerzhafter als seinerzeit in der Futterrübenernte. Damals bekamen seine Hände überall tiefe Risse. Ein älterer Mann riet ihm: »Musst mal draufpieseln, Junge. Dann geht's weg.« Am Abend, im Stall, heimlich hinten in der Ecke, dort, wo die Jauche der Kühe nach draußen floss, tat er's. Oh, verdammt! Wie das brannte! Ob das wirklich half? Oder hatte der Mann – übrigens Soldat gewesen – ihn bloß verkohlt?

Aber nein! Am nächsten Morgen sahen die Hände viel besser aus und fühlten sich auch besser an. Nun wandte er dieses Naturmittel täglich an und seine Hände wurden heil und gesund.

Im Sommer kam auch Klaus zu Neetzel. Der Zwölfjährige musste sich um die Kühe kümmern wie einst auch Lothar.

Inzwischen zog Ordnung im Lande ein und Lothar hätte gern einen Beruf gehabt. Neetzel sagte zwar stets: »Du übernimmst mal meinen Hof!«, aber als Lothar zur Schule wollte, um sich einen Lehrabschluss zu sichern, ging das Theater los. Daraufhin verließ Lothar ihn vor Weihnachten neunundvierzig und begann im Januar bei Bauer Müller zu arbeiten. Hier bekam er vierzig Mark im Monat und zu Ostern eine neue Jacke und eine Hose.

In diesem Winter traf er Reinhard, mit dem er gemeinsam die Schulbänke beschmiert hatte. Der erzählte ihm von einer Polizeischule in Glöwen.

»Ich habe mich beworben. Bewirb dich doch auch. Mehr als hier die Bauern können sie dich dort auch nicht schikanieren! Und dann hast du einen Beruf und verdienst richtig Kohle!«

Lothar wälzte das Problem lange hin und her und bewarb sich heimlich. Er bekam auch Nachricht mit dem Hinweis, dass es noch Rückfragen wegen seines Vaters gäbe.

Es wurde Sommer, das Korn wogte golden auf den Feldern, als er die Nachricht erhielt, er könne kommen, wenn er noch Lust hätte. Oh ja, er hatte noch Lust! Aber wie sollte er's dem Müller sagen, jetzt wo die Mahd begann?

Mit den Gedanken bei diesem Problem folgten seine Augen dem Sensenblatt, wie es durch die Roggenhalme des Vorgewendes sauste. Da, ein Krach! Seine Arme schienen zu bersten! Er hatte mit voller Kraft die Sense auf einen großen Stein gedonnert. Die war hin. Bauer Müller und seine Frau kamen angestürzt.

»Die Sense ist hin! Kannst du nicht aufpassen!«, fuhr der Bauer ihn an und besah sich den Schaden genauer.

»Wieso liegt hier so eine riesige Klamotte im Acker!«, verteidigte sich Lothar.

»Die liegt schon, solange wir das Feld besitzen«, zeterte die Müllern. »Warum sperrst du deine Augen nicht auf.«

»So etwas räumt man doch vom Acker«, konterte Lothar.

»Die schöne Sense«, jammerte Müller, »an der ist wirklich nichts mehr zu retten. Was sollen wir nun bloß machen! Das hast du doch mit Absicht getan!«

»Wenn ihr dieser Meinung seid, kann ich ja gehen«, trumpfte Lothar auf. »Macht euch euern Kram alleine.« Er drehte sich um und stapfte davon. In diesem Moment schlug er die Tür zu seinem alten Leben zu und betrat Neuland.

Ida jammerte nicht, als er ihr seinen Entschluss verkündete. Sie seufzte nur. »Bist alt genug. Musst wissen, was du tust.«

Mit einem Karton unterm Arm, der seine persönliche Habe enthielt, kam er am anderen Tag in Glöwen an. Alles war neu und ungewohnt. Da suchte er vergeblich etwas, das mit der Polizei zu tun hatte. Nein, es war zum Verrücktwerden. Der Schreck durchrieselte seine Glieder. Bei der Artillerie war er gelandet!

An schweren und leichten Feldhaubitzen der Deutschen Wehrmacht wurden sie ausgebildet. Oha! Dieses Geschützexerzieren war ziemlich anstrengend und verlangte ihm alles ab.

Prima fand er, dass er schon nach zwei Tagen Geld bekam, weil es eben an jedem zehnten und dreiundzwanzigsten des Monats für alle Geld gab. Nun konnte er sich doch wenigstens solche Utensilien wie eine Zahnbürste kaufen.

Außerdem erstand er von diesem ersten Geld eine kleine Torte. Er hatte doch immer Hunger und die hatte ihn so verführerisch angelacht! Höflicherweise bot er seinen drei Zimmerkameraden etwas an. Doch die lehnten grinsend ab, sahen sie doch, wie sehr ihm der Zahn tropfte. Daraufhin verschlang er die Torte allein, was seine Kumpel veranlasste, ihm den Spitznamen »Torte« zu verpassen.

Obwohl er beim Bauern gearbeitet hatte und demzufolge eigentlich nicht ausgehungert war, nahm er beim Frühstück etliche Scheiben Brot täglich mit und lagerte sie in seinem Schrank. Während der Pausen eilte er dorthin und schlug sich den Magen voll. Auch diese Macke rechtfertigte seinen Spitznamen.

Im Unterricht schlief er anfangs häufig ein, denn das Stillsitzen und Lernen war ja nach der sechsten Klasse kaum noch geübt worden und nun völlig ungewohnt für ihn.

Nach nur drei Wochen in Glöwen sollte er nach Eggesin versetzt werden. Deshalb erhielt er Kurzurlaub von Samstagnachmittag bis Sonntag vierundzwanzig Uhr und durfte nach Hause fahren.

Wie wurde er angestaunt, als er in seiner blauen Uniform mit rotem Schlips zu Hause auftauchte. Seine kleinen Geschwister sperrten Mund und Nase auf und die größeren löcherten ihn mit Fragen.

Dass er die Mutti, Otto und Ilse nie mehr und die anderen erst nach vierzig Jahren wiedersehen würde, kam ihm nicht in den Sinn, als er hier mitten unter ihnen saß und ihre Fragen geduldig beantwortete.

Beim Flanieren auf der Dorfstraße traf er zwei Mädchen seines Alters, die mit ihm das Tanzen gelernt hatten. Sie flirteten, was das Zeug hielt. Obwohl ihm die Uniform Sicherheit verlieh, verursachten ihm ihre Blicke in gewisser Weise Unbehagen. Legte er sich mit den Augen schon fest? Nein, flirten war nicht seine Sache und das würde auch so bleiben.

Zum Abschied meinte eine: »Jetzt, wo du tanzen kannst und unsere Zehen nicht mehr zum Entenfuß umwandelst, bist du nicht mehr auf der Tanzfläche. Findest du das richtig?«

»Nein. Ich werde meinen Jahresurlaub hier verbringen«, versicherte er. »Hoffentlich ist dann auch Tanz im Ort.«

»In Neustadt immer«, rief eine lachend über die Schulter zurück. Kichernd verschwanden sie in ihren Elternhäusern.

Von Glöwen ging es am anderen Tag mit dreißig weiteren Neueinstellungen nach Eggesin. In Neubrandenburg gab es einen Zwischenaufenthalt. Da lernte Lothar ein neues Getränk kennen.

»Was trinkst du da? Ich habe auch Durst.«

»Das ist Sprudel, Fassbrause«, erklärte der Kamerad. »Kannst du dir auch kaufen. Kostet nicht viel.«

Da lief doch wahrhaftig statt Bier gelbes, sprudelndes Wasser ins Glas. Lothar staunte nicht lange, sondern kippte das erste Glas hinunter und holte sich gleich noch eins ... und noch eins ... und noch eins ... und noch eins. Das Zeug schmeckte verdammt gut. Aber nun musste er einsteigen, denn die Fahrt ging weiter. Bestimmt hätte er sonst noch mehr davon konsumiert!

Das Leben war aufregend. Alles war anders, war neu für ihn, aber er brauchte nur mit den anderen Neuen mitmachen. Dadurch wurde es leichter.

In Eggesin hörte er den Namen Stechbarth zum ersten Mal, als den Neuen der Name des Oberkommissars genannt wurde. Dieser Mann wurde Lothars Vorbild. Er verlangte alles von den jungen Burschen, aber nie mehr, als er selbst leisten konnte. Das imponierte nicht nur Lothar.

Lothars Gruppenführer war Oberwachtmeister Buch. Nacheinander mussten die Neulinge die Gruppe kommandieren. Solange Lothar in der Gruppe erzählte, spürte keiner etwas von seinem Sprachfehler. Aber als er das erste Mal vor der

Gruppe stand und die Kommandos gab, passierte es, dass vor Aufregung kein Wort normal herauskam.

»Die Ggruppe hhhört auf das Kkkomando des Aaanwärters Schneiderwind«, hörten die Kameraden und einige begannen zu feixen. Bevor er jedoch den Befehl »Gruppe Hhhhalt« heraushatte, standen die ersten Kameraden schon an den Zaun gedrückt.

Sein Gruppenführer überlegte, wie er diesem jungen Burschen das Stottern austreiben könnte und ließ sich einiges einfallen.

So musste Lothar bestimmte Themen schriftlich ausarbeiten und dann der Gruppe vortragen. Er ließ auch die anderen Schüler etwas auswendig lernen, aber den »Vorgang der Pistole 08 beim Schuss« benutzte er vor allem bei Lothar, wenn dieser in den Ausgang wollte. In diesem mehrzeiligen Text gab es für Lothar viele Haken, die reinsten Zungenbrecher. Während draußen die Kameraden warteten, schick zurechtgemacht für den Ausgang, schwitzte Lothar drinnen beim Aufsagen dieses fürchterlichen Textes.

Noch nach vierzig Jahren kann er ihn auswendig und freut sich wie damals, dass er damit die Ausgangskarte gewann. Und nicht nur das. Durch die konsequente Forderung seines Gruppenführers überwand er das Stottern, wurde von Tag zu Tag sicherer und konnte bald klare Befehle geben.

Zum 7. Oktober, dem ersten Geburtstag dieser Republik, wurden alle Anwärter zum Wachtmeister befördert und einige erhielten Urlaub. So auch Lothar. Er sollte seinen zehntägigen Jahresurlaub antreten und stand nun im Waschraum, um sich für die Fahrt feinzumachen.

»Nach Hause, nach Hause …«, sang er lauthals, weil es hier so schön schallte. Plötzlich kam der Kamerad Grell hereingestürmt.

»Mensch, Lothar, du hast Post!« Er überreichte ihm einen Brief.

Mutters Schrift! Sein Herz klopfte. Was es wohl sein mochte?

Er riss ihn auf und überflog ihn. Es schlug ihm beinahe die Beine weg. Er setzte sich auf die betonierte Wasserrinne, die unter den zehn Wasserhähnen das Wasser sammelte und ableitete. Wie vom Blitz getroffen, kreideweiß, zu nichts fähig, nicht mal zum Weinen, so fand ihn Grell.

»Mensch, wo bleibst du denn …« Die Worte erstarben ihm.

Lothar hob den Brief. »Ich kann nicht nach Hause. Ich weiß nicht, wohin«, kam es kratzig aus seiner Kehle.

Grell las den Brief und schüttelte den Kopf. »Wahnsinn! Verzogen nach Berlin-West! Jetzt komm erstmal mit aufs Zimmer«, befand er dann und zog Lothar einfach mit. Willenlos stapfte der hinterher.

Kamerad Grell holte den Gruppenführer Buch. Der erbat sich den Brief und las. Er schluckte und sah Lothar lange an.

»Darf ich?«, fragte er und winkte mit dem Brief in Richtung Dienststellenleitung. Lothar nickte apathisch. »Junge, zieh dich jetzt ordentlich an und warte, bis ich wiederkomme.« Mit einem besorgten und aufmunternden Blick zurück zu Lothar und Grell schloss er die Tür.

Ordentlich angezogen wartete Lothar. Ob sie ihn nun entließen? Das wollte er aber gar nicht. Die Kameraden waren prima. Es gefiel ihm doch hier.

Endlich kam sein Gruppenführer zurück und führte ihn zu Stechbarth, dem Kompaniechef.

Der hielt den Brief in der Hand und sah Lothar bedeutungsvoll an. »Junge, du bist noch nicht volljährig. Wenn wir dich entlassen, müssten wir dich zu deiner Mutter schicken … Möchtest du das?«

Lothar fuhr auf. »Nein!«, sagte er heftig. Er kam sich so verlassen vor, eigentlich verraten. Hatte er nicht all die Monate immer fünfzig Mark nach Hause geschickt? Hatte sich Sorgen gemacht, wie sie mit allem – allein, ohne ihn – zurechtkam. Und nun dieser Brief mit der ach so mageren Erklärung, zum Vater zu ziehen. Der hatte sich doch kaum noch um die Familie gekümmert, jedenfalls weniger, als er, Lothar, sie umsorgt hatte. Nein, dorthin wollte Lothar nicht!

Stechbarth nickte gedankenvoll.

»Junge, du wirst deinen Urlaub hier verbringen, aber nicht mit den anderen zusammen, die ja morgens geweckt werden und rausmüssen. Du bekommst hier ein Extrazimmer!« Er sah den Gruppenführer mit hochgezogenen Brauen an, bevor er zu Lothar gewandt weitersprach. »Da kannst du dann ausschlafen, wenn du möchtest, bis Mittag. Kannst dein Frühstück aufs Zimmer kommen lassen und auch ausgehen. Ausgang ist unbegrenzt, werde ich alles regeln. Junge, sollst doch einen schönen Urlaub haben.« Er gab Lothar den Brief zurück. »Wir lassen dich nicht allein. Wenn du Sorgen hast, ist der Genosse Buch für dich da. Kannst auch zu mir kommen.« Er erhob sich und begleitete Lothar und den Gruppenführer zur Tür.

Lothar war nun gänzlich durcheinander. Wie sollte denn das nun laufen? Aber Gruppenführer Buch sprach neben ihm und seine Worte klangen so beruhigend.

»Nimmst jetzt alles aus deinem Schrank, was du in deinen Urlaub mitnehmen wolltest. Dann kommst du zu mir und ich bringe dich in dein Urlaubszimmer. Nun mach mal, Junge!« Er klopfte ihm noch väterlich auf die Schulter und ging.

Die noch im Zimmer weilenden Kameraden wollten natürlich wissen, was es mit dem Urlaubszimmer auf sich hatte. Lothar erklärte und mit jedem Wort wurde er ruhiger. Die Jungs sperrten Mund und Nase auf.

»Mensch, da haste jetzt 'ne ganze Kompanie als Familie«, stellte einer fest.

»Und Stechbarth ist deine Mutter!«, meinte ein anderer. Kurze Stille. Dann folgte dröhnendes Gelächter. Auch Lothar lachte mit. Er entspannte sich. Das Leben sah gleich wieder ein wenig leichter aus. Es war alles in Ordnung, suggerierte dies Lachen. Und die Kameradenaugen blickten nicht mehr so mitleidig wie zuerst, nein, er las darin Interesse, ja, und sogar Bewunderung.

»Du bist nun ganz was Besonderes«, witzelte einer.

»Kannst uns erzählen, was du alles so anstellst als Sohn der Kompanie«, scherzte ein anderer.

»Mach ich«, entgegnete Lothar, »aber platzt mir nur nicht danach vor Neid!« Wieder erklang eine Lachsalve.

Inzwischen hatte Lothar seinen Kram zusammen.

Mit den Worten »Nun macht euren Dienst ordentlich, damit mir keine Klagen kommen« ging er aus dem Raum.

Sein Gruppenführer führte ihn in ein Zimmer mit nur einem Bett.

»Hier ist dein Urlaubsdomizil. Zwei Türen weiter ist das Zimmer vom Chef!« Er sagte es so bedeutungsvoll, dass Lothar sich gleich besser fühlte. »Seine Ordonanz ist auch für dich da. Du brauchst nur deine Wünsche zu sagen. Kannst natürlich auch in die Kantine zum Essen gehen. Die Zeiten weißt du ja. Aber du musst nicht so früh aufstehen. Wenn du willst, bringt man dir das Frühstück ans Bett. Na, das ist doch was! Junge, hast du's gut!«

Damit verabschiedete er sich und ging.

Lothar genoss die Freiheiten, die sich ihm so überraschend darboten. Er konnte in der Dienststelle ins Kino gehen, aber in Eggesin lief täglich außer Montag ein anderer Film. Das nutzte er weidlich aus. Am Wochenende schaute er sich auch das Tanzvergnügen an, kam sich aber zu fremd dort vor und verschwand schnell wieder.

Einmal fuhr er nach Torgelow und einmal nach Ueckermünde und schaute sich dort und in der Umgebung um.

»Nun weiß ich wenigstens, wo ich mich hier befinde«, murmelte er vor sich hin. »Kann mir keiner mehr etwas vorflunkern!«

Er sah sich auch die Bibliothek an und wurde nach und nach ein eifriger Leser.

In den nächsten Jahren nahmen ihn Kameraden mit in ihre Heimat. So lernte er Greifswald, Pritzwalk und Wendelstein an der Unstrut kennen.

Natürlich verliebte sich Lothar auch. Aber seltsam! Die, die er wollte, hatte keinen Blick für ihn übrig. Er machte sich aber auch fast unsichtbar, wenn sie auftauchte. Völlig verlegen starrte er auf seine Schuhspitzen oder musste unbedingt einen Fussel vom Ärmel entfernen, der gar nicht vorhanden war. So kam es, dass ein anderer bei ihr landete. Nein, flirten konnte Lothar nicht!

Lange konnten ihn die Kameraden nicht mit seiner »Mutter Stechbarth« foppen. Stechbarth ging für zwei Jahre zum Studium in die Sowjetunion und wurde danach sein Regimentskommandeur.

Lothar gefiel das Leben in der Truppe. Dass die Polizeischule aufgelöst und daraus ein Kommando der Bereitschaftspolizei gebildet wurde, störte ihn nicht. Es lief ja alles in geordneten Bahnen.

Einmal allerdings wurde die Ordnung gestört. Das Kommando erhielt einen russischen Koch, der die russische Verpflegung durchsetzen sollte, die so aussah:

Morgens um sieben gab es Kohlsuppe, Graupen oder Ähnliches. Vormittags um halb elf erhielten sie eine Rolle Magerkäse und eine Schnitte. Das Mittagessen war normal, allerdings fand es erst um fünfzehn Uhr statt. Zum Abendessen um zwanzig Uhr konnten die Kameraden dann die Brotschnitten mit ihren Butter- und Wurstrationen belegen.

Das war für einen echten Deutschen keine normale Verpflegung und bald kursierte die geheime Losung: Wie die Verpflegung, so die Bewegung!

Nach nur vier (langen) Wochen wurde die verrückte russische Methode wieder abgeschafft.

In dieser Zeit erlebte Lothar auch die Ankunft russischer Panzer. Keiner sollte es wissen. Deshalb wurden die Spuren im Schnee verwischt und die Leitung ließ verkünden: »Wir haben keine Panzer!«

Für ehemalige deutsche Waffen musste Lothar die Tarnbezeichnung »Waffe zweihundert« und für sowjetische »Waffe einhundert« verwenden. Natürlich machten sich alle darüber lustig und aus dem sowjetischen Soldat wurde der »Kamerad einhundert«!

Obwohl kaum Fahrräder in der Einheit vorhanden waren, erhielten Lothar und alle Kameraden eine Fahrradkarte:

»Der Inhaber dieser Karte ist berechtigt, das Dienstfahrrad
Nummer 12345 in Empfang zu nehmen.
Unterschrift
Siegel«

Diese Fahrradkarte musste stets am Mann getragen werden. Doch sie berechtigte nicht etwa zum Empfang und Benutzen einen Fahrrades, sondern einer

Handfeuerwaffe. Bekam Lothar diese Waffe in der Waffenkammer in die Hand gedrückt, musste er dafür die Karte dort hinterlegen.

Natürlich machten sich zivile Menschen darüber lustig.

»Warum nehmt ihr nicht euer Fahrrad, wenn ihr bis hierher (Nachbarorte von Eggesin) kommt?«

»Wie viele Dienstfahrräder habt ihr eigentlich in eurer Dienststelle? Mehr als eins habe ich in eurer Einheit noch nicht gesehen!«

Wenn Lothar dann entgegnete: »Mein Rad hat grad 'nen Platten!«, und die Hände laut klatschend zusammenschlug, erntete er eine Lachsalve und ein Freibier.

Zu den Dritten Weltfestspielen 1951 fuhr Lothar stolz mit seiner Einheit als Ordnungs- und Sicherheitskommando nach Berlin. Das war etwas ganz Neues. Er lernte ausländische Menschen kennen, sah zum ersten Mal Schwarze mit ihren großen Augen und weißen Zähnen und ihren farbenfrohen Gewändern. Das war schon etwas und er zehrte lange davon.

Ja, dieses Leben gefiel ihm. Trotz Eskaladierwand! Wer sagt da, das Soldatenleben sei langweilig? Lothar bestimmt nicht!

Eines Tages, draußen fror es Stein und Bein, war er der Erste im Zimmer und zog seine Stiefel aus, um ganz schnell ins warme Bett zu kriechen. Puh, die Socken trieften vor Nässe.

»Macht nichts«, murmelte Lothar, »die hänge ich zum Trocknen auf die warme Ofenröhre.« Tat's und kroch ins Bett. Kaum lag er, war er auch schon eingeschlafen.

Jetzt kamen müde und k.o. die Kameraden, öffneten die Tür und knallten gegen eine Wand aus heißem Mief.

»Was ist das?«, röchelte der Erste und ließ seine Augen schweifen. »Torte schläft schon!«

Der Zweite schnappte Lothars Stiefel und warf sie auf den Flur, weil er darin die Quelle des Übels zu riechen glaubte.

Der Dritte pfiff plötzlich leise durch die Zähne und wies auf die Strümpfe, die auf der Röhre dampften. Er forderte von den Kameraden mit ausgestreckten Händen Ruhe, nahm die stinkenden Ungeheuer von der Röhre und lüftete sachte Lothars Decke, um sie ihm vor die Nase zu schieben. Leise zogen sich alle aus und schlüpften ebenfalls in die Betten. Bald zog Geschnarche durch den Raum.

Lothar erwachte mit einem Brummschädel, als hätte er am Abend vorher wüst gesoffen. Hatte er doch nicht! Verdammt! Was war denn das vor seiner Nase? Er griff danach und hielt seine noch immer stinkenden Socken in der Hand. Stöhnend und fluchend erhob er sich und taumelte zur Tür, um sich zu erleichtern und im Waschraum den Kopf unters Wasser zu stecken. Beinahe wäre er über die Stiefel gefallen.

»Verdammte Sauerei! Wer schmeißt denn hier seine Botten hin?«, schimpfte er los. Dann stutzte er und besah sich die Dinger genauer. »Das sind ja meine!« Langsam dämmerte in seinem hämmernden Kopf die Erkenntnis und er schluckte den nächsten Fluch hinunter. Trotzdem schwor er: »Rache ist Blutwurst!«

Bei der nächsten Gelegenheit füllte er mit einem Kameraden ein Kondom voll Wasser und schob es am Vorabend eines Marsches demjenigen in den Stiefel, der ihm die Socken unter die Nase geschoben hatte. Schadenfroh wartete er am Morgen auf dessen Gehopse und blieb deshalb zwei Sekunden länger liegen als sonst. Doch nichts geschah. Nun aber schnell raus aus dem Bett und rein in die eigenen Stiefel.

Peng!! Das Kondom knallte und Lothar stand im Wasser. Alle Kameraden bogen sich vor Lachen.

»Wer andern eine Grube gräbt«, röchelte einer. »… der fällt selbst hinein«, ergänzte ein anderer.

»Für die Socken kannst du nämlich nur an dir selbst Rache üben«, klärte ihn kichernd ein Dritter auf.

Eines schönen Tages kam Lothar dahinter, dass die Kuchen aus der Konsum-Verkaufsstelle besser schmeckten als das Einerlei des Mittagessens. Geld hatte er ja jetzt genug für sich! So erfand er Ausreden und ging statt zum Kantinenessen in den Konsum. Ein paarmal ließen seine Kameraden, darunter auch ältere, die Familie besaßen, seine Eskapaden durchgehen, dann nahmen sie sich den jungen Spund vor.

»Hör mal, Torte, wir haben nichts dagegen, wenn du dir Kuchen kaufst, aber wenn du dafür das Mittagessen ausfallen lässt, ist es nicht in Ordnung. Wir müssen hier verdammt viel schuften, liegen nachts fast draußen! Was denkst du, wie lange du gesund bleibst, wenn wir dich gewähren lassen?«

Lothar saß da wie ein begossener Pudel und zuckte zu dieser Frage nur mit den Schultern.

»Also, kauf dir Kuchen, so viel du willst, aber du kommst zum Mittagessen! Wir werden alle darauf achten!« Damit war diese Aussprache beendet und Lothar wagte solche Mätzchen nun nicht mehr.

Ein beliebter Schabernack war der Bretterklau aus den Doppelstockbetten. Da kam jeder einmal dran. Ja, aber nur solange noch Bretter vorhanden waren!

Wenn es draußen berstend kalt war, wurden sie auch in das Kanonenöfchen gesteckt.

Lothar erlebte hier so ziemlich den gesamten Aufbau des Eggesiner Standorts. Sie lagen bis kurz vor Weihnachten in Zelten, mussten die Baumaterialien – tausende von Steinen – von Hand verladen. Nicht einmal Arbeitshandschuhe gab es dazu! Um die Stimmung zu heben, wurden Akkordeonspieler eingesetzt, die während der Arbeit spielen mussten!

Endlich wurde die Einheit nach Schwerin ins Winterquartier verlegt. Eine geradezu paradiesische Sache für die Soldaten!

Mit der Bildung der Kasernierten Volkspolizei wurden auch neue Dienstgrade eingeführt. Lothar war demzufolge nicht mehr Hauptwachtmeister, sondern Feldwebel.

Als Stechbarth nach zwei Jahren wiederkehrte, führte Lothar als Feldwebel schon eine Gruppe und sein Bild hing an der Bestentafel.

Nicht lange. Plötzlich war es fort! Geklaut! Er musste ein neues liefern. Es hing ebenfalls nur ein paar Tage.

»Donnerlüttchen, bist du aber beliebt«, meinte der Diensthabende, »dass die Weiber dein Bild gleich zweimal mausen! Jetzt kommt eine Scheibe davor! Ist schon in Auftrag. Dann hängste sicher!«

Ja, Lothar war ehrgeizig. Wenn er mit seiner Gruppe nicht vorn lag, stimmte sein Weltbild nicht mehr. Er wollte schließlich, wie viele andere Menschen damals auch, am neuen Leben mitbauen. Er sang im Chor auch diese mitreißenden Lieder: »... Du musst die Führung übernehmen. Lerne das Einfache. Es genügt nicht, aber lerne es ...« Und er wollte wie Stechbarth irgendwann die Führung übernehmen. Was heißt irgendwann? So schnell es ging natürlich!

So fand er es völlig normal, dass er zur Offiziersschule nach Erfurt delegiert wurde, und verpflichtete sich deshalb für weitere zehn Dienstjahre. Dass er in Erfurt zu den Besten gehörte, war selbstverständlich für ihn. Doch was nach den Prüfungen mit ihm gemacht wurde, daran kaute er sein ganzes Leben lang.

Die anderen – manche wesentlich schlechter als er – erhielten zum Abschluss ihren Offizier. Er nicht!

»Genosse Schneiderwind, es tut uns leid. Wir können Sie nicht befördern. Ihre sämtlichen Verwandten ersten Grades leben im Westen. Und dann ist da auch noch Ihr Vater! Es geht nicht! Sie werden nach Pinnow versetzt. Melden Sie sich am Montag dort.«

Lothar protestierte.

»Das ist ein Befehl, Genosse«, wurde er angeschnarrt. Lothar salutierte und erwarb von seinem Geld eine Fahrkarte nach Schwerin, wo seine Einheit gerade untergebracht war.

Als er sich dort zurückmeldete, sah er deutliche Enttäuschung in Stechbarths Augen. Der glaubte ihm die Geschichte nicht so recht.

Dann waren auch noch seine Papiere verschwunden. Sicher kurvten die in Pinnow herum und suchten ihn!

Lothar durfte dort weitermachen, wo er vor dem Lehrgang aufgehört hatte. Aber als dann zwei junge Offiziere eingewiesen wurden, die die praktische Ausbildung übernehmen sollten, erklärten sie in der Kompanie und im Bataillon:

»Das kann der Genosse Schneiderwind besser als wir. Der war in Erfurt unser Vorbild!«

Daraufhin wurde Lothar als Zugführer eingesetzt, kurze Zeit später zum Oberfeldwebel befördert und übernahm in der Kompanie die Ausbildung.

Nun fand Lothar das Leben wieder in Ordnung bis auf den Haken, der tief in seiner Seele saß und bei allen möglichen und unmöglichen Gelegenheiten zerrte und schmerzte.

Da die Ausbildung so gut lief, erhielt Stechbarth ein Radio und Lothar ein Fahrrad als Belobigung. Weil aber Lothar das Fahrrad häufig an einen Kumpel verborgte, bat der schließlich: »Kannst du mir nicht für dreihundert Mark das Rad verkaufen?«

Nach kurzem Überlegen willigte Lothar ein. Er wollte schließlich in Urlaub fahren. Nach Sieversdorf. Nachsehen, was sich dort in den letzten Jahren so getan hatte. Und vielleicht konnte er alte Bekanntschaften auffrischen.

Zwei Tanten besuchte er ... und Mutters Freundin. Die erzählte ihm auch, dass seine Mutter knapp bei Kasse sei. Da gab ihr Lothar voller Mitleid einen Teil seiner Finanzen. Das geschah noch einige Male. Natürlich durfte es niemand wissen. Aber seine Mutter erhielt das Geld, denn auf dem gleichen Wege bekam er ihren brieflichen Dank.

1954 war ein Höhepunkt in seiner Laufbahn: Er sollte als Erster aus seinem Bereich das Bestenabzeichen der Kasernierten Volkspolizei in Straußberg vom Generalleutnant Hoffmann erhalten. Dazu wurde er nach Berlin in Marsch gesetzt. Unterwegs fand er noch einen ebenfalls in Marsch gesetzten Feldwebel. Mit klopfendem Herzen betraten beide die Dienststelle in Straußberg und standen vor einem weiblichen Adjutanten des Generalleutnants!

Zackiger Gruß, wie es sich gehörte. Einige Floskeln, dann ihre entscheidende Frage: »Genossen, haben Sie schon gegessen?«

»Nein, Genossin Oberleutnant!«

Sie drückte einen Knopf. Ein Major erschien und nahm Haltung an. »Genosse Major«, wies sie ihn an, »führen Sie die Genossen in den Speiseraum und sorgen Sie für sie. Sie sind Gäste des Chefs.« Lothar und der Feldwebel salutierten abschließend und wandten sich tief beeindruckt zum Gehen.

»Genossen, Sie haben noch ein paar Stunden Zeit. Wollen Sie sich nach dem Essen noch Straußberg ansehen?«

»Natürlich.« »Gern«, stotterten beide überrascht.

Im Speisesaal, gediegen gegen das, was sie kannten, wurden sie an einem Tischchen platziert. Der Koch erschien und danach wurden ihnen die Speisen serviert! Wow! Sie mussten sich nichts holen! Es kam ihnen märchenhaft vor.

Gesättigt schritten sie nach draußen und wollten sich nun Straußberg ansehen. Plötzlich hielt ein Tatra neben ihnen. Die Adjutantin rief ihnen zu:

»Steigen Sie ein. Sie müssen doch nicht laufen. Dazu ist das Areal doch viel zu groß!« Verdutzt kletterten sie in das Auto. Zur damaligen Zeit in dieser Ausfertigung ein ungeheurer Luxus!

Die Adjutantin fuhr sie nun von einer Sehenswürdigkeit zur anderen und spielte den Stadtführer. Dann setzte sie sie vor dem Gebäude ab, in dem die Auszeichnung stattfinden sollte.

»So, Genossen, bleiben Sie in diesem Gebäude. Sie können sich auch frisch machen. Hier finden Sie alles für Ihr Wohl. Ich wünsche Ihnen eine schöne Feier!« Fort war sie mit dem Luxusauto und die beiden sahen ihr einen Moment verdattert nach.

Sie fanden wirklich alles, was ihr Herz begehrte.

Dann standen sie zur Auszeichnung bereit. Es waren nur sechs Männer der unteren Dienstgrade und Lothar empfand diese Auszeichnung als Höhepunkt seines Lebens.

Als Bester durfte er am Ersten Mai dann das Stalinbanner tragen! Doch was geschah? Als er – flankiert von zwei Offizieren – unter einer Reihe Akazien marschierte, blieb das nur leicht befestigte Banner in den Bäumen hängen und er trug nur noch die leere Stange! Der Marsch wurde sofort gestoppt, das Banner heruntergeholt und wieder aufgezogen. Unbeschädigt konnte Stalin im Stechschritt an der Ehrentribüne präsentiert werden!

Ach, Stalin! Zu Ehren des großen Genossen wurde 1953 in einer Panzerlehreinheit ein Sockel errichtet und seine Büste darauf befestigt.

Da stand er nun gegenüber dem Stabsgebäude zwischen einigen mächtigen Kiefern.

Doch nicht lange, denn seine Ära war vorbei. Nun galt es, diese Büste möglichst unauffällig zu beseitigen.

»Genossen, der Platz wird ›neu gestaltet‹! Aber bitte kein offener Übergriff auf den Genossen Stalin!«

Mit Panzerunterstützung versuchte man, die Kiefern so umzustoßen, dass sie »versehentlich« den Sockel treffen sollten. Nach dem Einsatz lagen alle Kiefern, doch Stalin stand!

Heimlich in der Nacht wurde seine Büste dann davongeschleppt und im Kulturarchiv eingelagert.

Die Freizeit der Soldaten wurde möglichst gut durchorganisiert, damit keiner auf dumme Gedanken käme. So gab es den Sport, das Schießen (unter dem Motto: Soll die Freizeitarbeit sprießen, geht man mit der Truppe schießen!), Chor, Kabarett und politische Zirkelabende.

Alles wurde im Wettbewerb abgerechnet. Dafür gab es dann wieder Abzeichen. Lothar sammelte solche Abzeichen voller Ehrgeiz. Beim Sportabzeichen gab es allerdings eine Schwierigkeit: Er konnte nicht schwimmen!

Da dieses Abzeichen jedoch bei einem großangelegten Sportfest abgelegt wurde, fand Lothar eine Möglichkeit: Er konnte nicht schwimmen und der Genosse Schubert konnte nicht schnell genug rennen. Also sprang Schubert als Lothar ins Wasser und Lothar absolvierte den Hundert-Meter-Lauf als Schubert. Keiner bemerkte den Schwindel. Stolz nahmen sie die »goldenen« Sportabzeichen in Empfang.

Natürlich besuchte Lothar als Bester – er wurde von seiner Gruppe delegiert (die meisten dachten: »Wenn der geht, brauchen wir nicht!«) – auch Parteikonferenzen. Auf einer sprach ein Oberstleutnant sehr prägnante Sätze, die Lothar mitschrieb, um sie seiner Gruppe brühwarm zu übermitteln:

»Genossen, unsere Soldaten stehen mit Nutten auf der Straße und holen sich den Tripper. Wir müssen Freundschaftstreffen organisieren. Dann stehen sie höchstens mit fortschrittlichen Mädchen im Keller. Das können wir verantworten …

Unsere Soldaten gammeln, die Offiziere saufen, aber die Reaktion steht am Tor und lacht …

Unsere Soldaten haben ein schlechtes Bewusstsein! Sie haben kein Geld für die ›Junge Welt‹ (Zeitung), sitzen aber in der Mitropa, fressen die Speisekarte rauf und runter und die Offiziere dulden das!«

Um das Leben im Standort anzukurbeln, hatte irgendjemand die »Selbstverpflichtung« erdacht. Die hingen dann an der Wandzeitung!

»Worin unterscheidet sich ein altes Märchen von einem heutigen?«, fragte Lothar leise seine Kameraden. Die zuckten die Schultern.

»Ein altes Märchen beginnt mit ›Es war einmal …‹ Das heutige beginnt mit ›Ich verpflichte mich …!‹.«

Alle kicherten und Lothar legte den Zeigefinger auf die Lippen: »Psst!«

1953 warb man Lothar für die SED. Ihm war inzwischen klar, wenn er die Offizierslaufbahn nahm, musste er in die Partei. Noch nahm er ja auch an, dass SIE das Leben zum Guten beeinflusste.

Doch während der Kandidatenzeit verlor er seine Kandidatenkarte.

»Das kann doch nicht wahr sein, Genosse! Das ist Ihr wichtigstes Dokument und Sie verlieren es wie eine Kartoffel! Was unsere Feinde damit alles bewerkstelligen können! Sie haben dem Klassenfeind Tür und Tor geöffnet. Der kann nun damit bis ins Zentralkomitee. Ist Ihnen das überhaupt klar?«

»Ja, schon«, druckste Lothar kleinlaut, »vielleicht hätte ich es nicht in der Jackentasche, sondern an einer Kette um den Hals tragen sollen.«

Dem Politoffizier fielen beinahe die Augen aus dem Kopf. Wollte der Bursche ihn auf den Arm nehmen? Aber der guckte doch, als ob er nicht bis drei zählen könnte. Der Politnik schluckte.

»Na jedenfalls, wo es nicht einfach herausrutschen kann. Wenn Sie nicht ein so guter Soldat wären … Was machen wir nur? Nächste Woche ist die Aufnahme in die Partei! Bis dahin bekommen wir doch keine neue Kandidatenkarte. Das dauert doch!« Verzweifelt kratzte er sich hinter dem Ohr. »Außerdem bekommen Sie für den Verlust eine Parteistrafe.«

Die bekam Lothar in der nächsten Parteiversammlung ausgesprochen. Reumütig senkte er dabei den Kopf.

»Das ist mir auch noch nicht passiert, dass ich einen Kandidaten mit einer Parteistrafe in die Partei aufnehme«, sagte der alte Genosse von der Politabteilung der Division fassungslos.

Nun war Lothar also Genosse! Mit einer Rüge! Einige von einer gewissen Institution sahen sich bestimmt in ihrer Meinung bestärkt, dass er ein Unsicherheitskandidat sei. Dazu trug auch eine andere Episode bei:

Es wurde wieder einmal Herbst. Aber es gab keinen Heizer im Objekt Gumnitz. Ein Zivilist hatte sich dafür gemeldet, erhielt aber vom Dienststellenleiter bei jeder Nachfrage eine ausweichende Antwort.

Eines schönen Tages musste er fort und Lothar übernahm als Hauptfeldwebel seine Aufgaben während seiner Abwesenheit.

Zufällig kam der Bürger an diesem Tag erneut nachfragen. Bei Lothar! Der fühlte die Kälte schon in seinem Dienstzimmer und war hocherfreut. Selbstverständlich stellte er ihn sofort ein und wies ihm seine Aufgaben. Schon am nächsten Tag würde wohlige Wärme herrschen! Lothar war glücklich, weil er und seine Soldaten nicht mehr frieren müssten und der Bürger freute sich, weil er nun endlich Zivilangestellter in dieser Taiga war, in der es so selten eine Anstellung gab.

Doch nach vier Tagen erschien in Lothars Geschäftszimmer ein Verbindungsoffizier der Stasi.

»Was erlauben Sie sich, uns vorzugreifen!«, empörte er sich lauthals. »Der Mann war bei der SA beziehungsweise bei der NSDAP und hätte gar nicht eingestellt werden dürfen … Wo bleibt denn da die Sicherheit des Objekts? Wenn er nun ein Spion ist?«

Lothar blieb ganz ruhig. Was konnte ihm schon passieren (dachte er jedenfalls damals)! »Wenn es so schlimm ist, müssen Sie ihn eben wieder entlassen. Aber dann besetzen Sie den Posten augenblicklich neu! Wir können uns bei diesen Temperaturen nicht leisten, den Posten unbesetzt zu lassen. Haben Sie auch die Auswirkungen auf die Truppe bedacht?«

Schließlich ging der unangenehme Typ.

»Mannomann«, stöhnte der Dienststellenleiter, »jetzt habe ich aber um meinen Posten bangen müssen.« Er nahm Lothars Hände in die seinen und drückte sie. »Spieß, was bin ich glücklich, dass diese Sache so glimpflich verlaufen ist. Ich hatte die ganze Zeit ein mulmiges Gefühl.«

Lothar kam auch gut davon, weil seine Parteiorganisation und die Vertreter der Gewerkschaft hinter ihm standen.

Als er den Heizer nach drei Jahren zufällig traf, dankte der ihm überschwänglich für die damalige Anstellung.

»Ich konnte endlich meine Familie ernähren«, erzählte er. »Ich bin immer noch dort als Heizer und wurde im letzten Jahr als ›Aktivist der Sozialistischen Arbeit‹ ausgezeichnet. Und wenn die Kaserne nicht vorher eingerissen wird, bleibe ich, bis ich Rentner werde«, versicherte er. Lothar freute sich mit ihm und fühlte sich selbstverständlich bestätigt.

1959 erhielt Lothar seinen Marschbefehl nach Doberlug-Kirchhain und staunte, als er in das Doberluger Schloss einzog.

Ein richtiges Schloss! Mit tiefem Wassergraben (ohne Wasser) und einer Brücke darüber! Nach der breiten Tordurchfahrt stand er auf einem gepflasterten Innenhof vor einem großen Baum. Er legte den Kopf in den Nacken und besah sich die Fensterfluchten bis hinauf zum Dach. Donnerwetter! Nun war er also Herr auf einem Schloss! Er lächelte. Na, dann woll'n wir mal!

Schnell hatte sich Lothar seinen ersten Platz unter den Hauptfeldwebeln erkämpft. Er war der anerkannte »Spieß«.

Auch bei der Auswahl der Kneipen! Nicht weit vom Schloss befand sich das »Café Dunker«. Dorthin strömten nach dem Dienst die Soldaten und an besonderen Tagen auch die Herren Hauptfeldwebel.

Als Lothar einmal verhindert war, gingen einige Stühle zu Bruch und der Wirt warf sie böse hinaus. »Die Spieße will ich hier nicht mehr sehen!«, schrie er ihnen empört nach.

Mit schlechtem Gewissen beichteten sie es Lothar. Der überlegte kurz. Eigentlich verdiente Dunker so viel an ihnen, dass er zwei Stühle wohl verkraften konnte.

Beim Appell am nächsten Morgen verkündete er der überraschten Truppe: »Von heute an ist ›Café Dunker‹ für alle Angehörigen dieser Dienststelle tabu!«

Erstaunt stellte Dunker am Abend fest, dass alle Armisten an seiner Gaststätte vorüberpilgerten und in die anderen Lokalitäten strömten. Am nächsten Tag das gleiche Dilemma. Am dritten wurde er unruhig. Am siebenten passte er Lothar ab.

»Genosse Hauptfeldwebel, auf ein Wort!«, sprach er ihn an.

»Ja, Herr Dunker, was gibt es denn?«

»Seit sieben Tagen kehrt kein NVA-Angehöriger mehr bei mir ein. Was ist denn bloß los?«

»Tja, Herr Dunker, das haben Sie sich selbst zuzuschreiben. Sie haben den Hauptfeldwebeln Ihre Tür verboten.«

»Aber …« Er stotterte vor Schreck.

»Das hätten wir doch auch anders klären können«, unterbrach Lothar ihn.

»Jaja, ich gebe zu, dass ich in der ersten Wut nicht daran gedacht habe«, gab Dunker klein bei. »Aber ich möchte Sie doch bitten, wieder bei mir einzukehren und auch den Soldaten den Besuch zu genehmigen.« Er buckelte richtig.

»Gut, Herr Dunker, wenn Sie den Kameraden nichts mehr nachtragen …« Dunker schüttelte vehement den Kopf. »… dann sind wir wie früher pünktlich bei Ihnen.«

Am nächsten Morgen bekam die Truppe beim Appell die Erlaubnis, »Café Dunker« wieder zu besuchen.

Von da an durften die Herren Hauptfeldwebel, besoffen wie die Stinte, als Rote Husaren auf Dunkers Stühlen bis nach Moskau reiten. Ging wirklich einer zu Bruch, wurde er stillschweigend mit auf die Rechnung gesetzt!

Ja, als Rote Husaren ritten die Spieße auch durch die Wiesen, allerdings ohne

Stühle, aber in ihrer Phantasie auf wilden Pferden. Ein solch dummes Vieh verfehlte allerdings den rechten Weg und warf seinen Reiter in eine Jauchegrube. Unter wüstem Lärm retteten ihn die anderen und stanken nun alle genauso bestialisch wie er!

Einmal verließ Lothar das gastliche Haus ein paar Minuten früher als seine Kameraden. Kichernd schob er sich in die hohle Linde vor dem Schloss. Als die anderen kamen, schrie er: »Schuhu, ich bin die Schlosseule, schuhu …« Ein Gejohle antwortete ihm und die Kameraden mit ihren alkoholisierten Gehirnen kamen auf immer absurdere Ideen. Lothar wurde es komisch. Wenn die das durchzogen, was sie da vorschlugen …

Er wollte ganz schnell raus. Aber es ging nicht. Sein Geschrei wurde kläglich und nach einer Weile bekamen es die Kameraden mit, dass mit ihm etwas nicht stimmte. Mit Holdrio befreiten sie ihn schließlich und brachten ihn in sein Bett.

Nach der Feier seines Geburtstages kam er blau wie eine Feldhaubitze im Schloss an, riss die Zimmertür auf und taumelte zu seinem Bett.

Verdammt, da lag einer drin!

»Wenn du nun schon in meinem Bett liegst, dann rutsch wenigstens zur Wand, damit ich auch noch reinkann«, brubbelte er den vermeintlichen Kameraden an und ließ sich ins Bett plumpsen.

Da ging das Licht an und der Stabschef vom Nachbarbataillon schnauzte ihn an: »Spieß! Sind Sie verrückt geworden?« Er schüttelte Lothar ordentlich, damit dieser zu sich käme. »Sie sind im Bett vom Bataillonskommandeur. Verschwinden Sie gefälligst!«

Lothar richtete sich schwankend auf.

»Genosse Oberleutnant, was machen Sie denn hier?«

»Spieß, Sie sind im falschen Zimmer! Hau'n Sie endlich ab!«

»O, 'tschuldigung!«, nuschelte Lothar auf schwankenden Füßen und schlug die Richtung zur Tür ein. Beim zweiten Anlauf fand er sie auch.

Am anderen Morgen, der Kopf summte noch wie ein Bienenschwarm, sah er überall grinsende Kameraden, die reinste Schadenfreude im Gesicht!

Lothar wurde zu seinem Bataillonskommandeur beordert. Zackig wie immer stand er vor ihm. Der sah ihn stirnrunzelnd an.

»Zuerst einmal meinen herzlichen Glückwunsch zum Geburtstag. Alles andre regelt der Nachbarbataillonskommandeur. Ab!«

Mit mulmigem Gefühl meldete sich Lothar bei jenem, natürlich zackig, und entschuldigte sich für die nächtliche Störung.

Welche Strafe könnte ihm aufgebrummt werden?

Er kam glimpflich davon. Er musste für alle Offiziere beider Bataillone eine Geburtstagsrunde schmeißen. Das war zwar teuer, aber besser als jede andere Strafe, die er hätte bekommen können!

Ob solche Vorfälle eine Rolle spielten? Lange blieb Lothar kein Schlossherr! Eine gewaltige Aufgabe erwartete ihn!

Da gab es den alten Anthrazitschacht ein paar Kilometer weiter. Leer! Aufgegeben! Aber ein paar Baracken und die Waschkaue der Bergarbeiter standen noch.

»Na, Lothar, das ist doch etwas für dich!« Wer mag das wohl gesagt haben und schob ihn wie eine Schachfigur hinaus in die Taiga. Ein anderer wäre damit bestimmt nicht klargekommen. Lothar aber kam aus Eggesin! Ein Kerl wie eine Eiche, die allen Stürmen standhielt.

Lothar blieb trotz demolierter Heizung und zog seine Reservistenausbildung durch. Sie hausten in Zelten und Pritschenwagen der Reichsbahn und besuchten die wie wohltuende Inseln im furchterregenden Meer in der Gegend angesiedelten Gaststätten.

So steuerte er mit zwei Reservisten auf den »Weinberg« zu. Von einem Weinberg war allerdings nichts zu sehen, ringsum nur Wildnis, Busch, durchsetzt mit alten Bäumen.

»Du, Alter, da scheint heute etwas los zu sein«, meinte einer bezüglich auf all die hell erleuchteten Fenster.

»Klingt sogar, als spiele eine Kapelle«, antwortete der andere.

Sie traten ein. Sogleich schoss der Wirt auf sie zu.

»Kommen Sie, meine Herren«, winkte er sie devot in die Richtung seiner Wohnstube, »hier können Sie ungestört Ihr Bier trinken. Ich habe heute eine Veranstaltung im Saal.« Schnell wollte er wieder davoneilen. Lothar hielt ihn fest.

»Was sind das für Menschen?«

»Die Kolchose von Werenzhain hat ein Abschlussfest für ihre Studenten ausgerichtet, weil die wie die Kümmeltürken fast drei Wochen geschuftet haben. Die LPG-Leitung hat in diesem Jahr einen richtig guten Griff mit dieser Gruppe gemacht. Ziemlich viele Mädchen dabei.« Er kniff grienend ein Auge zu und verließ sie nun eilends.

Lange saßen die drei Soldaten noch nicht, da gesellten sich zwei männliche Studenten zu ihnen.

»Männer, ihr sitzt hier so einsam und wir müssen dort drüben Schwerarbeit leisten«, meinte einer anzüglich. »Wie wär's, wenn ihr uns ein bisschen unterstützen würdet.«

»Könnt auch ein Bier umsonst trinken«, sagte der andere. »Habe schon mit dem Vorsitzenden geredet.«

So standen die Soldaten zwei Minuten später an der Theke des kleinen Saales und schauten sich das Treiben interessiert an. Zwei hatten ja ihre festen Freundinnen, aber Lothar war ungebunden.

Es war eine blaue Truppe! Nicht etwa wegen des Alkohols, der wurde nicht allzu stark konsumiert, aber alle Studenten trugen ihre blauen FDJ-Hemden! Uniformiert also. Da musste man schon genau schauen, um eine Individualität auszumachen. Noch stand Lothar in Thekennähe mit seinem Bier in der Hand und äugte.

Eine schwungvoll vorübertanzende Weiblichkeit titschte ihn leicht an, woraufhin ER ein »Verzeihung« rief.

Ihr leicht hingeworfenes »Bitte« empörte ihn maßlos.

»Die olle Glucke hole ich mir und lasse sie unterm Kronleuchter stehen«, schwor er Rache und wollte sie zum nächsten Tanz bitten. Doch er war nicht schnell genug. Lachend sah sie ihn an, hob bedauernd die Schulter und legte sich in die Arme des Kommilitonen.

Er forderte eine noch sitzende Studentin auf, die den kleinen Zwischenfall gar nicht mitbekommen hatte. Aber nach diesem Tanz passte er auf und war der Erste bei jener »ollen Glucke«. Doch er ließ sie nicht unter dem Kronleuchter stehen! Ihre Blicke von unten in seine Augen verdampften das Vorhaben, sein hungerndes Herz hieß ihn anderes.

So holte er sie zu jedem Tanz und als die Musiker ihre Instrumente einpackten, die anderen Studenten schon auf dem Laster saßen, schrieb sie ihm ihre Adresse auf seine Zigarettenpackung.

Während sie mit Spannung auf seine Post wartete, zerriss er wohl zum hundertsten Mal den Entwurf. Immer wieder war es ihm nicht gut genug.

»Das waren Studenten von der Karl-Marx-Universität!«, betonte er, als ihn einer von den beiden Reservisten fragte, ob er schon Post hätte. »Da kann ich doch nicht so einfach jeden Mist schreiben! Was soll die denn von mir denken!« Für ihn war diese Universität ihres Namens wegen das Allerhöchste überhaupt, was in der DDR an Lehreinrichtungen existierte.

Ursula lachte später. »Ach wo, ist sie nicht! Die Technische Uni in Dresden ist die höchste! Wir sind doch nur Lehrerstudenten!«

Endlich hatte er aber doch seinen ersten Brief zusammen und fand ihn gut. Trotzdem zitterten die Hände, als er ihn in den Briefkasten warf. Dann wartete er voller Spannung.

Und siehe da, schon nach fünf Tagen erhielt er Post. Voller Erwartung fetzte er den Umschlag auf und las. Ein Stein fiel ihm vom Herzen. Die Antwort war positiv. Sie schlug ein Treffen vor. In Torgau! Wieso Torgau? Sie schrieb, dass sie gern diese Stadt kennenlernen würde. Na ja, ist ja nicht schlecht! Aber dann …? Wohin in der fremden Stadt. Er kannte sie nicht. Und dann im Hotel übernachten? Die mit ihren strengen Sitten!

Wo könnte man sich denn noch treffen? Lothar hatte keine Ahnung und fragte den alten Heizer, der schon manchmal von Leipzig erzählt hatte.

»Da gibt es doch den Blumenladen in der Westhalle, Spieß. Da könnt ihr euch gar nicht verfehlen!«, riet er.

So schlug denn Lothar in seinem Antwortschreiben diesen Ort vor und fuhr mit klopfendem Herzen am Samstagnachmittag dem Leipziger Hauptbahnhof entgegen.

Er entstieg dem Zug als Erster, wurde aber immer langsamer. Alle hasteten an ihm vorbei. Schließlich ging er fast als Letzter durch die große Tür und stieg Schritt für Schritt die breite Treppe hinunter.

Ahh, da stand sie, löste sich von ihrem Platz am Blumenladen und kam der Treppe und ihm stetig näher. Ein zages Lächeln stahl sich in sein Gesicht. Sie antwortete mit einem strahlenden und einem langen Blick. Er begann sich als Sieger zu fühlen, aber noch krabbelte die Unsicherheit in ihm wie tausend Ameisen: »Studentin der Karl-Marx-Universität«, kurz KMU genannt.

Jetzt gestand sie erst einmal, dass sie nirgends Karten für eine Tanzveranstaltung bekommen hätte.

»Ich habe auch keine Ahnung vom Leipziger Nachtleben, obwohl ich schon zwei Jahre hier studiere«, sagte sie. »Wir könnten in das ›Erdener Treppchen‹ gehen. Dort ist zwar kein Tanz, aber eine kleine Kapelle spielt und es ist urgemütlich. Ich war schon einmal mit meinen Eltern drin.«

Inzwischen brach die Novembernacht an und es begann zu nieseln, vollkommen normal in dieser Jahreszeit. Aber nicht normal für ihre Stöckelsandalettchen. Lothar schielte auf die Dinger und fragte sich im Stillen, wie Frauen damit überhaupt laufen konnten. Doch ihre Beine sahen damit prima aus!

Sie fanden ein kleines rundes Tischchen unweit der Kapelle, an dem schon ein Seemann mit seiner Braut saß und sie ebenfalls mit den Augen vernaschte. Der Sekt nahm nicht ab und der Geiger stand mehr an ihrem Tisch als an anderen, um zarte Liebeslieder zu tonieren.

Lothar tat zwar wie ein erfahrener Herzensbrecher, war aber in Wirklichkeit sehr unsicher. Endlich, auf dem langen Weg außerhalb Leipzigs wagte er den ersten Kuss.

Aus der dunklen Fensterfront hinter einer noch dunkleren Mauer ertönte ein leiser Pfiff.

»Das ist die Russenkaserne. Da hängen jetzt alle an den Fenstern und beobachten uns«, klärte Ursula ihn auf. Wie unangenehm! Schnell bot er ihr den Arm, um sie aus dieser Gefahrenzone herauszuführen. Wie kam sie auf diesem Pflaster nur mit ihren Sandaletten zurecht? Dabei lag ihr Arm federleicht auf seinem!

Nun wagte er eine ganze Weile keine Annäherung. Erst in ihrem Studentenzimmer küsste er sie erneut. Hier konnten ja wohl keine Russen zusehen!

Aber allzu viel passierte in dieser Nacht nicht. Ihre Studenteneltern hatten für Ursula eine Schlafmöglichkeit auf dem Sofa in ihrer Wohnstube geschaffen und dahin zog sie sich für Lothar enttäuschend schnell zurück.

So fuhr er nicht ganz zufrieden am Sonntagabend seinem Doberlug entgegen. Am nächsten Wochenende würden sie sich nicht sehen, denn dann fuhr sie zu ihren Eltern am Harz.

Er grübelte. Erfahrung mit Mädchen hatte er kaum, wenn man von den bezahlten mal absieht. Erneut stellte er sich beim betagten Heizer ein und gestand ihm schließlich seinen geringen Erfolg.

Der lebenserfahrene Mann lächelte.

»Bei den Frauen kommt es nicht so sehr auf Kopf und Schwanz an, sondern auf Mund und Herz, mein Lieber«, sagte er und wandte sich seiner Arbeit zu. Lothar verließ ihn und grübelte über diese Worte lange nach. Zeit dazu hatte er ja.

Doch Ursula hatte auch nachgedacht und beim nächsten Treffen zog sie sich nicht mehr in die andere Wohnung zurück.

Von nun an sahen sie sich fast an jedem Wochenende – entweder in Leipzig oder in Doberlug. An einem Samstag im November bereitete ihm Ursula das nächste Problem.

»Ich habe mich heute (Bis Samstagmittag wurde damals noch überall gearbeitet.) in der Kirchhainer Schule für mein Deutschpraktikum angemeldet«, berichtete sie ihm. »Nun musst du für ein Zimmer sorgen, damit ich es auch antreten kann.«

Wie sollte er denn das bewerkstelligen? Zimmer waren Mangelware! Er beriet sich mit seinem Schreiber.

»Da gibt es doch in der Einheit den Gefreiten Kaiser. Das ist der, der in der DDR-Auswahl spielt und deshalb manchmal freigestellt wird. Dessen Mutter sitzt in der Wohnraumlenkung. Die müsste das packen!«

»Nicht schlecht, die Idee!« Er nickte dem Schreiber anerkennend zu. »Gefreiter Kaiser, zu mir!«, befahl er ihm danach schleunigst.

Wenige Minuten später trat ein gutaussehender junger Soldat ein und salutierte.

»Gefreiter Kaiser, Ihre Mutter arbeitet in der Wohnraumlenkung?«, erkundigte sich Lothar.

»Jawohl, Genosse Hauptfeldwebel!«

»Meine Verlobte benötigt während ihres Praktikums an der Schule in Kirchhain von Januar bis März ein Zimmer. Sie gehen jetzt zu Ihrer Mutter und lassen sich hier nicht eher wieder blicken, bis Sie ein Zimmer gefunden haben!«

Der Gefreite wollte etwas entgegnen, doch Lothar schnitt ihm das Wort ab.

»Wagen Sie sich nicht ohne eine Zimmerzuweisung hierher zurück! Gefreiter Kaiser! Abtreten!«

Kaiser salutierte verdutzt und verließ Lothars Dienstzimmer.

Nach fünf Tagen erschien er mit der Anschrift einer alten Dame, die ein möbliertes Zimmer vermietete. Lothar meldete seiner Ursula: »Befehl ausgeführt, Zimmer vorhanden!« Aber als sie wissen wollte, wie es sei, musste er gestehen, dass er es noch nicht gesehen hätte.

»Ich hatte keine Zeit und habe meinen Schreiber geschickt«, erzählte er. »Der kam nur bis zur Kaisern und dann besoffen wieder in die Einheit zurück.«

Als Ursula dann mit ihrem Köfferchen aus dem Zug stieg, hatte er ein richtig schlechtes Gewissen, weil es ihm wie dem Schreiber ergangen war.

»Wir müssen erst zur Frau Kaiser, den Schlüssel holen«, erklärte er und war gespannt, wie dieser Abend verlaufen würde.

Natürlich kredenzte Frau Kaiser sogleich ein süffiges Weinchen, doch Ursula ließ sich nicht bezirzen. Nach einer Stunde schaute sie auf ihre Uhr und wollte ihr Zimmer sehen. Zwar vergingen noch weitere dreißig Minuten, bis sie sich verabschiedet hatten, strebten aber nun zügig dem Zimmer zu.

Es war ein kleiner Raum, kaum genug Platz für Kachelofen, Waschtisch, Bett, Schrank und Tisch mit zwei Stühlen.

Am meisten störte es sie, dass in der Wand neben dem Bett nur eine dünne Tür das Zimmer zum Nachbarraum abgrenzte.

»Na ja, für die sechs Wochen geht es«, meinte Ursula und hatte das Bild ihres möblierten Studentenzimmers dabei vergleichend vor Augen. Lothar blickte sie schief an. War das nun eine Anerkennung, dass er das Zimmer besorgt hatte?

Sie legte ihre Sachen ab und küsste ihn ausgiebig. Damit war er nun absolut zufrieden.

Am nächsten Wochenende saßen sie wieder mit den Hauptfeldwebeln im

»Grünen Berg« und becherten. Wo sollte Lothar sonst in diesem Nest auch mit Ursula hingehen?

Während der Abend voranschritt und die Stimmung stieg, fragte einer aus der Runde, wann denn die Hochzeit sei! Lothar zuckte unentschlossen mit den Schultern. Sie waren ja noch nicht einmal verlobt!

»Am achtzehnten August!«, verkündete auf einmal Ursula und Lothar schnappte nach Luft wie ein Fisch auf dem Trocknen. »Ihr seid alle eingeladen!«, sagte sie auch noch. Lothar fühlte sich überrumpelt und äußerte dies auch später. Nun war Ursula platt. »Aber wir sprachen doch darüber, als ich dir das Gold für die Verlobungsringe gab.«

»Na, dann ist es ja gut«, lenkte Lothar nun ein. Im Grunde war es ihm egal. Hauptsache, er hatte keine Scherereien. Wenn die Hochzeit bei ihr stattfand, brauchte er sich um nichts zu kümmern.

Zum Weihnachtsfest fuhr er zum Harz. Eigentlich war ja ausgemacht, dass er zum Jahreswechsel dort auftauchen sollte, aber da gab es welche, die unbedingt Silvester zu Hause sein wollten!

Am Tag seiner Ankunft hatte Ursula ihre Schwierigkeiten mit der Regel, konnte nicht die vier Kilometer zum Bahnhof bewältigen und schickte ihren Schwager, damit dieser Lothar sicher ins schwiegerelterliche Haus geleite.

Lothar entstieg dem Bähnle und folgte der Menschenmenge, die sich aus dem Bahnhof nach rechts wälzte. Doch schon nach hundert Metern stimmte Ursulas Beschreibung nicht mit den Gegebenheiten überein und er wanderte zurück. Wieder vor dem Bahnhof angekommen, erkannte er seinen Fehler und wandte sich nach links. Als er nach etwa tausend Metern auf einer Kreuzung stand und überlegte, welche Straße wohl die richtige sei, sprach ihn ein Mopedfahrer an.

»Wollen Sie nach Schauen zu Ursula?«

Erleichtert bestätigte dies Lothar. Der Mann stellte sich vor und so marschierten sie zu zweit mit dem Moped in der Mitte die nächsten drei Kilometer bergauf und bergab.

Nach der Übergabe verzog sich der Schwager und Lothar stand seinen künftigen Schwiegereltern gegenüber. Nachdem er ein paar Fragen beantwortet hatte, kam er ins Schwadronieren und Ursula stellte sich interessiert dazu, obwohl sie ihm in der Küche Gänseleber braten wollte. Plötzlich schrie sie entsetzt und rannte in die Küche. Natürlich folgte Lothar genauso neugierig wie die Eltern.

Ihnen wälzte sich eine Rauchwolke entgegen. Mit vereinten Kräften löschten sie die Flammen, die das herausspritzende Fett provoziert hatte. Nun aß Lothar statt Gänseleber ein paar belegte Schnitten und am anderen Morgen unterhielt er die fleißig Tapezierenden, denn zu Weihnachten kann man doch nicht in einer angesengten Wohnküche essen!

Ansonsten fand Lothar Ursulas Eltern ganz passabel. Langsam legte sich seine Aufregung.

Nun schleppte ihn Ursula in die Umgebung.

Das Dörfchen lag idyllisch an einem kleinen Berg, von dem man zum Harz mit seinem Brocken blicken konnte. Mitten durchs Dorf schlängelte sich ein Bach, der die Abwässer entsorgte und deshalb Spülich hieß. Sogar eine Badeanstalt gab es, jetzt natürlich ohne Wasser. Daneben lag ein bestimmt einen Hektar großer runder Dorfteich, in dem früher die Kinder mit den Gänsen und Enten um die Wette badeten, wie ihm Ursula erzählte.

Sie führte ihn auch durch den Schlosspark, in dem sich jetzt vor dem Schloss der Fußballplatz befand, der nach dem Krieg den englischen Parkteil wegfegte.

»Ein Fußballplatz mitten im Dorf macht sich doch gut«, meinte Lothar.

»Nun ja, vorher sah es aber viel schöner aus«, entgegnete Ursula. Dann schwiegen beide. Keiner wollte dem anderen wehtun, denn auf einen Nenner konnten sie hierbei nicht kommen.

»Insgesamt ist dein Dorf sehr schön«, lobte Lothar und erhielt von ihr einen Kuss dafür.

Im Januar lief Lothar nach Dienstschluss nun ganz schnell zu seiner Ursula. Meistens hatte sie ihre Schularbeiten schon erledigt und sie gingen gemeinsam ins Kino oder eben in eine Gaststätte zu seinen Freunden.

Am Wochenende zeigte er ihr auch seinen Schacht, seine Taiga und erzählte viele Geschichten aus seiner Armeezeit.

»… und dann habe ich eine Suppe mit den Schweinepfoten gekocht, nach der sich die Landser alle noch einmal anstellten!«

»… Einmal kam ich mit meiner Gulaschkanone zu einer Truppe, die hatte seit drei Tagen keine Verpflegung erhalten. Was waren die glücklich, als ich ihnen die fertige Erbsensuppe gab. Danach wurde neue angesetzt, damit meine Landser nicht hungern mussten und dem Stab hab ich den Marsch geblasen, weil sie dort draußen eine Truppe vergessen hatten!«

Ja, in Ursulas große Augen erzählte es sich so wunderbar. So hörte sie auch die Geschichte von dem verlassenen Rehkitz, das sie auf dem Schlossboden versteckt hatten und mehrere Tage mit der Flasche fütterten. Irgendwer aber petzte und sie mussten es schweren Herzens herausrücken!

Er sonnte sich in ihrer Bewunderung und sie freute sich, weil sie solch ungewöhnliches Exemplar von Mann gefunden hatte!

Als sie sich erst ein paar Wochen kannten, hatte sie geäußert: »Von dir möchte ich Kinder bekommen!«

Verschreckt blickte er sie an. »Bist du …? Aber wir haben doch immer aufgepasst!«

»Ich habe doch nur gemeint, dass ich mir dich als Vater meiner Kinder vorstellen kann. Das heißt doch nicht, dass ich schwanger bin.« Sie war irritiert, weil er ganz anders reagierte, als sie erwartet hatte. Sie hatte es als Kompliment gemeint und er hatte wohl Gefahr gewittert. Nun, inzwischen hatten sie sich verlobt und trafen sich zum Pfingstfest in Doberlug. Danach sollte sie mit ihrer Gruppe im Studentenaustausch für vierzehn Tage nach Ungarn.

Fliegen! Mit einem Flugzeug! Ihm wurde schon auf den Lastwagen hinten stets schlecht. Bei der reinen Vorstellung des Fliegens wurde ihm übel. Sie aber lachte.

»Mir ging früher kein Karussell schnell und keine Schiffsschaukel hoch genug.«

Am Abend im Bett flüsterte sie ihm zu: »Wenn jetzt etwas passiert, ist es nicht so schlimm. Dann kommt ES während der Zeit, die wir für das Schreiben der Abschlussarbeit zu Hause verbringen.«

War das ein Angebot? Toll! Da brauchte Lothar also nicht aufzupassen! Das nahm er natürlich wahr.

Dann fuhr Ursula nach Ungarn und Lothar hielt ihre bunten Ansichtskarten mit einigen begeisterten Berichten in den Händen. Ob er in seinem Leben auch einmal ins Ausland kam? Bei seinem Rucksack (Westverwandte ersten Grades) schier unmöglich! Na ja, vielleicht ins sozialistische! Ungarn gehörte doch dazu … oder in die Sowjetunion, vielleicht ans Schwarze Meer.

Endlich hielt er die Kleine wieder in seinen Armen. Und was teilte sie ihm als Erstes mit?

»Du, ich bin schwanger! Zur Hochzeit bin ich dann schon im dritten Monat.« Na, das ging ja schnell! Sollte er nun vor Freude Rad schlagen? Verdammt, auf was hatte er sich da bloß eingelassen. Wiederum fand er sich auch alt genug für eine Familie.

»Muss ich jetzt behutsamer sein?«, fragte er vorsichtshalber, als sie ins Bett stiegen.

»Ich glaube nicht! Ich bin doch eine ganz normale Frau!«, kicherte sie und streichelte seine erogenen Zonen.

Zur Hochzeit hatte er zehn Hauptfeldwebel angekündigt und Ursulas Verwandte besorgten Fleisch von überall her. Zur damaligen Zeit gab es zwar keine Lebensmittelkarten mehr, aber Butter und Fleisch erhielt man noch nicht unbegrenzt. Ursula schleppte ein großes Stück Fleisch von ihrer Verkaufsstelle bei Leipzig nach Hause zum Harz!

Lothar wollte von Doberlug über Sieversdorf fahren, um von dort noch seine Sachen zu holen. Als er dann einen Tag vor dem Polterabend in Schauen ankam, war er sehr geknickt.

»Nichts habe ich mehr vorgefunden!«, erzählte er. »Meine Tante hat selbst meinen schönen Mantel irgendwie verscherbelt.«

»Macht doch nichts«, tröstete Ursula. »Seitdem wir verlobt sind, hast du in jedem Monat sechshundert Mark aufs Konto gebracht. Davon können wir einiges für dich kaufen. Sagtest du nicht, dass du auch noch eine Abfindung bekommst, wenn du im Herbst die Armee verlässt?«

»Ja, das sollen dreitausend Mark sein«, bestätigte Lothar.

»Na bitte! Davon kaufst du dir ein paar schöne Sachen. Die in Sieversdorf wären sowieso veraltet gewesen. Vielleicht hätten sie dir gar nicht mehr gepasst!«

Inzwischen hatte die Kubakrise (Sowjetunion hatte auf Kuba Raketen aufgebaut!) begonnen und von den angekündigten Hauptfeldwebeln kamen nur noch zwei.

»Da können wir noch froh sein, dass ich kommen durfte«, sagte Lothar. Und wirklich, einige Wochen später wäre die Hochzeit ins Wasser gefallen, denn die Situation spitzte sich zu. Der Frieden stand auf des Messers Schneide. Glücklicherweise taten alle das Richtige und die atomare Katastrophe blieb aus!

Lothar feierte unbeschwert seine Hochzeit im Schauener Schloss.

Dabei schaute er auch in den Nachbarraum, in der die Kneipe untergebracht war. Nach einiger Zeit kam er freudestrahlend heraus und verkündete Ursula und ihren Eltern: »Jetzt habe ich mit Nachbar Menke einen Schnaps getrunken!«

»Mit wem?«, fragte die Schwiegermutter verblüfft.

»Mit euerm Nachbarn! Menke!«, wiederholte Lothar. Schwiegermutter, Ursula und alle in der Nähe Sitzenden prusteten los. Lothar schaute konsterniert von einem zum andern.

»Der heißt doch nicht Menke, sondern Müller«, klärte ihn Ursula auf. »Menke ist nur sein Spitzname!«

»Aber er hat nichts gesagt, als ich ihn damit ansprach«, beteuerte Lothar.

»Nein, bei Menke nicht!«, lachte die Schwiegermutter. »Aber wenn du seinen zweiten Spitznamen gebraucht hättest …« Sie lachte erneut. Lothar blickte fragend in die Runde.

»Schietkopp!«, sagte Ursula und alle bogen sich vor Lachen.

Nach der Hochzeit fuhr Lothar mit seiner Ursula nach Ahlbeck an die Ostsee. »Wenn ich schon sonst nichts von der Armee bekomme, kann die wenigstens deine Reisekosten tragen«, meinte er und schrieb für Ursula einen Transportschein aus. Nun hatte Ursula Herzklopfen kostenlos! Besonders als Fahrscheinkontrolle war und die Diensthabende den Schein monierte. Als Lothar jedoch erklärte, dass er bei den Eisenbahnpionieren sei, ging alles in Ordnung.

Das Zimmer, das Lothar unter der Hand besorgt hatte, entpuppte sich als Winzling. Unter der Dachschräge hinter der Tür klemmte ein kleiner Waschtisch, ihm gegenüber ein Schrank. Zum Fensterchen hin räkelten sich zwei Betten, getrennt durch einen Gang, den die Breite des Nachttischchens bestimmte.

»Hoffentlich sind die Betten stabil«, griente Ursula anzüglich. Drei Tage später war sie froh, dass sie außerhalb von Lothars Fäusten schlief. Durch irgendetwas geweckt schaute sie zu ihm hinüber. Plötzlich rief er: »Gibst du die Steine her, du Schuft!« Seine Fäuste krachten links und rechts seines Kopfes wuchtig in die Kissen. Kichernd sprach sie ihn an.

Er richtete sich mit großen Augen auf. »Der Schuft hat mir meine Diamanten gestohlen«, sagte er noch völlig benommen.

»Hey, wach auf! Hier ist kein Schuft! Nur ICH bin hier!«

Seine Augen wurden klar und er blickte zu ihr hinüber.

»Wenn ich jetzt neben dir gelegen hätte, wäre ich entweder tot oder hätte solche Veilchen«, erklärte Ursula, untermalt von entsprechenden Gesten.

»Ach, dann hab ich nur geträumt«, stellte er erleichtert fest. »Aber so klar … Ich seh den Kerl jetzt noch ganz deutlich vor mir!« Er war noch immer halb im Traum. Sie fuhr ihm lachend mit dem nassen Waschlappen übers Gesicht.

Er protestierte, griff zu, zog sie herunter und küsste sie zur Strafe.

Eine Balgerei begann. Nur eine kleine, dem Zimmer angemessene. Beide wurden von einer ausgelassenen Stimmung ergriffen und Scherze flogen hin und her, während sie sich zum Ausgehen fertig machten.

»Mir san die Ruarhammer und …«, begann Lothar zu singen. Ein Lied, das Ursula nun absolut nicht mochte. Er griente und betonte die Silben noch stärker, als er ihr Stirnrunzeln bemerkte.

Als sie die Treppen aus ihrem Himmelreich herunterstiegen, begann er erneut zu singen.

»Ich zähle bis drei«, sagte sie. »Wenn du dann nicht aufgehört hast, knall ich dir eine!« Er griente und setzte erneut an.

In nur einer Sekunde hatte sie bis drei gezählt und es batschte laut im Treppenhaus. Lothar blieb verdutzt das Lied im Munde stecken. Er fasste nach seiner Wange und konnte es nicht fassen. Rasch schaute er nach oben und unten. Aber es war niemand zu sehen. Sie lachte über sein bedeppertes Gesicht.

»Das ist gemein«, sagte er schließlich. »Ich dachte, du zählst ganz langsam. Da hätte ich natürlich bei zwei drei viertel aufgehört.«

»Das habe ich mir gedacht!« Sie lachte hellauf und gleich darauf stimmte er ein.

Noch nach Jahren konnten sie über diese kleine Episode lachen.

In der ersten Woche war das Wetter schön durchwachsen und nicht geeignet, am Strand zu liegen. Deshalb wanderten sie viel.

»Einige Hotels sind neu, aber viele Häuser könnten einen Neuanstrich gut vertragen«, meinte Ursula. »Wenn hier alle so überbelegt sind wie unser Haus, müssten die Leute das Geld dafür doch eigentlich besitzen.«

Lothar zuckte die Schultern. Er war schon so lange Armist, dass er vom privaten Leben keine Ahnung hatte.

Deshalb fuhren sie auch von Ahlbeck nicht gleich nach Leipzig oder Doberlug, sondern stoppten in Potsdam.

»Mit einer Familie kannst du nicht gut bei der Armee bleiben«, hatte Ursula zu Beginn ihrer Beziehung gesagt. »Ein Armist muss ständig in der Republik wandern. Das ist aber für Kinder nicht optimal. Kinder benötigen ein stabiles Umfeld.« Darum wollte sich Lothar im Rat des Kreises Potsdam nach einer Stelle umsehen.

Ganz einfach wurde es ihnen nicht gemacht. Sie mussten bis nach Rehbrücke hinausfahren, um den Verantwortlichen sprechen zu können. Aber im Großen und Ganzen lief alles danach »seinen sozialistischen Gang«.

Doch vorerst verzögerte die Kubakrise Lothars Abgang von der Armee um etliche Wochen. Ende November endlich war es so weit und am dritten Dezember begann er im Rat des Kreises Potsdam seinen Dienst.

Eine Zimmerzuweisung erhielt er für Teltow-Süd. Bei einer Beamtenwitwe. Das Zimmer sah ja ganz ordentlich aus, doch in ihrer Küche glaubte er Sodom und Gomorrha zu sehen. Auf dem Fußboden lagen überall die Äpfel aus ihrem Garten, faulten vor sich hin und ließen nur schmale Laufwege zu. Auf den Möbeln stand und lag Geschirr.

»Brr, essen möchte ich dort nichts«, gestand er Ursula.

Weihnachten verbrachten sie gemeinsam in Schauen. Doch Silvester hatte er natürlich als Neuer im Kreis Dienst zu absolvieren. Bis Neujahr früh um acht! »Ist doch kein Problem«, meinte Ursula. »Da komme ich einfach mit. Oder darf ich das nicht?« Sie durfte und so verbrachten sie ihren ersten gemeinsamen Jahreswechsel in dem riesigen Gebäude im Rat des Kreises als Wächter am Telefon!

Lothar äußerte noch Bedenken, denn seine Ursula war schon recht rundlich. Doch die zerstreute sie.

»Hauptsache«, meinte sie, »wir passen noch zusammen in dein Teltower Bett.« Das ging gerade noch.

Aber als sie am nächsten Tag dort blieb, um wie in ihrem Studentenzimmer ihre Studienaufgaben zu erledigen, stand seine Wirtin im Zimmer und wärmte sich den Rücken am Kachelofen.

»Morgen komme ich mit dir zum Kreis«, erklärte sie am Abend ihrem Schatz. »Deine Wirtin musste ich hinauskomplimentieren, damit ich weiter arbeiten konnte. Ich muss ja noch jede Menge aus dem Russischen übersetzen, um meine Abschlussarbeit schreiben zu können.«

Am nächsten Morgen, als Ursula aus der Karaffe Wasser zum Waschen in die Schüssel gießen wollte, kam nichts. Verdutzt schaute sie nach.

»Donnerwetter«, rief sie, »eine dicke Eisschicht!« Sie nahm ein Messer und zerstieß die Schicht. »Das ist ja hier ein Wolkenkuckucksheim, wenn das Wasser einfriert, obwohl zwei Menschen im Raum sind!«

»Wie bei der Übung: Waschen mit Eis im Wasser!«, scherzte Lothar, nahm danach den Eimer, um neues Wasser von der Pumpe im Keller zu holen.

Grün und gelb im Gesicht erschien er wieder im Zimmer.

»Pfui Deibel«, schimpfte er. »Hier kochen wir uns keinen Kaffee mehr! Weil die Pumpe nicht zog, wollte ich mit dem Wasser angießen, das sie mir gewiesen hatte und immer dort steht. Aber das stank und war glibberich. Ich bin rasch in den Garten und habe mich übergeben. So etwas ist mir auch noch nicht passiert. Wenn ich daran denke, dass ich ihren Kaffee getrunken habe, wird mir erneut übel!«

»Trinken wir halt im Kreis Kaffee«, beruhigte Ursula ihren Lothar. »Und am Abend kaufen wir uns Selter. Dann müssen wir nichts von hier trinken. Die Frau ist auch liederlich. Als sie gestern die Arme hob, um mir etwas zu zeigen, konnte ich unter dem rechten Arm hinein und unter dem linken Arm durch all ihre Klamotten hinaussehen. Als sie am ersten Tag ewig bei mir im Zimmer herumstand, erzählte sie, dass sie zum Friseur geht, bevor es richtig kalt wird und dann erst wieder, wenn es im Frühjahr schön warm ist.«

»Hm, so riecht sie auch«, meinte Lothar sarkastisch.

Am Donnerstag trennten sie sich: Er fuhr zur Arbeit nach Potsdam und sie zu ihrem Deutschpraktikum nach Leipzig.

So ganz recht war es Lothar nicht, als sie sagte: »Brauchst übermorgen nicht hinterherzukommen, denn ich muss 'ne Menge nacharbeiten. Da habe ich kaum Zeit für uns. Schau dich mal ein bisschen in Potsdam um. Es gibt da so viel zu sehen ...« Sie küsste ihn und weg war sie.

Aber er kam sich an diesem Wochenende ziemlich verloren vor. Bekannte hatte er hier noch nicht, bei denen er auftauchen konnte und in seinem Zimmer war es ungemütlich. Nicht mal ein Radio war drin!

Froh fuhr er am nächsten Wochenende nach Leipzig.

»Nie wieder bleibe ich allein in dem Kabuff«, schwor er ihr und kuschelte sich an ihre Seite.

Am nächsten Morgen stand er auf und reckte sich. »Das ist doch hier wenigstens ein richtiges Zimmer und riecht so behaglich ...« Er stutzte und blickte genauer in das Bett, das sie gerade beide verlassen hatten. »Wen haben wir denn hier!?« Er bückte sich und hob etwas vom Laken hoch. »Schau doch mal: Eine Sackratte!«

»Was ist denn das?« Ursula besah sich das Tierchen, das er auf seine Handfläche gelegt hatte. »So ein Vieh hatte ich vorgestern auch schon gefunden. Aber ich wusste nicht, was es ist. Wie heißen die?«

»Das ist eine Laus«, erklärte er ihr. »Bei mir bleiben sie nicht.«

»Und wo halten die sich normalerweise auf«, erkundigte sie sich.

»In der Körperbehaarung!« Er beugte seinen Rücken und untersuchte seine untere Region. »Ich habe keine. Auch keine Nissen. Das sind die Eier.«

»Und ich? Ich kann doch gar nicht mehr über meinen dicken Bauch dort hinschauen.« Hilflos blickte sie ihn an.

Er lächelte. »Dann werde ich mal ...« und kniete nieder. »Mein lieber Scholli, du bist übervoll. Und haufenweise Eier! Hast du nichts bemerkt? Die Viecher sollen doch beißen!«

»Natürlich hat es gepikt. Aber das habe ich auf den festen Schwangerschaftsgürtel geschoben!«

»Tja, die müssen wir ausrotten!«

»Aber womit? Heute ist Sonntag. Deswegen belästigt man doch keine Apotheke!« Ursula schaute sich ihre Fläschchen und Flaschen an. »Parfüm?« Sie schüttelte den Kopf. »Das bisschen reicht nicht weit. Hier ist noch Fleckentferner! Fast voll, die Flasche. Versuchen wir's damit!« Lothar äugte unsicher. Meinte sie das im Ernst?

Sie kippte sich wirklich einen Schuss in die hohle Hand und verrieb es in ihrer Bewaldung. Wieder und wieder. Da überwand er sich und rieb sich ebenfalls damit ein. Oh, wie begann er zu hüpfen, als er unvorsichtigerweise etwas in das Löchlein seines Wasserhahnes bekam.

Später gestanden sie es Ursulas Wirtsleuten. Nun rätselten alle, wo Ursula die Läuse aufgegabelt haben könnte. Denn dass Ursula sie eingeschleppt hatte, war allen klar.

Doch nur wenige Wochen später fand Lothar eine Laus an seinem Körper. »Dann muss sie von meiner ›sauberen‹ Wirtin sein. Letztens hatte ich morgens frische Rattenköttel im Bett! Mein Kopfkissen ist auch angeknabbert! Ich setze die Hygiene an!«

Das tat er wirklich! Als er eines Tages von der Arbeit kam, giftete die Frau ihn an:

»Haben Sie mir die Hygiene auf den Hals gehetzt? Das ist ja wohl eine Gemeinheit. Mein Haus ist völlig in Ordnung!« Sie sprach ein paar Tage kein Wort mehr mit ihm.

Lothar lief Sturm im Teltower Wohnungsamt. Schließlich besaß er jetzt eine Familie: Sein Sohn hatte inzwischen das Licht der Welt erblickt und bis zum Schuljahresanfang mussten sie sich eine Wohnung eingerichtet haben. Ursula sollte ab September in einer Teltower Schule unterrichten.

Im Mai bekam er eine Zuweisung für eine Wohnung in Teltow-Mitte. Er besah sie und lehnte empört ab.

»Überall siehst du den Zerfall«, erzählte er seiner Ursula. »Dort laufen die Ratten am hellichten Tag über den Hof. ›Da hat ein Doktor drin gewohnt und Ihnen ist es nicht gut genug?‹, herrschte mich die ›Dame‹ vom Wohnungsamt an. ›Wollen Sie ein Schloss?‹ Ich entgegnete: ›Der Doktor wird schon gewusst haben, warum er dort auszog. Jedenfalls ist das keine Wohnung für mich. Und meine Frau ist Lehrerin. Wenn dort mal Eltern hinkommen, die fallen ja vor Entsetzen in Ohnmacht!‹ Nun erzählt die Olle überall, ich wolle ein Schloss. Das hat mir ein alter Genosse berichtet.«

Ende Juni ging »die Olle« in Urlaub und Lothar schickte ein Telegramm nach Leipzig: Komm zur Wohnungsbesichtigung …

Natürlich kam Ursula und sie besahen sich eine Eineinhalbzimmerwohnung mit Wohnküche; Bad und Toilette fürs ganze Haus im Anbau unten. Die Wirtin, eine saubere Beamtenwitwe, war nicht begeistert, weil sie am liebsten einen Verwandten genommen hätte, der ihr im Garten helfen wollte.

Ursula hätte auch lieber ein Zimmer mehr genommen. Sie sah sich schon die

Hefte überall stapeln … Aber ansonsten lag das Haus inmitten von Gärten und Feldern im Süden Teltows. Als sie vor das Haus traten, konnten sie über die Felder hinweg zu Ursulas Schule blicken, die am Rande eines Neubaugebietes stand und an deren Erweiterung gebaut wurde.

War Lothar froh, als er im Juli seine Sachen in die neue Wohnung schaffen konnte. Dazu hatte er aus der Umgebung seines bisherigen Domizils einen Mann angeheuert, der Pferd und Wagen besaß. Sie luden Lothars Sachen auf und alles das, was Ursula inzwischen von Leipzig geschickt hatte – sie löste sich ja aus ihrem Studentenleben –, und fuhren durch die Gartenkolonie zur neuen Wohnung.

»Gut, dass wir nicht durch die Stadt mussten mit dieser Flüchtlingsfuhre«, meinte er amüsiert zu Ursula.

Die ersten Wochen verlebten sie ohne ihren Sohn. Den Kleinen pflegte Ursulas Mutter, damit Ursula in Ruhe ihr Studium beenden und in Teltow Fuß fassen konnte.

In den Herbstferien wollten sie dann endlich eine Familie werden. Damit die Umstellung den kleinen Kerl nicht zu stark belasten sollte, kam die Oma mit nach Teltow und blieb ein paar Tage, bis er sich an das neue Umfeld gewöhnt hatte. Traurig, aber beruhigt fuhr Oma wieder nach Schauen.

Morgens um halb sechs schob Lothar nun mit dem Kinderwagen los über die Feldwege – glücklicherweise sandige, keine lehmigen – zur Krippe, die um sechs öffnete. Dann fuhr er zum Dienst nach Potsdam. Am Nachmittag holte Ursula nach ihrem Unterricht den Kleinen von der Krippe ab.

Natürlich schäkerte Lothar unterwegs mit seinem Söhnchen. Der konnte so herrlich lachen. Der Kleine hatte es gern, wenn der Kinderwagen schön schaukelte. Auf glatter Strecke schubste Lothar ihn deshalb ordentlich an und ließ dabei den Griff los. Lag ein kleiner Stein im Wege oder war es eine Windböe? Plötzlich stand der Kinderwagen Kopf. Lothar bekam einen riesigen Schreck, griff schnell zu, zog ihn wieder in den rechten Stand und schaute in den Wagen. Doch erst nachdem er auch die hochgeschlagenen Kissen ins Lot gerückt hatte, sahen sich Vater und Sohn mit großen Augen an.

»Alles in Ordnung, mein Junge?«, fragte Lothar und nahm ihn vorsichtig hoch. Ah, der Bengel lachte schon wieder. Gott sei Dank!

Im nächsten Frühjahr verkürzte sich dieser Weg um einen Kilometer, weil die neue Krippe gleich neben Ursulas Schule hochgezogen worden war. Aber die Wege dorthin, vor allem die Abkürzungen, waren zerfurcht, denn es wurden noch weitere Wohnblöcke gebaut. Jetzt wurde Uli mit dem Fahrrad befördert.

Begeistert saß er auf dem Kindersattel, die Hände um die Lenkstange gekrallt und das Gesicht allem Neuen zugewandt.

Doch die Wege im Neubaugebiet änderten sich von Stunde zu Stunde. Gestern war Lothar unbeschadet durchgefahren, heute hielt urplötzlich etwas den Lauf des Vorderrades auf. Das Rad bäumte sich auf und Lothar griff im Überschlag das Kind und drückte es in seinen Bauch. Mit ihm zusammen rollte er sich wie im Judosport auf dem Boden ab. Dann stellte er Uli auf die Füße und erhob sich aus dem Staub. Ein Bauarbeiter kam gerannt.

»Alles in Ordnung? Ist der Kleine heil und gesund? Das sah ja gefährlich aus!«

»Ich glaube, es ist alles in Ordnung. Uli, tut dir etwas weh?« Lothar befühlte seinen Sohn. Der stand nur da und schaute erschreckt auf den Bauarbeiter.

»Ach, da ist ja der Übeltäter«, sagte der Bauarbeiter. »Hier im Unkraut liegt ein Kabel versteckt. Das muss sich ins Vorderrad geklemmt haben.« Er hob das Rad auf. »Scheinbar alles in Ordnung. Das Vorderrad dreht sich noch ganz passabel. Eine Speiche ist leicht verbogen. Na dann …« Der Arbeiter grüßte und ging zum Bau zurück.

Lothar setzte Uli wieder auf den Kindersattel und schob die paar Meter zur Krippe. Dabei überprüfte er, ob das Rad richtig lief. Schließlich wollten Ursula und Uli damit am Nachmittag zurückfahren. Wäre es nicht in Ordnung, hätte er eine Nachricht hinterlassen müssen. Am Abend erzählte er sein Missgeschick.

»Ich wunderte mich schon, woher Uli die Schramme am Oberschenkel hat«, meinte Ursula. »Gut, dass du einmal Judosportler warst und so schnell reagieren konntest. Ich hätte das nicht geschafft und wäre nur einfach hingeschlagen. Und das Kind ebenfalls! Bestimmt hätte er dann mehr Blessuren.«

Sie staunte noch immer über Lothar, wenn er plötzlich beim Spaziergang auf einer trockenen Rasenfläche eine paar Rollen und hundert Liegestütze absolvierte. Auch zu Hause trainierte er ab, weil er jetzt nicht mehr aktiv war.

Als er von einem Sportfest seiner Arbeitsstelle kam und ihr begeistert berichtete, dass er auf Anhieb über fünfzig Kilo gestemmt hätte, zeigte sie ihm einen Vogel und brüskierte ihn damit. Er hätte viel lieber in ihre bewundernden Augen geblickt.

Sie aber war empört. »Du kannst dir mit solchen Husarenstreichen sonst was auswischen! Und wer soll dann die Kohlen in den Keller tragen und Frau Vogt den Garten umgraben? Ohne dich geht es hier nicht!« Der letzte Satz söhnte ihn wieder aus.

Zum Geburtstag schenkte sie ihm einen Expander und er zeigte ihr, wie er alle sechs Federn auf einmal zog. Vor der Brust funktionierte es prima, aber hinter dem Rücken nicht ganz so gut. Beim Absetzen klemmte er sich die Haut ein und hatte einige Zeit eine schöne Kennzeichnung im Nacken!

Wenn ihn die Kollegen ärgern wollten, sagten sie »Nuttenlothar« zu ihm. Warum? Er hatte das Ressort »Rückkehrer und Wiedereingliederung«. Also, er betreute alle gestrauchelten Personen, sogenannte Assis, kümmerte sich um ihre Arbeitsstellen, um Schwierigkeiten mit den Wohnungen und mehr. Das war schon eine abwechslungsreiche Arbeit, besonders wenn er zu einer der Damen kam und sie ihn im Evaskostüm empfing!

Es machte ihm nichts aus, mit dem Bus in entfernte Dörfer zu fahren, etliche Kilometer per pedes durch Wälder zu laufen, um zu solch einem Assi hinzukommen. Das sollte man heute einmal von einem Bürokraten verlangen!

Lothar teilte sich Zimmer und Ressort mit dem Kollegen Sigmar Vogel. Manche Episode mit den Leuten würden sie nie vergessen.

Antragsteller für die Ausreise aus der DDR gab es genügend. Überglücklich, wenn ihre Ausreise »von oben« genehmigt worden war, wollten sie sich den Kollegen Vogel und Schneiderwind erkenntlich zeigen mit einem Päckchen »echtem« Kaffee. Westkaffee! Natürlich hatten die zwei die strikte Anweisung, nichts anzunehmen. Was meistens einen längeren Disput mit den Ausreisern auslöste. Viele gingen danach mit ihrem Päckchen verstimmt aus dem Zimmer, einige aber knallten das gute Stück auf den Schreibtisch und verließen fluchtartig den Raum und das Gebäude. Einer deponierte eine Packung echter Zigarren, getarnt selbstverständlich, beim Pförtner.

»Heute erscheint wieder der Herr Hinzmann«, eröffnete Sigmar bei Arbeitsbeginn, Schriftstücke ordnend, seinem Kollegen Lothar, der sofort zu grinsen begann.

»Nun, Herr Rat, dann machen Sie sich mal bereit«, meinte er lachend und schlug mit der flachen Hand bekräftigend auf den Tisch.

Gegen Mittag war es so weit. Es klopfte und herein trat, wie immer etwas schüchtern, der Herr Hinzmann. Ein älterer Herr, gut gekleidet, in vornehmer Haltung und mit ausgesuchtem Benehmen. Er verneigte sich begrüßend vor Sigmar.

»Guten Tag, Herr Rat!« Dann eine angedeutete Verbeugung zu Lothar. »Guten Tag, Herr Sekretär!«

Warum? Sigmar saß vor ihm mit Schlips und weißem Hemd, Lothar jedoch »nur« mit kariertem Hemd und Schlips, aber beide mit passendem Jackett.

»Habe Herrn Rat schon alle Unterlagen vorbereitet und erlaube mir, Sie Ihnen zu übergeben.«

»Herr Hinzmann, das ist ja großartig!«, lobte Sigmar.

Hinzmanns Gestalt straffte sich. »Freut mich außerordentlich, dass Herr Rat zufrieden sind.«

So oder ähnlich verliefen die Gespräche mit diesem Antragsteller. Bei allen anderen Besuchern erfolgte der Kontakt in DDR-üblichen Umgangsformen. Was Lothar nicht gefiel, war sein monatliches Einkommen. Er bekam dreihundertdreißig Mark auf die Hand!

»Das habe ich bei der Armee an einem Abend auf den Kopf gehauen! Da bin ich nicht mal rot geworden!«, äußerte er ärgerlich bei verschiedenen Anlässen.

Tja und Ursula verdiente fünfhundertfünfzig! Maßte sie sich deshalb an, ihn zu kritisieren? Letztens erst wieder, als er den Kleinen in die Luft warf, meckerte sie: »Du hast vorhin zu Uli gesagt: ›Aber nur noch einmal …‹ und jetzt ist es schon das dritte Mal. Wenn man etwas zu Kindern sagt, muss man es auch einhalten.«

Warum sollte er den Kleinen nicht noch einmal und noch einmal hochwerfen? Was ist denn daran schlecht? Er hatte doch solche Freude daran! »Muss sie uns beiden diese Freude vermiesen?«

»Erziehung ist deine Sache, nicht meine«, meinte Lothar, als sie es beim nächsten Mal wiederum beanstandete.

Sie versuchte, ihm zu erklären, dass Kinder sich aufs Wort der Erwachsenen verlassen können müssen, aber Lothar hatte längst seine Antennen eingefahren. So bildete sich Frust auf beiden Seiten, der nie abgebaut wurde.

Fast zwei Jahre war er nun schon im Rat des Kreises tätig. Sein Einkommen hatte sich kaum erhöht und Aufstiegsmöglichkeiten sah er nicht. Vielleicht sollte er sich nach etwas anderem umsehen?

»Du, die suchen Bürgermeister«, erzählte er eines Abends Ursula.

»Bürgermeister ist so etwas Ähnliches wie Spieß«, meinte sie nachdenklich. »Da bist du für alles im Dorf verantwortlich und musst für alle sorgen.«

»Und ich bekomme dann etwa so viel wie du ausgezahlt«, ergänzte er.

»Schön! Aber sieh zu, dass eine größere Wohnung dabei herausspringt, denn Uli soll nicht allein bleiben.«

So fuhr Lothar montags zur Bürgermeisterschule nach Brandenburg-Plaue und kehrte samstags zurück. Das tat richtig gut! Das meiste waren Männer, aber auch bei den Frauen hatte er bald gesiegt! Seine Art, im richtigen Augenblick einen Spruch oder Witz vom Stapel zu lassen, kam gut an. Und im Unterricht stand er ebenfalls an der Spitze. Schnell galt sein Wort etwas.

Nach den ersten Wochen wedelten seine Dozenten mit der Beurteilung, die ihm seine Arbeitsstelle gegeben hatte.

»Genosse Schneiderwind, mit dieser Beurteilung können Sie kein Bürgermeister werden! Wir schätzen Sie völlig anders ein. Kannte Ihr Vorgesetzter Sie überhaupt? Hier prangert ein Satz Ihr militaristisches Gehabe an! Wir fordern eine neue Beurteilung von Ihrer Dienststelle. Sind Sie damit einverstanden?«

Natürlich war Lothar einverstanden, nachdem er diese seltsamen Sätze gelesen hatte. »Wahrscheinlich hat mein Vorgesetzter noch nie eine Beurteilung geschrieben«, meinte er grinsend zu den Dozenten.

Eines schönen Vormittags kamen plötzlich Leute von der DEFA und warben Kleindarsteller für den Karl-Liebknecht-Film. Viele meldeten sich, darunter auch Lothar.

»Da gibt es gutes Geld!«, erzählte er Ursula.

»Aber nachts Filme drehen und am Tage studieren …« Sie wiegte den Kopf.

»Ich könnte das nicht!«

»Da schlafe ich rasch mal in den Pausen! Mir macht das nichts! Ich kann überall schlafen.«

Als dann der Film in den Kinos lief, war Lothar sehr aufgeregt.

»Achte mal auf einen Mann, der an jedem Arm eine ›Dame‹ führt. Der Mann bin ich!«, sagte er zu Ursula.

»Jetzt, jetzt muss ich gleich kommen«, flüsterte er angespannt. »Da! Das war ich!« Entspannt sank er in seinen Sitz.

»Das muss ich mir noch einmal ansehen«, meinte sie. »Das ging so schnell …«

»Ja, es sind auch nur drei Sekunden … Aber ich bin in voller Größe zu sehen!« Stolz lehnte er sich zurück. Die anderen Kleindarsteller von seinem Lehrgang gingen in der Masse unter. Er nicht!

Als der Film im Fernsehen lief, hingen sie voller Spannung vor dem Bildschirm. »Ja, wirklich«, bestätigte Ursula, »das bist DU. Wer es weiß, kann dich erkennen!«

Nachdem Lothar die Bürgermeisterschule mit sehr guten Ergebnissen abgeschlossen hatte, begann das Kegeln um seinen neuen Arbeitsplatz. Er besah sich schon eine Wohnung in Teltow-Seehof. Doch kurz danach kam der Rückpfiff: Geht nicht, Genosse, du hast einen zu großen Rucksack!

Dann sollte er nach Michendorf. Doch dort gab es das Autobahnkreuz!! Wieder drückte der Rucksack!

»Nun, Genosse, in Glindow ist eine Stelle zu besetzen.«

Lothar und Ursula besahen sich die Landkarte.

»Schöne Gegend. Aber denk an die Wohnung!«, erinnerte ihn Ursula. Doch bevor Lothar in Glindow antreten konnte, musste er für sechs Wochen zur Reserve.

In dieser Zeit wurde Glindow gekippt.

»Versteh mal, Genosse, wir mussten einen Genossen VON OBEN unterbringen. Es tut uns leid, aber …« Lothar war sauer, aber was konnte er dagegen tun?

»Genosse, gleich neben Glindow liegt Plötzin. Da ist der Bürgermeisterposten zu besetzen. Jetzt führt der Göhldorfer die Geschäfte mit. Dort kannst du sofort anfangen. Über der Gaststätte ist auch eine Wohnung frei.«

Lothar entrüstete sich. »Aber nicht als Bürgermeister über der Kneipe!« Ursula unterstützte ihn.

Sie suchten eine andere Wohnung. Ein älteres Ehepaar, einstmals aus der Industrie aufs Land gelockt, nahm die Gelegenheit wahr und wollte mit Lothar die Wohnung tauschen. Dadurch kamen sie nach Teltow … in eine Stadt und konnten von hier in jede Stadt der DDR ziehen.

Ursula besichtigte die Wohnung. »Nun ja, größer ist sie auf jeden Fall. Besser wohl nicht. Das Klo ist mitten auf dem Hof.«

Sie stimmten beide zu und bereiteten den Umzug vor.

Nachdem Lothar von der Reserve zurückkam, machte er sich am Montagfrüh auf nach Plötzin.

Dazu fuhr er mit dem Bus von Teltow nach Potsdam und stieg dort in den Bus nach Glindow. Nach Plötzin fuhren nicht allzu oft Busse und der morgendliche war schon weg.

Von Glindow trabte er nun Kilometer um Kilometer in westlicher Richtung durch die Feldmark. Endlich begann das Dorf und er suchte das Gemeindebüro. Dort drin werkte eine zierliche Frau, die nach seiner Vorstellung sogleich ihre Kündigung ausrief.

»Ich sollte nur bis zu Ihrer Ankunft die Stellung halten«, begründete sie. Ihn in seine Aufgaben einweisen konnte sie nicht! Sie schickte ihn zu Adolf Schulz, dem Buchhalter der LPG und stellvertretenden Bürgermeister.

Der wies ihn zum Göhlsdorfer Bürgermeister. So nahm Lothar wieder die Straße unter seine Füße und marschierte nach Göhlsdorf.

Dieser Bürgermeister verlegte sich auf Ausreden (»Ich habe man nur ein paar wichtige Sachen unterschrieben« – für zweihundert Mark (!) monatlich) und sandte ihn zurück zu Adolf Schulz.

Unterwegs stellte Lothar fest, dass, von wenigen Ausnahmen abgesehen, fast alle Häuser Plötzins wie Ruinen aussahen.

Inzwischen hatte er seine Reserven verzehrt und einen höllischen Durst, als er erneut bei Adolf Schulz auftauchte. Der sorgte zuerst für ein Getränk, damit Lothar nicht noch bei ihm das große Umfallen bekäme.

»Am besten, Genosse«, sagte er bedächtig, »du schaust dich im Büro um. Lass dir alles zeigen, bevor sie geht.« Das war's dann.

Als Lothar am Nachmittag in den letzten Bus nach Potsdam kletterte, war er richtig sauer.

»Wenn ich morgen früh wieder hier ankomme«, schwor er sich im Stillen, »dann gnade euch allen!«

Bei Ursula entlud sich seine Empörung. »So eine seltsame Übergabe habe ich ja nicht einmal in Gumnitz erlebt!« Doch diese Zustände dort weckten auch seinen Ehrgeiz. »Wenn die nicht in einem halben Jahr vor mir knien, dann …«

»Nanana«, unterbrach ihn Ursula lächelnd, »du bist nicht mehr bei der Armee. Ein bisschen länger wird's wohl dauern!«

Nun fuhr Lothar an jedem Morgen in aller Herrgottsfrühe mit dem Rad von Teltow-Süd nach Genshagener Heide, stieg in den Personenzug und fuhr bis Werder. Dort schwang er sich wieder aufs Rad und stuckerte über die holprigen Kopfsteinstraßen nach Plötzin. Hier versuchte er nun, das auf der Bürgermeisterschule erworbene Wissen anzuwenden.

Na ja, mindestens fünfundsiebzig Prozent waren nicht zu gebrauchen. Politischer Müll! Was blieb noch? Er suchte nach Zahlen, Bilanzen … Es war mehr als dürftig, was er in den Unterlagen fand.

Er schaute sich auch das dazugehörige Neu-Plötzin an. Hier sah es besser aus, es gab nicht so viele heruntergekommene Gehöfte wie in Plötzin.

»Ja, aber zuallererst muss ich eine Sekretärin haben«, sagte er fast verzweifelt am Abend zu Ursula. »Eine, die viel Ahnung hat, wäre am besten!«

»Weiß ich nicht«, meinte sie nachdenklich. »Die versucht dann vielleicht, dir alles vorzuschreiben, weiß alles besser und macht dir die Hölle heiß, wenn etwas nicht richtig ist. Wenn du eine unerfahrene hast, bist du der Größte! Und wenn du einen Fehler machst, ist das auch nicht so schlimm. Nimmst du ihn auf dich, steigst du in ihrer Achtung ins Überdimensionale!«

Lothar nahm eine Vierzehnjährige, Abgängerin aus der achtklassigen Schule in Göhlsdorf. Manche hielten ihn für nicht ganz richtig im Kopf.

Hannelore besuchte die Berufsschule und war wunderbar lernfähig, sodass beide bald ein eingespieltes Team waren.

Dazu kam noch der Stellvertreter Adolf Schulz, der seine Ortskenntnis und sein buchhalterisches Können in die Waagschale warf.

Inzwischen wohnte nun auch Lothars Familie in Plötzin. Wohnen kann man es eigentlich nicht nennen. Hausen ist wohl besser. Sie schafften sich gleich noch mehrere Eimer an, denn das gesamte Wasser musste vom gegenüberliegenden Bauerngehöft geholt werden. Einstmals gab es auch auf diesem Hof Wasser – der Brunnenschacht war vorhanden –, aber alles war verrottet und verfallen.

Weil die LPG in eins ihrer Häuser und der dazugehörigen Stallung Wasser legen wollte, schloss sie auch die beiden Nachbarhäuser mit an. So brauchte Lothar »nur« drei Monate Wasser für seine Familie über die Dorfstraße schleppen! Aber schon das genügte einigen neidischen Leuten für üble Nachrede.

Obwohl Ursula ihn drängte, auch sein Wohnhaus in einen ordentlichen Zustand zu versetzen (die Fensterrahmen musste sie beim Putzen festhalten und wenn es regnete, stellte sie alle verfügbaren Gefäße unter die Fenster), vergingen drei Jahre. Dann endlich waren die Kredite klar und das Haus wurde umgedeckt, erhielt neue Türen (endlich konnte das Haus abgeschlossen werden) und Fenster und wurde abgeputzt.

Völlig ruinierte Häuser wurden abgerissen. Nur vereinzelt standen noch heruntergekommene. Die Besitzer bemühten sich nun verstärkt um ihre Instandsetzung, denn keiner wollte der Letzte sein.

Lothar hatte Standvermögen bewiesen und wurde von vielen anerkannt, wenn auch nicht gerade geliebt. Bei der Materialbeschaffung half er nach bestem Vermögen, auch mal mit nicht ganz legalen Mitteln.

»Hör mal, Bürgermeister, ich möchte für meinen Jüngsten das alte Gesindehaus umbauen. Na ja, eigentlich würde ich es am liebsten zusammenschieben. Ist nichts mehr wert. Aber wir kriegen ja kein Eigenheim genehmigt!«

»Tja, Horst, wie ich sehe, soll ein Stück stehen bleiben. Hm, das Bauamt!« Lothar hob die Brauen und den Zeigefinger. »Vielleicht fällt es bei einer bestimmten Maßnahme irgendwie glaubhaft um …?« Er sah den älteren Mann, Genossenschaftsbauer, schelmisch an. »Die Begründung muss nur gut sein!«

Horst überlegte angestrengt. »Müssen wir zu Hause mal durchsprechen. Aber da ist noch etwas. Das bewilligte Baumaterial reicht doch hinten und vorne nicht.« Horst kratzte sich hinter dem Ohr. »Selbst wenn mein Schwager als BHG-Leiter etwas zusteuert …«

»Pass auf, demnächst schneidet ihr in der Genossenschaft doch Blumenkohl. Kannst du welchen besorgen? Den nehmen wir dann mit zum Betrieb. Ich hab schon etwas am Kochen. Ich sage dir noch Bescheid, wann wir Steine holen können. Dann musst du auch Zugmaschine und Hänger dazu besorgen … und ein paar Mann zum Be- und Entladen.«

»Meine Söhne und ich … sind schon drei und du kommst sicher auch mit. Reicht das nicht?«

Lothar nickte. »Ja, das reicht«, bestätigte er. Je weniger Fremde, desto besser. Beim nächsten Betrieb waren es dann Kirschen oder Pfirsiche, die den Besitzer wechselten.

So wurde der Ausbau bei der Feuerwehr organisiert und auch der bei der BHG.

Bei Letzterem schimpften einige: »Jetzt vernichtet DER schon Wohnungen!«, weil dabei zwei kaum noch bewohnbare Räume aus dem Wohnungsprogramm gestrichen wurden. Als dann die neue BHG-Verkaufsstelle und eine Bankfiliale eröffnet wurden, sagten die gleichen Leute: »Seht mal, was WIR geschaffen haben!«

Woher kamen die Baustoffe, die Lothar dafür besorgte? Sie durften in den Bilanzen nicht erscheinen, deshalb hieß es »Nicht bilanziertes Material«, auch sogenannte »Ausschussware«.

Dazu besuchte Lothar kleine bis mittlere Handwerksbetriebe. Hier bezahlte er die Arbeiter, damit sie in Feierabendarbeit seine Ziegel oder Steine herstellten – einmal musste er dafür auch den guten Portlandzement besorgen! Um die Arbeiter für diese zusätzliche Schicht zu begeistern, spendierte er außerdem die schon erwähnten Früchte.

Und woher nahm Lothar das Geld für solche Maßnahmen? Aus der eigenen Tasche jedenfalls nicht, denn die war nicht besonders gut gefüllt.

Nein, da wurde in der Gemeinde angeblich »Feierabendtätigkeit« geleistet. Für jede Stunde bekam ein Arbeiter fünf Mark. So unterschrieben eingeweihte Leute, auch Gemeindevertreter, Feuerwehrmitglieder und andere, die ihren Mund halten konnten, für »geleistete« Stunden und Lothar nahm das Geld, um solche Sonderausgaben zu finanzieren. Auch Lottomittel und einmalige Mittel vom Kreis setzte er dafür ein.

Schorsch, der Wirkungsbereichsleiter der FFW, fasste diese Aktivitäten einmal so zusammen: »Wir zwei würden fürs Dorf noch die Hölle ausräumen!«

In seinem Haushalt hatte Lothar fürs ganze Jahr höchstens zehntausend Mark für Wohnraumwerterhaltung. Das lag schon über den Mieteinnahmen. Fünfhundert Mark hatte er für das Straßenwesen. Für den Winterdienst war nichts da.

Deshalb schloss Lothar mit den Betrieben, vor allem mit den Gärtnerischen Produktionsgenossenschaften, Kommunalverträge ab und sicherte so den Winterdienst und die Ausbesserung der Straßen.

Aber da konnte es auch vorkommen, dass er mit dem Katechet zusammen auf dem Hänger stand und Sand auf die vereisten Straßen schippte! Und in Plessow schauten sich beide schelmisch an und warfen NICHTS auf die Seite vor der Zollschule!!

Von Anfang an arbeitete Lothar mit dem Pfarrer zusammen. Schließlich stand die Kirche mitten im Dorf, mitten auf dem Friedhof. Und der Friedhof gehörte der Gemeinde!

Als Lothar kam, lagen auf dem Friedhof an zwei Stellen Abfälle: alte Kränze und anderes. An der einen Ecke schaute der Berg schon über die Mauer!

Zusammen mit Pfarrer Schröter sorgte Lothar für den Abtransport und dafür, dass solche Berge nicht mehr wuchsen.

Im Frühjahr und im Herbst wurde je ein Subbotnik (unbezahlter Arbeitseinsatz) durchgeführt und dabei rund um den Friedhof sauber gemacht. Beim ersten Mal war der Herr Pfarrer nicht pünktlich, kam später und entschuldigte sich.

Beim nächsten Mal rief er Punkt acht Uhr laut über den Platz: »Herr Bürgermeister, wo bleiben Sie denn?« und amüsierte sich, wie Lothar um die Ecke gestürmt kam.

Als Lothar dann 1970 noch Plessow dazubekam und damit zweihundert Mark mehr monatlich bar auf die Hand, brauchte Ursula nicht mehr so auf den Pfennig zu schauen.

So fuhr die Familie 1973 zum ersten Mal in den Urlaub. Zwar nur nach Caputh und mit den Fahrrädern, denn Lothars Hannelore war wegen ihrer Schwangerschaft fort und die junge Ersatzkraft noch nicht eingearbeitet. So konnte er nach ein paar Tagen rasch mal ins Büro radeln und nach dem Rechten sehen.

»Die Kleine ist tüchtig«, berichtete er seiner Ursula. »Denk mal, sie hat ganz allein die Einkellerungsaktion für die Kartoffeln geklärt. Das läuft alles wunderbar.«

»Na bitte!«, meinte Ursula. »Und du hattest solche Bedenken. Man muss den Menschen nur etwas zutrauen, dann leisten sie auch Erstaunliches!«

Er schickte Brunhilde zur Schule und vermittelte sie in eine Nachbargemeinde, als Hannelore zurückkam.

Als nun Lothars Ältester seinen Grundwehrdienst geleistet hatte, blieben ihm noch ein paar Wochen bis zum Studium, in denen er ein Praktikum absolvierte.

»Wenn irgendetwas schiefgeht im oder mit dem Studium«, meinte Ursula eines Tages vor diesem Praktikum zu Lothar, »dann hat der Junge nichts, aber auch rein gar nichts, womit er sich seine Brötchen verdienen könnte.«

»Und an was denkst du da so?«, fragte er und sah sie mit Neugier und einem Schuss Skepsis an. Was würde sie da wohl wieder vorschlagen?

»Nun ja, Taxis sind doch immer begehrt! Weißt ja, wie wir immer warten mussten, wenn wir mal eins am Bahnhof nehmen wollten.«

»Na und?« Er konnte in diesen Worten nichts erkennen.

»Uli besitzt nur eine Motorradfahrerlaubnis. Mit einer anderen Fahrerlaubnis könnte er mehr anfangen! Und wie lange es dauert, so ein Papierchen zu bekommen, weißt du ja! Wie wäre es denn, wenn DU einmal – nur ein einziges Mal – deine Beziehungen für ihn nutzen würdest?« Sie blickte ihn aufmerksam an. Würde er explodieren und sie für verrückt erklären? »Ist ja nicht für dich!«, schob sie rasch nach.

Er überlegte.

Sie wartete. Schließlich kannte sie seine Grundsätze zur Genüge. Würde er diesmal über seinen Schatten springen?

Er brauste nicht auf! Das war schon mal ein gutes Zeichen.

Nach einer ganzen Weile räusperte er sich. »Aber ob das was wird, kann ich nicht versprechen.«

»Das weiß ich! Aber ein Versuch wäre es doch wert«, meinte sie und blickte ihn erleichtert an. Eine Hürde war genommen!

Eine gute Woche später legte er einen Zettel auf den Küchentisch. »Uli soll sich dort am Donnerstag melden. Die wollen mit ihm sprechen und ihn einweisen.«

Nun ging es Schlag auf Schlag. Nach der Einweisung war nur eine Woche später die theoretische Prüfung. Zum ersten Mal sah die Familie Uli lernen, pauken, büffeln!

Er schaffte die Prüfung. Nur wenige Tage später waren ein paar Übungsstunden mit PKW und LKW und die praktische Prüfung.

Einer von den vier Schülern konnte sich die Frage nicht verkneifen: »Wer ist denn dein Vater, dass du hier mitmachen kannst?«

»Bürgermeister in Plötzin!«

Ungläubig stummes Staunen! So groß, dass keine weiteren Fragen kamen.

Nachdem nun in Plötzin alles prima lief, sollte Lothar natürlich in eine andere Gemeinde versetzt werden.

»Schmergow liegt am Boden. Genosse, das musst du doch einsehen, dass das geändert werden muss!«

»Dann ändert es bitte.« Lothar war brüskiert.

»Das wäre doch eine Aufgabe für dich, Genosse. Du könntest zuerst mit dem Rad hinfahren, bis du dir dort eine Wohnung besorgt hast …«

»Nicht so, meine Herrschaften!«, fuhr Lothar den Genossen vom Kreis in die

Parade. »Ich habe inzwischen Familie ... und wie ich weiß, ist keine entsprechende Arbeitsstelle für meine Frau dort vorhanden!« Lothar ließ sich nicht breitschlagen und Ursula stärkte ihm den Rücken.

Eine ähnliche Situation ergab sich, als in Glindow plötzlich ein neuer Bürgermeister benötigt wurde. Wieder solch unerquickliche Aussprache. Lothar war wütend.

»Damals habt ihr mich abgeschoben ...!«

»Genosse, das musst du doch einsehen, wir konnten doch nicht anders ...«, wanden sich die Genossen Funktionäre.

»Außerdem ist in Glindow keine entsprechende Wohnung vorhanden und eine Stelle als Deutsch-/Geographielehrerin für meine Frau ist ebenfalls nicht verfügbar.« Lothar stellte sich bockbeinig an und ließ sich nicht manipulieren.

Verärgert setzten diese Genossen das Gerücht in die Welt: »Seine Frau beansprucht den Direktorposten der Schule!«

»Das schlägt dem Fass den Boden aus«, schimpfte Lothar. »Wenn die noch mal ankommen, dann können sie mich aber kennenlernen!« Sie kamen nicht mehr!

Dafür kam ein paar Jahre später die Wende!

Neuwahlen wurden angesetzt. Lothar wurde mit großer Mehrheit wiedergewählt. In anderen Gemeinden gab es ähnliche Ergebnisse. Nun wetterten die neuen Herren, dass so viele alte Genossen im Amt blieben, und verstanden es nicht. Dabei ist es doch leicht zu erklären: Die kleinen Funktionäre an der Basis versuchten auszugleichen, was DIE DA OBEN so anrichteten. Sie wollten FRIEDE AUF ERDEN UND DEN MENSCHEN EIN WOHLGEFALLEN verwirklichen und nicht nur in die eigene Tasche wirtschaften und die Macht genießen!

Glaubte Lothar, seinen Dienst wie all die Jahre zuvor erledigen zu können, sollte er sich getäuscht haben. Es wehte ein anderer Wind. Wie immer hatte er am Jahresende übrige Gemeindegelder auf den Rücklagefonds gelegt, um sie im nächsten Jahr sinnvoll einsetzen zu können. »So geht das nicht mehr!«, wurde er gerügt. »Das Geld MUSS ausgegeben werden, sonst erhalten Sie eine Strafe! Das kann sogar Gefängnis sein!«

Lothar konnte sich tagelang nicht beruhigen und schimpfte wie ein Rohrspatz vor Ursula.

Eines Abends wurde Sturm an seiner Haustür geklingelt und als er erschien, surrten die Kameras und Licht blendete ihn, sodass er die Augen mit der Hand abschirmen musste, um erstmal zu erkennen, wer da vor ihm stand. Freilich wiesen sie sich auch aus, aber erst nachdem sie ihn mit peinlichen Fragen überschüttet hatten und er sich wegen dieser Methoden zu beschweren begann. Da sie nichts aus ihm herausholten, verließen sie den Hof, nicht ohne vorher noch einige Drohungen auszustoßen.

»Worum ging es denn?«, erkundigte sich Ursula, als er hereinstürmte und sich anzog, um zum Büro zu rennen.

»Ich muss den Rechtsanwalt benachrichtigen, damit der die Ausstrahlung oder den Druck dieser Schweinerei verhindert. Es geht ums Gewerbegebiet, bei dem ich Schmiergelder angenommen haben soll! Kann länger dauern! Geh schon schlafen!«

Ja, das konnte niedergeschlagen werden, weil ihm nichts nachzuweisen war. Doch nach dem Brand in der Baracke des Jugendclubs musste er vor Gericht. Auch hier blieb nichts an ihm hängen.

Wirklich glatt lief es mit der Firma Haacke, die gleich nach der Wende in Neu Plötzin Land erwarb und ein zweites Werk gegenüber der Autobahnauffahrt errichtete, in dem viele Bürger dieser Gegend Arbeit erhielten und den GLEICHEN (!) Lohn wie die Arbeiter im Stammbetrieb in Celle.

1993 wurden die »kleinen« Bürgermeister zu ehrenamtlichen degradiert und Lothar wie viele andere in die Arbeitslosigkeit geschickt. »Am liebsten würde ich ja weitermachen«, sinnierte er, »weil ich so viel in die Wege geleitet habe. Das möchte ich doch auch vollenden. Wiederum ziehen sie mir dann vom Arbeitslosengeld meine Aufwandsentschädigung ab.«

»Was bedeutet, dass du alles aus eigener Tasche zahlen musst!«, fiel ihm Ursula in seine Rede.

»Genau! Und später bei der Rentenberechnung kommt auch nur ein Minus dafür heraus. Das ist verdammt ungerecht!«, schimpfte er los und wedelte empört mit den Schriftstücken, in denen ihm das alles klargemacht wurde.

»Wenn du jetzt, auf dem Höhepunkt deiner Laufbahn, gehst, werden sie dich alle in guter Erinnerung behalten. Später heißt es vielleicht: Warum musste der auch bleiben! Kommt doch mit dem neuen Kram nicht zurecht! ICH würde aufhören!«, sagte Ursula. »Aber das ist DEINE Entscheidung!«

Noch ein paar Tage und Nächte wälzte er das Problem. Dann siegte die Vernunft und er legte sein Amt nieder. Alle bedauerten es. »Willst DU nicht wiederkommen?«, wurde er noch fünfzehn Jahre danach gefragt. Und bei Rentnergeburtstagen hieß es so manches Mal: »Der Bürgermeister ist schon da!«, wenn sein Amtsnachfolger die Szene betrat!

Nach der Wende, als Lothar noch zauderte: »Soll ich oder soll ich nicht …«, standen plötzlich sein Bruder, seine Schwester und seine Schwägerin in der Tür.

Lothars Gehirn arbeitete fieberhaft – schließlich besaß er nur ein paar uralte Fotos von ihnen – und konnte die vor ihm Stehenden nicht sofort einordnen.

»Genauso habe ich ihn mir vorgestellt«, sagte Schwester Gisela plötzlich und ihre Tränen kullerten.

»Guten Tag, Lothar. Weißt du, wer ich bin?«, erkundigte sich Eckhard schmunzelnd.

Lothars Gesicht klärte sich auf. »Guten Tag. Jaa, ich glaube, du bist mein Bruder Eckhard.«

»Das stimmt«, freute sich Eckhard und wandte sich den Frauen zu. »Und das ist Helga, die Frau vom Klaus.« Er wies auf die ältere der beiden Frauen. »Und diese hier brauche ich dir wohl nicht vorzustellen ...«

»Gisela, ja, Gisela!« Lothar riss beinahe die Tür aus den Angeln. »Kommt herein!«, forderte er alle auf und begrüßte sie herzlich.

»Draußen im Auto ist noch Uli, Giselas Mann«, warf Eckhard ein, während nun auch Ursula die Ankömmlinge begrüßte.

»Ich hole ihn«, rief Lothar und stürzte davon. Unterwegs ordnete er seine Gefühle und atmete ein paar Mal tief durch.

Als er mit Uli kam, hatte Eckhard Ursula die Flasche Sekt aus der Hand genommen, geöffnet und schenkte gerade ein. Sie stießen auf das neue Leben an.

»Klaus fehlt«, stellte Lothar fest.

»Bitte versteht es nicht falsch«, sagte Helga entschuldigend, »aber er ist in einem Bereich tätig, in dem es ihm im Augenblick nicht möglich ist, hierherzukommen.«

»Na, das verstehen wir! Damit haben wir große Erfahrung!«, griente Ursula. Alle lachten befreit und ein Frage-und-Antwort-Spiel begann. Helga staunte über Lothars Gedächtnis, der alle drei Vornamen und Geburtstage seiner Geschwister herunterspulte.

Doch als er bei Achim, seinem jüngsten Bruder angekommen war, herrschte einen Moment betretenes Schweigen.

»Na ja«, meinte Helga, »wir haben keinen Kontakt mit ihm ... Er ist so anders ... Er rennt in Frauenkleidern rum ...«

Erleichtert, dass es heraus war, griff sie Halt suchend zum Glas und trank. Eckhard schnitt rasch ein anderes Thema an.

Mit einem Mal erklangen Trabigeräusche auf dem Hof. Da hielt es Schwager Uli nicht mehr drin. Das Gefährt wollte er schon immer mal sehen! Und darin sitzen!

Uli hatte aber nicht gerade die passende Größe für einen Trabi.

»Verdammt eng«, lachte er, als er so eingeklemmt hinterm Lenkrad saß. Diese so unbequeme Haltung gab er rasch wieder auf und schaute unter die Kühlerhaube.

»Da ist ja kaum etwas drin«, staunte er. »Jetzt verstehe ich, dass hier viele das Ding selbst reparieren!« Nachdem er noch das dazugehörige Heft »Ich fahre einen Trabant« durchgeblättert hatte, konnte er nur noch kopfschüttelnd sagen: »Das is'n Ding!«

Wenige Tage vor der Währungsunion feierte Lothar seinen siebenundfünfzigsten Geburtstag in der Gaststätte Stüwe. Er wurde reichlich beschenkt und freute sich über eine Vitrine für seine Glassammlung und ganz besonders über den von Uli erbauten Kaninchenstall, der auch nach zwölf Jahren noch seinen Dienst tat.

Leider verfielen Uli und Gisela nach der Währungsunion in Schweigen und ließen sich nicht mehr blicken. Lothar wusste nicht warum und rätselte, aber es wurde nie aufgeklärt. Dann, plötzlich, schien alles wieder in Ordnung. Eckhard, der jüngste Bruder, zog mit Giselas und Ulis Hilfe nach Berlin. Einige Male trafen sich die drei mit Lothar. Auch nach Eckhards Tod fuhr er ab und zu nach Berlin zu Gisela. Zu seiner Goldenen Hochzeit lud er alle seine Geschwister ein und sie sagten auch zu. Doch zwei Tage vor dem großen Ereignis sagte Gisela plötzlich telefonisch mit wenigen Worten ab. Fassungslos legte Lothar den Hörer auf.

»Das verstehe ich nicht! Ohne mir einen Grund zu nennen!« Er sank in seinen Sessel und grübelte vor sich hin. Ab und an schüttelte er seinen Kopf.

»Endlich sind die politischen Barrieren gefallen, doch nun tauchen andere auf, gegen die ich ebenfalls machtlos bin!« Er verstand es nicht.

Er verstand auch nicht, warum man einen Menschen schnitt, der so viel über sich ergehen ließ wie sein Bruder Achim, der seine ersten Jahrzehnte im falschen Körper verbringen musste und wohl auch deshalb fürchterlich stotterte. Jetzt, als Frau Kristin, war nicht einmal der Hauch eines Sprachfehlers zu bemerken. Sie war eine schöne Frau und wusste es auch.

An dieser Verwandlung hatte Lothar einige Zeit zu kauen. Am schlimmsten aber fand er, dass seine Familie so zerrissen war.

Das stieß ihm jedes Mal auf, wenn er im Kreise Ursulas Verwandtschaft saß und hier alle möglichen Leute trotz unterschiedlicher Anschauungen sich friedvoll amüsierten.

Im Jahre zwei des neuen Jahrtausends bekam Lothar noch einen Bruder! Zwar keinen ganzen, nur einen halben und fünfzig Lenze zählte er auch schon, aber trotzdem freute er sich und wollte auch sogleich nach Worms zu ihm hinfahren. Aber das wollte eine Grippe nicht, die außerdem noch seine Gicht aktivierte und ihn für einige Wochen außer Gefecht setzte. So wurde das Telefon für den ersten Kontakt genutzt und dabei blieb es vorerst. Leider!

Zur erneuten Bürgermeisterwahl 1993 trat Lothar nicht mehr an.

»Fast dreißig Jahre hab ich den Kram gemacht«, meinte er, »nun kann sich ein Jüngerer fürs Dorf abstrampeln. Mal sehen, ob er sich auch so die Hacken abrennt wie ich.«

Niemals hat Lothar Schmiergelder oder Ähnliches angenommen. Zuerst wies er sogar die kleinen Kostehappen zurück, die ihm die Bauern nach dem Schlachten schickten, bis ihm eine vor allen Anwesenden beleidigt an den Kopf warf: »Du bist doch befotzt!« Von da an nahm er auch ein paar Äpfel und andere Kleinigkeiten. Doch als ihm ein Bürger an der Bushaltestelle beim Einsteigen einen Umschlag zusteckte und er ihn notgedrungen annahm, schäumte er vor Empörung.

»Als der Bus schon losfahren wollte«, schimpfte er vor Ursula, »drückt er mir diesen Umschlag in die Hand. ›Kannst du zu Hause lesen. Ist für dich!‹, schreit er noch und als ich öffnete, fand ich darin ZWEIHUNDERT Mark. Dafür habe ich ihm das doch nicht besorgt! Ich lass mich doch nicht schmieren!« Er kam immer mehr in Rage. »Wenn ich das annehme, bin ich erpressbar und das will ich auf keinen Fall werden. Von mir soll niemand sagen können: ›Für den hat er's für soundso viel gemacht und weil ich arm bin und das nicht kann, kriege ich nichts!‹ Nein, nicht mit mir!« Er starrte auf das Kuvert.

»Musst es ja nicht für dich nehmen«, schlug ihm Ursula grinsend vor. Lothar schaute sie grübelnd an.

»Stimmt!«, rief er plötzlich mit leuchtenden Augen. »Ich werde es für die Rentnerweihnachtsfeier nutzen und die Höhe der Spende und den Namen des Spenders öffentlich nennen!« Fröhlich steckte er das Geld ein und führte diesen Vorsatz auch aus.

Jener Bürger zeigte ihm danach auf der Straße wütend einen Vogel!!

Schon immer schwärmte Ursula für ein eigenes Häuschen mit Garten. »Ich möchte endlich aus diesem Feuchtbiotop raus«, sagte sie manchmal, wenn sie ein muffiges Kleidungsstück aus dem Schrank nahm.

Jetzt, Mitte der Neunziger, ergab sich eine günstige Situation und sie erwarben ein Grundstück.

»Nun kann mir keiner mehr vorwerfen, ich hätte mir das Geld dazu irgendwo abgezweigt oder mich schmieren lassen«, sagte Lothar stolz nach dem Kauf.

Weil sie beide aber schon über sechzig waren, erhielten sie keinen günstigen Kredit mehr. Ihr Jüngster übernahm das und sie bauten gemeinsam ein neues Haus. Auch die Tochter zog mit ein. Gemeinsam wollten sie die Rückzahlungen meistern.

»Jetzt hast du endlich das richtige Umfeld, Alt-Bürgermeister«, äußerten Lothars Besucher. »Hier kannst du auch einen höheren Gast empfangen!«

Nachdem die Arbeiten rund ums neue Haus abflauten, begann Lothar seine grauen Zellen vor dem Verrosten zu schützen: Kein Kreuzworträtsel war vor ihm sicher. Neuerdings schickte er auch die Lösungen ein und erhielt eines Tages die Rückmeldung: Sie haben gewonnen!

Natürlich war es eine Werbeveranstaltung, auf der dann Reiseschecks an die »Gewinner« vergeben wurden.

Der Werber zählte die Reiseziele auf und säuselte honigsüß: »Unsere schönste Tour, verständlicherweise auch eine der teuersten, ist die nach Ischia im Golf von Neapel.«

Lothar wäre auch nach Ungarn gefahren, doch Ursula entschied: »Wenn schon, denn schon! Auf nach Ischia!«

Was ist Ischia? Im alten Schulatlas fanden sie den Namen neben einem einen Millimeter großen Inselchen. Lothar suchte in der Bibliothek in Werder und wurde fündig.

»Das Inselchen ist 47 Quadratkilometer groß und die höchste Erhebung beträgt 787 Meter. Das können wir ja an einem Tag durchwandern!«, erklärte er etwas überheblich. »Außerdem steht hier, dass eine Buslinie rechtsherum und eine linksherum fährt. Wenn du nicht mehr kannst, fahren wir halt mit dem Bus zurück.«

»Oh, wie nett«, freute sich Ursula und griente ihn an. »Schön, dass du an deine schwache Stelle denkst.«

Im Oktober 2001 brachte sie ihr jüngster Sohn mit seinem Auto nach Berlin-Zoo, wo die Busfahrt beginnen sollte. Bei der Kofferabgabe erhielt Lothar ihre Sitzplatznummern.

»Ah, auf dem Oberdeck«, stellte er fest. Sie verabschiedeten sich von Sohn und Enkel und krochen auf ihre Plätze.

Sie saßen in der zweiten Reihe und hatten eine wunderbare Aussicht. Das große Abenteuer hatte begonnen!

Der Bus schob sich durch den Stadtverkehr, hielt in Michendorf, Leipzig und weiteren Raststätten, um Fahrgäste aufzunehmen.

»Der Bus aus Ulm hat Verspätung«, verkündete ihr Busfahrer. »Wir fahren jetzt zu einer Raststätte, an der sie sich erfrischen können, bevor wir zum Treffpunkt segeln. Eine Stunde gebe ich Ihnen.«

Lothar und Ursula schoben sich ein Riesenbrötchen hinter und spürten danach jedes Schlagloch, als der Bus zum Treff in München-Fröttmaning schaukelte: ein trister Betonklotz auf Stelzen. Später erfuhren sie, dass es ein U-Bahnhof mit Parkhaus war.

Weil sie in Berlin eingestiegen waren und nach Ischia (gesprochen: Iskia) wollten, durften sie sitzen bleiben. Andere hasteten mit ihrem Gepäck zwischen verschiedenen Bussen umher.

Endlich fuhren sie ab. Inzwischen war es Nacht geworden. Nur selten huschten einige Lichter vorbei. Nach und nach versank der Großteil der Gäste in müdes Schweigen. Einige schnarchten.

Ungefähr um ein Uhr dreißig meldete der Fahrer, der jetzt Steffen hieß, scherzend: »Ist immer noch Schwarzwald, aber wir sind jetzt am Brenner!« Lothar hatte die müden Augen aufgerissen, sah aber nichts und schloss sie schnell wieder.

Im Morgengrauen sausten sie durch die Poebene und tauchten in die Berge der Apenninen ein. Der Bus jagte durch Tunnel und über hohe Brücken, drosselte mitten in den Bergen sein Tempo und verließ die Autobahn. Sie passierten eine steil nach vorn geneigte Mautstelle, unterquerten talwärts die Autobahn und fuhren in engen Serpentinen hinab ins Dorf Roncobilaccio.

Steffen hatte ihnen doch oben das Motel gezeigt! Weshalb fuhr er nun ins Tal? Jetzt überquerte er auch noch die hohe Brücke eines tief eingeschnittenen Wildbaches. Dahinter teilte sich die Straße nach links und nach rechts. Er bog links ein und stieß dann in die rechte zurück. Höflich wartete ein PKW sein Manöver ab.

»Ja, meine Lieben«, erklang Steffens Stimme. »Jetzt erstürmen wir den Berg und das Motel. Der Bus ist zu groß. Ich kann an der Mautstelle nicht gleich rechts abbiegen. Deshalb bekommt ihr eine Extratour!«

Im Motel warfen sich Lothar und Ursula voller Wonne lang aufs Bett. Nach zwanzig Stunden endlich langmachen! Das Bett war angenehm und sie schliefen eine ganze Stunde. Danach standen sie und winkten lachend denen, die sich erneut in den Bus gesetzt hatten und Florenz in der Mittagsglut genießen wollten.

Sie wollten lieber wandern und die frische Bergluft schnuppern. Sie fanden Brombeeren und aßen natürlich davon. Kleine Alpenveilchen standen am Wegesrand und Ursula bestaunte andauernd irgendetwas.

»Ah, solch schöne Steine«, rief sie erneut.

»Aber die wirst du doch nicht mitnehmen wollen?« Er blickte sie skeptisch an. Drauf hatte sie's!

»Nicht auf der Hinfahrt«, entgegnete sie. Ein Weilchen behielt er noch seinen skeptischen Blick.

Die paar Beeren machten sie nicht satt und so beschlossen sie, hinunter ins Dorf zu gehen. Mittag! Die Sonne schien heiß vom Himmel und sie wischten sich den Schweiß von den Stirnen.

Endlich fanden sie ein Ristorante. Hinein ins Unbekannte!

Gleich vorn eine gut bestückte Theke. Rechts ein Speisesaal mit einigen langen Familientafeln und an der Fensterfront einige kleine Vierertische. Der mittelste war frei.

Mit der Speisekarte konnten die beiden nichts anfangen. Seitenlang Nudelgerichte. Doch auf dem Nachbartisch lagen noch einige Geflügelknochen und Bratkartoffeln auf dem Teller. So bestellten sie das Gleiche. Dazu hatten sie, schwuppdiwupp, eine Karaffe roten Weines. Verblüfft sahen sie sich an. Hatte die Kellnerin ihr »Acqua«-Gestotter nicht erkannt?

»Na ja, da müssen wir nun durch«, meinte Lothar, schenkte ein und stieß mit Ursula auf einen schönen Urlaub an.

Das Gericht kam, war überreichlich und beide fühlten sich hinterher wie genudelt. Außerdem stieg ihnen der Wein zu Kopfe.

Sie gickelten in einer Tour, als sie die engen Serpentinen der Straße erklommen und sich bei jedem Motorengeräusch in die Unkräuter am Wegesrand drückten. Die Hitze regierte und trieb ihnen den Schweiß aus allen Poren.

Im Motel fielen sie aufs Bett und nüchterten schnarchend bis zum Abendessen aus. Die durchwachte Nacht steckte immer noch in ihren Knochen und so schlüpften sie danach gleich wieder in die Betten.

Früh um sechs wurden sie telefonisch geweckt und zwei Stunden später fuhren sie durch eine herrliche Bergwelt.

Dann endlich Napoli, die Vielbesungene, und schemenhaft im Nachmittagsglast der Vesuv!

»Und schon sind wir in einem Hafen Napolis, in Pozzuoli«, erklang Steffens Stimme, »wo wir uns einschiffen werden. Schauen Sie nach links. Das sind römische Säulen, die lange Zeit im Wasser gestanden haben. Am unteren Teil saßen

Miesmuscheln. Seit 1982 hat sich dieses Gebiet um zwei Meter sechzig gehoben. Deshalb hat man eine neue Mole gebaut. Links neben uns ist die alte.

Sie dürfen jetzt aussteigen und sich die Beine vertreten. Wir müssen auf die ›Heidi‹ warten. In *diese* Fähre hier passt der Doppeldecker nicht hinein.«

Auf der »Heidi« ließen sich Lothar und Ursula keine Sekunde vom Oberdeck vertreiben, obwohl ihnen der Wind bald die Haare vom Kopf riss. Sie wechselten nur einige Male die Seiten, um alle malerischen Ansichten zu erhaschen. Noch wussten sie nicht, an welchen Küsten sie entlangfuhren. Steil waren sie fast alle.

Nach einer Stunde näherten sie sich »ihrer« Insel. Sie erblickten mehrere steile Gipfel. Den höchsten krönte helles Felsgestein. Die Sonne stand schon tief und tauchte das nahende Land in ein weiches Licht, das wohl nur hier zu finden ist und sicher die Künstler inspirierte.

In Casamicciola gingen sie an Land. Nein, eigentlich nur auf den Kai. Dort kletterten sie sogleich wieder in den Doppeldecker, wurden durch enge und steile Straßen gekarrt und schließlich rückwärts in einen Hof geleitet, in dem schon kleine Fahrzeuge und ein normaler, zwölf Meter langer Bus standen.

Das Umladen begann. Lothar kümmerte sich um die Koffer, die er in den großen Bus schaffen musste. Nach und nach fuhren alle kleinen Wagen vom Hof. Endlich setzte sich auch ihr Bus in Bewegung. Vorsichtig schob er sich vom Hof auf das Sträßchen. Andere Straßenbenutzer warteten in aller Ruhe, bis das Ungetüm sicher auf seiner Spur stand. In Deutschland wäre das ohne Einweiser gar nicht möglich gewesen!

Eine atemberaubende Fahrt begann: cremefarbene Villen, unbekannte Blütenpflanzen, niedrige und hohe Palmen und immer wieder Ausblicke auf das azurblaue Mittelmeer oder auf steile, von Schluchten durchzogene Berghänge. Sie schauten und schauten. Noch keimte kein Verdacht!

Aus einer engen Straße kamen sie auf einen kleinen Marktplatz. Der Busfahrer wollte nach rechts in eine Straße einbiegen, doch ein besonders weit außen geparktes Moped zwang ihn zum Halten. Er wartete. Rege Diskussion dort draußen am Eiscafé, bis der Mopedfahrer in aller Ruhe sein Gefährt auf die Seite schob.

Der Bus nahm seine Fahrt wieder auf und quälte sich eine enorme Steilstelle hinauf. Ursula umklammerte instinktiv den Griff und ließ ihn bis zum Aussteigen nicht mehr los, denn dahinter ging es noch steiler hinunter und an der linken Seite gleich neben der Straße bestimmt hundert Meter bis ins Mittelmeer!

Eine kleine Wendung nach rechts, eine letzte relativ geringe Steigung und der Bus hielt auf einem Parkplatz, der an der Westseite, wo tief überm Meer die

Sonne hing, eine leichte Überdachung für PKWs besaß. Mindestens fünf Meter hoher Bambus umrahmte das Gelände und lenkte den Blick auf die niedrigen Dattelpalmen mit ihren gelben Fruchtbüscheln und auf das dahinter liegende zweistöckige Gebäude.

In ihm erhielten sie ihre Schlüssel. Etliche Paare, darunter auch Lothar und Ursula, durften ihre Koffer aufnehmen und auf einem stark ansteigenden Asphaltsträßchen hinauf zum Bungalow schleppen.

»Ah, ein Pool!«, rief Ursula erfreut, als sie schnaufend die Höhe erklommen hatten.

»Sicher die Therme«, bemerkte Lothar. »Und wir wohnen genau dahinter.«

Ursula hatte es nun sehr eilig. Kaum im Zimmer, zog sie schon ihren Badeanzug aus dem Koffer, schlüpfte hinein und eilte zum Pool.

Genüsslich wälzte sie sich in dem stark salzhaltigen Wasser wie ein Otter. »Einfach herrlich!«, verkündete sie dem nachfolgenden Lothar, der sich langsam mit dem seltsamen Nass vertraut machte.

»Das Wasser trägt dermaßen, dass man sich gar nicht anstrengen muss«, rief sie ihm zu und planschte selig.

Lothar prüfte nun auch die Tragkraft des Wassers. Am Ende des Urlaubs konnte er, der absolute Nichtschwimmer, mehrmals durch das Becken schwimmen!

Allzu lange blieben sie nicht im Wasser, denn vor den Folgen hatte Steffen seine Fahrgäste schon gewarnt. Er hatte auch geraten, das Salz hinterher abzuduschen. Deshalb waren neben dem Pool auch zwei Duschen angebracht.

Zum Abendessen gingen sie hinunter zum Haupthaus. Sie wurden platziert und saßen mit einem älteren Paar an einem Vierertisch.

Für jeden stand schon ein Teller voll leckeren Salats auf dem Tisch und mit guten Wünschen machten sie sich darüber her. Der Kellner, ein untersetzter Mann Mitte fünfzig mit Lachfältchen um den Mund, fragte nach den Getränkewünschen und Lothar bat um Wasser. Hier brauchten sie nicht »no vino« zu stammeln. Der Mann verstand Deutsch und brachte eine große Flasche.

Kaum hatten sie den Salat verzehrt, räumte er die Teller fort und erschien mit einem Servierwagen, auf dem schnucklige Nudeln in großen flachen Behältern dampften. Mit Eleganz und Schwung bugsierte er sie auf die einzelnen Teller und stellte sie vor die Hungrigen, die mit Freude seine von Musik durchdrungenen Bewegungen verfolgten. Er vermittelte jedem das Gefühl, etwas ganz Besonderes kredenzt zu bekommen.

Nach den Nudeln folgte ein Fleischgericht und danach das Dessert. Diesmal war es ein Apfel, an den anderen Tagen wechselten sich Weintrauben, Eis und Pudding ab.

Ihr erster Morgen dämmerte herauf und ein Rotkehlchen sang sein Lied vor ihrer Terrasse in den hohen, schwach belaubten Bäumen zwischen den Bambusstangen.

An diesem ersten Tag wollten sie »die Insel besichtigen«. Von der Schönheit Sankt Angelos hatten sie gehört und gingen sogleich nach dem Frühstück los. Sie mussten nur ein Stück die Straße hinaufgehen, so konnten sie hinschauen.

»Unsere Betreuerin hat gesagt, nach Angelo können wir bei der Bank abbiegen. Dann würden wir schneller dort sein«, erklärte Lothar und so bogen sie von der Hauptstraße ab, gingen durch ein Tal mit Weingärten und standen plötzlich erneut auf der Hauptstraße.

»Na, wenn das eine Abkürzung war, weiß ich nicht, was ein Umweg ist«, konstatierte Ursula. Und Sankt Angelo lag in sichtbarer Nähe!

Die Sonne lachte vom blauen Himmel. Glücklicherweise kühlte sie eine leichte Brise. So stapften sie tapfer weiter auf der abwärts geneigten, sich schlängelnden Straße entlang. Hier gab es sogar einen Gehweg! Freilich war er schmal und holperig, aber immerhin!

Und als sie meinten: »Nur noch um diese Kehre, dann haben wir es geschafft!«, trafen sie zwei wanderlustige Damen, die im Doppeldecker links neben ihnen gesessen hatten.

»Ein Stückchen müssen Sie schon noch. Aber das meiste liegt hinter Ihnen.« Ein kleiner Plausch schloss sich an. Sie erfuhren, dass die beiden auch die Fahrt zum Vesuv und nach Pompeji gebucht hatten.

»Dann sehen wir uns ja morgen«, meinten sie.

»Ja, reichlich früh«, entgegnete Ursula, denn um sechs sollten sie sich schon am Treffpunkt einstellen.

Endlich sanken sie erschöpft unten am Meer in Angelo auf eine Bank. Hinter ihnen dehnten sich Läden und Ristoranti, vor ihnen klatschten kleine Wellen an einen bräunlich krümeligen Strand. Jetzt stand die Sonne fast senkrecht und zeigte jeden Krümel nackt und bloß, aber zu anderer Tageszeit würde die Beleuchtung ihn bestimmt vergolden.

»Am goldenen Strand von Sankt Angelo«, summte Ursula leise und blickte sehnsüchtig zum Wasser.

»Du willst doch nicht etwa durch diesen Schutt ans Wasser?«, knurrte Lothar empört, als er ihren Blick sah. »Ohne mich!« Er blickte auf seine Schuhe, die seitliche Schlitze besaßen und bestimmt jede Menge dieser Steinchen aufnahmen.

»Wollen schon«, gestand Ursula zögernd. »Wenn ich nicht drin baden kann, so möchte ich doch wenigstens meine Hände reinstecken!«

Sie hatte sich noch nicht durchgerungen, durch den groben Sand zu staken, als hinter ihnen einige Touristen Eis leckend aus dem Ristorante kamen.

»Schau mal, Eis!« Ihr lief das Wasser im Munde zusammen. »Die Stulle war ziemlich trocken. Wollen wir?«

Für Eis war Lothar sofort zu haben. Deshalb gingen sie hinein und Ursula ließ zwei Kugeln auf die Waffeln legen und zahlte. Doch wahrscheinlich war das Eis nicht gut gekühlt, denn sie konnten gar nicht so schnell schlecken, wie es davonlief. Sie setzten sich draußen so auf die Bank, dass es trotz schnellsten Leckens zwischen ihren Beinen zur Erde tropfen konnte. Es muss urst komisch ausgesehen haben, wie sie ihr Eis verschlangen.

»Gut, dass nicht viele Leute hier sind«, tröstete sie ihn, der schon leise vor sich hin schimpfte.

»Geschafft!«, stöhnte er und blickte auf seine klebrigen Hände.

»Ich klebe bis zum Ellenbogen«, stellte sie fest, »und gehe jetzt zum Wasser und wasche mich! Basta!«

Er folgte murrend und versuchte, die Füße so zu setzen, dass die braunen Körner nicht in die Schuhe krochen.

Sie wuschen sich. Plötzlich sprang sie zurück. »Beinahe hätt' mich die Welle erwischt. Die Schuhspitze ist noch nass geworden«, lachte sie und stakte zurück. Oben auf dem Pflaster leerten sie ihre Schuhe. In diesem Moment kam eine junge Frau daher und drehte drei Meter von ihnen entfernt einen Wasserhahn auf und wusch sich die Hände. Lothar bekam beinahe den Mund nicht mehr zu. Ursula gickelte noch lange auf dem Rückweg vor sich hin.

Auf dem kleinen Marktplatz in Panza erwarben sie noch einige der schönen italienischen Früchte, deren Anblick ihnen schon jetzt den Mund wässerte.

Pünktlich zehn vor sechs standen sie am nächsten Morgen erwartungsvoll am Bus. Die stämmige Reiseleiterin Sabine begrüßte sie in heimischem Deutsch.

»Ich bin Deutsche und lebe schon mehrere Jahre hier.« Sie erklärte pointiert Land und Leute und brachte sie ihnen liebevoll näher, sodass sie zukünftig manches besser verstanden.

Der Bus fuhr etwa hundert Meter in die Straße nach Angelo hinein und mindestens die Hälfte der Fahrgäste grübelte schon, wie er hier wohl wenden werde. Falsch gedacht! Er fuhr einfach die Strecke rückwärts zurück, nachdem die beiden abzuholenden Damen eingestiegen waren.

»Tja, das ist Italien«, kommentierte Sabine. »Hier pocht nicht jeder wie bei uns auf seinen Paragraphen. Der Deutsche fährt viel aggressiver als die Menschen hier. Man nimmt es hier auch nicht so genau. Ich war mal mit einer Reisegruppe in der Stadt. Ein Polizist regelte den Verkehr. Da kommen zwei Mädchen auf einem Motorroller, der nur für eine Person zugelassen ist. Eine Touristin macht mir die Hölle heiß, sodass ich schließlich zu dem Polizisten gehe und ihn bitte, im Hinblick auf die Besucherin etwas zu unternehmen. Er winkt die zwei auch zu sich und flirtet dabei auf Teufel komm raus mit ihnen. Sie steigen ab und schieben ein Stück. Die Touristin ist hochzufrieden. In diesem Moment kommt ein Motorroller mit zwei Polizisten an, der Diensthabende macht seine Abschlussbewegung und quetscht sich doch hinter die beiden aufs Gefährt und ab ging's. Das Gesicht der Touristin hättet ihr sehen müssen!«

Auf der Fähre erklärte ihnen Sabine die vorbeiziehenden Inseln Procida und Capri und wies auf die fast ständig am Vesuv hängende Wolke.

»Das macht die aufsteigende Luft, nicht er. Er ist verschlossen. 1944 war der letzte Ausbruch. Seitdem qualmt er nicht mal mehr. Das winzige bisschen, das Sie im Krater sehen werden, genügt nicht zur Druckentlastung. Deshalb ist auch der Vesuv einer der gefährlichsten Vulkane, weil er wie 79 n. Chr. wieder explodieren kann. Damals war er über dreitausend Meter hoch. Jetzt ist die höchste Spitze gerade noch 1281 Meter über dem Meer!«

Diesmal durften sie schon auf der Fähre in den Bus steigen – war ja auch kein Doppeldecker – und die Abfahrt im Hafen Pozzuoli genießen.

»Rechts sehen Sie das Frauengefängnis von Napoli. Na, Männer, möchtet ihr aussteigen? Wir halten am Abend dann hier wieder an!«

Alle lachten über Sabines Witz. »Aber Sophia Loren, die von hier stammt, hat ihre Haft wegen Steuerschulden nicht hier drin abgesessen, auch wenn manche das behaupten. – Unser Fahrer ist so nett und fährt Sie mal durch Alt-Napoli. Nehmen Sie genüsslich 'ne Nase voll von dem ganz besonderen Duft hier. Die Berge links gehören zu einem Millionen Jahre alten Kraterrand. Und nun schnuppern Sie.«

Links und rechts der Straße, an Häusern und Zäunen, am Sportplatz und mitten durch den Asphalt der Straße, überall rauchten Fumarolen und hinterließen gelbliche Ablagerungen. Schwefel! Es stank fürchterlich nach faulen Eiern!

»Das schlägt dem Fass den Boden ins Gesicht!« Fassungslos starrte Lothar aus dem Fenster auf die mit einer Rauchfahne versehene Tankstelle. »Sowas kann's nicht geben!«, murmelte er einige Male. »Ich würd's nicht glauben, wenn's mir einer erzählte!«

Dann fuhren sie die engen Serpentinen der Vesuvstraße hoch. Vor jeder der unübersichtlichen Kurven hupte der Fahrer zweimal kurz. Ob es half? Es kam ihm keiner entgegen.

»Die Häuser dort in 608 Meter Höhe«, wies Sabine aus dem Fenster, »gehören zum Vulkanologischen Forschungszentrum. Den Professor kennen alle. Wenn er Urlaub machen will, gibt er es im Fernsehen und im Rundfunk bekannt. Sonst könnte es passieren, dass alle, die ihn mit Koffern zum Flugzeug eilen sehen, eine Panik auslösen!« Der Bus hielt auf einem Parkplatz.

»Von hier sind es nur noch zweihundert Meter bis oben zum Krater. Wir treffen uns in zwei Stunden genau hier wieder. Und lassen Sie sich nicht übers Ohr hauen mit dem Glitzerkram in den Verkaufsbuden. Suchen Sie sich unterwegs einen Stein mit den kleinen Kristallen, die es nur hier gibt«, riet sie noch.

Endlich standen sie auf dem rotbraunen Schotter des Vesuvs an der Kasse. Zehntausend Lire – etwa zehn Mark – kostete der Eintritt pro Person.

Hinter der Kasse drückte ein alter Mann allen Touristen einen entrindeten Stock in die Hand.

»Wozu soll der gut sein«, knurrte Ursula, »muss ich bloß schleppen!«, und nahm ihn wie eine Tasche in die Hand. Erst beim Abwärtsgehen auf der rutschigen Piste kam er ihr zupass! Jetzt setzte sie bedächtig einen Fuß vor den anderen und Lothar musste des Öfteren auf sie warten. Dann passierten sie die Stände mit dem Schnickschnack. Ursula erwarb lediglich zwei Luftaufnahmen vom Vesuv.

»Ich bekomme den Krater niemals auf ein Foto«, erklärte sie und postierte Lothar vor das Riesenloch. »Damit wir einen Beweis haben«, begründete sie lächelnd.

Zum Umrunden des Kraters reichte ihre Zeit allerdings nicht. Beim Abwärtsrutschen suchten sie einige handliche Steine mit den typischen Kristallen. »Vielleicht können unsere Enkel sie bald in der Schule nutzen«, meinte Lothar zu einem anderen Suchenden.

Bevor sie in den Bus einsteigen durften, mussten sie bei Sabine anstehen. Sie blies per Druckluft den roten Staub von Schuhen und Hosenbeinen und ließ bei einigen Männern den Strahl auch mal etwas höher gleiten. Das erschreckte »Huch« des Mannes wurde jedes Mal mit schadenfrohem Gelächter quittiert.

Während der Fahrt nach Pompeji erzählte Sabine, dass in Neapel etwa fünfzig Prozent der Menschen arbeitslos seien und deshalb Berufe »erfinden« wie den des Stockverteilers. Das Abgeben des Stockes war nämlich mit der Abgabe von tausend Lire (eine Mark) gekoppelt gewesen. Ursula besaß nur noch Lire für einen Stock und suchte krampfhaft nach Geld.

»Nehme auch Marrk«, forderte der Mann. Doch auch da fanden sich nur noch fünfundsechzig Pfennig, womit er sich schließlich begnügte.

»Als ich einst in Napoli in einer bestimmten Straße einen Parkplatz suchte«, gab Sabine zum Besten, »war alles voll. Nur auf dem Gehweg war noch Platz. Doch der Bordstein war für mein Auto mindestens zehn Zentimeter zu hoch. Plötzlich stand ein junger Mann neben mir.

›Willst du da oben parken?‹

›Ja, leider zu hoch!‹

›Ich helfe dir. Fünftausend Lire.‹

Ich legte ihm den Schein in seine ausgestreckte Hand. Da zog er hinter seinem Rücken eine Bohle hervor, knallte sie an den Bordstein und winkte: ›Nun komm!‹ Damit der Wagen nicht aufsetzte, half er noch ein wenig an der Stoßstange mit. Dann schnappte er sich seine Bohle und schaute nach weiteren Kunden.

Als ich zurückkehrte, fiel mir auf: ›Ja, wie kommst du nun wieder herunter?‹ Wie ich noch unschlüssig am Wagen stand und den Bordstein anschaue, ertönte es hinter mir:

›Willst du wieder runter? Ich helfe dir. Fünftausend Lire.‹

Natürlich wollte ich runter! Also gab ich ihm die fünftausend. Er knallte seine Bohle hin und passte auf, dass ich nirgends hängen blieb. Zu Hause hab ich mir überlegt: Das Geld kannst du dir sparen. Nimm dir im Kofferraum eine Bohle mit. Gedacht, getan. Wenn ich jetzt dort hinkomme, öffnet er die Kofferklappe, nimmt ›meine‹ Bohle heraus und legt sie passend hin. Dann eine entsprechende Handbewegung und Augen wie ein Luchs, damit ich nicht aufsetze. Beim Herunterfahren dasselbe Ritual. Kostet mich insgesamt nur noch zweitausend. Sehen Sie, so erfindet der Neapolitaner eben neue Berufe.«

Als der Bus an einer Häuserzeile mit viel flatternder Wäsche vorüberfuhr, erklärte Sabine: »Wenn Sie in Italien viel Wäsche sehen, dann sind das Häuser mit niedrigen Mieten, also wohnen arme Menschen dort. Sehen Sie viele Blumen und keine Wäsche, sind es hohe Mieten und reiche Leute. Achten Sie mal darauf.«

Inzwischen stach die Sonne vom Himmel und Sabine schlug vor: »Wir fahren ein Museum nebst Herstellungsstätte von Kameen an. Dort können Sie sich erfrischen und wer möchte und zu viel Geld hat, kann es umsetzen. Es gibt Kameen, die kosten ein Vermögen.«

Zuerst sahen sie sich die schwierige Herstellung an: Muschelschalen wurden so bearbeitet, dass das durchschimmernde Licht die Gestalt oder Blume erstrahlen ließ. Es war faszinierend!

In den Vitrinen lagen prachtvolle Stücke. Unbeschreiblich schön und sündhaft teuer!

Dann fuhren sie nach Pompeji. Die Sonne meinte es sehr gut und nur wenige trugen eine Kopfbedeckung. So versuchte jeder, in den Schatten der Ruinen zu gelangen.

Leider hatten sie nicht Sabine als Führerin. Das wäre sicher ergötzlicher gewesen. Diese sprach zwar gut Deutsch, wollte aber all ihr Wissen anbringen, sodass es insgesamt langweilig wurde.

Als die Abfahrtszeit herannahte, fragte einer nach dem Amphitheater. Entsetzt erklärte die Führerin, dass das zu weit läge.

»Aber ich Sie führe schnell zum Theater. Fußkranke können hier warten.« Und schon lief sie los. Das Gros folgte. Einige ließen sich seufzend auf die Steine am Straßenrand sinken und warteten ergeben.

Lothar und Ursula kamen als Schlusslichter im Theater an, hörten ihre letzten Erläuterungen und schon schob die Führerin sich an ihnen vorbei.

»Wir können auch abkürzen«, hörte Lothar sie sagen und protestierte sofort.

»Die anderen warten an der Straßenecke«, erinnerte er die Dame. Sie verdrehte die Augen und lief vorneweg, wobei sie ständig wilde Blicke auf ihre Uhr warf.

Alle waren froh, als sie zwanzig Minuten zu spät im Bus saßen. Allerdings hatten sie kein Lob für diese Führerin übrig.

Der Busfahrer tat sein Bestes und holte die Zeit wieder auf, sodass sie pünktlich auf die letzte Fähre fahren konnten.

Am anderen Morgen standen sie vor der großen Glastür der Bank. Sie hatten sich in Pompeji schon ein paar Lire borgen müssen!

»Also, die geht nicht auf«, stellte Lothar fest.

»Der Pfeil weist auf die runde Glaszelle rechts«, meinte Ursula.

Sie untersuchten das Ding mit den Augen. »Da! Ein Knopf zum Drücken!« Ursula drückte und die Halbrundscheibe öffnete sich. Sie trat ein und Lothar wollte sich mit hineinquetschen. Eng, aber nicht unmöglich.

Von drinnen wurden sie aufmerksam beobachtet und vom älteren Chef (?) mit Winkzeichen bedacht. Doch sie konnten diese nicht deuten. Daraufhin kam er heran und machte eine Scheuchbewegung. Beide verließen die Schleuse.

Die Tür schloss sich und der Chef drückte von innen einen Knopf, die innere Tür öffnete sich, er trat hinein, sie schloss sich und die äußere Tür schwang auf. Er trat zu ihnen heraus und erklärte radebrechend, dass Ursula ihre Tasche ins Schließfach legen müsse.

»Wegen Pu-pu!« Sein Zeigefinger deutete das Schießen an.

»Aha, damit keiner die Bank überfallen kann«, verstanden sie endlich. Ursula nahm ihre Geldbörse heraus und gab ihm die Tasche. ER schloss sie ein und überreichte ihr einen Riesenschlüssel. Nun drückte er den Knopf und ließ Ursula in die Schleuse. Als sie in der Bank stand, schleuste er Lothar durch und zuletzt sich selbst.

»Nunn, no problemo?«, fragte er lächelnd und die zwei bedankten sich für die geduldige Lehrvorführung.

»Klasse, diese Schleuse«, kommentierte Lothar, als sie wieder im Freien standen.

»Müsste bei uns auch überall sein. Aber das Ding kostet bestimmt …« Ursula schnalzte anerkennend.

Nun erstanden sie im Tabakladen einige Ansichtskarten, eine Wanderkarte der Insel und zwei Tageskarten für den Bus.

Danach suchten sie den Supermarkt auf. Klein – vielleicht dreißig Quadratmeter –, aber oho! Beim Bezahlen erlebten sie Italien pur. Die Frau an der Kasse kassierte und verpackte die Waren, während sie gleichzeitig mit zwei anderen Frauen, zwischendurch auch noch mit einem Mann, wasserfallartig ratschte, dass Ursula draußen noch die Ohren klingelten.

»Die italienischen Filme sind blass gegen die Realität«, folgerte Lothar und grinste.

Nachdem sie ihre Einkäufe in ihr Zimmer gebracht hatten, erkundeten sie das Haupthaus – in der warmen Therme erkannten sie andere ihrer Gruppe – und die Umgebung.

»Eigentlich müsste es hier doch einen Weg ans Wasser geben«, meinte Ursula.

»Wahrscheinlich dieser hier«, schlussfolgerte Lothar, als er links vom Hotel einen sehr abschüssigen Weg entdeckte. Sie nutzten ihn, doch eine Abzweigung nach rechts erwies sich als Sackgasse. Wahrscheinlich war dort irgendwann eine Ecke der Steilwand abgebrochen. So gingen sie zurück und wandten sich nach links weiter in die Tiefe, vorbei an einem Autowrack. Zwei entgegenkommende Wanderer verrieten ihnen, dass es unten im Hotel »sauteuer« sei.

Sie wollten ja eigentlich nur ans Wasser! Deshalb gingen sie weiter hinab. Aber irgendwie kamen sie dem Meer kaum näher.

»Die Gischt ist noch immer nicht zu hören.« Lothar war verunsichert. Ursula fotografierte die schönsten Ausblicke.

Es war dreizehn Uhr dreißig und die Sonne brannte unbarmherzig in diese Südwand. Kein Lüftchen regte sich und den beiden floss der Schweiß in Strömen. Da beschlossen sie den Rückzug.

An zwei Stellen konnten sie im Schatten riesiger Opuntien mit ihren stachligen Elefantenohren verschnaufen.

»Jetzt weiß ich, warum die Leute hier in dieser Zeit Siesta halten«, keuchte Ursula und sogar der harte Lothar besaß keine Luft zum Singen.

Für Ursula war der Pool das Beste an diesem Tag. Lothar hatte die Nase noch nicht voll und, weil Ursula las und sich am Pool räkelte, verkündete er gegen siebzehn Uhr:

»Ich laufe noch ein bisschen.«

Sie sah von ihrem Buch auf. »Dann ergründe doch, wie man zu der Therme in der Sorgeto-Bucht kommt und ob es sich lohnt, dort zu baden.«

Mit einem »Mal sehn!« verschwand er.

Nach einer Stunde und fünf Minuten kam er schweißnass angekeucht. Ursula dämmerte etwas.

»Sag bloß, du warst bis Sorgeto!« Sie war fassungslos.

Während er sich die klatschnassen Sachen vom Körper zog, schnaufte er kurz-atmig: »Hundertfünfzig Stufen!«

»Und wozu bist du so schnell gerannt? Du hattest doch massenhaft Zeit! Abendessen gibt es doch erst nach neunzehn Uhr.« Sie verstand ihn nicht. »Dann können wir ja nochmal baden gehen!«

Im Nu war sie ausgezogen und schwamm im Pool vor ihm her. Danach zogen sie ihre besten Stücke an, um gleich nach dem Essen zum Tanz bereit zu sein.

Am nächsten Tag wanderten sie zum westlichsten Zipfel der Insel, von dem sie einen schönen Blick auf Forio hatten. Lockend grüßten die höchsten Felszacken über dem Tal.

»Morgen versuchen wir's dort hinauf«, versprach Ursula. Hier liefen sie auf gepflegten Wegen durch viele Weingärten, manche allerdings vernachlässigt, weil Tourismus jetzt mehr einbrachte.

Überall standen unbekannte Pflanzen. »Sieh mal, die Blätter und Blüten sehen einer Kürbisart sehr ähnlich.« Neugierig griff Ursula nach der grünen finger-langen Frucht.

»Hach!« Erschreckt fuhr sie zurück, als das Ding mit einem Knall explodierte und einen Schuss Flüssigkeit in ihr Gesicht feuerte.

Lothar lachte schadenfroh. »Warum musst du auch alles anfassen!« Sie tupfte die Feuchtigkeit ab und probierte den Scherz noch einmal. Nein! Den Gefallen tat ihr die Pflanze nicht!

An diesem Tag erwarb sie im Laden Opuntienfrüchte. Neugierig schnitt sie sie in ihrem Zimmer auf. Sie gab Lothar eine Hälfte.

»Sehr saftig und weich! Hm! Gut zu kauen!«, schmatzte er.

»Ob ich von den kleinen Kernchen, die hier drin sind, welche zum Säen mitnehme?« Sie beantwortete sich diese Frage selbst. »Lieber nicht. Die werden dann so groß, dass sie uns aus dem Haus schubsen. Schade. Schmecken nämlich vorzüglich!«

Kurze Zeit später pikte es an Ursulas Händen. Beide suchten, sahen aber keine Stacheln. Nach ein paar Stunden war alles vorbei. Es entzündete sich auch nichts. »Uff!«, sagte sie erleichtert. »Nochmal gut gegangen!«

Samstag machten sie sich auf zum Gipfelsturm.

»Wenigstens bis dort zur Funkstation oder was das ist«, meinte Lothar. Ursula besah sich die Wanderkarte.

»Die Straße hat viele Windungen. Vielleicht können wir abschneiden.«

Das taten sie fleißig, mussten aber manchmal auch umkehren. Eine Treppe zum Beispiel führte steil neben der Wand eines alten Steinbruchs nach oben, wurde aber zunehmend ungepflegter und brüchiger, sodass sie aufgaben und zurück zur Straße abstiegen. Doch dreimal hatten sie Glück.

Auf einer Bank vor der im Sonnenlicht strahlenden Kirche in Ciglio ruhten sie sich aus.

»Alle Wege führen zur Kirche«, meinte Lothar. »Deshalb geht es bestimmt dort rechts neben der Kirche ebenso steil nach oben.«

Wieder hatten sie damit eine weite Kehre der Straße abgeschnitten. Ein Stück folgten sie der Straße, die sich mittels Brücke über eine Schlucht schwang. Dahinter fanden sie zwischen zwei Häusern einen neuen Aufgang. Aus einem Haus klangen zaghafte Töne eines Klaviers.

»Ah, das ist Chopin«, strahlte Ursula. »Das Stück hab ich auch am Anfang meiner Klavierstunden gelernt.« Sie lauschten. »Genauso habe ich auch gespielt«, lächelte sie und stieg langsam mit ihren Erinnerungen hinter Lothar her.

Ein paar Meter weiter stand einer dieser kleinen Minilaster und bewies, dass dieser steile Weg befahrbar war. Für Deutsche aber wohl kaum!

Unsichtbar für die beiden gackerten Hühner. Lothar trat neugierig an den Steilrand, konnte aber lediglich von Brombeerranken überzogenen Maschendraht ausmachen, der, nach dem Gegacker zu schließen, das Dach bildete.

Schwer atmend stiegen sie weiter hinauf und hatten plötzlich einen wunderbaren Ausblick hinunter nach Angelo, über Panza bis hinüber nach Forio. Sie verglichen mit der Karte.

»Also sind wir kurz vor Serrara«, konstatierte Lothar. »Damit haben wir etwa dreihundert Höhenmeter geschafft!«

Ursula konnte es kaum fassen. »So lange dauern ein paar Meter. Wie am Vesuv! Sabine sagte: ›Nur zweihundert Meter!‹ Aber die Serpentinen nahmen kein Ende. Da haben wir eine Stunde für die zweihundert Meter benötigt.«

»Wir Flachländer haben eben keinen Begriff vom Hochgebirge«, meinte Lothar und schlug vor: »Gehen wir lieber zurück. Es wird schon wieder so fürchterlich heiß.«

Am Sonntagmorgen weckte sie das Grummeln eines Gewitters. Aber es verzog sich schnell und sie wanderten in die Berge um die Sorgeto-Bucht. Doch die Spitzen der höchsten Zinnen waren noch am Nachmittag von dichten Wolken verhüllt.

»Morgen treten wir an zum Gipfelsturm«, versprach Ursula und Lothar schaute skeptisch zu den Bergen mit ihren grauen Mützen.

Die aufgehende Sonne weckte sie am nächsten Morgen.

»Keine Wolke am weiten Himmel«, stellte Lothar beim Baden im Pool draußen fest. So rüsteten sie sich zum Sturm auf den Epomeo. Ein etwas jüngeres Pärchen hatte das gleiche Ziel.

Kurz vor neun standen sie an dem kleinen Bus vorm Haupthaus.

Als alle drinsaßen, wurde die Tür des Busses zugeknallt. Noch einmal und noch einmal! Doch sie wollte nicht! Der Fahrer kam und wiederholte die Prozedur. Trotz des Lärms meckerte keiner der mehr als acht Gäste. Alle amüsierten sich.

Der Fahrer holte irgendein Gerät, fummelte damit herum und nach zwei weiteren Krachern blieb die Tür endlich zu!

»No problemo«, sagte er grinsend und klemmte sich hinters Lenkrad.

Auf dem kleinen Marktplatz von Panza kletterten Ursula und Lothar ziemlich als Letzte heraus und blieben dort stehen, denn sie hatten schon mehrmals haltende Busse hier beobachtet.

Plötzlich tauchte der Wanderfreund auf. »Die Haltestelle ist an der Straße nach Angelo«, erklärte er und nahm die beiden mit. Dort drängelten sich schon viele Leute und weder Ursula noch Lothar sahen beim ankommenden Bus, welche Linie es war. Sie wurden hineingeschoben und lochten ihre Tageskarte, während sich der Bus die erste Kehre hochquälte. Dann kam die Gabelung, die Ursula und Lothar schon kannten.

»Jetzt hätten wir nach rechts abbiegen müssen«, rief Lothar. »Wir sind im falschen Bus. Schnell wieder raus hier!«

Als er hielt, drängten sie sich hinaus und postierten sich auf der gegenüberliegenden Straßenseite an der Haltestelle, die alle stets durch eine blaue Werbung als solche gekennzeichnet waren. Sie warteten erst wenige Minuten, als ein Kleintransporter neben ihnen stoppte.

»Ich Konkurrenz von Bus! Fahren mit mir! Epomeo? Ich fahren Sie bis Ristorante. Bis hoch! Nur fünftausend für jeden!« Seine Handbewegungen sprachen stärker als seine Worte. Die vier protestierten.

»Wir haben schon Buskarten bis Fontana und wollen wandern.«

»Ich kaufen Buskarten und fahre für viertausend bis oben.«

Sie wehrten ab. »Wir haben schon entwertet und möchten nur bis Fontana und dann wandern.«

Er ließ ein enttäuschtes »Aaach« hören, strafte sie mit einem empörten Blick, kletterte in sein Auto und brauste davon. Lächelnd sahen sie ihm nach. Natürlich war der Bus dagegen unbequem und viel zu voll! Diesmal war es der richtige und sie konnten den beiden zeigen, wie weit sie die Strecke schon gelaufen waren.

In Fontana stiegen viele Touristen aus dem Bus und sie brauchten sich ihnen nur anzuschließen. Im Nu waren sie aus dem Ort heraus und hatten nun die Wahl: Die schöne breite Asphaltstraße mit ihren vielen Windungen oder ein Trampelpfad in einer Schlucht mit steilem Anstieg.

Sie wählten die zurzeit trockene Wildwasserschlucht. Schnell war das Paar aus ihrem Hotel mit den anderen Touristen verschwunden. Sie ließen sich davon nicht beeindrucken und stiegen langsam bergauf. Dabei konnten sie die Natur betrachten: winzige Blüten einer unbekannten Kleeart und die Skabiose, den Gesang des Rotkehlchens und den Flug eines Trauermantels. Auch Sommerlöwenzahn grüßte mit seinen gelben Äuglein aus versteckten Nischen. Auf einmal lagen auf dem Pfad seltsame Stachelhäuter.

»Kastanien?« Aber diese Bäume sahen gar nicht nach Kastanien aus. Während sie noch rätselten, rief ein Tourist hinter ihnen im schönsten Sächsisch: »Hier sind Esskastanien!«, und begann, seine Taschen und die seiner Frau vollzustopfen.

Ursula hob drei auf und sackte sie ein. Mehr nicht. Schließlich ging es steil bergauf und jedes Gramm musste hochgehievt werden!

Dann blieb der Wald zurück. Ginster und andere Büsche beherrschten die Landschaft. »Oh, da ist der Felsengipfel«, rief Ursula. »Immer noch weit über uns!«

»Über sechshundert sind wir schon«, ermutigte Lothar seine Ursula. Eine seltsame Strecke begann nun: In den Felsen war eine hüfttiefe Rinne geschlagen, die gerade so breit war, dass ein Mensch darin laufen konnte. Bei Begegnungen musste der gelenkigere hinaus auf die glatten Felsen.

Endlich standen sie schweißgebadet vor dem Ristorante. Viele saßen schon unter der bewachsenen Pergola und schlemmten. Lothar hätte sich gern zu einem Kaffee niedergelassen, doch die Preise trieben ihn weiter. »Und meistens schmeckte das Zeug nicht einmal«, knurrte er.

So stiegen sie die letzten Meter zum Gipfel empor. Auf schmalem Pfad, kein Geländer am hundert Meter tiefen Abgrund! Der Gipfel: eine Kanzel für etwa zehn Menschen! Aus dem Fels gearbeitet! Nun ja, Tuffgestein. Sah aus wie ein Schwamm.

Eine herrliche Sicht über den größten Teil der Insel belohnte sie für das stundenlange Kraxeln. Das Festland verschwand im Dunst, nur die Inseln Capri und Procida waren noch erkennbar.

Nachdem Ursula genügend Fotos geschossen hatte, überließen sie den Platz den Nachfolgenden und kletterten durch ein Restaurant, das zur Hälfte in den Tuff eingearbeitet war, zum nächsten Aussichtspunkt.

Vorbeiziehende Wanderer sprachen von einem Weg nach Forio.

»Ich wäre auch dafür, einen anderen Weg zum Abstieg zu nehmen«, meinte Lothar.

»Ja und von Forio aus fahren wir dann um die Insel. Doch vorher wollen wir eine ausgiebige Rast machen.« Ursula schaute sich das Gelände an und fand auf dem Gebirgssattel eine grasbewachsene Stelle. Ihre Strickjacke nutzte sie als Kissen. Lothar schaute skeptisch, bevor er ihrem Beispiel folgte.

Während sie ihre Wegzehrung vertilgten, nahmen noch drei Frauen neben ihnen Platz. Links von ihnen raschelte es plötzlich. Sie horchten gespannt.

Neben dem Stein, auf dem mit gelber Farbe das Wort »Forio« gepinselt war, erschien plötzlich ein hochroter, pustender Kopf, dem Zentimeter um Zentimeter ein gequälter Körper folgte. Noch drei weitere schraubten sich aus dem Heidekraut.

Als sie sich einer sechsköpfigen Gruppe zum Abstieg anschlossen, erkannten sie, weshalb der Aufstieg so anstrengend war: Zwischen Heidekraut, durchzogen von Brombeerranken, verlief der Trampelpfad steiler als fünfundvierzig Grad und war nur deshalb überhaupt begehbar, weil er nicht im rechten Winkel zur Wand verlief.

Vor ihnen erklang ein Schmerzensschrei. Jemand hatte unachtsam in das Gestrüpp gefasst. Sie verdoppelten ihre Vorsicht. Endlich begann der Wald und die Vorangehenden sammelten sich zwischen den Bäumen. Eine Frau spielte den Sanitäter und verarztete die Innenhand eines Mannes.

Leichtsinnig durften sie aber auch jetzt nicht sein. Dicht standen die schlanken, dunkelgrauen Stämme der Esskastanien und hüllten sie in Dämmerlicht. Der schmale, noch immer sehr steile Pfad war übersät mit Blättern, langstachligen Schalen und braunen Früchten.

Sie ließen eine eilige Gruppe passieren, indem sie sich seitlich zwischen die Bäume drückten und die Menschen beobachteten.

Nur wenige Meter unter ihnen saß plötzlich eine Frau auf dem Po und rutschte noch ein gutes Stück darauf weiter, bevor sie mit den Füßen einen Gegenhalt fand.

Ursulas Gesicht verzog sich mitleidend. »Uff! Das möchte ich nicht erleben. Pass bloß auf«, warnte sie Lothar. »Du hast nicht mal Noppen an deinen Sohlen wie ich!« Aber eine rollende Kastanie hätte auch ihre Noppen ausgetrickst!

Erst nach einer reichlichen Stunde wurde der Weg etwas flacher und breiter. Überall im Wald lagen kleine und hausgroße Lavabomben. Einige sahen aus wie aufgeschnittene riesige Eier, denen man das Gelbei geklaut hatte.

Nach einer weiteren Stunde kamen sie an Steinschichtungen, die sie an eine Seeräuberburg denken ließen. Dicke Lavablöcke bildeten den Straßenbelag und auch die Mauern links und rechts.

»Das soll eine Straße sein?« Lothar schüttelte verwundert den Kopf. »Wohl für Maultiere! Die ist doch höchstens drei Meter breit und mit unseren Rädern unbefahrbar!«

Als der Wald endlich zurückblieb, standen sie am Rande von Forio oder Casamicciola. Nun konnte es doch nicht mehr weit sein.

Welche Fehleinschätzung! Sie liefen fast noch eine weitere Stunde auf steil abfallenden Straßen in der Nachmittagshitze, bevor sie endlich ein Schild »Ristorante« fanden. Erleichtert schleppten sie sich unter die Pergola.

Nach Nudeln stand ihnen nicht der Sinn, aber nach Wasser, Kaffee und Eis!

Erholt brachen sie auf. »Nun müssen wir nur den Bus finden«, meinte Lothar. »Da wir die Hauptstraße noch nicht überquert haben, müsste sie sich zwischen uns und dem Meer dort verstecken.«

Sie marschierten nur wenige Minuten, als sie unvermittelt auf sie stießen und ihnen an beiden Seiten die blauen Werbeschilder entgegenleuchteten. »Diesmal achten wir aber auf das Buskennzeichen«, betonte Lothar.

Der Bus war vollbesetzt, aber nach etwa zehn Haltestellen hatten beide einen Sitzplatz.

Die Nordseite Ischias war dicht besiedelt und besaß einige lange und relativ breite Sandstrände, die noch durch künstliche Steinwälle geschützt wurden. In Ischia Porto standen sie geraume Zeit auf dem Busbahnhof und konnten auf den kreisrunden Hafen blicken. »Diese Senke hatte sich vor zweitausend Jahren gebildet, wurde vor hundertfünfzig Jahren zum Meer durchstochen und zum Hafen ausgebaut«, las Ursula vor. Pinien bildeten interessante Blickpunkte und reizenden Kontrast zu den hellen Booten im Hafenbecken.

Hinter Ischia Porto begann die Straße wieder anzusteigen. Der Südostteil der Insel besitzt die höchsten Steilküsten – bis zu zweihundertneunzig Meter! »Um diesen Teil zu ergründen, bräuchten wir noch einmal einen ganzen Urlaub!«, seufzte Lothar.

Hinter Barano – etwa hundertfünfzig Meter hoch gelegen – begannen erneut die Serpentinen bis hinauf nach Fontana – vierhundertsiebenunddreißig Meter hoch und mit bester Aussicht hinab zum Meer und in die vielen Schluchten, die die Bergflanken zerschnitten. Manche waren bis oben terrassiert und mit Wein bepflanzt.

In Panza stiegen sie aus und kauften noch Obst, doch die süßen Opuntien-früchte gab es nicht mehr. Die Erntezeit war vorüber. Genauso wie für Feigen.

Der nächste Morgen versprach einen warmen, trockenen Tag. Deshalb be-schlossen Lothar und Ursula noch einmal den Aufstieg, diesmal zum Nachbar-gipfel des Epomeo. Den Weg kannten sie ja schon zum Teil. Dadurch sparten sie einige Umwege und saßen schon um die Mittagszeit nur wenige Meter von ihm entfernt und verspeisten ihre Wanderration. Der Epomeo lag in Sichtweite.

»Wir hätten auf dieser Route den Epomeo viel leichter erreicht«, stellte Lothar fest.

»Auch der Abstieg nach Serrara ist einfacher als der nach Forio. Aber wir wollten ja die Insel kennenlernen«, meinte Ursula.

Der Rückweg war wirklich einfach und ging so schnell, dass sie noch vor der Siesta ihre Früchte kaufen konnten.

Während der heißesten Stunden badeten sie und erholten sich von den Stra-pazen dieser Wanderung.

Später suchten sie sich Mitbringsel für Zuhause: eine Lavabombe, einen Tuff-stein, einige Oliven, einen Ableger der Aloe und Datteln, die gerade vor ihrem Hotel geerntet wurden.

Als sie am nächsten und damit letzten Tag von Panza zurück zu ihrem Bunga-low marschierten, lag auf der höchsten Stelle der Straße mitten auf der Fahrbahn ein Schäferhund und schlief.

»Mal sehen, was passiert, wenn ein Auto kommt«, meinte Lothar. »Ich höre so ein Geräusch!«

Sie warteten auf die Reaktionen des Hundes. Keine!

Das Auto kam, verringerte sein Tempo und fuhr vorsichtig zwischen ihm und der Mauer hindurch. Ein Moped folgte.

Dann kam aus beiden Richtungen je ein PKW. Gespannt blieben Ursula und Lothar stehen. Da der Hund ein klein wenig mehr auf der linken Spur lag, blieb der Fahrer dieses Wagens stehen und ließ den anderen vorbei, bevor er dann auf die Gegenspur wechselte und an dem schlafenden Hund vorbeizog.

Auch Lothar und Ursula gingen nun dicht an dem Tier vorüber. Nicht eine Wimper zuckte. Sie drehten sich alle drei Schritte nach ihm um und sahen dabei einen Laster den Berg heraufkommen.

»Also, der kann auf keinen Fall an ihm vorbei«, amüsierte sich Lothar und blieb stehen. Ursula stellte sich daneben und beide schauten erwartungsvoll auf die Szene.

Der Laster rumpelte immer näher. Keine fünf Meter mehr! Das Hundeohr bewegte sich sacht. Drei Meter! Der Laster verlangsamte sein Tempo. Der Hund hob träge die Lider, stemmte sich langsam hoch und räumte widerwillig seinen Platz.

»Oje, der ist ja uralt!« Noch während Ursulas Ausrufs kam der Laster auf sie zu. Der Fahrer hob beide Hände vom Lenkrad, als wolle er sagen: »Na, seht ihr, bei mir macht er Platz!«, lachte und fuhr winkend an ihnen vorbei. Sie blickten ihm nach und dann zum Hund.

Und was tat der? Er schleppte sich genau wieder auf den gleichen Fleck, ließ sich hinplumpsen und schlief weiter. Lachend gingen die beiden nun davon.

An diesem Abend packten sie ihre Klamotten und befolgten den Hinweis ihres Busfahrers, die Sachen für die Übernachtung in Roncobilaccio in den kleinen Koffer zu tun, damit dort nur dieser ausgeladen werden musste.

Am nächsten Morgen staunten sie nicht schlecht, als nach längerer Wartezeit kein normaler Bus auftauchte, sondern ein kleiner, eigentlich für acht Personen zugelassener. In Deutschland!

Es waren schließlich mehr als acht, die sich auf den Plätzen zusammenquetschten. Ihr ganzes Gepäck wurde hinten hochgestapelt. Bis unters Dach! Dann ging's bergauf und bergab bis hinter Panza auf einen größeren Platz.

»Oh, da steht ja unser Doppeldecker!«

»Und Steffen ist auch da!«

»Beeilung, meine Herrschaften! Ich muss noch die anderen holen!«, rief der Fahrer des Kleinbusses dazwischen. Das war das erste Mal, dass hier jemand zur Eile trieb. Rasch luden sie das Gepäck aus und er brauste davon.

Ursula brachte ihr Handgepäck nach oben, während Lothar sich um das Verladen der Koffer kümmerte. Als sie von dort oben hinausschaute, sah sie ein paar Meter weiter einen Minilaster, der die Ladefläche voller Obst hatte.

»Der hat ja Feigen!«, rief sie erstaunt.

»Der ist viel zu teuer!«, schimpfte sogleich eine Frau neben ihr und nannte einige Preise.

»Egal«, entgegnete Ursula. »Feigen muss ich kosten!« Sie drängelte sich hinaus und erwarb zwölf Stück im durchsichtigen Plastebeutel für dreitausend Lire. Drei Mark. Sicher wären sie im Laden billiger gewesen, nur gab es dort keine!

Sie hängte das Beutelchen vor sich an der Rückenlehne des Vordersitzes auf, weil sie zu Recht vermutete, dass sie in der Tasche zerdrückt würden.

Kaum saß Lothar neben ihr, holte sie zwei davon heraus und sie kosteten.

»Hmm, wunderbar! Schade, dass wir die nicht eher erwischt haben.« Sie aßen jeder noch eine. Liebend gern hätte sie welche mit nach Hause genommen.

»Ob die sich so lange halten?«, zweifelte Lothar. Ursula beäugte den Beutel.

»Die grünen vielleicht!«

Nein, sie hielten sich nicht! Als sie am nächsten Morgen in den Bus stiegen, waren keine grünen Feigen mehr im Beutel, sondern rötlich braune, die auch wesentlich weicher geworden waren. So verspeisten sie sie voller Wonne.

Diesmal fuhren sie ausgeschlafen im hellen Sonnenlicht durch die Alpen über den Brenner und bewunderten die herrliche Landschaft. Weil ein Bus wieder Verspätung meldete, konnten sie noch die Europabrücke bestaunen, bevor sie nach München zum Verteilerplatz fuhren.

Samstagfrüh um halb sechs standen sie müde und geschafft vor ihrer Haustür.

»Aber es war eine wunderbare Reise«, erzählten sie jedem, der danach fragte.

»Und wann fahrt ihr wieder?«

»So eine Tour wohl nicht noch einmal!«

Jetzt hatte der Alltag die beiden wieder. Haus und Garten, Kinder, Enkel und Tiere verlangten nach ihnen.

Lothar hatte nun ein Thema mehr, das er ausschlachten konnte.

Als Rentner hatte er Zeit und kümmerte sich um die älteren Bürger seines Ortes. Sein Erzähltalent wie auch seine Singstimme nutzte er zur Erheiterung der oftmals nur mit ihren Krankheiten Beschäftigten.

Er organisierte Busfahrten und Rentnertreffs und besuchte sie an ihren Ehrentagen zu Hause, im Krankenhaus oder im Altenheim.

Es war Musik in seinen Ohren, wenn ihm beim Abschied gesagt wurde: »Komm bald wieder! So wie heute habe ich schon lange nicht mehr gelacht!«

Aber eines Tages, im »nur nasskalten« Winter, erwischte es Lothar doch ernster. Als er leichte Schmerzen in der Leistengegend und einen dazugehörenden Hügel bemerkte, schickte ihn Ursula sofort zum Hausarzt: »Das ist ein Leistenbruch. Früher haben sich die Menschen mit Bruchbändern herumgequält, heute wird so etwas operiert.«

Er fuhr mit dem Rad nach Göhlsdorf zu Dr. Klemm, der ihn gleich nach Lehnin überwies. Hier wurde er durchgecheckt und man teilte ihm mit, dass mit den Nieren etwas nicht stimme, er solle es nicht auf die leichte Schulter nehmen.

Der Leistenbruch wurde ambulant erledigt, was bedeutete, dass er um neun in den OP gerollt wurde und um siebzehn Uhr wieder bei Ursula auf der Matte stand, dummes Zeug quasselnd und am liebsten die Welt aus den Angeln hebend.

Sie ließ sich auf nichts ein und stellte, nein, legte ihn ruhig. Bald lallte er vor sich hin und schlief schließlich ein.

Da es eine berühmte Knopflochoperation war, musste er natürlich beim nächsten Rentnertreff die drei Einschusslöcher im Mittelbauch seinen erstaunten Mitrentnern und Mitrentnerinnen zeigen!

Immer häufiger traten Nierenbeschwerden auf und schließlich bekam er im Sommer seine allerschwerste Gicht. Er lief mit Krücken mehr schlecht als recht zum achtzigsten Geburtstag seiner Schwägerin in Schauen herum und erntete jede Menge Mitleid sowie ein paar besser angepasste Gehhilfen als die alten von dem einstmals sechsjährigen Enkel Danny.

Da Schmerztabletten bei ihm zu tausend herrlich juckenden Pickelchen führten, konsumierte er dreimal täglich Kurkuma, am Abend doppelt so viel wie am Morgen. Doch als nach drei Wochen noch immer keine Besserung zu erkennen war, ließ er sich zum Facharzt überweisen, der ihn auf den Kopf stellte.

Von der Ultraschalluntersuchung war er noch nicht wieder zu Ursula zurückgekehrt, als sie schon den Anruf erhielt, dass er am nächsten Tag unters Messer sollte. Zwei Stunden später erfuhr sie von ihm, weshalb es so dringlich sei.

»Ich habe eine Geschwulst in der Blase, die sich vor dem Eingang des Harnleiters, der von der Niere kommt, breitmacht und ihn des Öfteren so blockiert, dass ein Rückstau erfolgt. Der verursacht dann Spannungsschmerzen und führt zu den Gichtablagerungen in den Beinen, was erneut Schmerz erzeugt.«

Ursula wiegte ihren Kopf. »Erschrick aber nicht, wenn sie dir sagen, dass es bösartig ist. Du weißt, Schock erzeugt in einem verschlackten Körper neuen Krebs, die dann Metastasen heißen!«

»Jaja, ich weiß!«, meinte er und hielt sich daran. Von Stund an aß er nun nicht

mehr so viel Fleisch und Wurst und all die »guten« Sachen bei den Rentnergeburtstagen. »Dreißig Gramm haben sie mir abgeknipst«, erzählte er später dort
und entlockte den Hörern ein entsetztes Stöhnen.

Ursula ließ sich einen Entsafter schicken, der wie der gute alte Fleischwolf
arbeitete, allerdings mit dem Unterschied, dass unten der Saft herauskleckerte
und vorn die trocknen Blätter wie ein Pellet erschienen. Langsam steigerte sie
die Saftmenge und als er etwa hundert Gramm am Tag konsumierte, musste er
zur Nachoperation.

»Alles wie gehabt!«, berichtete er ihr am Telefon. »Sie haben noch ein wenig
drin herumgeschruppt. Der Befund kommt später.«

Er kam und bestätigte die erste Diagnose.

»Wir werden die Saftausbeute erhöhen«, schlussfolgerte Ursula. »Mit zweihun-
dertfünfzig Gramm dürfte der Krebs keine Lust verspüren, bei dir zu siedeln.«

Er nickte bedächtig und nahm sie in die Arme. »Ohne dich würde ich längst
nicht mehr leben!«, sagte er und küsste sie innig.

An einem Augusttag des Jahres 2008 kam er mit einem dicken Stapel Post ins
Haus.

»Na, wieder ein Berg Werbung?«, fragte Ursula, als sie ihn so bepackt kommen
sah.

»Nein, es scheint auch Vernünftiges dabei zu sein«, meinte er, legte alles auf
dem Esstisch ab und begann zu sortieren. »Zwei kleine Kataloge, Zeitungen und
drei Briefe. Ach, zwei davon sind Lotto-Werbung. Aber einer ist für mich!« Er
nahm die Brille. »Was will denn die Stadt Werder von mir?«

Ursula hatte schon mit dem Aufschlitzen der anderen Briefe begonnen. »Gib
her! Ich schneide ihn auf. Dann erfährst du es und musst nicht rätseln.«

Er zog den Bogen heraus und staunte. »Ich soll ins Goldene Buch der Stadt
Werder! Das is'n Ding! Mannomann!«, wunderte er sich.

Sie neigte sich zu ihm und las neben ihm stehend das Schriftstück. »Toll! Das
ist eine schöne Anerkennung deiner Arbeit! Das freut mich für dich!« Sie reckte
sich und gab ihm ein Küsschen. »Wann ist es? Mitte September? Na, das ist ja
noch ein Weilchen hin. Trag es mal gleich in deinem Terminkalender ein. Vierzehn Tage davor fahren wir noch zu Uli, um seine neue Wohnung zu bestaunen.«

Lothar trug mit großer Freude den Termin ein und klemmte dann das Schriftstück an die Nichtvergessen-Lehne der Sitzbank. Dort würden sie es nun bis
zum Termin ständig vor Augen haben und sich daran erfreuen können.

»Du darfst noch insgesamt fünf Personen dazu einladen«, erinnerte Ursula.

»Da es um achtzehn Uhr an einem Montag ist, könnten wir zwar mit dem Bus hinfahren, aber abholen müsste uns danach Jörg.«

»Jörg fährt uns hin und auch zurück!«, meinte Lothar kategorisch. »Das wird doch EINMAL möglich sein! Sonst muss ich mal ein ernstes Wort mit seinem Chef sprechen!«

Ursula lachte schallend. »Ich scherzte nur. Musst dich nicht echauffieren! So, dann wäre Jörg der Erste! Darf ich auch mit?« Ihre Augen blitzten schon wieder voller Schalk.

»Das ist doch wohl klar wie Kloßbrühe!«, polterte er los.

»Danke!«, lachte sie. »Und an wen denkst du noch?«

»Na ja, an die Berliner. Aber alle kann ich nicht einladen! Außerdem sind sie verzankt miteinander. Und Rentner sind nur Klaus und Helga.«

»Wenn die nicht schon wieder eine Fahrt für die bewusste Zeit gebucht haben! Dann ruf mal gleich an! Hoffentlich sind sie im Lande! Sonst musst du andere einladen. Hast ja genug Freunde.«

Lothar schritt zum Telefon und wählte. Schon nach dem fünften Rufzeichen meldete sich Klaus.

»Seid ihr am 15. September im Lande?«, fragte Lothar nach einer kurzen Begrüßung.

»Moment, ich sehe nach! – Ja, wir sind hier! Ist etwas?« Seine Stimme klang neugierig, aber auch mit einem Schuss Vorsicht.

»Hast du schon mal erlebt, wie sich ein Schneiderwind ins Goldene Buch der Stadt Werder einträgt?«, fragte Lothar und wartete gespannt auf die Antwort. Diese Frageformel verwandte Klaus häufig, wenn er Lothar bewusst machte, was ER schon alles erlebt und gesehen hatte. Jetzt benutzte Lothar sie voller Freude auch einmal.

Die Antwort verzögerte sich etwas. »Nein«, kam es gedehnt. »Es gibt ja nicht so viele Schneiderwinds.«

»Also!«, begann Lothar jetzt mit leichter Schadenfreude. »Schneiderwinds gibt es massenweise in Deutschland! Aber nur ein Lothar darf sich ins Goldene Buch der Stadt Werder eintragen! Und dazu möchte ich dich mit deiner Helga einladen! Wirst du kommen?«

»Aber natürlich, Lothar! Wann war das genau?«

»Am 15.9. um achtzehn Uhr im alten Rathaus auf der Inselstadt«, gab Lothar Auskunft. »Da ihr Werder schon oft während der Baumblüte besucht habt, kennt ihr es bestimmt.«

Klaus ließ sich sicherheitshalber noch einmal den Weg dorthin genauestens beschreiben, ehe die beiden das Telefonat beendeten.

Festlich gestylt standen sie dann auch pünktlich vorm Rathaus, als Jörg seinen Wagen daneben einparkte. Kaum war die Begrüßung vorüber, begann Klaus mit seiner guten Kamera Bilder aufzunehmen.

»Ich habe meine nicht mit«, bedauerte Ursula. »Dabei ist heute das schönste Fotografierwetter.«

Drinnen im großen Sitzungssaal standen und saßen überall festlich gekleidete Menschen, die Lothar fast alle kannte und umgekehrt ebenfalls, sodass ein großes Händeschütteln begann. Ursula und Jörg kannten das schon, aber die Berliner staunten. Nun entdeckten sie auch die hübsch geschriebenen Zettel mit dem Programm.

»Mit Lothar werden noch zwei weitere Bürger geehrt!« Helga wies ihrem Klaus die Namen. »Waren das auch Bürgermeister?«, fragte sie Jörg, der an ihrer anderen Seite saß. Als der verneinte, widmete sie sich dem Zettel.

Eintragung in das Goldene Buch der Stadt Werder (Havel) am 15. September 2008

Herr Hans-Jörg Dahl
Herr Lothar Schneiderwind
Herr Fritz Thiele

Programmablauf

Die musikalische Umrahmung erfolgt durch das Saxophonquartett »Saxomania« der Kreismusikschule »Engelbert Humperdinck«

1. Trumpet Voluntary Jeremiah Clarke
2. Begrüßung durch den Bürgermeister
3. Caro mio ben T. Giordani
4. Laudatio des Bürgermeisters
5. Aufforderung durch den Bürgermeister zur Eintragung
6. (musikalische Untermalung der Eintragung – Air – J.S. Bach)
7. Liebestraum Franz Liszt
8. Eröffnung des Buffets

Nach der feierlichen Musik begann der Bürgermeister mit der Laudatio für Herrn Dahl.

Die ersten Worte für Lothars Laudatio zauberten ein Lächeln in alle Gesichter: »Über Lothar Schneiderwind etwas zu sagen, heißt eigentlich ›Eulen nach Athen zu tragen‹. In Plötzin, Neu Plötzin und Plessow und darüber hinaus kennt ihn eigentlich jeder. Er war achtundzwanzig Jahre Bürgermeister von Plötzin, von 1965 bis 1993, Neu Plötzin gehörte schon damals nach Plötzin, ab 1974 kam auch Plessow hinzu.

Er gehörte zu den wenigen Bürgermeistern, die bei den ersten freien Kommunalwahlen 1990 wieder gewählt wurden und das sagt schon sehr viel über ihn aus. Die Zeiten waren nicht einfach, er hat sich nachhaltig für die Entwicklung des Gewerbegebietes eingesetzt. Mit diesem Ding, lieber Lothar, haben wir gemeinsam etliches mitgemacht, haben auch große Aufmerksamkeit von Funk und Fernsehen erhalten, auf die man gern verzichtet hätte; aber es ist nun da und ich denke, es wird sich auch entwickeln. Die verkehrstechnische Anbindung von Plötzin war in der Vergangenheit nicht so besonders gut, dieses Problem hat er auf seine ihm eigene Art gemeistert. Er ist immer mit dem Fahrrad unterwegs gewesen und das tut er auch heute noch.

Besonders wird seine menschliche Seite von den Bürgerinnen und Bürgern geschätzt. Er ist immer noch aktiv und kümmert sich rührend um die älteren Mitbürgerinnen und Mitbürger, die er zu ihren Geburtstagen regelmäßig besucht.

Ihm ist es auch zu verdanken, dass die Chronik für alle drei Ortsteile aufgearbeitet wurde. Plötzin ist ja inzwischen 829 Jahre alt, Plessow 729 Jahre nachweisbar – damit älter als Werder (Havel) – und Neu Plötzin 150 Jahre.

In diesem Jahr konnte Lothar seinen fünfundsiebzigsten Geburtstag feiern. Nachträglich noch meinen herzlichen Glückwunsch.«

Nachdem die drei Herren sich eingetragen hatten, begann das Blitzlichtgewitter der Fotografen. Auch Klaus gesellte sich dazu und schoss mehrere Bilder.

Da die beiden anderen Herren nicht sprechen wollten, übernahm Lothar die Danksagung, in der er vor allem darauf hinwies, dass so eine Auszeichnung immer auch eine Verpflichtung für die weitere Arbeit sei und zum Nachdenken anrege. »Mit zwanzig erhält man Rat, mit vierzig gibt man Rat und wenn man alt ist, wird man geehrt.« Damit schloss er seine Rede und nahm den Beifall entgegen.

Am Tisch gab er Ursula sein soeben erhaltenes Geschenk. Ihre Augen wurden groß. »Eine goldene Taschenuhr!« Sie reichte sie weiter und Helga, die sich mit Goldschmuck auskannte, las sogleich die Gravierungen und die Kennzahl. »Die

Uhr ist ja wirklich sehr wertvoll!«, stellte sie bewundernd fest und ließ auch Klaus die Inschriften Wort für Wort lesen. »Da kannst du aber stolz sein!«, meinte sie zu Lothar.

Der griente verschmitzt. »Als der Bürgermeister sie mir überreichte, sagte ich zu ihm, dass ich damit nun endlich etwas zum Vererben besäße!«

Am 18.8.2012 konnten Lothar und Ursula ihre Goldene Hochzeit in Oberjünne mit fast allen Verwandten und Freunden feiern. Doch Lothar war schon nicht mehr so häufig auf der Tanzfläche. Seine Hüfte machte ihm zunehmend Schwierigkeiten und insgesamt hatte auch die Kraft nachgelassen. Nachdem nur eine Woche später noch die Grüne Hochzeit seines jüngsten Bruders Rainer in Worms überstanden war, wollte er nur noch Ruhe haben.

»Dann verschieben wir halt die von den Kindern geschenkte Fahrt nach Dresden aufs nächste Jahr«, meinte er zu Ursula und die war es zufrieden, denn auch sie hatte nun im Herbst einiges in Haus und Garten zu erledigen. Blaue Weintrauben hingen zu Hunderten am Weinstock über dem Sitzplatz und sollten zu Most werden. Aber es waren so viele, dass sie sie überallhin verschenkte.

Mitte Januar bekam Lothar Schwierigkeiten. »Was du mir hier beschreibst«, meinte Ursula, »sieht aus, als hättest du dir die Magen-Darm-Grippe eingefangen, die zurzeit mal wieder umgeht. Am besten ist dabei natürlich, mit dem Essen aufzuhören.«

Das aber war für Lothar fast unannehmbar. »Du kannst ja die Fruchtsäfte und den grünen Blättermix weiterhin zu dir nehmen. Nur das ganze Gekochte, Gebratene und Gebackene lässt du weg«, bot Ursula ihm an.

Nachdem er sich eine Woche mit normalem Essen hingequält hatte, wollte er es doch mit der Schonkost versuchen. Doch schon am zweiten Abend wurde die Versuchung zu groß.

»Ach, mir geht es ja schon besser. Ich esse wieder normal«, sagte er und nahm sich seine üblichen Speisen vor.

Doch seine Gesundheit stellte sich nicht wieder ein.

Die Fahrt zu Ulis fünfzigstem Geburtstag strengte ihn sehr an.

Wieder zu Hause angelangt, suchte er an einem der nächsten Tage seine Hausärztin auf, die ihm Blut abnahm und feststellte, dass es in Ordnung sei. Doch der Ultraschallexperte blaffte sofort: »Warum sind Sie denn nicht eher gekommen!«

»Dann wird dir deine Ärztin«, meinte Ursula, als er ihr dies erzählte, »Operation, Bestrahlung und Chemotherapie anbieten.«

»Das will ich nicht! Ich habe gesehen, wie solche Leute auf der Urologie behandelt werden. Nein, das will ich nicht!« Und er setzte sich hin und füllte eine Patientenverfügung aus. »Dann will ich nur, wenn es nicht anders geht, ins Hospiz!« Das erklärte er auch seiner Ärztin.

»Und ...«, fragte Ursula, als er wieder zu Hause erschien, »... was sollst du für Schmerzmittel nehmen?«

»Sie hat mir kein Rezept mitgegeben!«

Nachdem übers Wochenende Kurkuma die Schmerzen nicht mehr bewältigte, forderte Ursula telefonisch ein Rezept. Die Einnahme des Schmerzmittels begann noch am selben Tag.

Nicht erst jetzt sprachen die beiden über das Verlassen dieses Lebens. Durch all die Bücher und Filme, die in ihr Leben kamen, glaubten sie an die Reinkarnation.

Nach der Beisetzung von Ursulas Tante Trudel vor ein paar Jahren meinte Lothar: »Ich will auch auf die ›Grüne Wiese‹!«

Ursula griente. »Hier in Plötzin gibt es die aber nicht. Dann musst du dich mal dafür stark machen.«

»Ich nicht! Das muss denen doch allein einfallen! Die Zeit ist schließlich reif dafür! Wenn ich das ankurble, heißt es hinterher: Das hat er nur für sich gemacht! Das lass ich mir nicht nachsagen!«

Ja, nun war es also so weit. Sie sprachen über alles.

Ursula fragte beim Institut Schallock an, ob sie Lothars Stimme aufnehmen könnten und erhielt eine Zusage gleich für den nächsten Vormittag. Das war Gründonnerstag!

Ein junger Mann erschien und nahm Lothars Abschiedsworte und auch sein Geburtstagsständchen auf. Danach war Lothar sehr erschöpft und musste sich hinlegen.

Am Freitag erhob sich Lothar nicht wie sonst, sondern bat seine Ursula, ihm alles zu bringen. Am Samstag begann das große Brechen. Nichts behielt er mehr drin. Alle Schleimhäute vom Eingang bis zum Ausgang waren wund und wie zerfressen.

»Das kann nur von dem Schmerzmittel sein!«, konstatierte Ursula. Sie wollte Hilfe anfordern, doch Lothar weigerte sich. »Ich will nicht ins Krankenhaus!« Hilflos musste Ursula der Qual zusehen und versuchte alles, sie ihm zu lindern.

Dienstag nach Ostern durfte sie dann bei seiner Hausärztin anrufen. Sie war im Osterurlaub, doch die Vertretung kam sofort nach den Praxisstunden und wollte ihn sogleich in die Palliative einweisen. Doch Lothar wollte nicht. Daraufhin bekam er eine Spritze und Ursula forderte ein anderes Medikament.

Doch nach fünf Tagen wiederholte sich alles: Brechdurchfall und wunde Schleimhäute.

Der Doktor kam und Lothar stimmte schweren Herzens schließlich zu, nach Lehnin in die Palliative Abteilung zu wechseln. Er wollte seiner Ursula diese schwere Pflege nicht weiterhin zumuten.

Dort taten sie alles, ihn wieder aufzupäppeln. Er konnte sogar mittels Rollstuhl und der Hilfe seines Bruders Klaus und seiner Frau hinunter ins Café und Kaffee und Kuchen genießen.

Zuvor hatte er eine Bluttransfusion erhalten und Ursula und Jörg staunten, wie gut er drauf war.

Lange hielt das jedoch nicht an und in gewisser Weise wurde er sogar dafür bestraft, denn ihm wurde ein Einlauf verpasst, der ihm schlimme Schmerzen bereitete und ihn sehr schwächte.

Nach genau drei Wochen wurde er ins Hospiz überwiesen, das sich ebenfalls auf dem Klostergelände befand. Ursula durfte dabei sein. Außer seinen Sachen bekam er auch einen Pappkarton mit verschiedenen Utensilien der Palliativen mit.

Dazu äußerte sich eine Schwester vom Hospiz am nächsten Tag gegenüber Ursula: »Also das geben WIR ihm nicht mehr. Viel zu fett! Er war die ganze Nacht unruhig und hatte Schmerzen!«

Ursula nickte und bat, ihn nur schmerzfrei zu halten. Das geschah auch und am Sonntag, nachdem sein ehemaliger Kollege und Freund Nikolai mit einem »Horrido, Lothar« und Lothars leisem, aber vernehmlichem »Weidmanns Heil« gegangen und nur noch Uli, sein Ältester, bei ihm war, ließ er sich eine Spritze geben und war nicht mehr ansprechbar.

Montagvormittag bekam Ursula vom Hospiz die Nachricht, dass Lothar diese Welt verlassen hatte.

Sie regelte alles nach seinen Wünschen und er hat sich von seiner neuen Ebene bestimmt köstlich amüsiert über die zum Teil hochschlagenden Meinungswellen einiger Kleinbürger.

Alles Gute, lieber Lothar, auf deinem weiteren Weg!

Nachruf der Neu Plötziner

Liebe Familie Schneiderwind!
Die Nachricht vom Tode Lothar Schneiderwinds, Ihres Mannes bzw. Deines Vaters sowie unseres verehrten und von uns allen hochgeschätzten Verstorbenen, hat uns betroffen gemacht.
Es ist nicht möglich, die Gefühle der Trauer und des Mitempfindens wiederzugeben, die uns in den letzten Tagen bewegten.
Der Verlust, den wir nun hinnehmen müssen, ist so groß und schmerzlich, dass er sich nicht mit Worten ausdrücken lässt.

In selbstloser Weise hat er seine Ideen, die aus der tiefen Kenntnis der Zusammenhänge kamen, der Allgemeinheit zur Verfügung gestellt. Wir wollen nicht die vielen Gremien aufzählen, denen der Verstorbene angehört und in denen er beispielhaft mitgearbeitet oder mit Rat zur Seite gestanden hat.
In den Ortsteilen seiner langjährigen Bürgermeistertätigkeit war er auch danach als Organisator der Seniorenarbeit gern gesehen und durch sein freundliches und hilfsbereites Wesen ein geschätzter Mitstreiter einer freudbetonten Gemeinschaftsarbeit, was besonders bei Ortsjubiläen sichtbar wurde. Er hat sein Leben über Jahrzehnte so selbstlos in den Dienst der Allgemeinheit und zum Wohlergehen der Bürger gestellt. Wir nehmen Abschied von einem Freund und sein Wesen wird auch in Zukunft unsere Arbeit in Neu Plötzin bestimmen.
Wir, die Mitglieder des Heimat- und Sportvereins sowie die Bürger des Gemeindeteils Neu Plötzin, können dem Verstorbenen nicht mehr den Dank abstatten, den wir ihm alle schuldig sind.
Wir haben zwar eine Persönlichkeit aus unserem Gemeindeleben verloren, aber sein Geist und sein vorbildliches Wirken werden wir in unserer Vereins- und Öffentlichkeitsarbeit weiterleben lassen.
So plötzlich war der Abschied, so völlig unmöglich die Vorstellung, so unbegreiflich unsere Gefühle, das Wahre zu begreifen.
Ein Mensch geht, aber Liebe und Dankbarkeit bleiben.
Ein Licht ist ausgegangen, aber es ist nicht erloschen, denn tot ist nur, wer vergessen wird!

Friedhelm Boek
Vorsitzender des Heimat- und Sportvereins Neu Plötzin
Regina Wagener
Abteilung Heimat

Nun folgen die Unterschriften der Neu Plötziner Bürger.